LA QUÊTE DE SAINT CAMBER

ŒUVRES DE KATHERINE KURTZ

CHEZ POCKET

LES DERYNIS

1. Le réveil des magiciens
2. La chasse aux magiciens
3. Le triomphe des magiciens
4. Roi de folie
5. Roi de douleur
6. Roi de mort
7. Le bâtard de l'évêque
8. La justice du roi
9. La quête de saint Camber
10. Le calvaire de Gwynedd (novembre 1998)

SCIENCE-FICTION
Collection dirigée par Jacques Goimard

KATHERINE KURTZ

LES DERYNIS

LA QUÊTE DE SAINT CAMBER

POCKET

Titre original :
The Quest for Saint Camber
Traduit de l'américain par
Michèle Zachayus

Si vous souhaitez recevoir régulièrement notre zine « **Rendez-vous ailleurs** », écrivez-nous à :

« Rendez-vous ailleurs »
Service promo Pocket
12, avenue d'Italie
75627 PARIS Cedex 13

PRESSECO
PAPIER RECYCLÉ
NATURE PROTÉGÉE

ISBN 2-266-06657-9

Dédié *au chevalier*
Scott Roderick MacMillan, GCJJ.
« Acier dressé,
Lame pointée,
Un chevalier. »

Stavenham
KHELDISH
RIDING
CLAIRBOURNE
KHELDOUR
Visking
Ballymar
CASSAN
Rhorau
Marbury
MARLEY
Saint Elderon
TOLAN
Netterhaven
RHENNDALL
Argoed
Saint
Iveagh
Kilshane
Monts Rheljan
MARCHES
DE L'EST
TORENTH
Brustarkia
ARJENOL
Castleroo
KIERNEY
Transha
Carbury
Grecotha
MEARA
Trurill
Culdi
Laas
Ratharkin
Saint Jarlath
Cardosa
Droghera
GWYNEDD
Saint Liam
Caerrorie
Cloome
Monts
Cloome
Cuilteine
Valoret
Dolban
Rengarth
Medras
Le
CONNAIT
Eirian
Saint Mark
Saint Foillan
Mollingford

Le ROYAUME de GWYNEDD et les TERRES ENVIRONNANTES
N
Rhemuth
Saint
Concaradine
HALDANE
Torin
Val Jennan
Fathane
CORWYN
Monts Lendour
Saint Illtyp
Llanarfon
Saint Neot
Coroth
Haut Eirial
Nyford
HORT de ORSAL (TRALIN)
HOWICCE
LLANNEDD
Lendour
MOORYN
CARTHMOOR
JOUX
VEZAIRE
Tharia
LOGREINE
Le FORCINN
Fianna
Nur Hallaj
ANDELON
FALLON
JACA
Djellarda
R'KASSI
(Désert)
BREMAGNE
Autun
LA FORGE DU SEIGNEUR

PROLOGUE

Toi qui as fait l'éducation de tant de gens et savais fortifier les bras trop fatigués

Job, 4, 3

Le tonnerre gronda ; emmitouflé dans son manteau de cuir, le cousin du roi Kelson de Gwynedd s'abritait avec son écuyer sous un arbre dénudé. La pluie battante limitait la visibilité.

— Bon sang ! pesta le prince Conall. J'aurais pourtant juré que c'en était fini des giboulées !

En mars, le temps était imprévisible. Une heure plus tôt, les deux jeunes gens avaient quitté Rhemuth sous un ciel clair ; la température baissant, les nuages l'avaient vite obscurci. L'averse s'était muée en déluge, achevant de démoraliser le prince.

— Morbleu ! Il pleut des hallebardes !

— Ne devrions-nous pas courir nous abriter ? gémit Jowan, transi sur son palefroi bai. Il m'étonnerait que ça se calme. Et nous sommes déjà trempés ! Votre dame aura sûrement préparé une flambée pour nous réchauffer à notre arrivée.

Avec un sourire en coin, Conall éperonna sa monture.

Sa dame... Elle n'était pas la cause de cette excursion, simplement un bonus des plus agréables. La jolie et accueillante Vanissa n'était pas une « dame », mais la maîtresse du prince. Jamais elle ne serait sa femme. Elle ne l'ignorait pas. L'honneur reviendrait à une princesse — déjà élue par l'intéressé.

Celle-ci ignorait tout des intentions honorables de Conall.

Avant la fin de l'été, Vanissa accoucherait. La mère et l'enfant ne manqueraient de rien ; ils seraient l'alibi de Conall pour ses missions secrètes. Et si l'existence de sa maîtresse et du bâtard venait à être connue, Kelson et ses conseillers — les Derynis surtout — se lanceraient sur de fausses pistes. Conall n'avait qu'à se féliciter de la situation. A tous les coups, il gagnait.

Malgré l'opprobre de l'Etat et de l'Eglise subi par les Derynis durant les deux derniers siècles, Conall regrettait souvent de ne pas en être un. Leurs pouvoirs leur conféraient des avantages considérables sur le commun des mortels. Que le clergé les condamnât n'y changeait rien. Par un étrange caprice du destin, la lignée royale des Haldanes s'était vue octroyer des dons analogues à ceux des Derynis.

Mais tous n'étaient pas de puissance égale. A en croire la tradition, seul le roi possédait *tous* les dons. En l'occurrence, c'était Kelson Haldane.

Fils aîné du deuxième rejeton d'un monarque Haldane, Conall se sentait lésé. Que Kelson ait reçu en héritage la couronne et les pouvoirs de sa lignée était le fruit du hasard, un déplorable accident de naissance... Mais qu'il ait en sus des droits exclusifs sur les talents familiaux irritait son cousin. Aussi, depuis un an, Conall menait sa petite enquête avec la plus grande discrétion. Cette exclusivité était-elle affaire de consensus, d'intérêt politique ou d'authentique impossibilité de partage ?

Ainsi, à quelques jours de ses dix-huit ans et de son adoubement, Conall bravait la tourmente... pour rejoindre son maître.

Et s'il pouvait également satisfaire des appétits physiques, tant mieux !

Vanissa le réchaufferait plus que toutes les flambées du monde.

Quand les cavaliers atteignirent la demeure isolée, la pluie s'était calmée. Conall bondit à terre et courut vers l'entrée ; Jowan s'occuperait des chevaux.

Rose de plaisir, Vanissa ouvrit avant que le prince ait pu frapper. Ses longs cheveux noirs cascadaient dans son dos.

— Mon seigneur, je ne savais pas si vous viendriez avec ce vilain temps ! Otez vos habits trempés et venez près du feu. Vous attraperez la mort si vous n'y prenez garde ! Entrez, de grâce !

Repoussant sa capuche bordée de fourrure, Conall s'empressa d'écouter de si bons conseils. Vanissa l'aida à enlever sa cape et sa tunique, attisant le feu qui couvait déjà en lui.

Le cœur battant, il la regarda étendre la cape trempée près de l'âtre tout en lui retirant ses gants. L'odeur âcre des joncs semés sur le sol et du vin chaud aux herbes lui chatouillait les narines.

Elle lui tendit une coupe, qu'il accepta en la remerciant. Penchée pour tirer sur ses bottes, elle offrit à son amant un aperçu enchanteur du galbe de sa poitrine.

— Mon seigneur aura-t-il assez chaud ? s'enquit-elle, drapant ses épaules d'une couverture de laine.

Faire passer le plaisir avant le devoir n'était pas raisonnable. Mais face à la tentation, Conall avait quelque peine à se discipliner. Vanissa ne demandait qu'à lui plaire. Et sa grossesse était encore discrète...

Renversant presque le vin dans sa hâte, Conall saisit la jeune femme, la renversa et s'étendit sur elle, s'abandonnant à l'ivresse du plaisir...

... Mais on le tira en arrière ; un genou immobilisa son bras droit, une dague se plaqua contre sa gorge.

— Par le ciel, nul besoin d'être deryni pour surprendre un loustic comme toi !

La voix, familière, n'était pas celle de Jowan.

Chez Conall, la peur et la colère moururent ; repoussant la lame, il sonda son agresseur.

Et se heurta à ses boucliers mentaux.

— Allons, cesse si tu ne veux pas effrayer la fille ! ordonna le nouveau venu.

Conall s'assit. Hébétée, les jupons relevés sur ses jambes nues, Vanissa fixait les deux hommes avec de grands yeux apeurés. L'agresseur remit sa dague au fourreau.

— Pour l'amour du ciel, Vanissa, personne ne te fera de mal ! Détends-toi. Va au lit et oublie ce qui vient de se passer. Je te rejoindrai. Tiercel, cesse de peser sur moi !

L'offenseur s'écarta, puis aida la jeune femme à se relever. Dans un état second, Vanissa gagna la pièce adjacente et s'y enferma. Tiercel ôta son manteau. Il était à peine plus âgé que Conall.

— Je ne plaisantais qu'à moitié, mon prince. N'importe qui aurait pu te surprendre dans cette position vulnérable...

Depuis plus d'un an, à l'insu du Conseil Cambérien — farouche défenseur des droits exclusifs du roi sur l'héritage magique des Haldanes — Tiercel de Claron enseignait en secret à Conall tout ce qui concernait l'Art et les Derynis.

Tiercel risquait gros dans l'affaire.

— Et ç'aurait été moindre mal si Jowan t'avait surpris...,dit-il.

— C'est arrivé, avoua le prince. Il ne s'en souvient jamais ; j'y veille.

— Sans doute. Que tu manipules à ta guise la mémoire d'autrui est plus que je n'espérais, à ce stade. J'aimerais en dire autant sur ta rigueur et ta discipline ! Ton bon plaisir ne pouvait-il attendre ?

— J'avais trop froid, expliqua Conall. Une jolie fille comme Vanissa réchauffe plus un homme qu'un feu de cheminée, tu peux me croire ! ajouta-t-il avec un clin d'œil égrillard. Si le cœur t'en dit, elle est à toi. Je patienterai. Elle n'en saura rien... après.

Reniflant de dédain, Tiercel se sécha les cheveux avec une serviette.

— Parfois, je me demande pourquoi je me donne tant de mal avec toi !

— Jouir d'une femme déjà grosse des œuvres d'un autre te déplaît-il ?

— Pourquoi diable es-tu si sûr que l'enfant est le tien ? marmonna Tiercel.

— Quoi ?

— Tu m'as très bien entendu.

— Oui. Et ce ton-là ne me...

— En ce moment, je me moque éperdument de ce qui te plaît ou pas ! Prends un siège et conduis-toi en prince, non en garçon d'écurie !

Il lança sa sacoche sur une table et tira un tabouret pour s'asseoir à son tour.

— Bon, reprit le seigneur deryni, au lieu de t'en tenir aux choses sérieuses, je te retrouve en train de trousser une fille ! Je le répète : n'importe qui aurait pu survenir. Un prince ne doit jamais se laisser prendre au dépourvu. Tu disposes de défenses auxquelles les gens ordinaires ne peuvent que rêver ! Et tu ne te donnes pas la peine d'assurer ta protection !

— Mais qui sortirait par un temps pareil ? De plus, Jowan est là pour m'éviter les mauvaises surprises !

— Ah oui ? La preuve ! M'a-t-il intercepté ?

Tiercel se leva, ouvrit la porte et fit signe à l'écuyer trempé jusqu'aux os.

— Va t'allonger près du feu, Jowan, après t'être dévêtu. Et prends du repos.

Ses yeux gris plissés, le front barré d'un pli soucieux, Conall fit taire son ressentiment.

— Très bien, admit-il de mauvaise grâce. Sois certain que ça ne se reproduira pas. Je m'excuse. Suis-je pardonné ?

Il se fendit d'un grand sourire, qu'il savait irrésistible.

— Si tu as tiré la leçon de ce fâcheux incident... Es-tu disposé à travailler ?

— Naturellement. Qu'y a-t-il de prévu, aujourd'hui ?

— Une phase que j'envisage depuis des mois. (Tiercel fouilla dans sa sacoche.) Commençons par les cubes de protection. Plus tard, tu apprendras à les associer à d'autres sorts. Etablir une matrice physique n'est pas indispensable. Mais au début, elle facilite le procédé.

D'une bourse en cuir marron râpé, il sortit une poignée de cubes blancs et noirs de la taille d'un ongle de pouce. Conall se pencha.

— On dirait des dés.

— Exact. C'était le cas, à l'origine. Ou peut-être les a-t-on fait passer pour tels, quand être deryni devenait malsain. Il y en a quatre blancs et quatre noirs. Pour l'instant, je t'épargne leur signification ésotérique. Les enfants derynis commencent leur entraînement avec des cubes similaires. Tends la main droite.

Non sans hésiter, Conall obtempéra. Tiercel laissa tomber les cubes sur sa paume ; au toucher, ils étaient froids et lisses. Tels du vieil ivoire, les blancs avaient jauni ; les noirs, eux, avaient viré au gris anthracite.

— Ferme les yeux et livre-moi tes premières impressions, Conall.

— Ils sont plus froids que j'aurais cru.

— Bien. Quoi d'autre ?

Rouvrant les yeux, le prince fit passer les cubes noirs dans sa main gauche et réfléchit.

— La couleur n'est pas la seule différence...

— Oui ?

— Je... j'ignore ce que c'est.

— Change-les de mains et dis-moi ce que tu ressens.

Conall s'exécuta, se concentra... et secoua la tête.

— Je préfère la première position : les noirs dans ma main gauche, les blancs dans la droite. C'est mieux.

— *Mieux* ?

— Oui : plus *équilibré*. Enfin, je crois...

Tiercel hocha pensivement la tête.

— Tu n'as pas tort. Voilà qui est inespéré. Tu as senti les polarités ! Place les blancs en carré sur la table. Puis dispose les noirs aux quatre coins... Bien. Baisse tes boucliers mentaux et ouvre-moi ton esprit. Etablir un champ de protection ne requiert pas une grande énergie. Mais une concentration sans faille est la clef du succès. C'est toute la difficulté pour les enfants. C'est pourquoi j'ai mis l'accent sur tes facultés de focalisation, cet hiver. A présent, prête attention à ce qui va suivre.

L'index droit sur le premier cube blanc, Tiercel articula son *nomen :*

— *Prime.*

L'énergie magique canalisée, le cube s'illumina. A mesure que Tiercel prononçait les *nomen* suivants, l'éclat se propagea aux autres cubes blancs :

— *Seconde... Tierce... Quarte...*

— Je peux le faire, assura Conall.

— Fort bien. A toi les noirs, le défia son mentor, poings sur les hanches. Respecte le même ordre, en commençant par *Quinte*.

Concentré sur le cube noir jouxtant Prime, Conall l'effleura d'un index hésitant et dit :

— *Quinte...* (Un éclat vert-noir apparut.) *Sixte... Septime... Octave...* Est-ce tout ?

— C'est à peine le début, mon garçon ! s'exclama Tiercel, tout sourire. Maintenant, il faut les équilibrer. Observe comment je combine les éléments, afin d'harmoniser les opposés : d'abord, *Prime* et *Quinte...* (Doigts tendus, il focalisa son énergie pour lier le blanc et le noir.) *Primus* !

A la place des deux cubes apparut une figure oblongue argentée. Conall en resta bouche bée.

— Attention ! Certains systèmes magiques relient les composants du champ de protection aux Seigneurs Elémentaux et aux Archanges. D'aucuns préfèrent le symbolisme des piliers. Autant de conventions fondées. Vois comment je procède pour établir *Secundus*. Ensuite, ce sera à toi de jouer pour *Tertius* et *Quartus*. Dieu, Conall, comme je suis heureux que tu aies l'âge de raison ! Enseigner à des enfants n'est pas une sinécure, crois-moi !

— Le fais-tu souvent ?

— Trop. A présent, sois attentif.

Tiercel positionna *Seconde* sur *Sixte* et lança :

— *Secundus* !

Sans hésitation ni difficulté, Conall prit la relève jusqu'à *Quartus*.

— Et maintenant ?

— C'est le moment le plus délicat, car cette phase exige une visualisation spécifique. Puis-je t'emprunter ta chevalière un instant ?

A l'auriculaire gauche, le prince portait un anneau d'or frappé aux armes des Haldanes : le lion rampant tutélaire. Conall lui remit le bijou. Tiercel le plaça au centre des quatre tours magiques.

— Ouvre grands les yeux, insista-t-il, un index pointé sur *Primus*. Etudie attentivement les choses avant d'agir... *Primus, Secundus, Tertius et Quartus : fiat lux !*

Un brouillard scintillant enveloppa la chevalière.

— Touche-le, chuchota Tiercel. N'aie pas peur.

Conall sentit son index s'engourdir. Il insista, cherchant à saisir l'anneau : ce fut impossible.

— Assez, mon garçon ! J'ai une modification subtile à effectuer. (Il tendit la main au-dessus de la brume magique, cilla, puis la retira.) Essaie de nouveau.

Dès que Conall obéit, un arc d'énergie bleu-violet crépita. Il retira la main et porta son index à sa bouche. Il eut du mal à cacher sa colère.

— Pourquoi diable as-tu fait ça ?

— Afin que tu aies une idée de l'efficacité du sort. Imagine que ta chambre, et non un simple anneau, en bénéficie. Te rappelles-tu du champ de protection qu'avaient érigé Kelson et Charissa lorsqu'ils s'affrontèrent ?

— Naturellement. Mais ils ne s'étaient pas servis de cubes, que je sache.

— Non. Néanmoins, le principe est le même. En règle générale, cette méthode est plus pratique. Entre les deux, il existe de nombreuses variantes. (Tiercel passa une main sur le dôme de brume.) Recommence, Conall.

— Vais-je être foudroyé, cette fois ?

— Allons ! Après l'énergie que j'ai dépensée pour toi cette année, crois-tu que je te tuerais maintenant ?

Reniflant de dédain, le prince s'exécuta, non sans hésiter. Son doigt s'enfonça dans la brume. Triomphant, il prit sa chevalière.

— Je l'ai !

— Bien sûr. Cette fois, le champ de protection était en harmonie avec ton essence. Repose l'anneau ; je vais te montrer comment désactiver le champ. Puis tu t'entraîneras.

Deux heures plus tard, sous la surveillance de Tiercel, Conall avait installé et neutralisé les cubes de protection plusieurs fois en mode primaire — une configuration non mortelle.

Quand aurait-il ses propres cubes ? voulut-il savoir.

— C'est un peu prématuré, répondit Tiercel. L'été prochain, tu les recevras.

— Pas avant ?

— En toute franchise, je ne m'attendais pas à ce que tu maîtrises si vite ce sort. Trouver un jeu qui te convienne prendra du temps.

— Ne pourrais-je emprunter le tien ? Ainsi, je continuerais à m'entraîner à mon aise.

— Ce n'est pas une bonne idée... Je peux en avoir besoin. De plus, si on trouvait les cubes dans tes affaires, on apprendrait du même coup ce que tu fais de tes loisirs... Ton potentiel est en plein développement. Il te faut acquérir de l'assurance et de l'expérience. Je parie que tu as mal à la tête.

A contrecœur, Conall acquiesça, se massant l'arête du nez. La douleur se concentrait derrière ses orbites.

— C'est vrai. Mais ce n'est pas méchant. J'ai vu pire.

— Vraiment ? Je peux te soulager, si tu le souhaites. Tu n'as pas à jouer les martyrs.

— Je sais. Mais si j'ingurgite une de tes décoctions, je serai mal en point au dîner. On pourrait le remarquer.

— A ta guise. Cet après-midi a marqué un tournant décisif dans ton entraînement. Tu m'en vois fort aise. Quelques semaines de plus, et j'aurais pu te présenter au Conseil avant l'été.

Conall grimaça.

— Au risque de t'étonner, je ne suis pas fâché du retard. Le Conseil Cambérien ne verra pas d'un bon œil notre petite démonstration — c'est le moins qu'on puisse dire ! Que plus d'un Haldane puisse détenir la magie de la lignée... Et ne parlons pas de Kelson. Lui non plus ne sera pas enchanté ! S'il se doutait de ce que je lui réserve, jamais il ne me laisserait gagner mes éperons de chevalier.

— Qui te dit que les Cambériens informeront le roi ? Kelson n'est pas leur protégé. S'il siégeait au Conseil, ce serait différent. Tant pis pour lui...

— J'ai encore du mal à croire qu'il ait décliné un tel honneur... A sa place, j'aurais bondi ! Mais on ne me fera jamais pareille offre, bien sûr...

Songeur, Tiercel rangea la bourse de cuir dans sa sacoche.

— Ce n'est pas impossible. Au rythme où tu progresses, qui sait jusqu'où tu iras ?

— Et la gloire de ma formation rejaillira sur toi ! Ne me dis pas que tu ne nourris pas tes propres ambitions, Tiercel de Claron.

— Bien entendu. Mais elles visent autant ton royal cousin que toi. Comme si décliner l'offre du Conseil ne suffisait pas, il a recommandé Morgan, Duncan et même Dhugal ! Le fou !

— *Dhugal* ! s'exclama Conall. Ce bâtard d'arriviste, ce gringalet de montagnard ?

Devant la mine dégoûtée du prince, Tiercel esquissa un sourire.

— Je suppose que dans ta bouche, « bâtard » est une insulte — rien de plus. En ce moment le clergé travaille à rendre une lignée au jeune Dhugal.

— Bâtard il est né, bâtard il mourra.

— Sachant que ses parents ne se sont pas épousés selon les rites de notre Sainte Mère l'Eglise, tu as sans doute raison. Mais une forme de mariage a bel et bien eu lieu. A cette époque, rien ne s'opposait à l'union de Duncan et de Maryse. Cela suffit au roi. Sur sa requête, les évêques accorderont très certainement la dispense nécessaire.

— Un vulgaire bout de parchemin ! bougonna Conall. Qu'est-ce que ça change ?

— A t'entendre, on jurerait que tu es jaloux.

— Jaloux ? Moi ? De *Dhugal* ?

— Après tout, il est de pure ascendance derynie, *et* le frère de sang du roi. C'est mieux qu'un simple cousin usurpant le potentiel des Haldane, ne crois-tu pas ? Mais n'aie crainte, je ne trahirai pas ton secret.

Embarrassé et froissé, Conall se détourna.

— Je préférerais ne pas en parler.

— Comme je te comprends... Bien, je dois repartir. Es-tu certain de ne vouloir aucun remède contre ta céphalée ?

— Non. Elle passe déjà. Tiercel, je...

Le seigneur deryni prit sa sacoche ; manteau sur les épaules, il jeta un regard inquisiteur à son élève.

— Oui ?

— Je... De grâce, ignore mes accès de mauvaise humeur. Tu dois avoir raison : je *suis* jaloux de Dhugal... et de Kelson aussi.

— Je sais, dit Tiercel, posant une main réconfortante sur l'épaule du prince.

Conall esquissa un sourire.

— Tu ne manques pas d'atouts, jeune coq. Ne laisse pas la jalousie t'aveugler.

— J'essaierai. Aurons-nous d'autres séances avant mon départ ?

— Une, peut-être, après ton adoubement. Tu seras occupé d'ici là. Et cette fois, je ferais mieux de me déplacer. Tu seras sous haute surveillance en raison de ton statut de prince et de chevalier frais émoulu. Les gens s'intéresseront de près à toi. Quoi de plus naturel ? Ils voudront te voir t'acquitter avec honneur de tes nouvelles responsabilités.

— J'imagine, soupira Conall. M'avertiras-tu comme d'habitude ?

Tiercel acquiesça.

— La veille de ton départ, nous mettrons au point un plan. Les autres seront accaparés par les préparatifs. Ça nous facilitera les choses.

— C'est vrai.

Tiercel ramassa sa toque et ses gants.

— Bonne chance, conclut-il, effleurant l'esprit de Conall à la mode derynie. Mon adoubement fut plus sobre que celui qui t'attend, avec la pompe et la cérémonie de rigueur. Pourtant, je n'oublierai jamais cette nuit-là. Retournes-tu à Rhemuth ou préfères-tu lutiner ta belle ?

— Je n'en ai pas fini avec elle, j'en conviens. Cette fois, je prendrai toutes les précautions afin de ne pas être interrompu au meilleur moment ! Fais-moi confiance !

Les doigts sur le loquet, Tiercel sourit avec mansuétude avant d'ouvrir et d'aller affronter la pluie.

CHAPITRE PREMIER

Bien plus, je ferai de lui mon fils aîné.

Psaumes, 89, 28

— Avoir enfin confirmation que mon frère n'est pas un bâtard, quel soulagement ! lança le roi Kelson de Gwynedd.

Un bras sur les épaules de Dhugal MacArdry, il suivait Duncan McLain et le duc Alaric Morgan dans la suite royale du château de Rhemuth. L'évêque Denis Arilan fermait la marche. Tous étaient trempés jusqu'aux os.

En ce premier jour de mars de l'an de grâce 1125, Kelson Haldane régnait depuis quatre ans. En novembre, il avait eu dix-huit ans.

— Je n'en doutais pas le moins du monde, continua-t-il, d'humeur badine. Du reste, ça m'aurait été bien égal qu'il fût un bâtard ! Mais je l'admets volontiers, mes seigneurs : je suis heureux de ne pas devoir défier les lois pour l'adouber mardi prochain !

Morgan jubila ; Arilan se renfrogna. Autour du feu de cheminée, tous se débarrassèrent de leurs manteaux mouillés.

Pour qu'on honore dignement son frère de sang bien-aimé, Kelson n'aurait pas hésité à braver les lois — tous le savaient. Il allait déjà faire fi des règles en accordant l'accolade à un jeune homme qui n'avait pas l'âge requis. La chose ne soulèverait aucun commentaire désobligeant, attendu les faits d'armes du bénéficiaire, même s'il n'avait que dix-sept ans...

D'autres preux avaient été précocement adoubés pour les mêmes raisons.

La valeur n'attendait pas le nombre des années, disait-on. Mais patronage royal ou non, la bâtardise interdisait l'accès à la chevalerie.

Par bonheur, l'évêque Duncan McLain avait prouvé ce jour, à la satisfaction d'un tribunal d'archevêques, que la jeune Maryse et lui avaient échangé des vœux suffisant à juger leur mariage valide, sinon régulier. Le démontrer n'avait rien eu de facile, la moindre des difficultés n'étant pas l'absence de témoin, hormis la sainte Présence.

Tandis qu'Arilan et Duncan présentaient l'affaire à huis clos devant l'archevêque Cardiel, le vieil évêque Wolfram de Blanet s'était fait l'avocat du diable...

— Je ne réfute pas le précédent — en l'occurrence, le *per verba de praesenti*. Depuis longtemps, sur les terres frontalières, la loi entérine les unions devant des témoins laïcs quand aucun prêtre n'est disponible. Même si l'Eglise insiste pour qu'on régularise la chose plus tard...

Conscient de la tension de son fils, Duncan secoua la tête. A part un clerc chargé de consigner les minutes du procès, seuls Morgan, Dhugal, le roi et Nigel avaient été admis à l'audience.

— Votre Excellence sait que ce n'était pas possible, rappela Duncan. Je n'ai jamais revu Maryse. Elle est morte l'hiver suivant.

— C'est ce que vous affirmez. Mais là n'est pas la question. Il importe de déterminer si une déclaration d'intention, en présence du Saint Sacrement, remplit les conditions préalables d'un *per verba de praesenti*.

Arilan, le conseiller de Duncan, se racla la gorge.

— Le précédent existe dans l'ancienne loi talmudique, Wolfram. Je doute qu'on ait souvent fait appel à cette particularité, mais le tabernacle sacré, devant lequel brûle la lampe de Présence, est un « descendant direct » de l'Arche juive du Covenant. En cas de nécessité, celle-ci pouvait remplacer un des dix hommes adultes requis dans nombre de rituels hébraïques.

— Au point qu'elle remplissait à son tour la fonction de témoin ? demanda Wolfram.

Arilan acquiesça.

— Sans aucun doute. Elle pesait autant sinon plus que les neuf autres témoins : de simples mortels. Et symboliquement au moins, elle incarnait le Dieu vivant. Si comme nous le croyons, Dieu est physiquement présent dans le Saint Sacrement, ne peut-on concevoir que l'Esprit Saint du tabernacle devant lequel Maryse et Duncan ont échangé leurs vœux est un témoin digne et valable ?

Duncan retint son souffle. Arilan venait de marquer un point ! Car nier la Présence de Dieu dans le Saint Sacrement, abrité par le tabernacle, revenait à blasphémer.

Lèvres pincées, Wolfram interrogea Cardiel du regard. Ce dernier s'abstint de tout commentaire. Supérieur hiérarchique de Duncan, il était dans une position délicate. Duncan disait-il la vérité ? Cardiel l'espérait. Hélas, espérer, croire ou savoir ne suffisait pas devant un tribunal ecclésiastique.

Surtout quand il était question de Derynis.

Car Duncan McLain, évêque et père de famille, était deryni ! Depuis près de deux siècles, l'Eglise pourchassait cette race aux pouvoirs magiques. Hors des plus hautes instances ecclésiastiques, la véritable nature de Duncan n'était pas connue.

Les fonctions religieuses restaient interdites aux Derynis. Pourtant, Duncan McLain était un homme d'église fidèle et capable.

Deryni lui aussi, Alaric Morgan avait grandi sous l'auguste protection du grand-père et du père de Kelson. La cour le tolérait de mauvaise grâce, en raison de son indéfectible loyauté. Et le duc avait la sagesse de ne pas exhiber ses dons. Même l'humain Wolfram respectait le seigneur blond tout de noir vêtu assis près du roi.

Si Wolfram soupçonnait Duncan, cousin de Morgan, d'être également deryni — ainsi, bien sûr, que son fils — il ignorait en revanche que Denis Arilan l'était aussi.

Dans la petite assemblée, seuls le clerc et lui n'étaient pas dans la confidence.

Sonder mentalement Duncan et connaître la vérité aurait été un jeu d'enfant. Hélas, ce n'était pas recevable devant une cour. La position officielle de l'Eglise vis-à-vis des Derynis restait des plus négatives.

— Naturellement, Denis, répondit Wolfram, toute déclaration faite en présence du Saint Sacrement serait valable.

— Loin de moi l'idée d'argumenter sur ce point, fit Arilan, conciliant.

— Néanmoins, il est d'usage de pouvoir citer des témoins.

— Autrement dit, Dieu ne pourrait pas témoigner, s'Il le souhaitait ? lança Arilan.

— Vous savez pertinemment que ce n'est pas ce que je voulais dire !

— Bien sûr que non. Mais en dix-huit ans, bien des gens quittent ce monde, savez-vous. Si le mariage de Duncan avait eu des témoins, ils seraient peut-être tous décédés.

— C'est vrai, admit Wolfram de mauvaise grâce, avant de se tourner vers Duncan. J'imagine que vous n'avez pas parlé de cette prétendue union avant votre entrée dans les ordres ? Je n'ai pas à vous rappeler, j'espère, qu'être marié interdit de porter la soutane ?

— Seulement si on l'est encore quand on est admis au sein de l'Eglise, souligna Arilan, devançant Duncan. Mais la dame de Duncan avait expiré. Alors, soit vous posez une question dépourvue de sens, soit vous entendez violer le secret de la confession. Duncan, votre confesseur n'est plus de ce monde, je crois ?

— Hélas, mon seigneur. Très âgé, il est mort quelques mois après mon ordination.

— Comme c'est pratique ! maugréa Wolfram.

— Allons, soyez raisonnable, le réprimanda Cardiel. L'homme serait octogénaire à l'heure qu'il est.

— N'empêche, mon seigneur. C'est bien commode !

— Là n'est pas la question, rappela Duncan. A supposer qu'il vive encore, Excellence, et que je veuille qu'il vous dévoile mes confessions, que pourrait-il vous apprendre sur Maryse ? Mon péché fut de ne pas chercher à la revoir durant les mois qui suivirent notre séparation. Mais elle et moi n'en avions commis aucun. Aux yeux du Très Haut, nous étions mari et femme.

— Si vous le dites...

C'était le cœur du problème. Qui pouvait prétendre voir ce que voyait Dieu ? Comment être certain que des vœux avaient bel et bien été échangés cette fameuse nuit ? Si oui, Dhugal MacArdry était le fils légitime de Duncan et son héritier direct.

Ou était-il le fruit d'étreintes aussi maladroites qu'innocentes entre de jeunes amants sur le point d'être séparés ?

Que Duncan cherchât à reconnaître un fils dont il venait d'apprendre l'existence était des plus compréhensibles. C'était même dans l'intérêt général. Un héritier lui permettrait de léguer ses fonctions séculaires de son vivant, se consacrant ainsi sans partage à son office épiscopal.

L'Eglise y serait favorable.

L'accession de Dhugal aux titres paternels assurerait la stabilité des domaines de Cassan et de Kierney.

Kelson y serait favorable.

Sans parler du principal intéressé. Par l'homme qui l'avait élevé, et que Dhugal savait être maintenant son grand-père maternel, il était déjà comte de Transha et chef du clan MacArdry. Quelles que soient les conclusions des ecclésiastiques, ça ne changerait pas. Les hommes et les femmes de Transha adoraient Dhugal. S'il héritait également des domaines de Duncan McLain qui jouxtaient son comté de montagne, il deviendrait un des potentats des Onze Royaumes.

En pratique, Dhugal hériterait de toute façon. Si Duncan, le dernier des McLain, mourait sans héritier, ses terres reviendraient à la Couronne. Le roi en disposerait à sa guise. De son vivant, Duncan pouvait aussi renoncer à ses titres au bénéfice de son suzerain.

Kelson les transmettrait à Dhugal, bâtard ou pas.

Mais ce matin-là, les octrois de terres n'avaient pas d'importance. L'adoubement de Dhugal était dans la balance. Si un doute restait aux yeux de l'Eglise, cet honneur serait refusé au jeune homme. Même le roi serait bien en peine de passer outre. Wolfram de Blanet avait été choisi pour plaider contre Duncan, afin que nul ne puisse dire que la cour ecclésiastique avait produit un certificat de complaisance.

Les bras croisés, Wolfram soupira :

— Nous disposons en tout et pour tout de la parole de Duncan.

Accablé par le poids des responsabilités, Cardiel hocha la tête, guère plus heureux.

— Je dois en convenir. Il semblerait que ce soit une impasse. L'affaire se résume ainsi : le serment de Duncan peut-il suffire — si tant est qu'il a effectivement échangé des vœux avec Maryse MacArdry en présence du Saint Sacrement ? L'ami de Duncan que je suis pense qu'il dit vrai. Mais l'archevêque ne peut se contenter de croire, même s'il considère Duncan comme son fils spirituel.

— Je suis du même avis, dit Arilan. Quel dommage que les dons derynis soient bannis en matière de justice religieuse... Les preuves qu'ils apporteraient permettraient de nous décider. De toute façon, le témoignage du duc Alaric sur son cousin serait forcément partial. Mais les Derynis peuvent déterminer qui ment et qui dit la vérité, n'est-ce pas ?

Le Deryni Arilan posait une question rhétorique au seul bénéfice de l'humain Wolfram. La scène qu'il allait jouer à présent avait fait l'objet la veille d'une répétition générale savamment orchestrée. Elle devrait porter ses fruits. Car la lignée des Haldanes possédait ses propres pouvoirs magiques.

Tout dépendrait maintenant de Wolfram.

Devançant Morgan, qui faisait mine de prendre la parole, Kelson se leva :

— Les Derynis ne sont pas les seuls à posséder de tels pouvoirs, évêque Arilan. Ce sera sans doute la solution à votre dilemme. Les Haldanes ont des dons similaires, apanage de leur héritage royal. Si je questionnais l'évêque McLain, établissant sans doute possible qu'il dit vrai, ce tribunal serait-il satisfait ?

Arilan leva un sourcil circonspect, se gardant de paraître trop empressé. Mais il ne put réprimer un soupir de soulagement en constatant que son supérieur, Cardiel, n'opposait pas son veto. Néanmoins, l'archevêque tenait à ce que les formes soient respectées.

Quant à Wolfram, l'avocat du diable, il insisterait davantage encore sur le protocole. Sa probité et le fait qu'il ne vouait aucune haine aux Derynis expliquaient qu'on l'eût choisi pour jouer ce rôle. Toutefois, l'évêque itinérant ne connaissait les Derynis que par ouï-dires. Le règne éclairé de Kelson, ces quatre dernières années, ne suffisait pas à faire oublier deux siècles de préjugés.

Les pouvoirs des Haldanes ? Wolfram en savait moins encore sur le sujet.

Sa consternation n'échappa pas à son supérieur.

— Qu'y a-t-il, Wolfram ? s'enquit Cardiel. Je vous assure que le roi en est capable. Je l'ai vu interroger des prisonniers de guerre. Il n'y a aucun mal à ça. Et ce qu'il apprenait ainsi était toujours vérifiable par un homme dont le témoignage est moins acceptable pour cette cour.

— Vous parlez du duc Alaric Morgan ?

— Oui.

Wolfram poussa un lourd soupir.

— Très bien. Loin de moi l'idée de douter des capacités de Sa Majesté — ou du jugement de votre Excellence. Néanmoins, légalement parlant, est-ce bien... prudent ? N'oublions pas que le seigneur Dhugal est son frère adoptif.

— Insinuez-vous que je maquillerais la vérité au nom de l'amour que je lui porte ? lança Kelson.

Wolfram pâlit, mais soutint son regard.

— Je ne sous-entends rien de la sorte, sire. D'autres, en revanche...

— C'est possible, en effet.

Vif comme l'éclair, Kelson tira son épée du fourreau et tomba sur un genou. Empoignant son arme par les quillons, il la tendit, garde en avant, vers le tribunal, et prêta serment :

— Sur l'épée de mon père, sur la Couronne et sur mon âme immortelle, je jure que j'ai dit la vérité et que je continuerai. Au nom du Père, du Fils et du Saint Esprit, Amen.

Embrassant la relique enchâssée dans la garde, il pointa la lame vers le sol et se releva.

— Croyez bien que je ne prononce pas de tels mots à la légère.

— Nul n'en doute, sire, se hâta d'assurer Wolfram, embarrassé. Mais... d'aucuns chuchotent que Duncan McLain est deryni.

— Je ne pense pas que la question soit là, rappela Kelson. Il s'agit de savoir si l'homme qui comparaît devant vous a contracté un mariage valide avec la mère de son fils.

— Mais... s'il était deryni... ne pourrait-il se dérober à votre sonde mentale ?

Exaspéré, le roi se tourna vers le duc de Corwyn pour lui tendre son épée.

— Morgan, au nom de votre serment de loyauté et de l'allégeance que vous m'avez jurée, ainsi qu'à mon père avant moi, et par cette arme sacrée, voudriez-vous, je vous prie, exposer à l'évêque Wolfram les limites qu'aurait la Lecture de Vérité si Duncan McLain était deryni ?

Par délicatesse envers Morgan, Kelson invoquait rarement le roi Brion. Mais là...

Le duc se leva, sa main nue tendue au-dessus de la relique enchâssée dans l'épée.

— Pour une simple Lecture de Vérité, dit-il, que Duncan soit deryni ou non est sans importance. Sa Majesté n'aurait aucun mal à distinguer le vrai du faux. Le tout est de poser les bonnes questions. Rien, dans une Lecture de Vérité, n'oblige le sujet à dire vrai. Simplement, il se trahit quand il recourt au mensonge.

En partie rassuré, Wolfram déglutit nerveusement.

— Sire, est-ce exact ?

— Oui.

— Vous saurez si Morgan ment ?

— Oui. (Il riva ses yeux gris sur le duc.) Si je le veux, à l'instar de tout Deryni, il m'est possible de séparer le bon grain de l'ivraie. Morgan, devant Dieu et devant témoins, avez-vous dit vrai ?

— Oui, sire.

Se tournant vers Wolfram, le jeune homme remit son épée au fourreau.

— Vous avez entendu la vérité, Excellence.

— Je... vois. (Wolfram conféra en aparté avec Cardiel et Arilan avant de revenir vers le roi.) Sire, j'en avais entendu parler il y a quelques mois, et je viens d'en avoir confirmation. A ce que je crois comprendre, les pouvoirs des Haldanes ne se limitent pas à ce don. Des mesures plus... efficaces... peuvent soutirer au sujet ce qu'il sait. Le duc Alaric et vous y auriez eu recours lors de la dernière campagne...

Kelson s'autorisa un sourire en coin. Comment Wolfram en avait-il eu vent ? Après tout, il n'avait pas fait jurer le secret aux éclaireurs témoins de ces scènes... Duncan avait-il également utilisé ses pouvoirs ? Dans l'affirmative, il avait dû s'entourer de toute la discrétion souhaitable, afin de garder le secret sur sa véritable nature.

— Mon prince ? souffla Morgan.

— Dites-lui, ordonna Kelson.

— Les Derynis appellent cela Voir-en-Esprit. Les Haldanes ont-ils un autre terme ?

— Non.

Le duc continua :

— Nous distinguons deux niveaux, selon que le sujet coopère ou pas. Conscient et volontaire, il se souvient des événements avec un grand luxe de détails. Sans qu'il puisse mentir. Un sujet réfractaire peut bloquer le processus de façon à ne donner aucune information. Mais ses réponses à des questions précises seront la vérité. Deryni ou humain, plus le sujet résistera, plus il souffrira.

— Je vois, fit Wolfram, pensif. Donc, si l'évêque McLain était deryni...

— Même s'il l'était, coupa Kelson, une question que je ne lui poserai pas, toute résistance à mes questions sur ce mariage m'apparaîtrait aussitôt. Si les réponses que j'obtiendrai ainsi sont recevables, je suis prêt.

C'était une solution inédite à une situation sans issue. Wolfram ne pouvait que s'incliner. Après un nouvel aparté avec Cardiel et Arilan, le vieil évêque aux cheveux poivre et sel donna son accord. Kelson pria Morgan de tirer deux tabourets devant le tribunal.

Duncan avança. Ce matin-là, le duc, comte et évêque-guerrier était un simple suppliant de noir vêtu. Unique emblème de son rang ecclésiastique, il avait gardé son améthyste à la main droite. Il la confia à Cardiel et, sur un signe de Kelson, s'assit, coudes sur la table, mains ouvertes.

— Cet interrogatoire est sans rapport avec mes fonctions d'évêque, expliqua-t-il devant la mine intriguée de Wolfram. C'est pourquoi j'ai ôté mon améthyste. Je suis ici en tant que père de famille.

— Un père deryni, souhaitant reconnaître son fils deryni ?

Duncan eut un sourire crispé.

— Sa Majesté a spécifié que cette question ne devait pas m'être posée.

— En effet, dit Kelson, une main sur l'épaule de Duncan. Honte sur vous, Wolfram.

L'évêque itinérant haussa les épaules.

— Je me faisais le porte-parole de mes pairs, Altesse, car nous sommes nombreux à nous inquiéter. La réponse est probablement positive. Mais pour l'heure, peu importe. Dieu merci ! Continuons, si vous le voulez bien.

— Etant entendu que je mène l'interrogatoire, rappela Kelson.

Debout à la gauche de Duncan, il lui prit le poignet. Du coin de l'œil, il vit Dhugal blêmir près de Morgan.

— Au bénéfice de l'évêque Wolfram, pour qui tout ça est nouveau, j'expliquerai ce que je fais, annonça le roi aux trois prélats. J'ai prié Duncan de poser ses mains ainsi, à la vue de tous, afin que le premier signe de tension soit aussitôt visible. J'ai pris son poignet pour la même raison, et parce qu'un contact physique facilite les choses. Etes-vous à votre aise, Duncan ?

— Physiquement, oui. Emotionnellement ? (Jouant les néophytes, il fit un sourire nerveux.) J'ai assisté à ce genre d'interrogatoire, sire. Je ne suis pas certain de vouloir revivre ma folle et impétueuse jeunesse, je l'avoue...

Kelson sourit tristement. Mais tous deux n'avaient pas le choix.

Recourant à la Lecture de Vérité, il poursuivit :

— Commençons par un banal récapitulatif. Veuillez décliner, pour cette noble assemblée, votre identité et vos titres.

— Duncan Howard McLain, prêtre et évêque, confesseur du roi, duc de Cassan et comte de Kierney, vice-roi de Meara. J'ai divers autres titres et offices de moindre importance. Les voulez-vous également ?

— Ce ne sera pas nécessaire. Avez-vous contracté un mariage valide avec la mère de Dhugal MacArdry ?

— Oui.

— Quand était-ce ?

— Début avril 1107.

— Quel âge aviez-vous ?

— J'étais un idéaliste de quinze printemps. Intellectuellement précoce, je crois. Maryse avait seize ans.

— Je vois. Vous étiez de noble lignée : vous fils de duc, elle fille de comte. Pourquoi avoir voulu un mariage secret ?

— L'impatience de la jeunesse... Cette année-là, Maryse, sa mère et ses sœurs étaient venues à Culdi tandis que nos pères menaient leurs armées à Meara. Depuis des générations, les deux clans étaient très liés. Mais un McLain tua un MacArdry lors d'une rixe d'ivrognes. Hélas, il s'agissait d'Ardry MacArdry, l'oncle de Maryse... et l'héritier en titre du comté.

« Le coupable fut jugé et exécuté, sans que les deux clans s'estiment satisfaits. Nos pères ont redouté qu'on aille de vengeance en vengeance. Aussi le vieux Caulay a-t-il rompu tout contact avec mon clan. Puis il est revenu à Culdi chercher les femmes et les ramener à Transha.

— Maryse aussi ?

La gorge nouée, Duncan hocha la tête.

— Jamais je n'avais songé à tomber amoureux ce printemps-là. J'avais mes études, la vocation... Ma voie était toute tracée. A l'automne, je devais entrer au séminaire de Grecotha. L'amour bouleversa mes plans...

« Il suffit de quelques semaines à peine... Maryse et moi gardions le secret, car ma mère eût été furieuse en apprenant que je ne me destinais plus à la religion. A la fin de l'été, dès que nos pères seraient de retour, nous projetions d'obtenir leur bénédiction et de nous marier. L'arrivée inattendue de Caulay fit s'envoler nos espérances.

— C'est-à-dire ?

Duncan soupira.

— Nous décidâmes de nous unir. Nous avions gardé assez de raison pour ne pas nous enfuir, mais aucun des prêtres locaux n'eût accepté de nous marier sans consentement parental. A minuit, dans la chapelle, Maryse et moi échangeâmes nos vœux en présence de l'unique Témoin qui ne nous trahirait pas.

— Le Saint Sacrement...

— Oui.

— Cela s'est-il déroulé ainsi que vous le dites ? Avez-vous bel et bien échangé des vœux matrimoniaux ?

— Oui.

— Merci. (De l'autre main, Kelson effleura le front de l'évêque.) Fermez les yeux, Duncan, et repensez à cette nuit-là. Je voudrais que vous répétiez mot pour mot ce que Maryse et vous avez dit alors. Etes-vous prêt ?

Kelson fit glisser ses doigts sur les paupières de Duncan, affermissant son emprise mentale sans rencontrer de résistance.

Arilan, qui savait exactement ce qui se passait, et à quel point Kelson agissait comme l'eût fait un Deryni, dissimula un sourire. Cardiel était fasciné ; Wolfram semblait quelque peu troublé.

— Il dit la vérité telle qu'il s'en souvient, mes seigneurs, annonça Kelson. Il n'y a eu ni résistance, ni volonté de dissimuler. Ma conviction est faite. Dois-je continuer ?

— Ça... ne le blessera pas ? demanda Wolfram.

— Nullement. Même si revivre de tels souvenirs est pénible pour lui.

— Je ne désire pas être une cause de désarroi, sire, mais j'aimerais tout de même entendre ces paroles de la bouche de Duncan.

— Très bien, soupira Kelson. Duncan, repensez à cette nuit-là. Vous avez quinze ans ; il est minuit. Maryse est-elle arrivée ?

— Oui...

— Quels mots échangez-vous ?

— Agenouillés tous deux devant le Saint Sacrement, je prends sa main dans la mienne et prononce mon serment... Devant Toi, Témoin suprême, mon Seigneur et mon Dieu, je prends cette femme, Maryse, pour légitime épouse et lui jure fidélité, jusqu'à ce que la mort nous sépare. (Sa main libre se porta à son épaule gauche comme pour y dégrafer quelque chose.) Accepte cet objet en gage d'amour.

— Quel objet ? souffla Kelson.

— Une broche d'argent en forme de tête de lion.

— Je vois. Et qu'a dit Maryse ?

L'émotion fit trembler Duncan.

— Je te prends pour époux légitime et t'engage ma foi. Accepte cet objet en gage de mon amour.

— Et elle vous a remis...

— Un cristal *shiral*, poli par les eaux des rivières. A une extrémité, un trou était percé pour y passer une cordelette. Elle le mit autour de mon cou. Il sentait bon son parfum...

— Doucement, souffla Kelson, cherchant à contenir des souvenirs poignants. Je sais combien cela vous est pénible, mon ami.

Mais le roi venait de capter autre chose — que même le vieux confesseur de Duncan n'avait jamais su. C'était intensément personnel... et capital pour entériner la validité d'un tel mariage.

— Que s'est-il passé ensuite, Duncan ? Avant de quitter la chapelle, qu'avez-vous fait ?

Le prélat inspira et expira, s'efforçant de se détendre.

— Nous n'ignorions pas à quel point nous agissions dans l'irrégularité. Mais en l'absence de prêtre, nous tenions à donner à notre union un tour aussi solennel et sacré que possible. Aussi ai-je pris un ciboire dans le tabernacle.

— N'était-il pas fermé à clef ? s'étonna Wolfram.

Cardiel lui fit signe de ne pas perturber la séance. Secouant la tête, Kelson invita Duncan à continuer.

— Vous avez pris un ciboire, insista-t-il. Ensuite ?

— Nous nous sommes donné la Communion. Ce n'était pas valable, je sais, mais j'avais l'habitude de manier la sainte vaisselle lors des offices. Et puisque nous ne pouvions avoir de messe nuptiale...

— J'imagine, intervint Arilan, que ce fut accompli avec toute la déférence voulue ?

— Oui.

— L'intention de contracter une union sacramentelle est indéniable, dit Cardiel. Arilan ? Wolfram ? (Ces derniers acquiescèrent.) Une ultime question doit être posée : où et quand fut consommé ce mariage ? De plus amples détails ne seront pas nécessaires.

Reconnaissant de cette délicatesse, Duncan sourit.

— Après, nous nous sommes réfugiés en haut de l'étable, nichés dans le foin. Dans mon innocence, il ne m'est jamais venu à l'esprit que notre union pourrait porter ses fruits. Et quand Maryse se découvrit enceinte, elle n'avait aucun moyen de communiquer avec moi. Si elle m'envoya un message, je ne l'ai jamais reçu. Un an plus tard, j'appris son trépas, prétendument dû aux fièvres. Il y a douze mois, j'ai eu la puce à l'oreille en voyant Dhugal porter la broche que j'avais donnée à Maryse.

Après son père, ce fut au tour de Dhugal d'avancer et de témoigner sur la broche ; un compartiment secret contenait les mèches entremêlées de ses parents.Il mentionna aussi le cristal *shiral* couleur miel qu'il portait autour du cou depuis ce jour, vieux d'un an, où lui et son père avaient finalement découvert ce qui les liait.

A présent, dans les appartements royaux, le père et le fils, un peu éméchés, savouraient leur victoire. Kelson leur avait offert un festin. Devant les reliefs du repas, le roi, Morgan, Nigel et Arilan continuaient de deviser. Dhugal avait entraîné son père à l'écart. Sa natte rousse contrastait avec sa tenue noire.

Retournant le bijou entre ses doigts, pensif, il dit à voix basse :

— J'ignorais que Maryse et vous aviez communié après vos vœux. Mais n'étiez-vous pas déjà prêtre dans le cœur ? Même sans être ordonné... Pourtant, vous étiez prêt à renoncer à tout pour elle.

— A l'époque, j'étais prêt à tout pour elle, en effet. Même si j'étais déjà prêtre, comme tu le dis... Peut-être Dieu m'a-t-Il repris Maryse si vite parce que je Lui appartenais...

— Pourquoi vous a-t-Il permis de tomber amoureux, en ce cas ? Etait-ce une épreuve ? La mort de Maryse était-elle la punition de votre manque de foi ?

— Dhugal, non ! Il n'a pas tué Maryse. Après une trentaine d'années à Son service, si j'ai appris quelque chose, c'est qu'un Dieu d'amour n'abat pas ses enfants ! Il les laisse parfois souffrir pour des raisons qui nous échappent. Beaucoup de femmes meurent en couches, mon garçon. Que Maryse ait osé aimer un homme destiné à Dieu n'a pas signé son arrêt de mort. Il ne faut pas croire des choses pareilles !

Dehors, il pleuvait à verse. Duncan regarda par la fenêtre. Combien il lui avait coûté d'adhérer à ce raisonnement !

— Je comprends ce que tu ressens, fils. Tu n'as pas tout à fait tort. Dieu m'a peut-être mis à l'épreuve, en effet. Et j'ai échoué. Quand j'ai appris la mort de ma mie, j'ai longtemps été de ton avis. A présent, je m'interroge sur les raisons de ma rencontre avec Maryse. Sans elle, tu ne serais pas né, après tout.

— Moi ?

Duncan sourit.

— Tu ressembles tant à Alaric, parfois. Lui aussi refuse de considérer qu'il ait pu intéresser les instances célestes. Parle avec lui, si tu ne me crois pas.

— Il n'est pas d'un abord facile.

— Ne crois-tu pas que pour chacun de nous, Dieu ait des desseins ?

— Si... bien sûr... Mais de façon générale. Nous disposons du libre arbitre.

— Jusqu'à un certain point. Que pesait ma volonté contre celle de Dieu, Dhugal ? Il me voulait pour prêtre. Avais-je vraiment le choix ? Non que je me plaigne, note bien... N'était que ta mère n'aurait jamais dû mourir...

« Mais se savoir élu est aussi grisant. Malgré les épreuves, j'ai été heureux d'être à Son service. Et même si j'ai appris ton existence sur le tard, tu restes la plus grande joie qu'Il m'ait accordée, mon fils. J'ai pu t'engendrer sans compromettre Son honneur.

Très ému, Dhugal se tourna vers la fenêtre.

— Et Ses lois ? Celles qui interdisent la soutane aux Derynis ?

— Cc sont les hommes qui les rédigent, même si Dieu les inspire. Parfois, on Le comprend mal.

— Et si ma mère avait vécu ? Seriez-vous entré dans les ordres, malgré tout ? Savait-elle que vous étiez deryni ?

— Oui. Je le lui ai dit avant notre union.

— Et ça lui était égal ?

— Absolument. A ses yeux, il n'y avait guère de différence avec le don de double vue des montagnards. Les nôtres étaient un peu plus raffinés, voilà tout. Pourquoi en faire un drame ? Evidemment, si j'avais été ordonné puis découvert, je risquais la mort, et elle le savait. Mais les frontaliers ont toujours été des mystiques. Chez eux, les persécutions dont ont souffert les Derynis n'ont jamais atteint de telles proportions.

— C'est vrai, mais vous ne répondez pas à ma première question : qu'auriez-vous fait si Maryse avait vécu ?

Comment répondre ? Comment s'expliquer sans ternir l'idéalisme d'un jouvenceau déjà éprouvé par l'adversité ?

— Honnêtement, je l'ignore, Dhugal. Crois-moi, durant les années qui ont suivi mon deuil, je me le suis souvent demandé. N'oublions pas que le ressentiment, entre nos clans, aurait mis des lustres à s'estomper. Maryse et moi aurions dû continuer à nous cacher. Même si elle avait tout avoué à sa mère, son accouchement aurait déshonoré les siens.

« Afin de sauver la face, tu aurais été élevé comme un fils de la mère de Maryse. Et c'est bien ce qui s'est passé. Tu *étais* le petit-fils de Caulay, non son fils. Avec du temps, quand la colère des uns et des autres serait retombée, nous aurions révélé la vérité.

— Vraiment ? insista Dhugal.

Duncan haussa les épaules.

— Nous n'en serons jamais tout à fait certains, n'est-ce pas ? A l'automne, comme prévu, je suis entré à l'université de Grecotha. Changer mes plans aurait éveillé les soupçons. De plus, j'aimais la vie académique. Attendant que le différend entre nos clans disparaisse, j'ai repoussé mon entrée dans les ordres.

« L'été suivant, j'appris que Maryse était morte. Plus rien n'interdisait que j'entre en religion. J'ignorais tout de ton existence. L'injustice d'une telle tragédie m'a un temps incité à la rébellion contre les pouvoirs divins. Mais la vie a repris ses droits. Mon existence laïque et ma brève union ont vite eu des allures de rêves lointains et fugaces... (Il plongea un regard bleu dans les prunelles ambrées de son fils.) Aimerais-tu m'entendre dire : « *Oui, Dhugal, j'aurais reconnu mon mariage et le fils dont je ne savais rien* » ?

— Je suppose... que non, répondit Dhugal d'une petite voix. Comme vous venez de le souligner, nous ne saurons jamais. Mais j'ai une autre question... plus capitale peut-être.

— Je répondrai si je peux, fils.

— Vous avez prononcé vos vœux et vous êtes devenu prêtre. Or, vous saviez fort bien que vous étiez deryni.

— Naturellement...

— Pourquoi continuer à mentir, père ? Vous êtes deryni et prêtre ! Et un *bon* ! Après des années de dévouement, vous avez prouvé que les deux états n'étaient pas incompatibles ! Pour l'amour du ciel, avant la Restauration, il y a eu de très bons prêtres derynis ! Et ça ne choquait personne.

— C'est exact.

— Alors pourquoi garder jalousement le secret ? Pourquoi éluder les questions à ce sujet, encore et toujours ? Que peuvent-ils vous faire ?

Duncan sentit son cœur cogner dans sa poitrine. Il prit son temps pour répondre :

— Tu n'imagines pas, mon fils...

— *Mais ils n'ont rien fait, et ils ne feront rien* ! Certains évêques sont déjà dans la confidence ; la plupart soupçonnent la vérité. Vous avez entendu

Wolfram aujourd'hui. Et ils savaient *avant* de vous élire évêque.

— Edmond Loris le savait aussi ! lança Duncan, les poings serrés, submergé par les souvenirs...

Combien l'archevêque renégat l'avait torturé ! Si ses ongles avaient repoussé et si ses plaies s'étaient cicatrisées, Duncan McLain se rappellerait jusqu'à son dernier souffle le bûcher où les flammes avaient léché sa chair martyrisée, avant-goût de l'Enfer...

Dhugal se remémora à son tour la scène cauchemardesque... et soupira.

— Je suis navré, père. Je n'ai pas le droit d'insister. Tout ça est nouveau pour moi. La décision vous revient. Mais...

— La transparence te plairait, n'est-ce pas ? Je sais. Crois-moi, j'y ai souvent songé...

Se raclant la gorge, Morgan les rejoignit.

— Désolé de vous interrompre. Duncan, auriez-vous oublié qu'il nous reste des affaires pressantes à régler avec Arilan ?

Le prélat secoua la tête ; la perspective ne l'enchantait guère.

A l'insu des intéressés, Morgan et Duncan avaient accepté qu'Arilan expose pour la première fois Kelson et Dhugal au *merasha*. Duncan se souvenait des tortures psychiques que lui avait infligées Loris avec cette drogue. Car si elle agissait comme un sédatif sur les humains, elle privait les Derynis de leurs pouvoirs. Morgan en avait également fait la pénible expérience.

Mais il était essentiel que Dhugal et Kelson expérimentent à leur tour ses méfaits avant de les subir dans des circonstances moins favorables... Mieux valait prévenir que guérir. Il n'y avait pas d'antidote connu, mais les effets pouvaient être adoucis, voire tournés à l'avantage du sujet, si ce dernier s'était suffisamment préparé.

Au salon, Kelson était assis près du feu, face à Nigel, son oncle. Dhugal et son père prirent place à la senestre du roi ; Morgan, à sa dextre.

L'air pincé, Arilan s'installa face aux deux jeunes gens. Il brandit une fiole rangée dans un étui de cuir.

— Mes excuses si je parais trop abrupt, mais j'ai mes raisons. Sire, je doute que vous ayez vu cette fiole le jour où votre père passa de vie à trépas. Pourtant, vous auriez dû. Elle est responsable de sa mort.

CHAPITRE 2

Ouvre la bouche et bois ce que je te donne à boire.

Eldras, II, 14, 38

Elle est responsable de sa mort...

La déclaration fracassante d'Arilan fit frémir les quatre hommes qui avaient été des proches de Brion Haldane. Kelson blêmit ; ses prunelles grises se voilèrent. Hébété, Nigel se revit tenant dans ses bras son frère aîné à l'agonie. Incrédule et horrifié, Duncan se signa. Main tendue pour saisir le prélat à la gorge, Morgan bondit.

— Ne me touchez pas ou vous le regretterez ! menaça Arilan. (Le duc brandit un poing rageur.) Asseyez-vous. Ma foi, on jurerait que c'est moi qui l'ai tué ! Cette fiole a *permis* le régicide. Le *merasha* a ôté tous ses moyens à Brion — je ne vous apprends rien ? Ou me soupçonneriez-vous de complicité ?

A contrecœur, Morgan se rassit. Nigel ouvrit la bouche sans qu'aucun son n'en sorte.

— Personne n'a lancé d'accusations, dit Duncan, priant mentalement les autres de garder le silence tandis qu'il cherchait une explication. Même si vous auriez pu tremper dans le complot. Je suppose que c'est cette fiole que Colin de Fianna but avec le roi, ce jour-là. Comment le *merasha* fut mélangé au breuvage, nous l'ignorons encore.

A la lueur tremblotante des flammes, les beaux traits d'Arilan prirent des allures sataniques. Son regard bleu-violet devint presque assorti à son étole.

— Ne soyez pas idiot. Si vous vous rappelez, Nigel, j'ai été le premier à vous prévenir que Colin avait reçu cette fiole des mains d'une dame mystérieuse.

— Où diable l'avez-vous retrouvée ? s'exclama Nigel. Nous avons remué ciel et terre, sans résultat. Colin a cru l'avoir perdue durant la chasse.

Arilan hocha la tête.

— Et c'était vrai. Sauf que je l'avais « égarée » à sa place. Dès que j'ai vu Brion à l'agonie, j'ai compris qu'on lui avait fait boire du *merasha* à son insu. Et quelques minutes plus tôt, il avait trinqué avec Colin...

« Profitant de la confusion, j'ai attiré Colin à l'écart, et je l'ai discrètement soulagé de cette pièce à conviction. Il y avait effectivement des traces de *merasha*. Colin a « oublié » notre entrevue, et je vous ai laissé tirer vos conclusions : Charissa avait drogué notre roi. Si j'avais révélé alors ce que je savais, c'était trahir du même coup mes origines derynies.

— J'imagine que vous n'avez rien pu faire pour sauver mon père, soupira Kelson. Ne me dites pas que vous l'auriez pu, mais que vous vous en êtes abstenu pour préserver votre précieux secret !

Arilan baissa les yeux sur ses mains croisées.

— Kelson, je ne nierai pas que je me suis accusé plus d'une fois. Les cauchemars qui me hantent sont pires que tout ce que vous pourriez imaginer — un pâle avant-goût de ce qui m'attend le jour du Jugement Dernier. Mais je n'ai pas sur les mains le sang de votre père. Quand je l'ai rejoint, il était au-delà de toute assistance terrestre. Je doute qu'un guérisseur qualifié eût pu le sauver — même s'ils n'avaient pas déjà tous disparu, traqués à mort.

— Est-ce la vérité ou cherchez-vous à m'amadouer ? demanda Kelson, osant pour la première fois recourir à la Lecture de Vérité sur l'évêque deryni.

Conscient de la sonde mentale, Arilan écarta les mains en un geste de soumission.

— Je vous ai dit la vérité et rien que la vérité, majesté. A part prolonger l'agonie de votre père, je n'aurais rien pu faire. Brion ne l'aurait pas souhaité. Vous n'ignorez pas quelles furent ses souffrances.

— En effet, murmura le jeune homme.

Il repoussa la question mentale de Morgan et la timide tentative de réconfort de Dhugal, avant de reprendre :

— Arilan, si vous avez caché cette fiole jusqu'ici, pourquoi la ressortir maintenant ?

— A mon avis, vous le savez.

Arilan tira de sous sa soutane un flacon qu'il posa à côté de la fiole.

— Il est temps, sire, que vous affrontiez la substance capable de vous dépouiller de vos pouvoirs. Vous n'en avez jamais fait l'expérience, pas plus que Dhugal. Pour tout Deryni bénéficiant d'un entraînement, c'est une étape capitale. Confronté au *merasha*, un sujet averti pourra en réduire les effets et même, jusqu'à un certain point, les tourner à son avantage. Duncan vous le confirmera.

Ce dernier acquiesça, une main posée sur celle de son fils. Kelson tourna un regard accusateur vers Morgan.

— Alaric, le saviez-vous ?

— J'ignorais tout de la fiole. Mais Duncan, Arilan et moi avions évoqué la nécessité de vous soumettre à l'influence du *merasha*. Nous étions convenus que cette nuit serait le moment idéal. Je ne vous en ai pas parlé pour éviter que vous vous fassiez du souci. Ce matin, vous aviez besoin d'avoir les idées claires. Cela dit, je ne m'attendais pas à ce coup de théâtre. C'est indigne de vous, Arilan.

Le prélat écarta les mains de plus belle.

— Je m'en excuse, mes seigneurs. En vérité, je ne me doutais pas que la plaie, en vous, restait à vif. Mais il m'a semblé que c'était l'occasion ou jamais de souligner l'importance d'une telle expérience. J'espère au moins avoir réussi.

— Amplement, maugréa le roi.

Invoquant une flamme de poing pour mieux voir, il saisit le flacon de verre. Un liquide clair le remplissait à moitié. Frissonnant, il le reposa et fit disparaître la lueur magique.

— Ainsi, voilà du *merasha*...

Dhugal ne cachait pas son inquiétude. La gorge sèche, Nigel tâchait de ne pas trahir la sienne, même s'il n'était pas concerné par l'épreuve.

— J'aurais préféré me faire à l'idée, Alaric, dit Kelson. Vous auriez pu m'en parler.

— Un soir tard, cet automne, nous en avions discuté. Il est vital que vous sachiez à quoi vous en tenir, et comment réagir, le moment venu.

— Pourquoi cette hâte soudaine ?

— Parce que vous n'êtes plus un enfant. Dans trois jours, vous serez adoubé. Pour ceux qui ne sont pas de sang royal, cela marque le passage officiel de l'adolescence à la vie adulte. C'est le sceau de la virilité. Les ennemis qui auraient eu scrupule à abattre un tendre jouvenceau comme vous n'en auront plus désormais — d'autant que vos pouvoirs seront largement connus. Quand vous rencontrerez les légats de Torenth à Cardosa, vous serez particulièrement exposé.

— Et ces quatre dernières années, ne l'ai-je pas été ?

— Vous avez eu de la chance. Ça peut ne pas durer. Si Brion avait su ce que vous allez apprendre, il aurait peut-être survécu. C'est ma faute. En théorie du moins, je connaissais les effets néfastes du *merasha*. J'aurais dû en informer le roi.

— Ne vous surestimez pas, Alaric, dit Arilan. Dans ce cas précis, ça n'aurait rien changé. Brion n'a jamais accepté sa nature, refusant obstinément d'en développer le potentiel. Vous-même n'étiez que sommairement entraîné. Les réticences de Brion à utiliser ses pouvoirs auront été, en dernière analyse, les véritables responsables de sa mort prématurée. Souvenez-vous que je fus son confesseur durant les six dernières années de sa vie.

— Il vous en parlait ? demanda Kelson.

— Très rarement et à mots couverts. Mais pourquoi ne vous a-t-il rien appris sur vos pouvoirs, à votre avis ? Réfléchissez. Seuls Alaric et Duncan se sont efforcés de vous familiariser avec la magie et l'ésotérisme.

— Si mon père avait su composer avec le *merasha*, cela l'aurait-il sauvé ?

L'évêque deryni secoua la tête.

— Comment le dire ? Peut-être. S'il avait su, s'il avait lutté... Ignorant ce qui le frappait, il n'avait pas une chance... C'est indéniable.

— Je vois. (Le jeune homme prit la fiole et l'inclina.) En reste-t-il assez, ou a-t-il tourné en quatre ans ?

Nigel pâlit ; Morgan et Duncan échangèrent des regards gênés ; Arilan sourit.

— Le vin, certainement. Le *merasha* a aussi perdu de sa pugnacité. Mais je comprends votre allusion. Nous utiliserons le reste avant d'ouvrir une nouvelle bouteille, si c'est là votre souhait.

— Est-ce prudent ? voulut savoir Morgan.

— Autant qu'on puisse le dire, oui. En mémoire du roi Brion, je suis prêt à transiger sur les doses souhaitables de *merasha* — dans un premier temps. Je n'ai pas omis de me munir d'un sédatif.

L'évêque sortit un sachet. Duncan alla chercher une coupe d'eau. Après avoir débouché la fiole, et froncé le nez à cause de l'odeur qui s'en dégageait, Arilan fit flotter deux gobelets jusqu'à lui. Il remplit le premier et transvasa le contenu plusieurs fois de l'un à l'autre, avant de le répartir équitablement. Puis il posa les gobelets devant Dhugal et Kelson. Duncan remua la coupe d'eau avec une cuiller.

— C'est le sédatif ? s'enquit Morgan.

Son cousin acquiesça.

— Oui. Dhugal, il doit t'être familier.

Le jouvenceau, qui avait reçu une formation de chirurgien militaire, huma le mélange avant d'y goûter. Il en fut quitte pour une grimace.

— En effet. On ne se réveillera pas avant demain matin ! Il n'y a pas mieux pour assommer un patient et le soigner en toute quiétude ! Le pauvre ne sent plus rien...

— Et vous non plus, bientôt, dit Arilan, prenant le sédatif à Duncan pour le poser au centre de la table. Du reste, vous ne le désireriez pas... Quand vous voudrez, mes seigneurs. Pourquoi ne commenceriez-vous pas, sire ? Vous n'avez guère confiance en moi ; Alaric supervisera l'expérience. Prenez une gorgée d'abord, afin d'analyser la saveur. Puis avalez le reste. Aussi concentré, le *merasha* a un horrible arrière-goût. Duncan vous le confirmera. Loris et Gorony ont dû lui administrer de force la même dose.

Si Arilan avait voulu être rassurant, il en fut pour ses frais. Kelson se rappelait trop bien dans quel état il avait retrouvé son fidèle vassal. Prendre le gobelet et le porter à ses lèvres fut un des actes les plus difficiles de sa vie.

C'est ce qui a tué ton père ! lui cria sa propre terreur. *Tu vas revivre sa mort* !

Il revoyait Brion, défiguré par la souffrance, cherchant douloureusement son souffle... puis les traits paternels disparurent, remplacés par les siens... Non sans mal, Kelson domina la panique. Chaque homme, sur terre, avait des phobies contre lesquelles la raison était impuissante.

Mais le soutien de ses compagnons, dans cette épreuve, était presque tangible. Jamais son père n'avait connu pareille fraternité mêlée de magie : la timide caresse mentale de Dhugal, celle de Duncan, plus affirmée, l'exhortation vigoureuse de Morgan, une main sur sa nuque... A peine Kelson sentait-il la tendresse bienveillante d'Arilan.

La présence de Nigel réconfortait aussi le jeune souverain.

Quelque peu rasséréné, il trempa les lèvres dans le breuvage, assassin temporaire de l'esprit. Contrairement à son père, il ne le paierait pas de sa vie. Et s'il passait l'épreuve haut la main, le calvaire de Brion n'aurait pas été vain.

Sans avoir tourné à l'aigre, le vin lui laissa néanmoins un goût âcre dans la bouche. Arilan avait vu juste. Quatre ans plus tôt, c'était un excellent rouge.

Sans doute l'ajout de *merasha* l'avait-il empêché de se bonifier.

Kelson sentit sa langue s'engourdir, puis sa gorge et son crâne *vibrer...*

— Buvez jusqu'à la lie, mon roi, l'encouragea Morgan soudain campé derrière lui, les mains sur ses épaules. Autant éviter les douleurs de la transition.

Kelson suivit son conseil — ce qu'il aurait fait moins volontiers avec l'évêque deryni. L'engourdissement gagna ses lèvres et ses bras.

La nausée le menaça. Non à cause de l'aigreur du breuvage, mais de ses souvenirs... Déjà, il oubliait le fait que des amis chers l'entouraient. Morgan retira la coupe de ses doigts gourds...

... Et Kelson se retrouva seul au monde.

Plus seul qu'il ne l'avait jamais été.

Il plongea dans un trou sans fond. Ses perceptions psychiques avaient disparu ! Il voulut crier à l'aide — ça lui valut un haut-le-cœur. Des braises le consumaient tout entier.

— Kelson, pouvez-vous m'entendre ?

La question lui parvint de très loin : un crissement de métal rouillé, mettant ses nerfs à vif. Il réussit à acquiescer. Seul point de repère dans un monde soudain inaccessible, il avait vaguement conscience de ses mains serrant le bord de la table.

Celles de Morgan, qui lui tenait la tête, auraient pu être des tisons ardents.

— Gardez les yeux fermés, respirez lentement et concentrez-vous sur le son de ma voix. Vos boucliers ne tiennent plus. Ne me résistez pas. C'est déplaisant, mais nécessaire pour que vous compreniez mieux ce qui arrive.

Le salut de son âme en eût-il dépendu que Kelson aurait été incapable d'agir autrement. Le contact mental du duc était plus éprouvant encore que celui de ses mains sur ses tempes.

L'heure qui suivit, Kelson hurla à gorge déployée. Plus tard, ses compagnons l'assurèrent pourtant qu'il n'avait pas émis un son.

Puis on lui administra le sédatif.

Quand il rouvrit les yeux, le jour suivant était levé. Jatham, l'aîné des écuyers royaux, le réveillait pour la messe dominicale. Jamais Kelson n'avait eu aussi mal à la tête.

— Dieu, murmura-t-il, comment Duncan a-t-il tenu ? Le *merasha*, en plus des autres tortures ! (Il mit un bras devant ses yeux pour ne plus voir la lumière.) Et mon père ? Il n'a jamais su ce qui lui arrivait !

Au pied du lit, Dhugal s'étira, grommela et s'assit péniblement.

— Oublions les souffrances de nos pères, dit-il. Le passé est le passé. L'important est ce que nous avons appris cette nuit. A Dieu ne plaise que nous en refassions de sitôt l'expérience !

L'arrivée de Morgan les tira de leurs sombres pensées. Quand le duc suggéra qu'une journée à reprendre des forces leur serait plus bénéfique que de faire acte de présence aux offices religieux, Kelson insista :

— Nous devons nous rendre à l'église ce matin, Alaric. Cardiel lira en chaire la dispense du tribunal.

Il avait raison. Après avoir soulagé de son mieux la migraine des jeunes gens, Morgan leur recommanda de bien se reposer la nuit suivante. Lui-même partit se recoucher de ce pas.

L'annonce de Cardiel souleva l'enthousiasme. Après la messe, les dames et les seigneurs furent nombreux à venir féliciter Dhugal et leur suzerain. L'année précédente, le jeune seigneur frontalier s'était rendu très populaire à la cour. Quand le roi et lui quittèrent la cathédrale, les MacArdry venus à Rhemuth assister à l'adoubement de leur chef les saluèrent avec force vivats... Les jeunes gens sursautèrent, agressés par la lumière du jour et par le tumulte ! Ciard O'Ruane, le vieux mentor de Dhugal, s'esclaffa avec les siens sur l'impétuosité de la jeunesse, toujours encline aux célébrations trop arrosées !

Kelson et Dhugal se gardèrent bien de rétablir la vérité. Deux jours de liesse et de fêtes suivraient les adoubements. Auparavant, jeûne, humilité et ascétisme étaient de rigueur. Aussi, la prétendue gueule de bois fournit aux jeunes gens un prétexte supplémentaire pour rechercher le calme et l'isolement. Les MacArdry et les nobles qui les escortèrent du parvis de la cathédrale jusqu'au château s'égayèrent ensuite, à l'exception de Jatham. L'écuyer aussi serait fait chevalier dans deux jours. Sans en connaître les motifs, il tenait de Morgan l'ordre de ne pas quitter les deux jeunes gens.

Après l'orage de la veille, le soleil brillait — une rareté en mars. La moitié de la cour profitait du beau temps pour déambuler dans les jardins.

Meraude, l'épouse de Nigel, brodait et lisait en compagnie de deux jouvencelles. Près de sa mère, Eirian dormait dans son berceau. La blonde et mélancolique Janniver veillait sur son sommeil. L'été précédent, Kelson et ses preux étaient arrivés trop tard pour sauver la princesse du déshonneur — une forfanterie de plus des rebelles meariens. Reniée par son père et son fiancé, Janniver avait trouvé refuge à la cour de Gwynedd.

Quant à sa compagne...

Inspirant à fond, Kelson se rappela qu'elle ne lui était pas plus destinée que Janniver. A dix-sept ans, Rothana de Nur Hallaj arborait une beauté orientale qui troublait le roi. De noble lignée, la belle était une princesse du Forcinn, parente par alliance de Richenda. Mais c'était avant tout *sœur* Rothana, une novice de l'ordre de Saint Brigid, en passe de prononcer des vœux définitifs.

Sans parler de ses pouvoirs derynis, aussi affirmés que ceux de Richenda — l'épouse de Morgan — malgré son manque d'entraînement. Autant d'éléments qui la rendaient doublement fascinante aux yeux d'un roi veuf depuis un an, après un mariage non consommé. Et Dieu savait que sa famille et ses conseillers pressaient constamment Kelson de reprendre femme.

Le jeune homme tenait encore la raison d'état en respect. Il refusait une nouvelle union politique. Pourtant, au fil des mois, le souvenir de la belle Sidana s'estompait. Plus par habitude que par conviction, il portait l'anneau de ses fiançailles : un cercle d'or orné d'un lion haldane aux yeux de rubis. Depuis la campagne mearienne, il ne se vêtait plus de noir, excepté en janvier, pour l'anniversaire de sa mort.

Il avait rencontré Rothana dans les ruines d'une abbaye profanée par les rebelles. Elle s'efforçait de consoler Janniver. Si Rothana avait miraculeusement échappé au viol, ses sens derynis avaient perçu la terreur et l'humiliation de ses compagnes.

A l'époque, Kelson n'avait eu d'intérêt que pour une chose : identifier les coupables et leur faire payer leurs exactions. La nuit suivante, tandis que les survivantes et les chevaliers organisaient des secours, Kelson avait voulu sonder mentalement Janniver. Rothana s'y était opposée avec la dernière énergie, assimilant pareil procédé à un viol mental.

Kelson avait dû capituler.

Mais non renoncer à sa volonté de justice.

Un compromis avait été trouvé, Rothana acceptant le lien psychique à la place de sa compagne. Ensuite, elle avait communiqué au roi l'information voulue...

... Plus ce qu'était un viol du point de vue de la victime, avec toute l'angoisse, l'humiliation et la douleur que cela représentait.

Pour diverses raisons, Kelson était encore puceau. Cette expérience psychique le priverait-elle de sa virilité à l'heure de son initiation sexuelle ? Il avait appris que le viol et l'acte d'amour étaient le jour et la nuit. Il lui tardait d'en avoir la preuve.

Comme chez tout adolescent de dix-huit ans, ses rêves érotiques se multipliaient... Et Rothana y tenait un rôle de plus en plus important.

Mais elle se destinait à Dieu. Durant leur union psychique, quelque chose de plus personnel et intense que le viol était arrivé.

Kelson et Rothana l'avaient nié, refusant d'admettre leur attirance mutuelle.

— Bonne après-midi, sire, dit Meraude.

Toutes les femmes se levèrent pour faire la révérence. Comme il convenait en présence de jeunes gens virils, Rothana garda les yeux baissés. Janniver osa un coup d'œil vers eux avant de s'empourprer. Se rapprochant d'elle, Jatham ne put réprimer un sourire.

— Tante Meraude ! lança Kelson. Quelle agréable surprise ! (L'intérêt soudain de son écuyer pour la princesse blonde ne lui échappa pas ; malgré son mal de crâne, il s'efforça d'être courtois.) Belles dames, asseyez-vous, de grâce. Je vois que le soleil printanier a fait s'épanouir les fleurs.

Son sourire ne laissait aucun doute sur le sous-entendu galant. S'inclinant avec panache devant Meraude, il poursuivit :

— Voici une superbe rose de Rhenndall. (Il salua Rothana avec la retenue qui seyait.) Et voilà une jonquille d'or, à moins que je ne possède plus ma botanique. Dhugal, avez-vous jamais vu plus belles éclosions ? Ou vous, Jatham ?

Rouge comme un coquelicot, Janniver chercha d'une main malhabile un rouleau de fil dans son nécessaire à broder. Jatham se pencha pour ramasser celui qui était tombé dans l'herbe.

— Jamais, sire, souffla-t-il. *Jamais* je ne vis plus beau bouquet !

— Allons, mes seigneurs, réprimanda doucement Meraude, l'œil pétillant, cessez de nous faire tourner la tête ! De plus, la plupart des fleurs ne sont pas encore écloses.

Audacieuse, Rothana regarda soudain le roi dans les yeux :

— Mais il n'est pas trop tôt pour parler avec Son Altesse de la décoration florale de la basilique, demain. Puis-je m'entretenir en privé avec vous, sire ? Accompagnez-moi jusqu'à une fenêtre, d'où je pourrai vous indiquer les meilleurs choix. En mars, il existe des combinaisons fort intéressantes. Après tout, il ne serait pas séant que des jeunes gens passent leur nuit de veille devant un autel nu.

En parlant, elle avait entraîné Kelson. Tous les regards suivirent le couple.

— Feignez d'observer le jardin comme moi, seigneur. J'ai une question, rien que pour vos oreilles. Je regrette que vous souffriez des effets du *merasha*. Peut-être serait-il plus sage d'ajourner cet entretien.

Kelson se rapprocha, intrigué par un discours sans rapport avec la botanique...

— Meraude vous en a-t-elle parlé ou percevez-vous mon malaise ?

— Les deux, seigneur. Je serais bien stupide de ne rien remarquer.

— Je vois.

— Si vous êtes trop mal, nous en reparlerons plus tard, insista-t-elle. Je m'en voudrais d'ajouter à votre inconfort.

— Si vous avez idée de ce que j'ai enduré, vous savez ce qu'il m'en coûte de me comporter normalement aujourd'hui. Mais inutile de remettre notre entretien. (Il inspira à fond.) Que désiriez-vous me demander ?

— Il s'agit de votre écuyer. Que pouvez-vous me dire à son sujet ?

— Jatham ?

Il comprit d'emblée que Janniver était concernée, non Rothana. Ses boucliers mentaux mis à mal ne purent cacher son soulagement. A grand-peine, la jeune femme réprima un sourire gêné.

— De grâce, sire, parlez à voix basse ; ne vous tournez pas vers moi. Nous sommes censés inspecter le jardin. Vous avez vu comme moi les regards que votre écuyer et Janniver ont échangés. Ils se sont épris l'un de l'autre. Même si Jatham s'estime d'un rang trop modeste et ne s'autorise aucun espoir... De quelle lignée est-il ?

Combien de fois avait-il entendu la même question à propos d'une fiancée en puissance du souverain de Gwynedd !

— Allons, sire, s'il était de basse extraction, il ne serait pas écuyer du roi ! Et mardi, il sera chevalier, n'est-ce pas ? A en croire les rumeurs, il n'aura pas volé votre accolade !

— Si vous en savez autant, ma dame, pourquoi solliciter mon avis ?

— Majesté, ce sont des ouï-dires ! Je préférerais entendre la vérité de votre bouche. Et surtout avoir votre jugement sur l'homme. Je voudrais voir ma petite princesse contracter un mariage heureux... (Rothana se rembrunit.) Ou Jatham est-il de ceux qui s'estimeraient déshonorés d'épouser une fille « perdue » ?

— *Perdue* ? se récria Kelson. Ma dame, vous me sidérez. Vous, son amie !

— Sire, je vous en prie, ne haussez pas le ton. Le monde est sans pitié. La vérité est que la plupart des hommes préfèrent prendre des vierges pour épouses. Les rois et les princes insistent beaucoup sur ce chapitre.

— Pas le souverain qui est devant vous !

— Ah non ? La prendriez-vous pour femme, mon seigneur ? Voilà qui m'étonnerait. A supposer, vos conseillers vous en empêcheraient. Mais imaginons... La coucheriez-vous dans le lit sacré du mariage, sachant qu'Ithel de Meara a pris son plaisir avec elle...

— *Plaisir* ? (Kelson se retint de crier.) Dans un acte si haineux, je doute que la victime et le coupable en retirent beaucoup ! Comme vous devriez le savoir !

Rothana recula.

— Pardonnez-moi, sire. J'ai un caractère trop affirmé pour une future nonne. Sans le vouloir, j'ai pris trop de liberté avec vous.

Kelson hocha sèchement la tête.

— En effet. Mais c'était édifiant. Et vous avez raison : que je le veuille ou non, Janniver n'est pas pour moi. Sachez néanmoins que sa souillure n'est point la cause. J'espère encore que l'amour aura son mot à dire dans le choix de ma prochaine épouse.

— Je l'espère aussi, altesse.

— Toujours est-il que je ne vous permets pas de parler de Janniver en ces termes. La pauvre fille n'a pas demandé à être violée, que je sache. Encore qu'à la lecture des missives que son père et son ex-fiancé m'envoient depuis six mois, on en viendrait à douter ! (Il soupira.) Ces deux princes sont certainement de la sorte d'hommes dont vous parliez tantôt.

— Je dois en convenir, majesté. Je prie pour qu'il n'en soit pas ainsi de votre Jatham.

— Non, il n'est pas comme ça.

— L'épouserait-il, en ce cas ?

Kelson eut un petit sourire.

— Je crois, oui. S'il était encouragé.

— Par son suzerain ?

— Bien... Je ne puis lui ordonner de tomber amoureux !

— Qui a dit ça, mon seigneur ? Nul besoin de le... persuader... non plus... Voilà qui est réglé. Dites-moi seulement que vous l'encouragerez, avant que nous passions au choix ennuyeux des plantes.

— Ennuyeuse... la botanique ?

— N'est-ce pas pour ça que nous sommes là ?

— Ma foi, *sœur* Rothana, vous *adorez* jouer les marieuses ! Notre petite nonne est-elle promise à un bel avenir de Cupidon ?

Horrifié par ce qu'il venait de dire, Kelson fut soulagé que la jeune femme garde les yeux rivés sur le jardin.

Rothana attendit qu'il se ressaisisse.

— Nous devrions rejoindre les autres, sire. Le lierre je pense, ferait fort bien l'affaire pour...

— Kelson, ne devriez-vous pas vous préparer dans l'isolement et le recueillement ? lâcha une voix glaciale, près des jeunes gens. Ma sœur, il m'étonnerait fort que notre abbesse approuve vos apartés inconvenants.

D'où diable avait surgi Jehana ? se demanda Kelson, stupéfait. Il ne lui restait plus guère d'énergie pour affronter sa mère...

Le printemps précédent, Jehana avait fait son retour à la cour. Aussitôt, elle avait déclaré vouloir aider à choisir sa prochaine belle-fille. Car la femme idéale, pensait la reine, inciterait Kelson à renoncer à ses pouvoirs maudits — comme son défunt mari, Brion. Ainsi la malédiction derynie serait-elle écartée.

En bure blanche de novice de saint Giles, elle avait amené avec elle son chapelain et une sœur nommée Cécile. Jehana était incapable d'accepter ses origines derynies. Pourtant, à son grand dam, elle ne parvenait pas tout à fait à les renier. Plus d'une fois, depuis son retour, elle s'était vue contrainte de recourir à ses pouvoirs au détriment de ses principes moraux et religieux.

Elle continuait de faire vœu d'abstinence — sans conviction. Et elle détestait voir d'autres Derynis user de leurs dons sans scrupule.

Les survivants de Saint Brigid résidaient dans la capitale, attendant les beaux jours pour regagner leur abbaye et la relever de ses ruines. Jehana avait pris l'habitude d'assister à leurs offices. Quant à Rothana, elle l'évitait comme la peste. Suprême abomination, cette fille derynie avait eu le culot de prononcer des vœux ! Jehana en rêvait sans l'oser...

— Ma sœur, je vous parle ! Ne devriez-vous pas être à vos dévotions ? J'aimerais m'entretenir avec mon fils. Ayez la bonté de nous laisser.

Rothana s'inclina et s'apprêta à obéir ; d'une main, Kelson la retint.

— Sœur Rothana et moi n'avions pas terminé, mère. Et pour votre gouverne, sachez que j'allais me retirer. Nous parlions des décorations de l'autel, pour demain soir. Du lierre, donc, ma sœur ?

Il sentit le sourire que Rothana n'osa pas esquisser. Mains croisées sous ses manches, elle gardait les yeux baissés.

— Je pense, mon seigneur. Ainsi que du houx, s'il s'en trouve encore en cette saison. J'aimerais également suggérer du gui, encore que l'archevêque y verrait une coutume païenne. Avec votre permission, sire, je vais m'en occuper de ce pas. Je vous salue, majesté.

Sur une dernière révérence, la novice s'éloigna. Jehana en resta un instant bouche bée.

— Quelle insolence ! Quel culot ! J'aurais deux mots à dire à la mère supérieure !

— Vous n'en ferez rien, s'insurgea Kelson, l'entraînant dans un renfoncement. Vous avez été discourtoise, ce qui ne sied guère à une femme et se révèle impardonnable chez une reine.

— Comment oses-tu me parler sur ce ton ?

— Si vous désirez rester la bienvenue ici, ma dame, vous apprendrez à tenir votre langue ! (Kelson n'avait pas haussé le ton, mais son courroux ne faisait aucun doute.) Je ne tolérerai pas que vous vous montriez grossière avec les Derynis !

— Mais c'est une *nonne*, Kelson. Etant derynie, le salut de son âme était déjà compromis. Qu'elle ait osé prendre le voile...

— Le salut de son âme la regarde, mère... elle et son confesseur.

— Lequel se trouve être également deryni, et évêque de surcroît ! Ou ignorais-tu qu'elle s'est entremise avec ton précieux Duncan ?

— Prenez garde, mère. C'est aussi mon confesseur.

— Qu'il soit maudit de s'être fait ordonner prêtre au mépris des arrêtés de l'Eglise !

Se tournant vers le hall, Kelson aperçut des courtisans, fort intéressés par l'éclat. Les seigneurs se hâtèrent de feindre le contraire.

— Cette conversation n'a aucun sens, murmura le roi. Vous faites un esclandre. Or, vous aviez raison : afin d'être digne de l'honneur qui sera bientôt le mien, je devrais déjà m'être retiré pour méditer. Si vous n'y voyez pas d'inconvénient, je vais me recueillir, comme il sied. Dhugal, Jatham, avec moi.

Il avait haussé la voix. Ses compagnons le rejoignirent, ne cachant pas leur embarras.

— Demain, nous veillerons la nuit entière. Aussi serait-il raisonnable de nous coucher tôt ce soir. Jatham, cela te concerne également. Tu es dès maintenant relevé de tes obligations d'écuyer. Dolfin assurera le service ; tu dîneras avec Dhugal dans mes quartiers. Mère, mes compagnons et moi vous souhaitons respectueusement une bonne nuit.

Kelson s'inclina et tourna les talons ; gênés, Jatham et Dhugal saluèrent la reine avec plus de grâce avant d'emboîter le pas à leur souverain.

Le soir, Dolfin apporta des mets appétissants aux jeunes gens. De convivial, le repas devint une véritable réunion amicale quand Kelson aborda avec Jatham le sujet de la princesse Janniver.

Duncan leur fit une brève visite pour s'assurer que tous trois dormiraient du sommeil du juste. Ils auraient besoin de toute leur énergie durant les deux jours de rituels et de festivités qui les attendaient.

En pleine forme au réveil, le lundi, ils méditèrent pieusement jusqu'au coucher du soleil, ainsi qu'il convenait à la veille d'une initiation chevaleresque.

Tout commença avec les vêpres. Les bacheliers et leurs parrains — une quarantaine d'hommes en armure de cérémonie — se réunirent dans la basilique saint Hilaire. Le prince Nigel parrainerait Kelson et Conall ; Morgan se chargeait de Dhugal. Venus de saint George, les moines chantèrent l'Office dans le chapitre. D'une pureté céleste, leurs voix s'élevèrent jusqu'aux arcs de la voûte.

L'archevêque Cardiel prononça son sermon, instruisant les jeunes gens sur les devoirs et les obligations de l'état auquel ils aspiraient. Les parrains renouvelèrent leurs propres vœux, afin de mieux guider ceux qu'ils avaient pris sous leur coupe. Ensuite, secondé d'Arilan et de McLain, l'archevêque présenta à chaque candidat les insignes traditionnels : une tunique blanche, symbole de pureté ; un surplis noir avec des chausses et des bottes assorties, rappelant la terre où tout un chacun retournerait sa dernière heure venue. Enfin venait le manteau écarlate, emblème de noblesse et rappel du sang que tout véritable chevalier devait être prêt à verser au service de son suzerain et pour défendre la veuve et l'orphelin.

Après le bain rituel, les candidats revinrent à minuit, la procession solennelle étant éclairée à la chandelle. Avec leurs parrains et les évêques pour témoins, ils prononcèrent leurs vœux devant l'autel-maître. Les prières et les bénédictions achevées, ils restèrent seuls, veillant leurs armures toute la nuit.

Agenouillé sur la première marche de l'autel, Kelson garda les mains sur les quillons de l'épée des Haldanes, perdu dans la ferveur de la prière.

A l'approche de l'aube, les bougies presque consumées, il remarqua de minuscules brins de gui mêlés au houx et au lierre.

CHAPITRE 3

Beaucoup de gens recherchent l'approbation de leur chef.

Proverbes, 29, 26

L'acier descendait sur son épaule nue... Le roi Kelson de Gwynedd était incapable de ciller. Des prunelles de Haldane, aussi grises que les siennes, l'hypnotisaient. Inexorable, la lame descendait... Sa vie en eût-elle dépendu que Kelson n'aurait pu s'écarter.

Par bonheur, c'était son oncle Nigel qui tenait l'épée. La même arme l'avait jadis adoubé, ainsi que les ducs Alaric Morgan et Ewan MacEwan, qui le flanquaient. Du plat de l'épée, il donna la colée sur l'épaule droite du roi, puis sur la gauche et enfin sur sa tête dénudée.

— Au nom du Père, du Fils et du Saint-Esprit, puisses-tu être un bon et loyal chevalier, déclara Nigel. (Il inclina l'arme pour poser les lèvres sur la relique, puis la tendit à Morgan, qui la remit au fourreau.) Lève-toi, Kelson Cinhil Rhys Anthony Haldane, et reçois les symboles de ton nouvel état.

Souriant, le jeune souverain s'exécuta. Avant qu'il s'agenouille pour recevoir l'accolade, Morgan et Ewan lui remirent les éperons d'or de son père.

Le rubis que portait Kelson à l'oreille avait été l'apanage des Haldanes depuis la Restauration instaurée par le grand Cinhil. Idem pour la boucle d'émail écarlate, de la grosseur d'un poing, qui fermait son manteau pourpre. Elle représentait le lion d'or rampant gardien de la Maison des Haldanes.

A la taille de son fils, la reine Jehana passa la ceinture blanche, symbole de pureté et de loyauté à son idéal.

Loin de revêtir des atours plus seyants pour l'occasion, elle avait gardé sa bure de novice. Pour des nonnes professes, songea Kelson, telles que les sœurs de Saint Brigid, il était normal de porter une tenue religieuse lors des cérémonies. Mais sa mère gardait des habits austères en signe de protestation. L'unique concession de la reine, ce matin-là, était un serre-tête surmonté d'une croix. C'était insignifiant, comparé aux bijoux de sa belle-sœur Meraude ! Même les tenues masculines étaient plus somptueuses que celle de la reine mère : Nigel resplendissait dans son surplis aux manches de cannetille doré. Un manteau écarlate, bordé de renard noir, complétait l'ensemble. Jusqu'au vieil Ewan, qui pavoisait dans ses robes de laine fine bordées de fourrure...

Quant à Morgan...

L'eût-il voulu qu'il aurait pu faire oublier tous les autres par la seule vertu de son aura derynie — même habillé d'un sac de jute. Plus que tout homme né dans la soie et la pourpre, Morgan était prince jusqu'au bout des ongles. En velours vert feuille, arborant sa couronne ducale et l'épée de Kelson, il avait des allures de divinité élémentaire puissante et vibrante de vitalité.

Morgan rendit au roi l'épée rangée dans son fourreau. A l'occasion, entre les mains d'un souverain Haldane oint par les huiles saintes, l'arme se transformait en instrument de magie. Quatre ans après le décès de Brion, son fils incarnait tous les espoirs de Gwynedd. Le défunt roi eût-il approuvé les décisions prises par Kelson ?

Morgan, duc deryni de Corwyn, vivait encore pour guider le jeune homme. Il avait sans doute été plus proche de Brion que tout autre conseiller. Et Kelson n'avait qu'à se féliciter de sa loyauté indéfectible. Le duc faisait partie d'une minorité de Derynis qui avaient toujours consacré leurs pouvoirs au service du Bien et de la Lumière, quoi que l'Eglise en pensât.

Les faits d'armes du duc de Corwyn donnaient un tour exceptionnel à l'adoubement de Kelson.

Les félicitations mentales de Morgan résonnèrent dans l'esprit du souverain, aussi gaies qu'un éclat de rire. Le roi plia les genoux devant Cardiel, Arilan et Wolfram pour recevoir leur bénédiction. Puis il s'assit sur le trône, l'épée en travers des genoux. Dès que sa mère et Nigel eurent pris place, le roi saisit sur un coussin la couronne que lui présentait son cousin Rory, fils cadet de Nigel.

Tandis qu'on se préparait à la phase suivante, Kelson regretta que Conall, le fils aîné de Nigel fût adoubé plutôt que Rory. Au contraire de son frère, volontiers boudeur voire mesquin, Rory débordait de joie de vivre. A quatorze ans, il promettait déjà beaucoup.

Hélas, il ne serait pas fait chevalier avant quatre ans. Et les princes devaient donner l'exemple, non bénéficier de passe-droits. D'ailleurs, la plupart des jouvenceaux n'étaient pas prêts avant leurs dix-huit printemps. A vingt ans, parfois plus, beaucoup restaient immatures.

Kelson craignait fort que ce fût le cas pour Conall. Un souverain avait tout intérêt à s'attacher ses vassaux par le biais de l'adoubement — un moyen pratique de contrôler leurs ambitions et de s'attacher leur loyauté. Sans doute Conall fulminait-il contre le sort qui avait fait naître Kelson avant lui. Pourtant, le sang royal des Haldanes coulait dans les veines des deux jeunes gens. Héritier d'un prince, Conall avait la préséance sur tous les candidats, son suzerain excepté. Pour marquer son accession officielle à la maturité, Kelson lui avait également concédé un siège au conseil d'état. L'expérience venant, peut-être Conall s'améliorerait-il.

Non qu'il fût indigne de l'honneur qu'on lui rendait. Lors de la campagne mearienne, il avait fait ses premières armes. Sans se distinguer particulièrement, il ne s'était pas non plus couvert d'opprobre. Suivre les traces d'un père tel que Nigel, c'était demander beaucoup à n'importe qui.

Le vieux duc Ewan accompagna devant le roi les garçons destinés à devenir les nouveaux pages et écuyers de la cour. Le hall était bondé. Les galeries adjacentes semblaient prises d'assaut par les dames, les pages et les archers discrètement en alerte. Car certaines implications politiques n'étaient pas sans poser problème...

Les plus jeunes candidats, âgés de six à dix ans, s'agenouillèrent devant le souverain et prononcèrent leurs vœux en chœur. Puis Nigel et Ewan leur remirent le tabard écarlate des pages haldanes.

Lc rang suivant, âgé de douze à quatorze ans, remplissait déjà ces fonctions depuis des années.

Les garçons prêtèrent serment individuellement et se virent affecter aux chevaliers qui prendraient leur formation en charge. Kelson en choisit deux.

Nigel prit sous sa coupe Liam de Torenth, dix ans, inféodé à Kelson depuis la mort prématurée de son frère aîné, deux ans plus tôt. Afin d'assurer la neutralité de Torenth en son absence, le fils de Brion avait pris Liam en otage avant de partir pour Meara. Et voilà que l'héritier serait gardé à la cour alors que le régent s'attendait à sa libération ! Cela risquait d'entraîner de nouveaux troubles. A la fin de l'été, Kelson entendait mener des négociations à Cardosa — uniquement pour la libération de dame Morag. Si cette dernière et son beau-frère, le duc Mahael d'Arjenol, ne complotaient pas.

Car les fils de Morag seraient les premières victimes sacrifiées à l'ambition de leur mère et de Mahael. Le plus jeune, le prince Ronal, était déjà entre les mains de son oncle. Kelson refusait que Liam fût à son tour à sa merci.

Le roi de Gwynedd nourrissait pour l'enfant de grands projets qui, il l'espérait, lui vaudraient sa loyauté, non son inimitié. Comme sa mère, Liam était deryni. Outre qu'il manquait d'entraînement, l'année qu'il venait de passer dans un environnement étranger lui avait permis de vivre une adolescence plus normale. L'hiver dernier, Morag avait été transférée à Coroth, afin qu'elle n'ait plus d'influence néfaste sur son enfant. Enceinte pour la deuxième fois, Richenda était devenue sa geôlière.

Restait la menace potentielle que représenterait l'ambassadeur de Torenth quand il apprendrait tout ça. Même s'il s'en tenait à des protestations...

Leurs vœux prononcés, Ewan veilla à ce que les jouvenceaux ne se dissipent pas trop durant les longues cérémonies à venir. Le silence retomba. Nigel approcha du trône et plia un genou devant son neveu. Il prononça les mots rituels :

— Sire, je sollicite une faveur.

— Parlez, mon oncle. Si c'est en mon pouvoir, fors mon honneur et celui du royaume, je vous l'accorderai volontiers.

— Alors c'est la joie au cœur, majesté, que je vous prie d'adouber mon fils aîné, Conall, qui fête ce jour ses dix-huit ans.

— Avec plaisir, mon oncle. Amenez-le devant nous.

Nigel se leva et alla chercher son fils, qui patientait avec les autres candidats. Plus mince et légèrement plus grand que son père, le prince portait les cheveux courts, selon le style prisé par les militaires. Le roi, les jeunes gens de la cour et les deux frères cadets de Conall préféraient adopter la coiffure longue et nattée des frontaliers.

Conall s'agenouilla sur la marche palière du dais.

— Mon suzerain, dit son père, j'ai l'honneur et le privilège de vous présenter mon fils aîné, le prince Conall Blaine Cluim Uthyr, aspirant à la chevalerie.

— Qu'on apporte ses éperons au prince, ordonna Kelson.

Le cadet de Conall, Payne, avança fièrement, les éperons étincelants posés sur un coussin damassé.

Kelson se pencha pour souffler :

— N'y vois aucune offense, Conall, mais puis-je offrir à ton père le privilège de te donner la colée ? Cela lui plairait. De plus, il est meilleur chevalier que moi, qu'il vient juste d'adouber !

Dans les yeux de son cousin, Kelson lut du soulagement. Point n'était besoin de recourir à la magie pour comprendre que c'était le moyen parfait de flatter l'ego de Conall, qui n'aurait pas à recevoir l'accolade d'un jeune homme à peine plus âgé que lui !

Kelson se tourna vers son oncle :

— Le choix de votre fils ne fait aucun doute, Nigel. A juste titre, car vous êtes un des plus honorables chevaliers que je connaisse.

Souriant, Nigel se releva.

— Ce sera un privilège et un honneur, majesté.

— Un privilège qui revient de droit à un père aussi preux et renommé. Venez près de moi. Conall, quelle épée aimerais-tu ?

— Avec tout le respect qui vous est dû, sire, j'aimerais être adoubé par la lame de mon père.

— Qu'il en soit ainsi.

Des murmures d'approbation s'élevèrent. Rayonnant, Conall regarda son géniteur tirer du fourreau une épée presque aussi distinguée par les victoires que celle de Kelson l'était par la magie. Emue aux larmes, Jehana et Meraude virent Nigel embrasser la lame.

— Au nom du Père, du Fils et du Saint-Esprit, puisses-tu être un bon et loyal chevalier, déclara Nigel, lui donnant la colée sur les épaules puis la tête. Lève-toi, Conall Haldane.

Kelson félicita son cousin tandis que sa mère lui ceignait la taille de la ceinture blanche, son père lui remettant sa nouvelle épée.

Déjà, les pensées du souverain volaient vers le candidat suivant : celui dont il serait toujours plus proche que de son parent. Kelson salua mentalement Dhugal avant de revenir à Conall. Celui-ci s'agenouilla de nouveau, plaçant ses mains entre les siennes.

— Moi, Conall, prince de Gwynedd, je deviens votre homme lige de mains et de bouche. Je vous engage ma foi, dans la vie comme dans la mort, avec l'aide de Dieu.

Kelson prononça le serment royal avant de relever son nouveau vassal avec de sincères félicitations.

Une fois Conall coiffé de sa couronne princière et assis à la dextre du roi, Kelson fit signe à Morgan.

— Duc Alaric, amenez devant nous le candidat suivant.

Des murmures s'élevèrent tandis que le noble allait chercher son protégé. Les regards convergèrent vers

Duncan, officiellement reconnu comme le père de Dhugal. Qu'un évêque pût avoir un fils légitime ne manquait pas d'étonner. D'aucuns considéreraient toujours Dhugal comme un bâtard — surtout quand son héritage deryni serait confirmé. Par bonheur, bien des gens n'avaient pas encore fait le rapprochement, car la plupart se refusaient à croire que leur prélat pût être deryni. Après tout, aucune annonce *laïque* officielle n'avait été faite.

Duncan s'était abstenu de porter une tenue religieuse qui eût achevé de dérouter ses ouailles. Plutôt que de se placer sur l'estrade, près de son suzerain, comme il seyait à un évêque et à un duc de son rang, il avait préféré se fondre dans l'anonymat relatif des nobles de moindre importance n'ayant d'autre rôle à jouer que celui de témoins. Il avait troqué sa soutane pourpre coutumière contre une tunique gris souris et des hauts-de-chausse d'une coupe sobre, le tout complété par un tartan McLain, vert, noir et blanc.

Une toque grise couvrait son crâne tonsuré ; une couronne d'argent ornait son front, unique emblème de son rang ducal et épiscopal.

Plutôt qu'une épée, il portait une dague au pommeau et au fourreau sertis de quartz fumé. Car, au sein des clans des frontières et des hauts plateaux, il avait également le titre de chef honoraire.

Morgan escorta Dhugal vers l'estrade.

Dhugal MacArdry McLain.

Comme le temps du petit hobereau frontalier venu de ses farouches montagnes était loin !

Svelte et élancé, le jeune homme avait délaissé sa tenue traditionnelle. Ses cheveux roux tressés étaient noués sur sa nuque.

Il s'agenouilla.

— Mon suzerain, déclara Morgan campé derrière lui, j'ai l'honneur de vous présenter le seigneur Dhugal Ardry MacArdry McLain, aspirant à la chevalerie.

— Vous nous en voyez très heureux, votre grâce, répondit Kelson. Mais au préalable, nous aimerions que le duc de Cassan avance également vers nous.

Tous les regards se tournèrent vers Duncan. La main sur sa dague, il obéit à contrecœur et vint s'incliner devant le roi.

— Sire ?

— Nous désirons votre assistance. Montez nous rejoindre.

Ayant peur de comprendre les intentions du roi, Duncan obéit. Kelson lui tendit son épée, garde en avant.

— Majesté, je...

— Allons, ne venons-nous pas d'établir qu'un fils devrait être adoubé par son père quand les circonstances le permettaient ? A vous l'honneur, Duncan !

— Mais...

Chez le duc, la joie et le désarroi se mêlaient. Lui épargnant de nouveaux embarras, Morgan chuchota à l'oreille du roi.

— C'est impossible ! s'écria Kelson, abasourdi. Comment ça, il n'a jamais été fait chevalier ?

— C'est la vérité, sire, souffla Duncan, regrettant de ne pouvoir disparaître dans un trou de souris. A dix-huit ans, j'étais entré dans les ordres. Mon frère Kevin devait perpétuer notre lignée et porter haut ses couleurs. Depuis sa mort prématurée qui me laissa seul héritier, j'avoue n'avoir jamais pensé à rectifier une bien gênante omission.

— Eh bien, j'aurai aujourd'hui ce plaisir ! dit Kelson à voix basse. (Conall tendit en vain l'oreille.) Si j'avais su, ç'aurait pu être réglé dix fois sur le champ de bataille. Par le ciel, Duncan, n'importe quel chevalier eût été fier de vous donner la colée !

Il reprit son épée, dont il avait laissé la pointe reposer sur le tapis le temps de la discussion, et jeta un regard perçant à Morgan.

— Je sais ce que je fais ! Que tous ceux qui restent d'avis qu'un évêque père de famille et chevalier n'a rien d'orthodoxe aillent se faire pendre ailleurs ! Alaric, merci de nous prêter vos éperons. Connaissant votre goût de la pompe, Duncan, cela n'aura pas toute la solennité souhaitable, mais vous n'avez que trop attendu un honneur qui vous revenait de droit. De grâce, agenouillez-vous !

Avec un sourire résigné, Morgan enleva ses éperons.

Duncan retira sa toque et sa couronne.

Haussant la voix, Kelson s'adressa à la cour :

— Seigneurs et gentes dames, il semble qu'une grave injustice ait été commise envers notre bien-aimé duc de Cassan. Le priant d'adouber son fils, nous venons de découvrir que c'était lui demander l'impossible. Car seul un chevalier peut faire un autre chevalier. Or, Duncan McLain n'avait jamais reçu la colée.

Une main levée pour faire taire les murmures, il continua :

— Ce n'est certes pas par manque de mérite. L'été dernier, quand nous guerroyions contre les rebelles meariens, il aurait pu être adoubé des dizaines de fois. De même, sa loyauté envers la Couronne ne s'est jamais démentie.

Les éperons mis, Morgan se releva et tendit son épée à Dhugal avant d'ôter sa ceinture blanche.

— En conséquence, c'est un honneur et un privilège de vous accorder, Duncan Howard McLain, l'antique et honorable état de chevalier... (Kelson lui donna la colée sur l'épaule droite) Au nom du Père et du Fils... (puis sur la gauche) et du Saint Esprit (et enfin sur le crâne) Puissiez-vous être un bon et loyal chevalier. Levez-vous, Duncan. Tante Meraude, voulez-vous lui mettre sa ceinture blanche ?

La duchesse s'exécuta avec plaisir, prenant tout son temps.

— Vous n'ignorez pas qu'il s'agit d'un symbole de pureté, Duncan, chuchota-t-elle. Ce qui n'est pas forcément synonyme de célibat, comme vous le savez aussi. Dhugal peut se féliciter d'avoir un père tel que vous. Vous méritez amplement cet honneur.

— Merci, ma dame, répondit Duncan, surpris de découvrir en quelle estime Meraude le tenait.

— En toutes circonstances, restez loyal et sincère, sire chevalier.

— Ma dame, du fond du cœur, je m'y efforcerai.

— Bien, voilà qui est fait, conclut Kelson. Puisque vous m'avez déjà prêté serment en tant que duc et évêque, nous vous dispensons de ceux du chevalier. Maintenant, à Dhugal !

D'un claquement de doigt, il fit avancer Brendan, le beau-fils de Morgan, qui présenta les éperons sur un coussin damasquiné.

Tandis que Morgan les mettait à Dhugal, Duncan hasarda une dernière protestation.

— Kelson, je suis flatté au-delà du possible, mais êtes-vous certain... ? Après tout, Dhugal est votre frère de sang. Cela compte aussi. Ne serait-il pas mieux que *vous* l'adoubiez ?

— Je viens de vous élever au rang de chevalier, murmura le roi. Et vous allez lui donner la colée avec *mon* épée, que voici. Ainsi, la boucle sera bouclée. *Si vous ne me croyez pas*, ajouta-t-il mentalement, *sondez votre fils. Croyez-vous qu'il mentirait en pareilles circonstances ?*

Déglutissant avec peine, Duncan obtempéra... et découvrit toute l'adoration que Dhugal lui vouait.

— Qu'il en soit ainsi, lança le duc, projetant un peu de sa puissance psychique dans l'épée.

Le poids de l'acier lui rappela le fardeau qui l'accablait depuis trois jours. Une idée lui vint. C'était l'occasion rêvée de faire d'une pierre deux coups. Dhugal approuverait du fond du cœur. Morgan n'y verrait pas davantage d'objections. Sa timide suggestion mentale lui valut l'approbation et l'encouragement malicieux du roi.

L'épée que tenait Duncan contenait la magie d'une longue lignée de Haldanes. Le duc la sentait vibrer entre ses paumes. Il porta la garde à ses lèvres puis nimba l'arme d'une aura argentée, dévoilant ainsi publiquement sa vraie nature. Aussi clair qu'une source vive, l'éclat courut le long de la lame, puis lui couvrit les bras, la tête et les épaules.

Duncan ne laissait plus planer aucun doute sur son identité.

Dans un silence fasciné, il posa l'épée sur l'épaule droite de son fils.

— Au nom du Père et du Fils... (Duncan passa à la gauche) et du Saint Esprit. Amen.

A l'instant où l'épée touchait le crâne de Dhugal, son aura psychique nimba d'or ses cheveux. L'exultation, dans les prunelles de son fils, fit presque tout oublier à Duncan.

— Sois un bon et fidèle chevalier, dit-il. Puisse la grâce de Dieu t'être accordée dans ton amour pour Lui et pour le roi.

— Amen ! s'écria Kelson, comblé. (Duncan embrassa de nouveau la relique ; les auras derynies s'estompèrent.) Lève-toi, Dhugal, et reçois les symboles de ton nouvel état.

Dhugal obéit, des larmes de fierté aux yeux. Chuchotant sa gratitude, Duncan, un genou à terre, rendit l'épée à Kelson.

Et même si vous ne l'avez pas requis, sire, ajouta-t-il mentalement, *je vous réaffirme ma loyauté en toutes choses*.

Kelson reprit la lame, les mains tremblantes. Alors Duncan posa les mains sur celles de son suzerain.

Kelson fit signe à Dhugal d'avancer ; Meraude lui noua la ceinture blanche. Dès que les intentions de son fils concernant Duncan étaient devenues claires, Jehana s'était retirée.

— Moi, Dhugal, je deviens votre homme lige de mains et de bouche. Je vous engage ma foi dans la vie comme dans la mort, avec l'aide de Dieu, déclara-t-il, plaçant à son tour ses mains dans celles du roi.

Les MacArdry éclatèrent en vivats, défiant quiconque de désapprouver leur jeune seigneur ou son père.

Déjouant la surveillance du chambellan Rhodri, un joueur de cornemuse interpréta un air traditionnel. Puis le roi, mains levées, ramena le calme.

Les MacArdry avaient hissé Duncan et son fils sur leurs épaules.

Moins hauts en couleurs, les adoubements se poursuivirent.

Au final, vingt-deux nouveaux chevaliers s'alignaient de part et d'autre du trône. Dhugal avait pris place à la senestre de Kelson.

Saer de Traherne annonça au roi que tout était prêt pour recevoir l'ambassadeur de Torenth. Le duc Ewan plaça les jeunes chevaliers près de Cardiel et des évêques. Au sein des écuyers, Morgan et Duncan encadraient discrètement Liam.

— Quand vous voudrez, sire, souffla Saer. Préparez-vous à une surprise...

Kelson sourit, percevant en un éclair ce que Saer avait vu : une délégation exotique, en effet. Le jeune souverain posa l'épée sur ses genoux.

— Faites-les entrer.

Saer se tourna et fit un signe. Rhodri avança puis frappa le sol avec son bâton de chambellan.

— Votre Majesté, un émissaire de Torenth et son escorte sollicitent une audience.

Les portes s'ouvrirent.

— Qu'ils approchent.

Au rythme des tambourins, les Maures firent leur entrée : vingt guerriers en robe blanche. Sous leurs tenues du désert scintillait le métal des armures.

Ces soldats formèrent une haie d'honneur le long de l'aile principale. Ils portaient des lances et des targes de cérémonie, ainsi que des cimeterres fixés sur les hanches par des boucles de soie jaune. Les turbans cachaient en partie leurs casques à pointe.

Lances tenues contre leurs boucliers ronds en signe de respect, les guerriers s'inclinèrent devant le roi. Puis ils se tournèrent, armes pointées vers leur ambassadeur.

L'homme avait le teint le plus mat que Kelson eût jamais vu chez un Maure. En tenue couleur sable, il était également d'une taille exceptionnelle. Sa *djellaba* ambre flottait autour de lui. Un pan de son turban, blanc comme la neige, lui voilait le menton. Le plus impressionnant était la peau de félin mouchetée drapant ses épaules ; les griffes pendant sur le cou de l'homme, la tête de l'animal reposait sur son épaule gauche.

Apparemment désarmé, il avait le port altier d'un prince. Mais sa tenue ample pouvait dissimuler toutes sortes de lames.

Les sondes mentales de Kelson et d'autres Derynis se heurtèrent à de solides boucliers psychiques.

L'ambassadeur était un Deryni. Ou pour le moins, il était protégé par quelqu'un qui l'était.

Ses yeux noirs pétillaient d'intelligence.

Il vint se camper devant le roi de Gwynedd.

Les pupilles du félin mort cillèrent.

Les mâchoires s'écartèrent... sur un puissant bâillement.

CHAPITRE 4

Il est beau de tenir caché le secret du roi.

Tobie, 12, 7

Dans l'assistance, tous hoquetèrent de surprise. Se dégageant avec grâce, le prédateur sauta à terre en grognant. Telle la marée, la cour de Gwynedd recula. Les murmures devinrent vite des exclamations.

Le Maure et son félin avancèrent jusqu'aux marches de l'estrade. Ecartant le turban de son visage, l'homme dévoila quelques instants son aura psychique.

Les courtisans s'écartèrent encore un peu.

Barbu, l'émissaire avait un nez fin, aquilin et busqué. Sa voix grave et mélodieuse porta d'un bout à l'autre du hall.

— Puisse Allah le Magnanime, le Compatissant, accorder la sérénité et la santé à tous. (D'un geste gracieux, il toucha tour à tour sa poitrine, ses lèvres et son front.) Je suis Al Rasoul ibn Tarik, émissaire de Mahael II d'Arjenol, tuteur du prince Ronal de Torenth et régent du roi Liam en l'absence de sa mère, dame Morag. Le seigneur Mahael vous transmet ses félicitations pour votre adoubement, sire, et vous prie d'accepter ce modeste témoignage de son estime. Il l'a spécialement fait bénir par le patriarche de Beldour.

Il brandit un objet enveloppé dans de la soie.

Sur un signe du roi, Dhugal le prit et le lui transmit.

— De même, continua Rasoul, veuillez accepter mes compliments, majesté. Les fidèles d'Allah comprennent l'honneur que confère l'état de chevalier. Mes respects également aux jeunes preux de votre cour.

Le cadeau était une croix orientale en émail. D'un coup d'œil, Kelson s'assura qu'aucun sort n'y était attaché.

Son attention restait rivée sur le félin.

Que ferait-il si le prédateur bondissait ? Tapi aux pieds de son maître, il battait l'air de sa queue, ne quittant pas l'estrade des yeux. Il avait déjà posé les antérieurs sur les premières marches, ses griffes s'enfonçant dans le riche tapis de Khelish. Les archers seraient-ils assez rapides ? Kelson en doutait.

— Vous transmettrez mes remerciements à votre maître, sire Rasoul.

A mon avis, souffla mentalement Dhugal à son frère, l'*animal n'aime pas le sol glacé. Quoi d'étonnant chez les grands félins ? Celui-ci est d'une rare beauté, n'est-ce pas ?*

Tendant la croix à Rory, Kelson jeta un regard en coin à Dhugal. Il avait oublié sa capacité d'entrer en contact avec les animaux.

— Messire Rasoul, continua le roi de Gwynedd, vous ajouterez nos vœux de prospérité et de santé pour sa Maison et le souhait que la paix règne entre nos deux royaumes.

— Je n'y manquerai pas, mon seigneur.

Du regard, le Maure cherchait Morag dans les galeries hautes. En vain. Il avait repéré Liam parmi les écuyers, entre Duncan et Morgan, ce dernier gardant une main posée sur l'épaule du garçonnet. Kelson leva un bras apaisant à l'attention des archers. Cette concession lui coûtait peu. Si le félin attaquait — ce dont Dhugal semblait douter —, leurs flèches ne seraient pas assez rapides.

— Merci, mon seigneur, souffla Rasoul. Le message suivant concerne le roi Liam et sa mère. Je ne vois pas Morag. J'imagine qu'elle va bien.

— Sa santé est excellente, répondit Kelson, glacial. Si son humeur et sa courtoisie avaient été aussi bonnes, son séjour eût été plus agréable pour tout le monde, elle comprise.

Impertinent, Rasoul pointa le menton — attirant l'attention du félin — et admit :

— Dame Morag n'est pas connue pour sa patience, sire. Toute princesse serait furieuse si on la retenait prisonnière un an, alors qu'elle aurait dû être libérée six mois plus tôt.

Le Maure n'y allait pas par quatre chemins. Ainsi serait-on dispensé des jeux diplomatiques usuels. Recourant avec circonspection à la Lecture de Vérité, Kelson pesa ses mots. Vouloir sonder un autre Deryni était sans doute un vœu pieu, mais il se devait d'essayer. De plus, la difficulté serait à double sens.

— Cette promesse, sire Rasoul, fut faite avant que des agents de Torenth attentent aux jours de mon oncle, l'été dernier. Si l'on s'en tient à la lettre de la loi, mon régent ou moi-même aurions été en droit d'ordonner l'exécution des otages. A cela près que l'un d'eux, Liam, était aussi la cible des assassins...

— Sire, ces insinuations sont insultantes et sans fondement ! Si ces agents étaient venus de Torenth, pourquoi auraient-ils ourdi la mort de leur roi ?

L'homme semblait sincère. Mais Kelson était habitué aux artifices du mensonge par omission. Sans prononcer un mot de faux, on pouvait passer beaucoup de vérités sous silence. Ce Rasoul aux nerfs d'acier paraissait habile en la matière.

Mais Kelson et Morgan avaient mené l'interrogatoire des prisonniers qui languissaient encore dans le donjon.

Quelqu'un avait voulu le trépas de Liam.

— Cela, je l'ignore, dit le fils de Brion. Reste à déterminer à qui le régicide aurait le plus profité... Et quand on sait que votre maître, en l'absence de Liam, tient les rênes de son royaume...

Le Maure se hérissa, mais il garda un silence calme. Le félin gronda, fouettant l'air de sa queue.

— Permettez que je ne réponde pas à des allégations d'une absurdité patente, dit Rasoul. Si on allait au bout du raisonnement, on en déduirait logiquement que dame Morag a organisé l'attentat contre son fils. (S'inclinant vers Liam, il ajouta :) Mon prince, n'écoutez pas ces mensonges. Nous faisons tout ce qui est en notre pouvoir pour votre libération...

— ... Qui arrivera en temps et en heure, coupa Kelson. Mais pas aujourd'hui ni dans un avenir proche. Pour l'instant, Liam demeurera en notre cour jusqu'à ses quatorze ans. A cette fin, il a été élevé ce jour au rang d'écuyer du prince Nigel Haldane, duc de Carthmoor...

— *Ecuyer !*

— Du calme, messire ! Votre souverain est un tendre jouvenceau. Sans la mort prématurée de son frère aîné, il n'aurait jamais été appelé à régner ! Et je n'ai pas trempé dans ce meurtre ! ajouta Kelson baissant un instant ses boucliers psychiques pour preuve de sa sincérité. Mais voir Liam atteindre sa majorité sain de corps et d'esprit est désormais *notre* responsabilité !

— En vertu de quel droit, sire ? le défia Rasoul.

— L'an dernier, Liam m'a prêté allégeance ainsi qu'il était entendu entre son oncle, feu le roi Wencit et moi-même. En conséquence, il s'est placé sous ma protection.

— Votre servitude, voulez-vous dire, maugréa Rasoul.

Kelson soupira.

— Certes non. A moins que par « servitude », vous entendiez celle, naturelle, d'un enfant envers ses aînés. Ce fut la mienne également, sous la tutelle éclairée du même prince. Après tout, votre souverain aussi a besoin d'un guide.

— Alors que ce guide spirituel soit son oncle, non un étranger ! Votre façon de vivre n'est pas la nôtre ! Le garder en otage, loin de sa famille et de ses semblables...

— ... ne diffère pas de l'éducation réservée aux adolescents de haute naissance. Liam a pour camarades d'études mes propres cousins.... (il désigna Payne et Rory) et pour compagnons d'armes la fine fleur de notre chevalerie. Eût-il vu le jour à Gwynedd et non à Torenth que son éducation aurait été la même. Vous ne pouvez trouver à y redire.

Rasoul soupira à son tour.

— Que j'approuve ou non est sans importance, majesté. Mon seigneur n'appréciera pas.

— Son assentiment n'entre pas en ligne de compte. Etant le régent du roi de Torenth, mon vassal, il doit s'incliner. Ma chancellerie a préparé les missives exposant par le détail mes intentions sur la question. Vous les remettrez au seigneur Mahael. Sa présence est requise devant nous au mois de juin.

Le visage de Rasoul se ferma.

— Vous espérez que...

Sans quitter le Maure des yeux, le souverain de Gwynedd se radossa à son trône. La tension monta.

— Si vous préférez, je l'ordonnerai. Et une fois Mahael en notre présence, nous nous assurerons de ses intentions pacifiques, ainsi que de la santé du prince Ronal, avant de négocier la libération de Morag.

— Ah.

La tension se dissipa.

Ainsi... Quelque chose était bien pourri au royaume de Torenth...

— Donc, insista l'ambassadeur, vous entendez libérer dame Morag.

Avec un léger éclat mental — uniquement perceptible pour un autre Deryni —, Kelson se fendit d'un sourire entendu.

— Les Derynis sont rares à la cour de Gwynedd. Morag causera moins de tracas au duc Mahael qu'à nous. Si vous me suivez...

L'ironie rendit sa bonne humeur au Maure. Laissant échapper un petit rire qui mystifia presque toute l'assemblée, Rasoul s'inclina.

— En effet, altesse. Pourrais-je... requérir une entrevue avec dame Morag ?

— Hélas non. Vous comprendrez aisément pourquoi.

Kelson se garda de mentionner une autre raison : la reine mère de Torenth n'était plus à Rhemuth.

L'épée calée contre un coude, le roi se leva.

— Nous nous comprenons, je pense. Nous ferez-vous l'honneur de vous joindre au banquet, ce soir ? Ou préféreriez-vous de simples rafraîchissements, le temps qu'on vous porte les lettres ? Archevêque Cardiel, voudriez-vous vous en occuper, je vous prie ?

Le félin s'étira langoureusement.

— Grand merci pour votre invitation, majesté. Notre galion mouille à Desse et nous devons rembarquer au plus vite pour ne pas manquer la marée. Puisque je n'aurai pas le privilège de m'entretenir avec sa mère, puis-je du moins présenter mes respects au seigneur Liam ?

— En notre compagnie, vous le pouvez.

Précédé de Dhugal, Kelson descendit de l'estrade. Son frère de sang tendit une main vers le félin. Rasoul ouvrit des yeux ronds.

— Jeune homme...

— N'ayez crainte, murmura Dhugal.

Se raclant la gorge, Kelson parut tout aussi étonné.

— Sire Rasoul, voici mon frère adoptif, le comte de Transha. Qu'il tende ainsi le bras à votre magnifique prédateur, au mépris du danger, prouve son audace !

Le félin huma délicatement les doigts de Dhugal, avant de les lécher... au ravissement du jeune homme.

— Je le savais ! Au fond, tu n'es pas bien féroce, ma belle ! (Il glissa une main derrière les grandes oreilles rondes.) Puis-je connaître son nom, mon seigneur ?

Incrédule, Rasoul vit le félin se frotter aux genoux du comte en ronronnant.

— Kisah, ce qui signifie « lumière ». Elle est de race *cheetah*, la seule qu'on puisse apprivoiser. Nous l'utilisons pour la chasse ou la surveillance. Mais... elle ne vous effraie pas ?

Dhugal haussa les épaules.

— Kisah sait que je ne lui veux aucun mal. Les frontaliers ont des affinités avec les animaux. N'est-ce pas, ma jolie ?

La *cheetah* ronronna de plus belle. Rasoul se tourna vers le roi :

— Décidément, sire, je vais de surprises en surprises ! Mais je ne puis m'attarder davantage. Le jeune dompteur veut-il bien m'escorter jusqu'au seigneur Liam ?

Kelson en tête, l'étrange trio rejoignit les rangs des écuyers. Avec l'autorisation discrète de Morgan, Liam se jeta au cou de Kisah. L'animal passa une langue affectueuse sur son visage.

Rasoul salua son seigneur.

— Qu'Allah vous accorde un règne long et heureux, mon prince.

— Messire Rasoul, je suis heureux de vous voir !

— Moi aussi... Etes-vous bien traité ?

— Naturellement... J'apprends beaucoup de choses nouvelles ! Etre l'écuyer du prince Nigel est un honneur ! Quand je serai grand, à Torenth, j'espère devenir un chevalier aussi renommé que lui !

Rasoul lâcha un petit rire poli. Le garçon se blottit contre la fourrure de l'animal. Le regard grave, le Maure s'accroupit.

— J'en suis heureux, mon prince. Vous avez bien grandi, déjà. Mais votre frère ne vous manque-t-il pas ? A présent, il est le page de Mahael, qui serait également fier de vous avoir à son service. Un souverain ne devrait-il pas apprendre à connaître son peuple avant de s'intéresser aux us et coutumes d'étrangers ?

Liam eut l'air peiné. Sa lèvre inférieure trembla. Morgan posa une main sur son épaule et défia le Maure du regard.

— Un monarque éclairé se doit d'étudier les mœurs de nombreux peuples, messire. Et ceux qui aiment leurs suzerains ne devraient pas jouer de leurs craintes enfantines pour les en détourner. Si vous insistez, vous ne rendrez pas service à votre roi.

Sondant l'entourage de Kelson, Rasoul se heurta à une levée de boucliers derynis.

Sourire aux lèvres, il se redressa puis s'inclina, main sur le cœur.

— Je vois que vous êtes bien entouré, sire. Je n'insisterai pas. Cela étant, dès que je serai en possession des documents destinés à mon maître, je prendrai congé. Je m'en voudrais qu'on puisse dire qu'Al Rasoul bin Tarik a chagriné son suzerain. Mais revoilà votre estimé archevêque, si je ne m'abuse.

Flanqué d'Arilan, Cardiel approchait, portant une sacoche de cuir. Les deux prélats n'avaient guère l'air heureux... L'ambassadeur tendit une main vers Liam :

— Mon prince, je transmettrai à votre oncle vos respectueuses salutations. Avec l'aide d'Allah, vous pourrez bientôt les lui présenter de vive voix. J'aimerais embrasser votre main avant de partir... (Duncan s'interposa) Mais je vois que ce n'est pas permis. Permettez que je me retire. *Salam aleikum*, mon prince. Qu'Allah vous protège.

— Il le fera sans nul doute, dit Kelson, un rien caustique. Votre Excellence, les documents sont-ils complets ?

Non sans raideur, Cardiel s'inclina et tendit la sacoche diplomatique.

— Ils le sont, sire. Puis-je recommander que Votre Majesté assigne au seigneur Rasoul et aux siens une escorte d'honneur jusqu'à Desse, ou au moins à mi-chemin ? Peut-être sa grâce de Cassan aurait-elle la bonté... ?

— Je suis du même avis, sire, dit Arilan. Le duc Duncan est un excellent choix.

La volonté des prélats d'éloigner Duncan, conjuguée à un formalisme inhabituel, mit la puce à l'oreille de Kelson. En voulaient-ils autant à leur pair de ne pas les avoir consultés avant de dévoiler son secret ?

Ce devait être ça !

Morgan posa une main sur la manche de Kelson.

— Avec votre permission, sire, souffla-t-il, j'aimerais également escorter Rasoul. Pour un homme de son calibre, deux ducs ne seront pas de trop !

Dès que Morgan et Duncan eurent quitté le hall avec la délégation de Torenth, les festivités en l'honneur des chevaliers nouvellement adoubés commencèrent. Cardiel et Arilan s'esquivèrent avant que Kelson puisse leur dire un mot en privé. Au banquet, Wolfram brilla également par son absence. Voilà qui n'augurait rien de bon. Mais comment y remédier sans provoquer un esclandre ? Après une telle journée, Kelson n'avait aucune envie de nouvelles confrontations.

— Crois-tu qu'ils soient courroucés contre mon père ? lui souffla Dhugal.

Tout en suivant d'un œil distrait les acrobaties d'une troupe d'artistes de cirque, tous deux dévoraient à belles dents une poule grasse à souhait, farcie de dates et de fruits secs. Au fond de la salle, les musiciens jouaient trop fort. Si Kelson entendait à peine ce que lui murmurait son frère à l'oreille, il n'y avait pas de danger que d'autres surprennent leur échange.

— Probablement... *Quelque chose* leur déplaisait, c'est certain. La présence d'autres Derynis m'empêchait d'approfondir la question. Ce satané félin et toi n'avez rien arrangé ! (Souriant, Dhugal ne releva pas.) Avoir éloigné Duncan ce soir n'était pas une mauvaise idée. Alaric et toi avez plus d'un point commun. Personne ne te défiera inutilement, crois-moi. Mais Duncan a écrasé beaucoup d'orteils. Un évêque qui fait une reconnaissance en paternité et confirme qu'il est deryni ! Le peuple n'a pas fini d'en faire des gorges chaudes. Bien sûr, ça se calmera... Mais inutile d'en rajouter. Quoi qu'il en soit, faire escorter le sieur Rasoul jusqu'à son point d'embarquement s'imposait. Un Deryni de sa trempe peut créer de nombreux troubles !

— Sans doute... Mais à quoi bon se gâcher la soirée ? Par ailleurs, as-tu remarqué qui est assis près de Meraude, non loin de Saer et du duc Ewan ?

Buvant une gorgée de vin, Kelson tourna la tête. A la senestre de la duchesse se trouvaient la princesse Janniver... et Jatham ! Merveilleux.

A la dextre de Meraude...

Kelson avala de travers.

Rothana !

Eût-elle porté sa robe bleue de novice, comme à son habitude, qu'il l'aurait immédiatement remarquée. Mais il ne l'avait jamais vue en tenue profane. En robe couleur lie de vin, le col et les manches rehaussés de fils argentés, elle portait une résille sous un serre-tête piqueté de pierres pourpres. L'éclat mettait en valeur un regard langoureux où tout homme pouvait se noyer...

— Par le Seigneur Tout-Puissant ! souffla Kelson.

Dhugal gloussa.

— Bonté divine... On jurerait que tu n'as jamais vu de jolie fille, Kel. Et c'est une future nonne !

— Alors pourquoi n'est-elle pas en bure ?

— Je l'ignore. Devrais-je lui poser la question ?

— Es-tu fatigué de vivre ? Je t'occis si tu fais une chose pareille !

Se tortillant sur son siège, Dhugal eut la nette impression que le roi plaisantait à moitié. Avec un sourire nerveux, il plongea le nez dans son hanap. Puis il continua de regarder les convives.

— N'aie crainte, cher Kel. J'ai mieux à faire ce soir que de jouer les intermédiaires pour un récalcitrant comme toi. La fille du comte de Carthane m'accorderait-elle cette danse ? Sans parler de dame Agnès de Barra... à condition de tromper la surveillance de son frère... Mais n'es-tu pas le roi, après tout ? Devrais-je vous présenter ?

— Quel est ton secret, dis-moi ? implora Kelson. Allons. Je ne suis pas encore assez gris...

Le banquet terminé, les danses commencèrent. Dhugal conta outrageusement fleurette aux belles de la soirée, comme tous les autres jouvenceaux présents.

Kelson et Meraude ouvrirent le bal avec une *pavanetta*. Naturellement, Jehana avait refusé d'assister aux festivités. Dhugal et Conall dansèrent tour à tour avec Rothana. Tandis que la fête battait son plein, Kelson se retrouva assis près de Nigel, buvant plus qu'il n'aurait dû. Il se rongeait les sangs à propos des évêques, des ambassadeurs de Torenth et des princesses retenues en otages.

Pour ce qui concernait le clergé, Kelson était raisonnablement sûr de résoudre le problème sans difficulté. Après tout, Cardiel et Arilan n'avaient jamais ignoré qui était Duncan.

La question de Torenth était plus délicate. Sans doute à dessein, Rasoul avait semé un certain nombre d'interrogations dans l'esprit du roi de Gwynedd.

Kelson avait-il sous-estimé le danger ? Sa promesse de libérer Morag était-elle une erreur, même s'il prenait Ronal en otage ? Les neveux de feu Wencit, Liam et Ronal, étaient les héritiers légitimes de Torenth. Kelson n'avait aucune vue sur cette couronne. Préserver la paix dans son royaume occupait suffisamment ses jours et ses nuits.

Sans compter que les enfants d'un second mariage de Morag pourraient autant prétendre au trône de Torenth que des fils sous la coupe d'un souverain voisin. Surtout si le deuxième époux n'était autre que le puissant Mahael d'Arjenol...

Feignant d'accorder une attention de bon aloi aux mystères joués ce soir-là, Kelson songea qu'il lui faudrait davantage d'éléments pour mieux analyser la situation politique.

Dhugal papillonnait avec la fille du comte de Carthane.

Les évêques s'étaient retirés pour bouder.

Meraude chaperonnait Janniver ; Rothana dansait une gavotte endiablée avec Rory...

... Et Jehana était retournée à ses chères pénitences.

Où donc étaient passés Morgan et Duncan ?

CHAPITRE 5

Les grands préparent un repas pour se divertir, le vin leur rend la vie gaie.

Ecclésiaste, 10, 19

Au crépuscule, tandis que la cour de Gwynedd revivait la légende du pieux et chevaleresque sire Armand, et que Kelson se torturait l'esprit à propos de Torenth, Morgan et Duncan étaient à une heure de cheval de Desse. Tous deux avaient hâte de voir partir Rasoul et de s'en retourner pour parler ensemble de Cardiel et d'Arilan. En présence de Rasoul, tout échange verbal sur la question était exclu. Et il n'était pas possible de mener simultanément une conversation verbale et psychique.

D'autant que le flamboyant et rusé Al Rasoul ibn Tarik s'était révélé intarissable. De compliments ampoulés sur le grand hall qu'il venait de quitter, il passa à une interminable série de questions pertinentes sur les caractéristiques architecturales de la ville. Après tout, la renommée de la Belle Rhemuth dépassait les frontières des Onze Royaumes. Et maître Rasoul avait à son actif l'édification de plusieurs châteaux et villes fortifiées à Torenth comme au nord du Forcinn.

Sans parler de la nervosité des destriers face à un félin. Morgan et Duncan avaient fort à faire pour calmer leurs montures grâce à leurs pouvoirs derynis. Afin d'éviter de voir s'affoler leurs chevaux, les lanciers se tenaient à bonne distance des Maures.

Une fois passées les portes de la ville, les cavaliers s'élancèrent sur la grand-route.

Un peu avant d'arriver à destination, Rasoul fit halte.

— Qu'y a-t-il ? s'enquit Morgan, aussitôt soupçonneux.

La colonne était en rase campagne, loin de toute habitation.

Un doigt pressé sur les lèvres, le Maure secoua la tête.

— Rien, mes seigneurs. J'aimerais simplement vous dire un mot en privé. Pourrions-nous nous isoler un instant ?

Intrigué, Morgan lança par-dessus son épaule :

— Saer, restez vigilant jusqu'à notre retour.

— Bien, votre grâce.

— Merci, souffla Rasoul. Kisah, ne bouge pas.

Le félin se coucha, la tête sur les pattes. Les trois Derynis s'éloignèrent d'une vingtaine de mètres.

— Bien, lança Morgan. Que souhaitiez-vous nous dire ?

Le Maure sourit.

— Il s'agit du noble archevêque... Cardiel, je crois ? Il n'est pas deryni, n'est-ce pas ?

Duncan fut aussitôt sur ses gardes.

— Pourquoi cette question ?

— Parce que, cher duc de Cassan, il était fort courroucé contre vous et ne désirait rien tant que vous voir tourner les talons au plus vite. Pourtant, le jeune souverain vous porte dans son cœur... Pourriez-vous éclairer ma lanterne ? Cela a piqué ma curiosité, je l'avoue. Je vous pose donc la question de

Deryni à Deryni. Vous me semblez un homme d'honneur.

Duncan sourit à son tour.

— Eh bien, mon fils a été adoubé. C'est le jeune homme qui a charmé votre Kisha... Avant ce jour, très peu de gens savaient que lui et moi étions derynis. Moi, un évêque...

— Oh... Je suis désolé. Alors le garçon est...

Amusé, le duc secoua la tête.

— Non, ce n'est pas un bâtard mais mon héritier légitime. J'ai épousé sa mère avant sa conception. Elle est morte peu après. Je suis devenu prêtre ensuite... Avec du temps, les bonnes gens se feront à l'idée.

« Que je sois deryni et évêque, Cardiel le savait et il avait choisi de ne pas réagir. Mais j'ai révélé ma nature en public et sans l'avoir prévenu. Voilà la raison de son ire. J'ai été trop impulsif, je le crains.

Rasoul hocha gravement la tête.

— Je vois. Je crois... Je n'ignore pas combien votre Eglise, d'une rare intolérance soit dit en passant, nous tient en horreur. Mon seigneur, laissez-moi vous dire combien les Chrétiens sont bizarres. Ils voient le mal dans tout ce qu'ils ne comprennent pas. A Torenth, les Derynis de diverses confessions vivent en bonne intelligence depuis toujours !

— Nous devrions sans doute prendre exemple sur vous, reconnut Duncan. Quoi qu'il en soit, je n'ai plus à nier ce que je suis. Comme mon fils le disait tantôt, que peut-on me faire ? Après tout, Alaric ne s'est jamais caché.

— Ce qui m'a valu bien des problèmes, rappela Morgan. Mais peu importe. Etait-ce tout, messire Rasoul ? Sans être discourtois, je ne voudrais pas que vous manquiez la marée.

— Je comprends que vous ayez hâte de retourner à la cour, répondit l'ambassadeur, amusé. Ne me laissez pas vous retenir davantage. Desse n'est plus très loin. (Alors que Duncan et Morgan ouvraient la bouche pour protester, il leva une main.) N'ayez crainte, mes seigneurs. Nous venions en paix, et nous repartons de même. Après tout, nous ne sommes pas en guerre. *Pas encore*. Vous avez ma parole : mes hommes rembarqueront tous et sans chercher querelle à quiconque.

— Parole de Deryni ? fit Morgan, très tenté.

— Bien sûr.

— Etes-vous prêt à le jurer, votre paume dans la mienne, esprit ouvert au mien ?

Rasoul tendit un bras ; Morgan lui serra la main.

— Vous avez ma parole que mes hommes et moi rallierons Desse sans délai et lèverons l'ancre avec la prochaine marée. Nous ne nuirons à personne, ni ne ferons de vilenie tant que nous serons à Gwynedd. Qu'Allah me foudroie si je mens ou si je manque à mon serment. *Amine*. Qu'il en soit ainsi.

Morgan hésita un instant avant de lâcher la main du Maure. S'il venait de mentir sans que Morgan le détecte, il était diablement fort ! En ce cas, moins les ducs restaient en sa compagnie, mieux cela valait.

— Très bien, souffla Morgan. Les vôtres et vous êtes libres, messire. Bon voyage.

Rasoul s'inclina.

— Merci. Seigneur évêque-duc, *Incha'el'Allah*. A la grâce de Dieu.

Quand Morgan et Duncan furent de retour dans la cour du château, la nuit tombait. Saer de Traherne mena les lanciers aux écuries.

Otant leurs gants et leurs toques, les ducs rejoignirent le grand hall en liesse.

— Tout ça n'est plus de mon âge, Duncan, soupira Morgan. A *ton* avis, pourquoi Cardiel voulait-il t'éloigner ?

— Sans doute en saurai-je davantage demain. Comme il doit célébrer la première messe, il a dû se retirer tôt.

Morgan renifla de dédain.

— Il n'est pas le seul ! Quant à Arilan, il doit déjà faire son petit rapport au Conseil. Au fait, quelle mouche t'a piqué, Duncan ? J'en suis heureux, bien sûr, mais... pourquoi aujourd'hui ?

L'évêque haussa les épaules.

— Ça me paraissait logique. Et Dhugal le souhaitait.

— C'est une raison comme une autre... Il est certain que ça me simplifie la vie ! (Morgan flanqua une claque amicale dans le dos de son cousin.) Rejoins ton cher fils ; je me charge de Kelson. Inutile de s'inquiéter : ce qui est fait est fait. A long terme, c'est préférable. Nous traiterons les difficultés à mesure qu'elles se présenteront.

La fête touchait à sa fin. Après tout, les héros du jour avaient passé une nuit blanche. Et le vin coulait à flots depuis des heures... La danse avait achevé de vider les jouvenceaux de leur énergie. Et leurs aînés n'avaient pas été en reste... Beaucoup de seigneurs s'étaient déjà retirés.

Les deux ducs se séparèrent.

Kelson aperçut Morgan. S'il n'avait pas eu le courage d'approcher enfin Rothana, il l'aurait rejoint sur-le-champ. Il pria la jeune femme d'assister au conseil, le lendemain.

Cela fait, le souverain regretta son audace. Le magenta de sa robe faisait ressortir le rouge qui montait au front de la jeune Orientale. Sa longue tresse bleu-noir, ramenée sur une épaule, brillait à la lueur des torches. Le détail n'échappa pas à Kelson...

Devant une des fenêtres, Rothana et lui, à la vue de tous, observaient scrupuleusement les règles de la bienséance.

A son tour, la jeune femme repéra Morgan.

— Oh, je vois que le duc Alaric est de retour. Ce qui m'amène à une question délicate. Saviez-vous que l'évêque Duncan révélerait ses origines en public ?

Kelson but une gorgée de vin avant de répondre.

— Non. Mais il a requis mon approbation. Bien sûr, je la lui ai accordée. Dhugal le souhaitait ardemment. Et je suis heureux que son père ait cédé. Il faut donner l'exemple si nous voulons que les Derynis soient enfin acceptés !

— Duncan a certainement établi un précédent... Qui n'a pas connaissance de ses exploits et de son martyr, l'an dernier à Meara, pour l'amour de vous ? Souffre-t-il encore de cauchemars ?

— Parfois. De moins en moins, affirme-t-il. Voir Loris et Gorony pendus haut et court aura beaucoup aidé à son rétablissement. Ces chiens ne pourront plus jamais le mettre à la question.

— Quels hommes mauvais et vindicatifs ! (Elle tourna un regard songeur vers le jardin baigné de lune.) Comment tout ça a-t-il pu arriver à Gwynedd ? En Forcinn, les Derynis n'ont jamais eu à souffrir.

Kelson haussa les épaules.

— Vous n'avez pas vu non plus de Derynis exterminer votre Maison royale et imposer leur despotisme quatre générations durant. Quand mes ancêtres revinrent au pouvoir, il y a deux siècles, un retour de bâton était inéluctable. Si saint Camber avait davantage vécu, ç'aurait pu être différent.

— Sans doute. Espérez-vous vraiment découvrir des reliques de ce saint ?

— Oui, ça me tient beaucoup à cœur. Restaurer son culte vous intéresse-t-il aussi ?

— Bien sûr. Les saints derynis — même désavoués — ne sont pas légion ! Sans être important à Nur Hallaj, le culte de Camber n'a jamais tout à fait disparu. Nombre de Michaelites ont trouvé refuge en Forcinn.

— Votre ordre approuve-t-il ce que je me propose d'accomplir ?

— Mon ordre n'est pas deryni, sire. De plus, je n'ai pas parlé de vos projets.

— Avez-vous... hum... été dispensée de porter l'habit de novice ce soir ?

Rothana le gratifia d'un regard malicieux avant de baisser de nouveau les yeux.

— Je... n'ai pas jugé l'habit indispensable, majesté. Je suis une princesse de sang royal, qui a le privilège de bénéficier de l'hospitalité d'un très noble souverain. A l'occasion de son adoubement, j'ai opté pour une robe seyant à mon rang, afin de lui faire honneur.

A moitié satisfait, Kelson déglutit nerveusement.

— Un hommage que j'apprécie, croyez-le bien. Mais je m'en voudrais de compromettre vos espérances religieuses. Je suis un homme de chair et de sang, vous savez...

— Je sais...

— Et ? insista-t-il.

— Ces derniers mois, je ne suis plus aussi sûre de ma vocation, majesté..., chuchota-t-elle. Ça ne m'était jamais arrivé.

Refusant de croiser son regard, Rothana garda les yeux baissés. Kelson soupira.

— N'en dites pas plus, ma dame. Dans quelques jours, je partirai. Mettons à profit ces mois de séparation pour réfléchir à nos intentions. Que Dieu me pardonne d'oser espérer que vous ne preniez pas le voile.

— Il n'y a rien à pardonner, sire. La décision m'appartient. Après tout, même sans notre rencontre, j'aurais pu douter.

— Peut-être.

Gravant dans son esprit cette fragile victoire, Kelson regarda Morgan approcher.

— Vous voilà de retour ! Avez-vous des nouvelles ?

— Certainement, sire. Dame Rothana, mille pardons si j'interromps votre conversation.

— Pas du tout, votre grâce. Avec votre permission, je retourne près de la princesse Janniver.

— Tout va bien, Alaric ?

— Oui, majesté. Nous avons laissé Rasoul et les siens non loin de Desse, avec sa promesse de ne point tenter de fourberies. Que s'est-il passé en notre absence ?

Haussant les épaules, Kelson revint avec le duc vers l'estrade centrale, où les MacArdry reprenaient en chœur une chanson enlevée.

— Pas grand-chose. Demain midi, j'ai convoqué un conseil privé. J'ai prié Rothana d'y assister. Après tout, Rasoul fréquentait la cour de son père quand elle était petite. Elle connaît bien le personnage.

— Cardiel et Arilan ?

— Je suppose qu'ils seront là. Après votre départ, ils se sont déguisés en courants d'air... La journée a été longue pour eux aussi, j'imagine.

— La révélation théâtrale de Duncan n'a certainement pas été à leur goût. Même Rasoul a remarqué combien l'atmosphère était lourde.

A la vue du roi et du duc, les frontaliers éclatèrent en vivats, levant leurs hanaps à bout de bras.

— *Urram do'n Righ !* lança Ciard O Ruanne, versant à boire avec libéralité. Hommage à notre roi ! Les MacArdry vous saluent, *Ceannard Mhor*. Adouber Duncan était merveilleux ! *Slainte !*

— *Air do slainte*, mes seigneurs, répondit Kelson, coupe levée. A la bonne vôtre !

Vidant leurs coupes, les montagnards s'inclinèrent. D'un claquement de doigts, le roi héla Dolfin, son nouvel écuyer en chef.

— Oui, mon seigneur ?

— Informez Rhodri : qu'on ouvre un tonneau de notre meilleur crû de Fianna en l'honneur des MacArdry.

— Bien, sire.

Les musiciens remballèrent leurs instruments. Les derniers fêtards s'installèrent pour la nuit.

— Dieu, soupira Kelson, je suis rompu !

— *Tu* es rompu ! se récria Dhugal. *J'ai* dansé toute la nuit !

— Et ton père et moi, dit Morgan, avons chevauché presque jusqu'à Desse tandis que vous vous soûliez gaiement ! A mon tour de lever le coude avant d'aller me coucher ! Qui me tiendra compagnie ? Ewan a fait don à Nigel d'un vieux vin doux de Vezaire pour fêter l'adoubement de son fils. Les bons ducs nous ont invités, Saer et moi, à y faire honneur. Si le cœur vous en dit, mes seigneurs...

— Pas pour moi, je le crains, répondit Duncan. Le vin doux et mon estomac ne font pas bon ménage. Et demain, je devrai redevenir *l'évêque* Duncan aux yeux du monde. Ce sera le mercredi des Cendres, d'ailleurs. Aucun chevalier ne voudra manquer la messe !

— Je hais sa façon de présenter les choses, grimaça Morgan. Et vous, étincelants chevaliers ? Boire en compagnie de vieux généraux vous déplaît aussi ?

— Dhugal et moi déclinerons votre offre, je le crains, déclara Kelson. Les « étincelants chevaliers » que vous avez sous les yeux se retirent de ce pas... Avec votre permission !

Morgan et Duncan partirent de leur côté, Dhugal et Kelson du leur. Dans les appartements royaux, l'écuyer Ivo, douze ans, avait préparé une bonne flambée. Le roi lui demanda un pichet d'eau et deux gobelets. Une fois que le jouvenceau l'eut débarrassé de ses éperons et de ses bottes, Kelson n'eut aucune peine à l'inciter, par suggestion mentale, à se retirer dans sa chambre et à dormir.

Pages et écuyers royaux étaient conditionnés pour « oublier » les conversations qui ne les concernaient pas. Seul Kelson, en cas de besoin, pouvait leur rafraîchir la mémoire...

Savourant la caresse des flammes, le roi poussa un soupir à fendre l'âme.

— Dhugal, je voulais te parler des femmes...

— Ah oui ? En général, ou d'une en particulier ?

— Ça se voit tant que ça ?

— Eh bien, avec qui as-tu passé la soirée, si ce n'est Rothana ? Tante Méraude ne compte pas, j'imagine... Rothana ne voulait-elle pas entrer en religion ?

— Elle le *désirait*, oui... Ta sagacité m'étonne. Tu étais tellement occupé à attirer ta belle dans un coin sombre...

— Je lui ai même volé un baiser ! Mais que veux-tu dire ? Par le ciel, maintenant que j'y pense, Rothana était en tenue profane !

— Elle dit avoir voulu me faire honneur. Puis elle m'a confié n'être plus si certaine de sa vocation...

— Doux Jésus... Es-tu amoureux d'elle ?

Kelson pressa le gobelet d'eau fraîche contre son front fiévreux.

— Je l'ignore.

— Elle est derynie, de sang royal... fort belle... Autant d'atouts. Est-ce sa vocation religieuse qui te fait hésiter ?

Kelson secoua la tête. Machinalement, il caressait son anneau d'or, tout ce qui lui restait de Sidana, la princesse mearienne égorgée par son propre frère, le jour de ses noces... Kelson l'avait-il vraiment aimée ? Il avait porté son deuil une année, même si leur union n'avait jamais été consommée.

— As-tu aimé ma cousine Sidana ? insista Dhugal.

Le roi haussa les épaules.

— Qu'importe, maintenant qu'elle est morte ? De toute façon, rien n'empêche de retomber amoureux au cours de sa vie...

— Je vois. Donc, la belle Rothana fait battre ton cœur.

— Peut-être !

— Par tous les...

— Je ne prendrai aucune décision avant mon départ pour Torenth. Nous avons tous deux besoin de temps et de réflexion.

— Envisages-tu vraiment de l'épouser ?

— Ce n'aurait rien d'une union placide ! Souviens-toi de ce qui s'est passé lors de notre première rencontre !

— Eh bien, c'est une Derynie, après tout.

— Et moi, je suis le roi, Dhugal. Il faudra aplanir plus d'une difficulté et résoudre maints problèmes... A condition, bien sûr, que Rothana renonce à Dieu...

— Bah, fit Dhugal, aussi malicieux qu'irrévérencieux, quelle femme de chair et de sang préférerait épouser le Christ plutôt que le roi de Gwynedd ?

— Oh ! Ne blasphème pas, sacripant ! l'admonesta Kelson. J'avoue ne pas très bien comprendre moi-même la vocation religieuse... Mais je la respecte. Et je m'en voudrais d'arracher une femme à l'Eglise si c'était là son destin.

— Rothana ne renoncerait pas sa foi en t'épousant. Elle ne serait plus nonne, voilà tout.

— Tu sais fort bien ce que je veux dire. Allons, tout cela est prématuré. N'y pensons plus.

Dhugal parti, Kelson resta une heure à ruminer avant de trouver le sommeil.

CHAPITRE 6

Chaque Israélite doit respecter le caractère sacré des prêtres, car ceux-ci me présentent la nourriture que vous m'offrez, à moi, votre Dieu.

Lévitique, 21, 8

Dans la cathédrale de Rhemuth, le lendemain, les yeux vitreux et la tête lourde, Morgan avait du mal à suivre l'office religieux.

Malgré son mal de crâne, il remarqua vite des différences entre la file de pénitents attendant devant Shandon, un simple prêtre, et celle qui patientait devant Duncan, un évêque extraordinaire. La première était longue ; la seconde, beaucoup moins.

Qui, parmi le peuple, pouvait encore ignorer ce qui s'était passé la veille ? Que l'archevêque et les deux autres évêques présents n'aient pas réagi ne changeait rien à la méfiance des fidèles.

Ceux qui préféraient être absous par Duncan, en toute connaissance de cause, étaient de jeunes gens. Voilà qui augurait plutôt bien de l'avenir...

Quand ce fut au tour de Morgan, Duncan murmura, traçant une croix sur son front avec les cendres sanctifiées :

— *Memento, homo, quia pulvis es, et in pulverem reverteris.*

Souviens-toi, homme, poussière tu es, poussière tu redeviendras...

— *Rejoins-moi dans la sacristie après la messe, Morgan,* ajouta-t-il mentalement.

La célébration achevée, le duc de Corwyn obéit. Des éclats de voix lui firent hâter le pas.

Il entra et s'appuya à la porte. Prostré sur un tabouret, le père Shandon avait sans doute été rendu inconscient par un des deux Derynis quand la querelle s'était envenimée.

— Je ne veux pas en parler, Denis, dit Duncan.

— Vous feriez pourtant bien. Ne comprenez-vous pas que vous avez mis l'Eglise en mauvaise posture ? Dieu, Duncan, vos révélations ne pouvaient-elles attendre ?

— Combien de temps ? Vingt ans, comme vous, qui vous cachez encore ? Il fallait bien faire le premier pas, si nous voulions que les choses changent !

Muet de colère, Arilan lui tourna le dos et leva les yeux vers un vitrail aux motifs océan. La lumière qui en filtrait tachetait d'aigue-marine sa soutane noire.

Morgan lança un coup d'œil à son cousin ; il n'osait pas s'immiscer dans la conversation.

— Après le pauvre Jorian, j'ai été le *premier* à entrer en religion malgré ma nature, et à y rester en vie toutes ces années, souffla Arilan. Ce n'est pas un mince exploit, Duncan, que d'avoir été le premier Deryni ordonné prêtre en deux cents ans ! Après vous, ces dernières années, d'autres ont suivi nos traces. Je suis sûr que vous n'en saviez rien. Mais si j'avais été aussi irresponsable que vous, je l'aurais payé de ma vie, à l'instar de tant d'autres ! Alors par tous les démons, comment osez-vous me dire à moi que quelqu'un devait faire le premier pas ?

Submergé par l'émotion, Morgan s'appuya contre la porte.

Jorian.

A treize ans, Morgan était écuyer à la cour de Brion quand un des chapelains royaux avait insisté pour que le « Deryni du roi » assiste à l'exécution de Jorian de Courcy.

Celui que la main de Dieu avait trahi lors de son ordination...

Le petit Morgan avait vu les flammes dévorer Courcy. A coup sûr, sa terreur du feu remontait à ce jour.

Tremblant presque, il vit Duncan devenir aussi blanc que son aube.

— D'autres ? Comment ça ? Y aurait-il d'autres prêtres derynis ?

— Pas assez. Mais ils existent.

— Et... vous avez tout arrangé ?

— Non sans peine ni sacrifices. Néanmoins, avoir un Deryni incognito parmi nous présentait bien des avantages. A présent, par votre faute, nul au sein de l'Eglise ne sera plus au-dessus de tout soupçon. Pour les esprits bien intentionnés, Wolfram par exemple, ce n'est pas très inquiétant. Avec du temps, les gens se feront à l'idée. Mais que faites-vous des prélats plus proches d'Edmond Loris que de Thomas Cardiel ? Voudriez-vous que des innocents paient encore le prix du fanatisme ?

Duncan tressaillit. Arilan ne mâchait pas ses mots.

— C'est pour y mettre un terme que j'ai agi ainsi, souffla le duc. Le monde doit reconnaître que nous ne sommes pas des monstres. J'ai aussi agi dans l'intérêt de mon fils. Afin qu'il ait une vie meilleure.

— Voilà le cœur du problème ! s'exclama Arilan. Pourquoi croyez-vous que le vœu de célibat soit obligatoire dans le clergé ? La chair de notre chair nous préoccuperait trop au détriment de nos devoirs ! Et comment demander à un homme d'abandonner son enfant pour mieux servir Dieu ? Peu en seraient capables. Du reste, nul ne devrait exiger un tel sacrifice !

Duncan soupira.

— Je m'en tiens à ma décision, Denis. Je suis un père de famille et un prêtre. J'entends les rester. En fait, je n'aurais pas agi ainsi hier, si Dieu en personne ne m'avait appelé à Son service tout en me permettant d'engendrer un fils.

— Comme c'est poétique... Ça ne change rien. Le mal est fait.

— J'ai agi en mon âme et conscience, insista Duncan.

— Je n'en doute pas. Mais avez-vous songé que ce défi pourrait vous coûter votre mitre ? Voire votre ordination ?

Morgan retint son souffle ; son cousin tressaillit, la mine cendreuse.

— Que voulez-vous dire ?

— La semaine prochaine, à Valoret, s'ouvre le synode. Ce matin, il était question de vous suspendre, en attendant les délibérés de l'Eglise. Cardiel n'y tient pas, mais...

— Une suspension ? Et davantage, n'est-ce pas ? Perdre mon évêché serait un moindre mal. Je n'y ai jamais tenu. Et j'ai déjà été excommunié ! Ça n'a pas altéré ma foi. Mais que peut-on me faire d'autre, Denis ?

— Estimez-vous heureux que l'Eglise ne brûle plus les Derynis en place publique... Pas officiellement du moins... Le roi ne le permettrait jamais. Ce qui précipiterait une autre crise : l'ingérence de la monarchie dans les affaires épiscopales. Mais ce n'est pas le plus grave pour l'instant. Cardiel et Bradene ne laisseraient pas la situation s'envenimer à ce point.

— Ainsi, on ne me brûlera pas, s'impatienta Duncan. Et ma mitre ?

— Pas d'insolence ! La chance ne vous sourira pas toujours !

— Pardon.

— On ne peut vous relever de vos vœux, comme vous le savez. *Tu es sacerdos in aeternum.* Tu es prêtre pour l'éternité. Voilà pourquoi les statuts de Ramos, à l'origine, punissaient de mort tout Deryni s'infiltrant dans les rangs de l'Eglise. Néanmoins, on pourrait vous empêcher d'exercer.

Morgan partagea l'épouvante de son cousin. La dégradation ! Au contraire d'une excommunication, un prêtre dégradé pouvait continuer à recevoir les sacrements de l'Eglise. Mais qu'il se rebelle et exerce malgré tout, et l'excommunication serait une sanction parmi d'autres...

Morgan savait combien son cousin avait déjà souffert. Quoi qu'il en dise, l'excommunication qui les avait frappés tous deux avait affecté Duncan. Sa vocation était toute sa vie. Une dégradation serait un décret des plus cruels.

— J'espère qu'on n'en viendra pas là, continua Arilan. Je doute que Cardiel fasse plus que vous suspendre de vos fonctions *publiques*. A moins qu'on exerce trop de pression sur lui...

— Que diront les évêques ?

— J'aimerais le savoir ! Tout se décidera avec Bradene. Grâce à Dieu, vos états de service sont excellents. La moitié des évêques vous soupçonnait déjà d'être deryni... et avait décidé que c'était sans importance. En tout cas, vous pouvez vous vanter de poser problème à un grand nombre de gens ! J'espère que vous êtes heureux !

Mains croisées, Duncan baissa les yeux sur son améthyste. Il tenta de se montrer conciliant.

— Sans doute aurais-je dû réfléchir... Je suis navré. Maintenant que c'est fait... auriez-vous des conseils ?

L'air plus intransigeant que jamais, Arilan acquiesça à contrecœur.

— Mesurez-vous enfin la gravité de la situation ? (Contrit, Duncan hocha la tête.) Bien. Peut-être pouvons-nous envisager quelque chose de constructif... Pour l'instant, il n'y a pas péril en la demeure. Mais à votre place, je me tiendrais tranquille. Mieux : faites-vous porter malade. Peut-être devriez-vous même éviter de vous présenter au synode. Si vous tenez à continuer de célébrer la messe, je vous suggère de vous charger de la toute première de la journée. A une heure si matinale, les fidèles sont peu nombreux. Ainsi décideront-ils — ou non — d'avoir affaire à un prêtre deryni.

Duncan soupira de plus belle. Se drapant les épaules de sa cape noire, Arilan ajouta :

— Je vous laisse, Duncan. Si je n'ai pas le temps d'assister au conseil privé tantôt, veuillez transmettre mes regrets au roi. Maintenant que j'ai vos explications, je dois les soumettre à ceux qui vous considèrent déjà d'un œil envieux.

— Le Conseil Cambérien... J'imagine que ça ne rendra pas les choses pires.

— Pour vous, non. Morgan, malheur à vous si j'apprends que vous avez poussé votre cousin à cette folie !

Le duc secoua la tête ; pour la première fois, Arilan l'intimidait. Sur un dernier regard, campé au centre de la sacristie, l'évêque se concentra sur le Portail et disparut.

Poussant un énorme soupir de soulagement, Duncan fit signe à son ami de verrouiller la porte.

— Je suis navré que tu aies dû assister à ça... Le pauvre Shandon n'a jamais su ce qui lui arrivait !

Morgan lui prit le pouls, et neutralisa le blocage psychique qu'avait établi Arilan dans l'esprit de l'humain.

— Pas de mal... Mais Arilan aurait pu avoir la décence de ne pas nous laisser la sale besogne ! Enfin... Change-toi tandis que je m'en occupe.

Sous l'aube qu'il passait par-dessus sa tête, Duncan grogna son assentiment. Morgan palpa le front de Shandon.

— Très bien, mon père, vous avez assez dormi... Vous ne vous souviendrez pas de ce qui s'est passé à la fin de la messe, ni de la présence d'Arilan dans la sacristie et ce qu'il vous a fait, ni de la conversation que vous avez pu surprendre, et pas plus de mes ordres. A mon signal, vous ouvrirez les yeux et vous finirez de vous changer. Quand je suis entré, vous me tourniez le dos. Ecoutez votre cœur battre... A dix, réveillez-vous et obéissez.

Délaissant Shandon, Morgan aida son cousin à fermer la soutane noire qu'il avait préférée à sa tenue pourpre habituelle.

Cela fait partie de ton nouveau profil ? lança mentalement Morgan, tandis que Shandon s'étirait et se changeait le plus naturellement du monde.

— Je suis content que vous ayez fini par arriver..., répondit Duncan à voix haute. Toutefois, aider un prêtre à s'habiller ne dispense pas de la messe. Que vais-je faire de vous ?

Ils jouaient souvent à ce jeu-là. Malgré son tourment, Duncan s'y livrait au bénéfice de Shandon. Morgan ne décevrait pas son cousin...

— Mais prier pour moi, bien sûr ! J'ai peu dormi cette nuit, je l'avoue. Vous aviez raison de me mettre en garde contre les méfaits du vin doux...

— Vous m'en direz tant...

Duncan enfila son manteau noir bordé de fourrure. Depuis le départ d'Arilan, il avait relevé ses boucliers psychiques.

— Le roi nous attend-il ? lança Morgan, embarrassé par le silence.

— Oui. Dhugal et lui consultent des cartes dans la bibliothèque. Père Shandon, nous y serons jusqu'en fin de matinée. Ensuite, nous nous rendrons au conseil. Alaric, venez-vous ?

Une fois hors de la sacristie, derrière le grand autel, Morgan osa rompre le silence à voix basse :

— Cesse de me repousser, Duncan. Ne sois pas trop dur envers toi-même. C'est Arilan qui t'a mis dans cet état, pas moi. Veux-tu que nous en parlions ?

— Non. Dhugal et Kelson doivent être informés en priorité. Arilan n'a pas tout à fait tort. J'aurais dû réfléchir aux conséquences de mon geste. Sans doute ai-je laissé l'amour paternel primer sur mes devoirs religieux. Dieu, et si j'avais mis d'autres prêtres derynis en péril ?

Il fit halte à l'ombre d'une chapelle latérale, yeux clos, mains pressées sur la bouche.

Il se revoyait ligoté sur un bûcher, les flammes léchant déjà sa chair...

— Qu'ai-je fait, Alaric ? Par ma faute, des malheureux seront peut-être bientôt condamnés et brûlés !

Profondément ému, Morgan tenta de le calmer.

— Rien n'est moins sûr, Duncan. De qui peut-il s'agir, d'ailleurs ? Il n'y aura plus d'exécution pour hérésie.

— Et si tu te trompais ?

— Nous avons assez de soucis, sans s'embarrasser en plus de « *et si* ? » Allons à la bibliothèque.

Une heure plus tard, devant les sept membres du Conseil Cambérien, Arilan avait achevé son rapport. Ses pairs n'étaient pas ravis.

— Vous n'avez toujours pas expliqué *pourquoi* !

— Je répète que je l'ignore ! Duncan lui-même serait bien en peine d'analyser ses raisons. Du reste, l'affaire ne présente pas que des mauvais côtés. Avoir deux Derynis reconnus de plus à la cour, sous la protection du roi, bénéficiera à notre cause. L'évêque que je suis a moins de raisons de se réjouir. Et Cardiel ne saute pas de joie non plus !

Le doyen du Conseil, Barrett de Laney, posa ses doigts osseux mais agiles sur l'insigne du coadjuteur reposant sur la table d'ivoire. Le soleil printanier qui coulait à flots du dôme inondait la salle de reflets violets. Le cristal suspendu au centre de la voûte étincelait. Aveugle de naissance, Barrett recourait à ses sens derynis pour *voir, percevoir* et *savoir*.

Il tourna ses prunelles émeraude vers Arilan.

— Que fera Cardiel, Denis ? Voudra-t-il reprendre sa mitre à Duncan ?

— Lui non, à mon avis. (Arilan promena un index distrait sur les incrustations d'or fin de la table.) Par malheur, tout ne dépend pas de lui. Bradene est l'aîné des archevêques.

— Bradene prépare le synode à Valoret, dit Kyri, la cadette des trois femmes présentes. Réparer les pots cassés par Loris et gérer les affaires de l'Eglise au nord du royaume l'accaparent. Il y a deux évêchés vacants et plusieurs prélats passibles de sanctions disciplinaires. Sans doute seront-ils suspendus. A mon avis, pour ce qui est du duc, Bradene suivra les recommandations de Cardiel. Donc : quelles serontelles ?

Arilan secoua la tête.

— Je l'ignore. Si une majorité l'exige, Cardiel n'aura d'autre choix que de relever Duncan de ses fonctions épiscopales. Même s'il en est venu à l'aimer comme un fils. Les pouvoirs derynis fascinent Cardiel. Mais étant archevêque avant tout, il se conformera aux vœux de la majorité, dans l'intérêt de l'Eglise. Tout dépendra de la façon dont les évêques accueilleront la nouvelle.

— Dans une semaine..., lança Laran ap Pardyce. Qu'en est-il des répercussions immédiates ? Cardiel suspendra-t-il Duncan ?

Arilan haussa les épaules.

— La nuit dernière, sous le coup de la colère, il a mentionné l'éventualité. L'attitude de Duncan à son égard l'a blessé. Tôt ce matin, il a déclaré qu'il attendrait les réactions des prélats ; une suspension des fonctions publiques suffirait peut-être à calmer les esprits. Kelson a convoqué un conseil privé ce midi. Cardiel dira peut-être un mot à Duncan.

Face à Arilan et à Laran, Tiercel de Claron prit un air songeur.

— Et les prêtres derynis cachés dans les rangs de l'Eglise, Denis ? Seront-ils à l'abri des retombées ?

— Pour le moment, oui. Aucun n'a plus de vingt-cinq ans. Je voulais en ordonner deux autres à Pâques. Bon sang ! Duncan aurait pu attendre ! D'ici quelques années, il aurait pu avoir son propre évêché. Lui et moi aurions ordonné davantage de Derynis !

Sofiana, une femme mince et sans âge, prit la parole :

— En ce cas, peut-être devriez-vous utiliser vos énergies pour amener la loi à changer, plutôt que de tourner autour du pot.

— Si je savais comment, croyez-vous que je ne l'aurais pas déjà fait ? Pensez-vous que cette situation me plaise ? Depuis vingt ans, j'aurais pu faire tellement plus si je n'avais pas vécu avec la crainte perpétuelle de tout perdre sur un coup de tête ! Pour l'amour du ciel, nous avons réussi à abroger la peine capitale pour les nôtres ! Ce n'est pas ce que j'appellerais « tourner autour du pot » !

— Ce que Sofiana voulait dire, intervint Vivienne, c'est qu'un prélat deryni s'est montré à visage découvert. En résumé, Duncan, Cardiel, Wolfram et vous pourrez à l'avenir changer ou amender les règles établies — même indirectement.

— J'ai déjà suggéré à Duncan de ne pas se rendre à Valoret, dit Arilan. Du moins tant que je ne saurai pas de quel côté le vent souffle. Des évêques doivent être remplacés. Il y a un an, trop de prélats soutenaient Edmond Loris avec enthousiasme. Enfin... C'est toujours un début.

— Evidemment, maugréa Vivienne. Travaillez-y, Denis, et tenez-nous informés. Passons à cet autre Deryni, le porte-parole du duc Mahael. Un certain Al Rasoul, si je ne m'abuse ?

Arilan opina du chef.

— Il défie toute description... (Adossé à son siège, il prit par la main ses voisins.) Il me serait plus facile de vous *montrer*...

S'enfonçant dans une transe légère, il s'abandonna à la sérénité du lien collectif.

CHAPITRE 7

Vous rejetez tous mes conseils.

Proverbes, 1, 25

Arilan revint à temps pour assister à la fin du conseil. Puis il suivit Cardiel et Duncan, fort contrit, dans une pièce isolée, où l'archevêque tança vertement son évêque.

— Je me doutais de la vérité à votre sujet, ainsi qu'au sujet de Denis. Je croyais que vous aviez compris mon choix personnel : en mon âme et conscience, vous accepter sans retenue. En retour, je pensais entendu que vous continueriez à jouer votre rôle. Mais en rendant l'affaire publique, vous m'obligez à réagir à titre officiel ! (N'opposant aucun argument, Duncan garda les yeux baissés.) Par bonheur, ou par malheur, la loi n'est pas claire dans pareil cas. Si la peine de mort est abrogée, les statuts de Ramos demeurent ; il est illégal pour un Deryni d'être prêtre.

— A une époque, dit Duncan, il était illégal pour un Deryni de posséder des terres, de détenir un office public ou un titre de noblesse. Pourtant, Alaric est duc depuis des années, et la *reine* Jehana a des terres.

— Ce sont des cas d'espèce, soupira Cardiel. Vous le savez. Peut-être serez-vous à votre tour une exception à la règle. Toutefois, vous ne réussirez pas en me jetant des arguties à la tête. Voulez-vous ergoter ou m'écouter ?

— Vous écouter.

— Bien. Officiellement, j'ignorerai l'affaire aussi longtemps que possible. Du fait de votre satanée impétuosité, le synode traitera de la question derynie bien plus tôt que je n'aurais souhaité. La semaine prochaine, vos oreilles siffleront, soyez-en certain !

« En attendant, vous allez disparaître. La maladie vous rendra inapte aux voyages. Je vous prierai également de vous abstenir de vos fonctions publiques.

— Suis-je suspendu ?

— Ce n'est pas l'envie qui m'en manque ! Vous continuerez à célébrer la messe en privé, pour le roi, pour Alaric ou pour Dhugal, et à les entendre en confession. Eux, et eux seuls. A moins que ce soit une question de vie ou de mort. Pour le reste, vous agirez en tant que duc. Il ne vous est pas interdit de porter des vêtements sacerdotaux, à condition de rester discret. De préférence, optez pour une tenue profane.

— Pour combien de temps ?

— Jusqu'à ce que je puisse changer la loi, sacré bon sang ! s'emporta Cardiel. Duncan, je ne soulignerai jamais assez la gravité de l'affaire ! A condition que vous ne vous livriez plus à des exhibitions idiotes, le scandale retombera vite. La *seule* chose qui me permette la clémence à votre égard, c'est que vous n'avez pas agi dans un cadre ecclésiastique, et que vous n'avez pas prononcé un mot. Continuez, et votre fils aussi, dans votre intérêt ! Est-ce clair ?

Ça ne l'était que trop. Encore aurait-ce pu être pire. Se pliant aux exigences de son supérieur, Duncan « développa » une toux et une fièvre commodes lui permettant de garder la chambre.

Les jours suivants, il n'y eut pas de remous. Duncan s'estima heureux. L'isolation lui permit de passer plus de temps avec son fils, avant son départ. Presque chaque nuit, Morgan et Kelson venaient souper avec eux. Ils bavardaient souvent jusqu'aux petites heures de l'aube.

La veille du départ, Duncan se rendit au château pour leur dernier dîner. L'expédition royale se doublait d'une quête visant à retrouver des reliques de saint Camber. Pour l'occasion, Morgan offrit aux deux nouveaux chevaliers une reproduction d'une médaille du saint, héritée de sa mère. Une fois que Duncan eut béni les bijoux, Kelson s'éclipsa et pria Dolfin de faire venir Rothana près de la fontaine, au centre du jardin. Il l'y attendrait.

La jeune femme ne pouvant se rendre seule à pareil rendez-vous, une nonne âgée la chaperonna. Sans résistance, cette dernière succomba à la suggestion mentale qui la força à se promener parmi les allées avec Dolfin. Tous deux ne se souviendraient de rien.

Le roi attira Rothana à l'écart.

— Avant de partir, je voulais vous montrer cela... (Il exhiba sa médaille d'argent.) Seul un Deryni peut l'apprécier. Duncan l'a bénie. Pourriez-vous également... ?

— Moi, seigneur ? C'est une prérogative des prêtres.

— Votre bénédiction compterait beaucoup à mes yeux. Quel mal y aurait-il ?

— C'est vrai...

Avec un sourire prudent, elle prit l'objet, l'inspecta, traça le signe de croix et l'embrassa.

Kelson reprit la médaille et y posa les lèvres.

— Merci. Votre baiser la rendra d'autant plus précieuse à mes yeux.

— De grâce, sire, ne parlez pas ainsi.

— Non ? Rothana, une semaine s'est écoulée. Partagez vos pensées avec moi. Pas à propos de Torenth, de l'épiscopat ni même de saint Camber. A propos de nous deux.

Baissant la tête, Rothana dérangea sa capuche, qui tomba sur ses épaules. Sous son manteau bleu, elle avait remis sa bure de novice couleur azur. Mais elle avait troqué sa coiffe de lin contre un tissu plus fin, tel le voile d'une madone. Son épaisse chevelure, ramenée en chignon, était retenue par une paire d'épingles d'argent.

— Nous deux, sire ? Je croyais que nous devions méditer sur le sujet durant notre séparation.

— Hum... Oui. Mais j'avais espéré que... puisque vous vous permettez des écarts dans votre tenue... cela pourrait vouloir dire que...

— Cela pourrait vouloir dire quoi ? Savez-vous que ma vocation vacille ? Eh bien oui ! Et j'ai menti, je l'avoue. Vous en êtes la cause !

Le sang cognant à ses tempes, il bafouilla :

— Douce et chère dame, ne vous jouez pas de moi. Si vous me mentiez en cet instant, je ne m'en releverais pas. En ce cas, je préférerais rester dans l'ignorance. Parfois, nos pouvoirs nous en disent bien trop long sur les êtres et les choses !

— Les vôtres vous soufflent-ils que je pense être amoureuse de vous, Kelson Haldane ? Que lorsque j'ai arrangé la décoration florale de l'autel, j'ai rêvé qu'il s'agissait de notre nuit de noce ?

Il lui prit le visage entre les mains et osa repousser le voile.

— Votre rêve pourrait devenir réalité, belle dame, dès mon retour à la fin de l'été. Est-ce votre désir ?

— Je... oui. (Elle effleura ses lèvres.) Mais nous ne devrions pas en parler. Nous...

D'un baiser, Kelson lui coupa la parole. Plongeant les doigts dans l'épaisse chevelure, il fit sauter les épingles.

Tous deux tremblaient.

— Mon seigneur, bafouilla Rothana, ouvrant de grands yeux de biche, nous ne devrions pas...

Elle enlaça Kelson qui, souriant, prit les mèches noires à pleines mains et y pressa son visage, humant avec délice.

— Vraiment, ma reine ? Ne venez-vous pas de m'avouer votre tendre inclination ? Ne doutez pas de la mienne !

— C'est trop tôt. Il me faut un peu de temps... Ah, majesté !

Sourd à ces protestations, Kelson avait dénoué le col de la belle, couvrant ses tempes et ses paupières de baisers. Glissant une main audacieuse sous sa bure, il savoura le galbe d'un sein.

— Je vous ai dit que je n'étais pas de bois...

— Moi non plus, murmura Rothana, repoussant sa main et y déposant un baiser. Mais ne cédons pas à l'élan de nos cœurs. Pas maintenant. Pas ici.

— Alors où et quand, ma mie ? Je vous jure mon amour et ma foi. Je ferai de vous la reine de mon royaume et de mon cœur.

Rothana se détourna.

— De grâce, ne me tourmentez pas. Vous êtes le roi : tout vous est dû. Mais je ne suis pas libérée de mes vœux. Je vous adjure de respecter l'habit que je porte encore.

Avec un triste sourire, Kelson lui effleura une joue.

— Une novice arbore-t-elle pareil voile, ma mie ? Laisse-t-elle ses beaux cheveux libres ?

— Je n'aurais pas dû. Lors de ma prochaine confession, je regretterai ce geste de vanité.

— Ne vous en ouvrez pas au père Duncan, en ce cas, fit Kelson, amusé. Car il me confesse aussi depuis des années. Si je lui avoue vouloir vous prendre pour épouse, il vous reprochera de m'avoir soumis à la tentation de la chair.

Elle retira son voile, le lui tendit et renoua le col de sa robe.

— Duncan ne peut plus m'entendre en confession, sire. L'ignoriez-vous ? L'archevêque le lui a interdit. Il ne peut plus confesser que Dhugal, Morgan et vous.

La révélation fit l'effet d'une douche froide au jeune homme. Duncan s'était montré des plus réticents sur la conversation qu'il avait eue avec Cardiel.

Kelson ramassa les épingles tombées par terre.

— Comment ça ? Duncan n'est pas suspendu !

— Non, mais il s'est vu prié de cesser d'exercer en public. N'avez-vous pas remarqué qu'il n'officie plus dans la cathédrale ?

Fasciné, Kelson la regarda renouer ses cheveux.

— Mais il est censé être souffrant... afin d'être dispensé du synode. Ce matin encore, il a célébré la messe !

— Oui, très tôt, pour Dhugal, Morgan et vous. La duchesse Meraude m'en a parlé. N'étiez-vous pas étonné de ne voir personne d'autre ? Nous sommes dimanche, après tout.

— Bien, je...

Son chignon terminé, elle lui prit les épingles des mains et les remit en place.

— Evidemment non. Votre quête vous enthousiasme, et c'est bien naturel. Duncan s'en voudrait de gâcher votre bonheur. Après tout, vous avez accepté de prendre la parole au synode. Que demander de plus ?

— J'espérais qu'il n'y aurait pas de répercussions. Personne n'a rien dit de toute la semaine.

— Non, mais beaucoup rongent leur frein. Il est heureux que Duncan soit aimé et respecté. De plus, Dhugal peut se révéler un atout inattendu. Un prêtre ayant un fils légitime, c'est déjà inhabituel. Qu'il soit aussi deryni, ma foi... Les évêques devront s'atteler à changer la loi. Dans l'immédiat, ils ont des pairs à juger et des élections à mener.

— Vous avez raison... Ce n'est ni l'heure ni l'endroit pour nous laisser aller... Mais alors quand, Rothana ? Etiez-vous sincère tantôt, ou avez-vous dit ce que je voulais entendre, afin de sauver votre honneur ?

Elle baissa les yeux.

— Ce que nous venons de vivre, sire, était très réel. J'ai fait part à la mère supérieure de mes doutes sur ma vocation. Elle est persuadée que ce sont les conséquences de l'attaque de notre abbaye, l'an dernier. Bien entendu, je ne l'ai pas détrompée, me gardant bien de vous mentionner.

Kelson s'autorisa un sourire.

— Quand elle découvrira le pot-aux-roses, la mère supérieure pensera que j'ai attenté à votre vertu. Ce qui n'est pas inexact... Mais ensuite ? S'il le faut, je jurerai que vous n'avez pas cédé.

Rothana ne put réprimer un sourire. Pourtant, la situation devait lui peser. Kelson en prit soudain conscience.

— L'étape suivante, dit-elle, est d'obtenir une dispense de mes vœux. Je les avais déclarés à l'évêque de Meara, décédé depuis. Personne ne lui ayant succédé, je m'adresserai directement à l'archevêque. Je suis certaine que mon cas ne présentera aucune difficulté. Surtout quand j'aurai avoué mes raisons.

— Bien sûr ! Pour un peu, les prélats danseront la gigue dans les rues ! Depuis qu'on a mis Sidana en terre, tout le monde me presse de me remarier !

Il se rembrunit, les yeux rivés sur l'anneau d'or. Oserait-il l'offrir à sa promise ? Sceller une promesse de remariage avec le symbole du premier serait fort mal venu.

— Qu'y a-t-il, mon seigneur ?

— Cet anneau était celui de Sidana. Au début, j'ai juré de le porter tant que je n'aurais pas rendu la justice et châtié ses meurtriers. Ensuite, j'ai continué pour me rappeler combien je détesterais refaire un mariage de raison. Je ne voudrais pas vous le voir au doigt, mais si le cœur vous en dit, conservez-le pour l'amour de moi, durant notre séparation.

— Je suis très émue, sire. Etes-vous certain... ?

— Autant que je le suis de vouloir vous épouser à mon retour. Prenez-le... En raison de vos vœux religieux, ce n'est pas le gage d'une promesse de mariage, mais celui de mon engagement personnel. Dès que nous serons libres, je vous ferai ma déclaration en bonne et due forme. Si en mon absence vous changiez d'avis, décidant que ce ne fut qu'amourette, une brève incursion dans les intrigues de cour et le marivaudage, il vous suffira de me rendre l'anneau. Aucune explication ne sera requise. (Elle serra le bijou dans son poing. Il lui prit la main et la porta à ses lèvres.) Rothana, vous appartenez toujours à Dieu. Loin de moi la prétention de vous arracher à Lui, si vous vous étiez trompée.

Il l'étreignit, l'embrassant dans le cou.

Elle s'écarta pour plonger son regard dans le sien.

— Je dois vous quitter céans, sire, et aller me coucher. Pas avec vous, même si je suis très tentée. Si je manquais les offices nocturnes, ça pourrait compromettre mon honneur. Or, votre future épouse doit être d'une virginité au-dessus de tout soupçon.

Kelson soupira. Sa logique était imparable.

— Très bien. Vous reverrai-je demain, avant de partir ?

— Bien sûr, mon seigneur, dit-elle gaiement, lui posant un chaste baiser sur la joue. En compagnie des dames de la cour, j'agiterai un mouchoir brodé pour saluer les chevaliers. Et je prierai pour votre prompt retour.

— J'emporterai avec moi le souvenir de votre doux visage, chuchota-t-il. Mais ne pourrais-je espérer un dernier baiser ?

Timide, elle avança ; ils joignirent un court moment leurs lèvres.

Kelson la regarda partir.

Puis il s'en fut retrouver ses compagnons.

Derrière une minuscule fenêtre donnant sur le jardin, Conall avait suivi toute la scène, sirotant un vin rouge capiteux.

Sans qu'il puisse entendre la conversation, cela avait été assez clair. Lui n'aurait pas épargné la vertu de Rothana. En ce moment même, il aurait fait plier sous sa passion le corps de la jouvencelle, la contraignant ainsi à préférer le mariage au déshonneur.

Car Conall avait jeté son dévolu sur Rothana. Il entendait l'épouser coûte que coûte. Peu importaient les désirs de son cousin Kelson.

Tiercel gardait-il dans sa manche le moyen de s'attirer l'affection d'une dame ? Soumettre une Derynie à sa volonté n'allait pas sans grands dangers. C'était loin d'être aussi facile qu'avec les humains, vulnérables et malléables comme la petite Vanissa.

Rothana était l'épouse rêvée pour un prince ! Qui savait si Conall ne la soufflerait pas au nez et à la barbe de son cousin, sans recourir à la ruse ?

Qui vivrait verrait.

Les cloches de la basilique sonnèrent complies. S'enveloppant d'un manteau noir, le jeune homme s'apprêta à rejoindre son mentor. Tiercel lui avait promis ce soir une leçon extraordinaire.

Après, tous deux parleraient mariage.

CHAPITRE 8

Instruisez-moi plutôt, je suis prêt à me taire.

Job, 6, 24

Conall se rendit à la bibliothèque pour y retrouver Tiercel. Il s'efforça d'oublier ce qu'il venait de surprendre. Les fantasmes nuiraient à sa concentration ; de plus, il ignorait ce que son mentor attendait de lui. La bibliothèque n'était pas un lieu de rendez-vous usuel.

Avec les Derynis, on avait souvent des surprises...

Le seuil franchi, il laissa ses yeux s'accoutumer à la pénombre. Il venait rarement. A moins qu'il ne fût question de stratégie et de tactique, il ne prisait guère la lecture. Son oncle Brion avait une belle collection d'ouvrages militaires. Conall en connaissait plusieurs par cœur. Les préférences de Kelson allaient davantage à l'histoire et à l'ésotérisme le plus obscur. En fait, depuis sa propre évolution, Conall ne trouvait plus l'Art si hermétique.

Intrigué, le prince passa dans la pièce suivante, éprouvant une fugace sensation de froid. Dans l'embrasure de la fenêtre brilla un éclat argenté. Tiercel avança. Au creux d'une de ses paumes dansait une flamme de poing.

— Oh, tu es là, souffla Conall.

— Oui, mais pas pour longtemps. On pourrait nous surprendre. J'ai des choses capitales à te montrer ce soir.

— Où allons-nous ? Dans la chambre de Dhugal, il existe un passage secret qui la relie à la cour du château, voire plus loin. Duncan et lui dînent avec Morgan dans les appartements de Kelson. A notre retour, j'en toucherai d'ailleurs un mot à mon cousin. J'aurais dû avoir le bénéfice de ce passage secret, non Dhugal !

Tiercel sourit.

— Ainsi, Duncan soupe avec le roi ? Voilà qui résout un problème potentiel.

Il s'accroupit et palpa le sol.

— Que fais-tu ?

— Vois-tu les bords de cette dalle ? C'est le seul carré au centre de la pièce.

— En effet. Pourquoi ?

— Pose les mains à plat dessus et dis-moi ce que tu ressens.

— Ça picote... Quelle magie est à l'œuvre ?

— Mon ami, c'est un Portail de Transfert. En l'empruntant, on peut se rendre d'un point à un autre en un clin d'œil. Charissa l'a utilisé la veille du couronnement de Kelson. Morgan et Duncan l'ont découvert il y a deux ans. Pour te récompenser d'avoir travaillé si dur tout l'hiver, j'ai décidé de t'en révéler l'existence. La chose représente une grande dépense d'énergie — surtout si on va loin. Mais il existe trois Portails à Rhemuth, assez proches les uns des autres.

Conall en avait entendu parler.

— Je croyais qu'il s'agissait de portes, chuchota-t-il. Et il n'y a qu'un carré sur le sol !

Tiercel sourit.

— C'est bien davantage, mon jeune ami. Reste où tu es et ferme les yeux.

Campé derrière le prince, il posa les mains sur ses épaules, l'index et le pouce droits sur sa carotide.

— Baisse tes boucliers mentaux. Cette fois, détends-toi et concentre-toi. Je m'occupe du reste. Le premier saut est toujours déconcertant. Surtout, ne résiste pas. Laisse-toi aller.

Guidé par son mentor, Conall obéit. Pris de vertige, il agrippa les bras de Tiercel.

— Doucement, murmura le Deryni. Tout va bien. Nous voilà dans l'ancienne étude du père Duncan, qui jouxte la basilique.

Invoquant une nouvelle flamme de poing, il effleura une moulure du mur. Un panneau coulissa, dévoilant une tenture. Tiercel l'écarta et fit signe au prince de lui emboîter le pas. La flamme de poing jetait un éclairage étrange sur les lieux. Dès qu'il en franchit le seuil, Conall sut où il était.

— Je connais cette chambre ! Quand Kelson et moi étions enfants, Duncan nous entendait ici en confession. Je n'y étais plus revenu depuis des années.

— C'est un coin très ancien de la basilique. Si tu te demandais pourquoi Duncan n'a jamais emménagé dans des appartements plus dignes de son rang, maintenant, tu le sais...

Gagnant le prie-Dieu poussiéreux, Tiercel plia un genou et effleura le dessous de l'un des accoudoirs. Derrière la tapisserie, quelque chose bougea.

— Va voir, Conall. Si une dizaine de personnes connaissent l'existence de cette pièce, nous compris, c'est le bout du monde ! C'est là que ton père a développé son potentiel.

Il s'agissait d'une minuscule chapelle, moitié moins grande que l'étude. La lampe de Présence, à gauche de l'autel, éclairait à peine le crucifix. Des fresques murales décrivaient la vie des saints. Passant devant Conall, Tiercel se recueillit. Le prince imita son mentor.

Puis tous deux se signèrent et se relevèrent.

— J'espère que tu as adressé une supplique à saint Camber, Conall, car cette chapelle lui était autrefois dédiée. Voilà pourquoi Duncan et ses amis y sont si attachés, j'imagine... Il me tarde que Camber retrouve toute sa gloire, je l'avoue.

— Parce qu'il était deryni ?

— En partie. Même sans ça, il aurait été un grand homme... Mais nous avons d'autres Portails à explorer avant la fin de la nuit. Tu dois de nouveau t'en remettre à moi. (Il le guida hors de la chapelle.) Maintenant que tu sais à quoi t'attendre, tu vivras la sensation dans toute sa gloire. Au préalable, ferme les yeux et sonde ce Portail. Eveille ta conscience. Chaque Portail est différent des autres. Rien ne remplace l'expérience. Mémorise les moindres détails, si tu veux les utiliser plus tard sans aide.

Paupières baissées, Conall étendit ses perceptions mentales. Tiercel avait raison. Le picotement était différent de celui de la bibliothèque.

— Bien... Au suivant ! Il est dans la sacristie de la cathédrale, qui, espérons-le, sera vide à cette heure tardive. Sinon, je nous ramènerai en un éclair.

Cette fois, le contrôle qu'exerça Tiercel sur le prince fut davantage une mise en commun de leurs perceptions qu'une domination. Tandis que son mentor équilibrait les énergies en présence, Conall put mieux comprendre le processus.

Dans la sacristie, Tiercel invoqua une autre flamme de poing.

— Es-tu déjà venu ici ?

— Je ne crois pas.

— Peu importe. Baisse les yeux : le Portail est caché dans la mosaïque.

Tiercel baissa la flamme de poing. Conall suivit du doigt les motifs géométriques, qui délimitaient la zone invisible.

— Très bien : ce sont les repères physiques. Mémorise tout. Décidément, tu es doué ! Je ne cesse de sous-estimer tes talents...

— J'ai un excellent professeur.

— Nous jugerons de cela quand tu déploieras tes ailes. Voyons si tu es capable de retourner à l'étude par tes propres moyens. Je te suivrai.

Conall prit une grande inspiration.

— Es-tu sûr que je suis prêt ?

— Ai-je déjà surestimé tes capacités ?

— Non.

— Alors !

Debout sur la mosaïque, le prince la sentit bourdonner. Il invoqua les courants magiques... Et tituba dans les ténèbres.

La seconde suivante, son mentor le rejoignit.

— Félicitations ! Comment te sens-tu ?

— Un peu étourdi. J'ai réussi ! Recommençons ! Ça s'est passé si vite que j'ai à peine eu le temps de comprendre !

— Non, ne retournons pas dans la sacristie au risque d'être surpris. De plus, chaque transfert exige beaucoup d'énergie, je l'ai dit. Je te ramène dans la bibliothèque pour que tu te familiarises avec notre point de départ. Ensuite peut-être te laisserai-je revenir ici une dernière fois avant de rentrer chez moi. Tu as besoin d'une bonne nuit de sommeil pour être en forme demain. Et tu auras amplement matière à réflexion.

— C'est certain.

Tiercel reprit le contrôle pour le saut vers la bibliothèque. Moins désorienté, Conall assimila sans peine les caractéristiques du troisième Portail. Puis il pria son mentor de lui confier la responsabilité de leur retour.

Tiercel se montra réticent.

— Je ne veux pas que tu t'épuises...

— En ce cas, un sort de revitalisation ou une de tes drogues suffira à me remettre d'aplomb. Je t'en prie, Tiercel ! Laisse-moi essayer. Au moindre problème, je m'en remettrai à toi.

— Très bien. Mais après mon départ, promets-moi d'emprunter le passage secret.

— Entendu.

Prendre les rênes d'un transfert était étrange. Une main posée sur le poignet de son mentor, le prince étendit ses perceptions mentales et enveloppa à son tour l'esprit de Tiercel.

— Doucement... Tu sais à quoi t'attendre... Inutile d'exercer une telle pression sur moi.

Conall prit du recul et concentra les énergies qui pulsaient sous leurs pieds.

— Vas-y, chuchota Tiercel. Ne nous laisse pas plantés là toute la nuit !

En un clin d'œil, ils furent de retour dans l'étude. Tiercel invoqua une flamme de poing.

— Conall, je suis fier de toi. Prends un siège.

D'un mouvement de poignet, il érigea un champ de protection. Puis il tira une chaise près de l'âtre. Il passa une main au-dessus d'une chandelle ; la mèche s'enflamma.

— Voilà, conclut-il. Nous n'en ferons pas plus cette nuit. Tu as dépassé toutes mes espérances.

Conall posa la question qui le turlupinait depuis des mois :

— Où te retires-tu après nos rencontres, Tiercel ?

Souriant, l'homme cala sa sacoche sur ses genoux.

— Ici et là, en ville. Désolé, je ne puis t'en dire davantage.

Le prince haussa les épaules.

— Je me devais d'essayer... Existe-t-il beaucoup de Portails ?

— Non. J'en connais quelques dizaines à peine. Tous ne me sont pas accessibles. Pour des raisons de sécurité, certains fonctionnent exclusivement avec une poignée d'individus. Ou ils disposent de protections spéciales empêchant l'utilisateur de s'éloigner du point d'arrivée tant que le propriétaire ne le permet pas. Sans parler des pièges interdisant à l'intrus de revenir en arrière tant qu'on ne le libère pas. Ça peut paraître anodin, mais imagine être prisonnier quelque part sans que nul ne vienne avant des mois. Tu mourrais vite de faim et de soif.

— Bonté divine ! Peut-on repérer de tels guet-apens avant un transfert ?

— Parfois. Pas toujours. Tout dépend des talents respectifs du piégeur et du piégé. Voilà qui devrait te faire réfléchir avant de foncer tête baissée. Les Portails ne sont pas des distractions !

Déglutissant avec peine, Conall acquiesça.

— Celui de la bibliothèque... Il n'est pas piégé ou nous n'aurions pas pu l'utiliser. Mais... est-il conçu pour empêcher l'utilisateur de s'éloigner ? Est-ce pourquoi tu n'y avais jamais recouru pour me rejoindre ?

— Tu comprends vite ! Même si ce n'est pas tout à fait ça... Le champ de protection se situe sur le seuil qui relie les deux pièces. Je suis surpris que tu n'aies rien senti en me rejoignant dans la seconde.

Conall se remémora la légère impression de froid qui l'avait saisi.

— Etait-ce un bouclier ? Pourtant, je l'ai traversé !

— Oui, car tu es un Haldane. Kelson et ses amis ont conçu un champ spécifique qui permet l'usage de la bibliothèque à mes pairs du Conseil Cambérien.

Tout autre que toi n'aurait pas pu entrer. Après Charissa, de telles précautions s'imposaient.

Conall réfléchit. Charissa le faisait penser à Rothana. Oserait-il se confier à son mentor ?

— Tiercel, puis-je te poser une question, d'homme à homme ?

— Certainement.

— Disposes-tu de... philtres d'amour ? Ou connais-tu des envoûtements appropriés ?

— Pardon ?

— Ne te gausse pas !

Le ton tranchant du jeune homme fit s'évanouir le sourire qu'esquissait Tiercel.

— Pourquoi en as-tu besoin ? Ta dame t'aime déjà. Elle porte ton enfant et...

— Ce n'est pas ma « dame », mais ma maîtresse ! Qu'elle soit grosse de mes œuvres est un accident. Jamais je n'épouserai Vanissa.

— Ah. Le mariage n'est donc pas ce que tu vises. J'en déduis que l'objet de tes pensées ne partage pas ton affection.

— Ne me parle pas sur ce ton ! Cette femme et moi sommes faits l'un pour l'autre, Tiercel, continua-t-il d'une voix plaintive. Après mon adoubement, j'ai dansé avec elle. Le sang battait à mes tempes...

— Et ta cervelle est tombée bien bas ! maugréa Tiercel. Conall, me prendrais-tu pour un pauvre fou ? A supposer que j'aie ce qu'il te faut, vois-tu à quel point ce serait contraire à l'éthique ?

— Je veux son amour, Tiercel ! Je suis un prince. Peu me chaut ce qu'il en coûtera...

— L'amour ne s'achète pas. Ne comprends-tu pas ? S'il ne naît pas naturellement, il ne vaut rien. Un certain Rimmel l'a découvert à ses dépens. Deux innocents ont payé sa folie de leur vie ! Je veux parler de la sœur de Morgan et de Kevin McLain. Un

« philtre d'amour » les a tués, justement. Dieu, je t'aurais cru au-dessus de ces sornettes de paysans !

— Pas de condescendance avec moi !

— Te voilà bien agité !

D'un bras, il para le coup de poing que lui décocha le prince. Puis il lui saisit le poignet et le fit rasseoir de force. Furieux, Conall attaqua sur le plan psychique. Surpris par la puissance et la détermination de son disciple, Tiercel dut opposer une forte résistance.

— Ça suffit, Conall ! Je ne te veux aucun mal. Cette querelle est stupide. Je ne connais aucun philtre ou sort d'amour. *Cesse* !

Le prince s'écroula sur la table et enfouit sa tête entre ses mains.

— Doucement, chuchota son mentor, l'aidant à se calmer.

Les boucliers primaires du prince s'étaient affaissés ; les secondaires tenaient bon. Des mois plus tôt, Tiercel les avait dressés dans l'esprit de son élève afin que Morgan, Duncan ou un autre Deryni n'ait aucun indice sur ses activités secrètes. Mais la force inattendue de Conall ne laissait pas d'inquiéter Tiercel.

— Dis-moi : qu'est-ce qui t'a pris ?

— Je suis navré. J'ai perdu l'esprit... Ça ne se reproduira pas.

— J'accepte tes excuses — à une condition.

— Laquclle ?

— Que je procède cette nuit à une sonde mentale profonde sur toi. Je veux déterminer ce qui a induit une telle réaction. Retournons dans tes appartements, que je t'administre un sédatif. Après toutes ces émotions, tu dormiras mieux.

— J'ai dit que j'étais désolé !

— Oui, et moi aussi. Car je suis en partie responsable de ta fatigue nerveuse. Viens, gagnons le passage secret.

Sans plus protester, Conall se laissa entraîner. L'incident troublait Tiercel. Que ferait-il si ce qu'il découvrait dans l'esprit de son disciple ne lui plaisait pas ? Il n'en avait pas la moindre idée. L'insistance du prince à s'attirer l'amour de sa belle par des moyens magiques l'inquiétait. Il ne parvenait pas à mettre le doigt sur le cœur du problème, mais il sentait que c'était grave.

Soudain, dans l'escalier exigu qui montait vers les appartements du prince, il eut la réponse.

— Rothana !

Conall plongea un regard gris effaré dans celui de son mentor...

— C'est d'elle que tu es amoureux, alors que Kelson la désire aussi ! Tu es jaloux !

Pris d'une rage aveugle, le prince se rua sur lui et le fit trébucher. Tiercel battit l'air de ses bras sans parvenir à se retenir aux murs. Sa cape s'enroula autour de ses jambes, rendant sa chute d'autant plus dangereuse. Son crâne heurta les marches avec un bruit mat de mauvais augure. Le seigneur deryni dévala l'escalier, sans que Conall parvienne à le rattraper.

Un silence sépulcral retomba. La flamme de poing, suspendue dans les airs, tremblota et mourut.

Conall resta seul dans l'obscurité.

CHAPITRE 9

Celui qui amasse trop rapidement une fortune au début n'aura pas lieu de s'en féliciter par la suite.

Proverbes, 20, 21

— Tiercel ? couina Conall. Ça va ?

Les ténèbres l'étouffaient. Les battements de son cœur s'accélérèrent.

Inspirant à fond, il se força au calme avant d'invoquer une flamme de poing. Puis il descendit à pas lents. Sur le palier suivant, une botte, une jambe puis un pan de cape apparurent devant ses yeux. Avant même de toucher l'homme, il sut qu'il était mort.

Réprimant un gémissement de terreur, Conall souleva la tête de son mentor. Tiercel avait la nuque brisée. L'esprit souple et vif qui l'avait tant aidé à développer son potentiel était retourné au néant. Les prunelles couleur amande se voilaient déjà...

Doux Jésus, qu'avait-il fait ?

Pis, qu'allait-il faire ?

Nul ne pouvait plus rien pour Tiercel de Claron. Même si Conall cherchait de l'aide, qui croirait à un accident ? Ils s'étaient querellés et il avait poussé le Deryni dans un escalier... Que l'affaire s'ébruite, et la vérité éclaterait au grand jour ! Conall perdrait tout espoir de conquérir Rothana et ses liens magiques avec feu Tiercel seraient découverts.

Il s'écoulerait sans doute des semaines, voire des mois avant qu'on trouve le cadavre. Et qui soupçonnerait Conall ? D'autant que le prince n'était pas censé connaître le passage secret... qui donnait dans les appartements de Dhugal, de toute façon.

Ce n'était pas la meilleure solution, mais la plus pratique. Conall tira la dépouille de son mentor contre la paroi. La cape couleur rouille se fondait admirablement à la pénombre. On pourrait passer devant sans se douter de la présence d'un cadavre... Du moins, pas tant que la décomposition ne serait pas avancée.

Alors, Conall serait loin.

Le jeune homme prit la sacoche et la fouilla. Les cubes s'y trouvaient, ainsi que des drogues fort utiles. Un peu de *merasha* dans une coupe de vin et...

— Je suis navré, Tiercel, chuchota-t-il. As-tu adressé une dernière prière à ton cher Camber, dans la chapelle ?

Traçant le signe de croix sur le front déjà froid, il effleura des boucliers mentaux en voie de désintégration... et une idée d'une folle audace lui vint.

Kelson n'avait-il pas sondé l'esprit d'un mourant ? Conall s'en souvenait fort bien. Armé des cubes de protection, de drogues derynies et de son entraînement, il saurait en plus les ultimes secrets d'un seigneur deryni, membre du Conseil Cambérien !

C'était trop tentant...

Sans perdre une seconde, le prince sonda le node d'énergie psychique faiblissant qui était l'essence de Tiercel. Il passa en revue les procédures rituelles, les sortilèges, les exercices mentaux, les méthodes de combat magique, les images des contacts du mort avec le Conseil...

Il y avait trop à assimiler. Mais c'était mieux que rien. Conall évita les dernières secondes d'existence de sa victime — l'incrédulité et la terreur face à la mort. Tremblant de fatigue, le prince rompit le contact et se leva.

Eh bien, Tiercel, tu m'as appris bien plus que tu ne voulais, cette fois... J'en ferai bon usage, n'aie crainte. Bonne chance dans ta nouvelle vie... si tant est qu'il y en ait une...

Devant l'entrée secrète des appartements de Dhugal, Conall entendit les éclats de voix des serviteurs et rebroussa chemin.

La cour était déserte. Si des gardes trop curieux l'arrêtaient en chemin, Conall trouverait une excuse.

La sacoche en bandoulière, le prince regagna ses appartements en sifflotant une vieille ritournelle.

— Dhugal, je me fais l'effet d'un parfait imbécile ! geignit Kelson. Hier, je tenais dans mes bras une femme merveilleusement belle, et je me suis contenté de l'embrasser ! Si j'avais insisté, qui sait où tout ça aurait fini ? Hélas, je l'ai laissée me dissuader...

En tartan et hauts-de-chausse flamboyants, Dhugal se percha sur un coffre, tandis que le roi passait une ceinture blanche sur ses cuirs écarlates.

— Ciel, quelle maîtrise..., le taquina son frère. La dame en question est-elle de mes connaissances ?

— A ton avis ?

Lui prenant son épée pour la glisser au fourreau, Kelson se laissa mettre une cape bordée de fourrure.

— A mon avis, le roi mon frère est amoureux... et sa mie ne prendra jamais le voile. Puisque tu lui as donné un anneau...

— « Donner » n'est pas le terme exact.

— Ah non ? Ton petit doigt me souffle une autre chanson...

Baissant les yeux sur le doigt en question, Kelson se hâta de fouiller sa cassette à bijoux.

— Ce n'est pas ce que tu crois. Nous n'avons échangé aucune promesse. Elle garde ma bague. C'est la preuve que Sidana ne me hante plus. Rothana ne la portera pas.

— Vraiment ?

— Oui, vraiment.

Kelson se passa au doigt un nouvel anneau incrusté d'émeraudes, puis enfila des gants de cuir noir. Il se coiffa d'une toque écarlate où était cousu un serre-tête d'or.

— A propos, as-tu déjà aperçu la dulcinée de notre ami Conall ? Comment est-elle ?

— Je l'ignore. Jowan doit la connaître, mais il est d'une discrétion assommante ! Bien sûr, nous pourrions lui *demander*...

— Allons ! Un peu de sérieux. Conall rentre souvent éreinté au château. Une petite enquête serait de mise.

Les jeunes gens sortirent dans la cour, saluant Duncan et Morgan avec enthousiasme. En compagnie de Nigel, de Meraude et d'autres seigneurs, ils regardaient avec indulgence la troupe royale pleine d'allant. A l'aube, Duncan avait célébré une messe spéciale. Jehana et son chapelain, le père Ambros, se tenaient à l'écart. Kelson et Dhugal les saluèrent, mais leur attention fut vite attirée par Conall.

Bougon, mal réveillé, le prince tançait son écuyer pour une offense réelle ou imaginaire. Réprimant son amusement, Dhugal « caressa » les côtes de son frère d'un coup de coude. Les premiers kilomètres, le prince Rory devait caracoler à la tête d'un contingent de jeunes pages et d'écuyers. Payne semblait au bord des larmes. Les deux frères paraissaient écœurés par leur aîné.

— Quel ours mal léché ! souffla le roi à l'oreille de Dhugal. Que te disais-je ?

— Conall n'a pas beaucoup dormi, c'est certain...

Kelson saisit les rênes écarlates de son destrier.

— Sans doute. Tandis que je vérifie nos bagages, voudrais-tu tâcher de rendre à Payne et à Rory leur belle humeur ? Du reste, sans parler de mon hérisson de cousin, cette agitation sied peu à une quête.

Dhugal s'exécuta. Ciard O Ruanne, avec qui il échangea des salutations, dirigeait les serviteurs et les écuyers qui procédaient aux préparatifs de dernière minute.

Hormis le taciturne et irascible Conall, les compagnons du roi gardaient le moral. Il y avait là six chevaliers fraîchement adoubés, dont Jatham et Jass MacArdry ; les vétérans Saer de Traherne et Roger, comte de Jenas ; le chirurgien de l'archevêque Cardiel, le père Lael ; huit lanciers et trois guerriers MacArdry. Ecuyers et serviteurs compris, la troupe comptait une trentaine de membres.

Sous les acclamations des seigneurs et des dames se pressant sur les remparts, l'expédition s'ébranla en direction du nord, vers Valoret. Janniver fit des signes enthousiastes à Jatham, à Brendan et à Liam. Les sœurs de Saint Brigid étaient également venues saluer la compagnie royale.

Avec un lourd soupir, Nigel se tourna vers Morgan et Duncan.

— Dieu, je me sens vieux... Les oisillons quittent le nid ! La vie va redevenir tranquille et morne !

Morgan flanqua une claque amicale dans le dos du prince.

— Vous vous y ferez... Les pères ont moins de mal que les mères à voir les petits prendre leur envol, paraît-il.

— N'étant pas mère, je ne puis guère en discuter.

— Au moins, nos enfants ne vont-ils pas guerroyer, cette fois.

— Non, mais dans quelques mois les négociations avec Torenth pourraient se révéler ardues. Surtout quand on saura que Morag n'est plus à Rhemuth. Enfin... Que peut-il arriver lors d'une quête sainte ?

— Avec de la chance, rien. Pour l'heure, l'épiscopat me soucie bien plus. Même si Kelson s'est bien préparé.

— Espérons que tout se déroulera comme prévu. A propos, Alaric, quand devez-vous partir ?

— En milieu d'après-midi. Brendan et moi embarquerons à Desse. Les marées aidant, nous voyagerons plus vite que par voie de terre. A Lendours, le temps doit rester très pluvieux.

— Ça vous laisse le temps de vous restaurer. Meraude veillera à ce que Brendan mange bien. Duncan, pourquoi ne pas vous joindre à nous ? La plupart des évêques étant en route pour Valoret, combien de temps encore devrez-vous jouer les malades ?

Duncan esquissa un sourire.

— Kelson parti, l'attention de la cour rivée sur Valoret, je me sens ragaillardi ! Dans une semaine ou deux, quand Cardiel me convoquera, je serai tout à fait « rétabli » !

— Prions pour que les raisons de l'archevêque soient les bonnes, murmura Morgan.

— C'est ce que je fais — plusieurs fois par jour.

Moins d'une semaine plus tard, à Valoret, Kelson s'apprêtait à haranguer le synode. En ce dimanche pluvieux, il était certain de couver un rhume.

Depuis le départ de Rhemuth, la pluie n'avait plus cessé. Retarder l'expédition en attendant un temps plus clément, c'était prendre le risque de manquer l'ouverture du synode. S'il voulait influencer les évêques avant les délibérations, le roi ne pouvait pas se le permettre.

Trempée jusqu'aux os, l'expédition était arrivée la veille. Se réchauffer autour de cheminées crépitantes, passer des vêtements secs et prendre de bonnes collations n'avaient qu'en partie calmé des toux de mauvais augure. Le matin suivant, la pluie continuait de tout marteler. Ni Kelson ni Dhugal n'avaient bien dormi.

Le synode s'ouvrirait par la grand-messe, célébrée dans la cathédrale sombre et glaciale. Enveloppé d'un manteau fourré, Kelson tentait en vain de se réchauffer en suivant l'office. Les sinus encombrés, il oubliait son beau discours.

La messe terminée, tous s'installèrent dans le chapitre. Deux siècles plus tôt, une assemblée de prélats avait élevé Camber MacRorie au rang de bienheureux et de saint. Une chapelle latérale lui avait même été consacrée. Traversant le transept sud, Kelson ne cessa d'éternuer et de se moucher — ce qui n'améliora guère son humeur.

A l'entrée du chapitre, le secrétaire de Bradene pria le roi et les siens de patienter, le temps que le clergé prenne place. Kelson jugula à grand-peine son impatience.

Le mauvais temps ne lui avait pas permis de revêtir la tenue cérémoniale de rigueur. Il en était réduit à porter des hauts-de-chausse en laine, deux épaisses tuniques, des cuissardes et un manteau bordé de fourrure. Kelson ne s'était pas davantage encombré de couronne. Son auguste auditoire se contenterait d'un serre-tête en or.

La lumière des torches trouait à peine la pénombre. Des braseros protégeaient l'assistance du froid.

Le père Elroy, un chambellan de forte carrure, accueillit le roi.

— Veuillez entrer, majesté. Le temps est une véritable plaie ! Pour votre discours, préféreriez-vous rester debout ou vous asseoir ?

— Je voudrais m'allonger ! répondit Kelson. Mais puisque ce n'est pas envisageable, j'aimerais m'asseoir. Navré, mon père. Vous n'y êtes pour rien. Croyez-vous que nous serons affligés de quarante jours et de quarante nuits de pluie, en expiation de nos péchés ?

Elroy eut un sourire pincé. Devait-il s'offusquer de la référence irrévérencieuse aux Saintes Ecritures ?

— Votre Majesté se souvient que le Seigneur jura de ne jamais plus châtier l'humanité de cette façon. Il créa l'arc-en-ciel pour nous rappeler Sa promesse. Mais trente-neuf jours de déluge, en guise d'avertissement, ne m'étonneraient pas, sire.

Le bon père fit un clin d'œil au jeune homme, qui gloussa. Repoussant sa capuche, le roi entra, pas fâché de s'abriter du vent et de la pluie.

— Mes seigneurs archevêques, vos excellences, commença le chambellan, frappant le sol de sa canne cerclée de fer. Sa Majesté, le roi !

Tous se levèrent ; Kelson approcha de l'estrade où siégeaient les archevêques. Dhugal s'installa près de Saer de Traherne et de Jass.

Dans l'hémicycle, quatre sièges restaient vacants : ceux de Duncan et de trois évêques suspendus.

Ces derniers avaient ouvertement approuvé le meurtre d'Henry Istelyn, un an plus tôt. Durant les semaines à venir, la béatification du prélat martyr serait considérée.

Aucun siège n'avait été prévu pour les cinq évêques itinérants également suspendus suite à la rébellion mearienne. Le père Lael avait soumis au roi la liste de sept autres itinérants ne faisant l'objet d'aucune poursuite. Avant la messe, il les avait discrètement désignés à Kelson, afin qu'il puisse mettre un visage sur leurs noms. Sans faire allusion à des vautours prêts à fondre sur les carcasses de leurs semblables, Lael avait néanmoins laissé au roi la nette impression que c'était sa pensée.

Les abbés, les prieurs et les autres membres du clergé semblaient tous réunis ce jour-là, dans l'espoir de s'approprier les évêchés itinérants libres. Les manœuvres politiciennes étaient pires que lors des dernières élections de Meara. Ce synode avait *plusieurs* successions à régler. L'épiscopat avait-il affronté réorganisations aussi massives depuis la Restauration ?

— Bienvenue à Valoret, sire, dit l'archevêque Bradene, tandis que Kelson, un genou plié, embrassait l'anneau du primat. Je suis navré que nos prières n'aient pas ramené le soleil. Nous vous félicitons de votre adoubement, majesté, et nous vous souhaitons grande joie.

— Merci, Excellence. (Il fit signe au moine qui approchait avec un siège.) Merci, mon père, mais je resterai debout, tout compte fait. Ainsi, je serai bref.

Il se campa devant un brasero, savourant la chaleur. Son manteau pourpre paraissait presque noir. La garde d'une dague dépassait d'une de ses bottes. A part le serre-tête d'or et l'Œil de Rom — à l'oreille droite — Kelson ne portait aucun bijou.

— Asseyez-vous, je vous prie, mes seigneurs. Etant un peu malade, je compte sur votre indulgence, car je serai plus bref qu'à l'ordinaire.

Les murmures moururent. Kelson frotta ses mains gantées et étudia son auditoire avant de poursuivre.

— Révérends seigneurs, je vous suis reconnaissant de pouvoir m'adresser à vous avant vos délibérations. Ce soir, je me fais par avance une joie de découvrir ceux qui me sont encore inconnus. Comme je l'ai souvent dit, j'apprécie vos conseils pour les affaires spirituelles et profanes. En conséquence, ne me jugez pas présomptueux si je vous offre mon avis sur les problèmes figurant à l'ordre du jour de ce synode.

Des murmures parcoururent l'assemblée. Aucune hostilité ne perçait encore. Kelson devait prendre garde de ne pas retourner les prélats contre lui.

— Vous aurez d'abord à prendre des sanctions contre les brebis égarées — une tâche que je ne vous envie pas. Comme vous le savez, l'an dernier, sur les conseils de l'archevêque Cardiel et de l'évêque McLain, j'ai rendu la justice. Si l'Eglise ne m'avait pas livré trois hommes du clergé coupables de haute trahison, en mon âme et conscience, je me serais senti obligé d'intervenir.

« Fort heureusement, les crimes de ces individus étaient tels que leurs supérieurs et moi fûmes d'accord sur le châtiment le plus approprié. En juillet dernier, l'ancien archevêque Edmond Loris, Lawrence Gorony et l'évêque Judhael de Meara furent exécutés. Ce dernier a péri pour des raisons d'Etat que je déplore. Quant aux deux premiers, une haute cour ecclésiastique les aurait également condamnés à la pendaison.

« D'autres hommes furent aussi châtiés pour leurs manquements au code de la chevalerie. Aujourd'hui, je ne cherche pas de nouvelles exécutions ; la révolte mearienne a déjà fait trop de victimes. Néanmoins, si vous jugiez d'autres accusés passibles de la peine capitale, sachez que j'appuierai votre décision. Il vous reste huit verdicts à rendre, sous la responsabilité de l'archevêque de Valoret.

Marquant une pause pour s'éclaircir la gorge et se moucher, il laissa les prélats réfléchir. Le plus dur restait à venir.

— Le deuxième volet de mon adresse, révérends seigneurs, concerne la succession des évêchés vacants ou en passe de l'être. Car même si vous épargnez les coupables, sans doute ne les jugerez- vous plus dignes d'occuper des fonctions pareilles.

« J'ai conscience des atouts de certains candidats. Après consultation de mes conseillers, j'ai remis à l'archevêque Cardiel mes observations sur ceux qui m'étaient connus. Il vous en fera part en temps voulu. Vos décisions auront une incidence certaine sur les affaires du royaume. Ne l'oubliez jamais. Les derniers événements ont prouvé qu'il ne suffisait plus d'être pieux et zélé pour faire un bon évêque. Il faut aussi être un administrateur, voire un politique averti. Etant entendu que cela ne doit jamais prendre le pas sur les obligations spirituelles. Je souhaite simplement que, l'esprit clair, le cœur honnête et l'âme réceptive, vous vous laissiez guider par le Saint Esprit en élisant les prochains bergers de Notre Seigneur.

« Le troisième point que je tenais à soulever concerne feu Henry Istelyn, qui, je crois, est digne d'une canonisation... (Les chuchotements cessèrent.) Sa loyauté envers la couronne et la mitre ne s'est jamais démentie. Tant pour sa piété et son courage que pour sa mort exemplaire, Henry Istelyn mérite d'être béatifié. Notre Seigneur l'a certainement accueilli à sa droite. Mon vœu le plus cher est que nous puissions bientôt adresser des prières à *saint* Henry Istelyn, évêque et martyr.

Des murmures d'approbation parcoururent l'hémicycle. L'assemblée était prête à entendre le plus délicat. Kelson maudit le rhume qui embrumait son esprit.

— Enfin, je vous recommande tout particulièrement de réviser les statuts de Ramos qui, depuis deux siècles, régissent nos lois civiles et canon. Il n'est pas question de les abroger. Certains sont dignes et honorables.

« Mais je vous adjure d'examiner avec soin les règles s'appliquant aux Derynis.

« A ce sujet, depuis quelques décennies, la loi civile change et évolue. Des Derynis ont prouvé leur valeur et leur loyauté envers la Couronne. Il s'en trouva sûrement même durant l'Inter-règne. Mon père, Dieu ait son âme, a amendé plusieurs statuts civils interdisant aux Derynis l'exercice de charges, la jouissance de titres de noblesse, et la propriété de terres.

« La loi canon n'a pas suivi la même évolution. Je qualifierais cela d'avarice politique. L'an passé, vous avez enfin reconnu qu'une véritable vocation religieuse, chez un Deryni, ne méritait nullement la peine capitale. Savez-vous quelle méthode, durant ces deux siècles derniers, on a employée pour démasquer, si j'ose dire, les Derynis qui souhaitaient devenir prêtres ?

— Le savez-*vous*, sire ? demanda une voix.

— Qui a parlé ? Veuillez vous lever. Sur ma foi, vous ne pâtirez pas de votre franchise.

Un homme se mit debout. En soutane noire, il arborait la ceinture bleue de l'*Ordo Vox Dei*. Kelson le dévisagea puis lui fit signe de se rasseoir.

— Oui, je le sais, répondit-il enfin. Des mesures visant à réparer cette injustice sont à l'étude. C'est la main de l'homme, non celle de Dieu, qui a envoyé périr tant d'innocents derynis dans les flammes. Leur seule faute était d'avoir suivi leur vocation religieuse.

— Est-ce McLain qui vous en a parlé, sire ? demanda un autre homme.

— Il est au courant, mais ce n'est pas lui qui m'a informé. Pas plus qu'il ne fut l'instrument de son propre salut, quand il fut ordonné prêtre il y a plus de vingt ans.

Que les prélats y réfléchissent donc ! Qu'ils réalisent que *d'autres* avaient pu passer à travers les mailles du filet !

— Revoir la question derynie s'impose, mes seigneurs. Les humaines sont faillibles. Dieu élit Ses prêtres où, quand et comme il Lui sied. Humains, Derynis ou autre, peu importe. Il est grand temps d'abroger des lois considérant comme un crime ce qui n'en a jamais été un. Si vous vous obstinez à défendre une législation inique et illogique, vous qui m'avez juré votre foi et votre loyauté, vous ne me ferez pas honneur. Car ma mère, ne lui en déplaise, m'a légué un sang deryni que je chéris autant que mon héritage haldane.

« De grâce, révérends seigneurs, gardez cela à l'esprit lors de vos délibérations.

CHAPITRE 10

C'est un jour d'obscurité profonde, envahi de nuages et de brouillard.

Joël, 2, 2

En fin d'après-midi, il pleuvait toujours des hallebardes. Le synode avait conclu sa première session pour aller souper au palais de l'archevêque. Peu après, Kelson se retira. Le père Lael lui administra un remède dans du vin. Le roi avait des doutes quant à l'efficacité de la potion. Néanmoins, elle soulagea sa gorge enflammée. Dhugal l'aida à plonger dans un sommeil profond. Kelson s'endormit au son de la voix de son frère et du crépitement de la pluie.

Plus tard dans la nuit, loin de Valoret, Duncan posa sa plume et se frotta les yeux. Durant son « indisposition », il assumait à l'occasion des fonctions de secrétaire pour aider Nigel. Depuis deux jours, il travaillait à une transcription des plus assommantes. Il n'était pas fâché d'en voir la fin.

Bâillant à s'en décrocher les mâchoires, il écarta un rideau de velours pour jeter un coup d'œil par la fenêtre. Malgré la légère distorsion optique due aux panneaux d'ambre, le mauvais temps ne faisait aucun doute.

Grimaçant, Duncan se détourna et rangea la transcription dans un étui de cuir qu'il passa à sa ceinture. Drapé d'un épais manteau, muni de gants et d'une toque en fourrure, il se prépara à braver la tourmente.

Depuis le départ de son fils, il occupait ses appartements. Quoi de plus naturel ? Vivre au milieu des affaires de Dhugal le réconfortait durant sa « convalescence ». Ainsi, il pouvait rester au château sans effectuer de longues allées et venues. Surtout par un temps pareil ! Nigel et lui bavardaient souvent tard la nuit. Leurs fils leur manquaient. Les Derynis étant partis la semaine précédente, Nigel seul pouvait offrir au prélat isolé la compagnie dont il avait besoin.

Mais être deryni ne protégeait pas de tout. Mouchant la bougie et rangeant son pupitre, Duncan caressa l'idée d'utiliser le Portail de la bibliothèque. Il la chassa vite.

Au moment où son avenir était dans la balance, il ne pouvait se permettre ce genre de frivolité au risque d'être surpris. Néanmoins, plutôt que de patauger dans la boue, il emprunterait le passage secret reliant la chambre de Dhugal à la cour de la basilique.

Il traversa la cour à la course, puis arriva devant l'entrée du passage dérobé.

Par habitude autant que par prudence, Duncan alluma une torche plutôt que de recourir à une flamme de poing.

La première volée de marches, escarpées et irrégulières, comptait cinquante-neuf degrés. Reprenant son souffle, Duncan entama la deuxième avec détermination. Malgré sa préoccupation, à peine eut-il gravi les quelques marches suivantes qu'il prit conscience d'une odeur insolite.

Sur le qui-vive, il huma l'air, projetant ses sens derynis.

La mort...

Il ne s'agissait pas d'un rat ou d'un autre rongeur.

Levant sa torche, Duncan redescendit sur le premier palier et sonda les lieux. L'odeur était plus entêtante. Combien de fois ces relents avaient-ils chatouillé ses narines, sur les champs de bataille jonchés de cadavres ? Il n'y avait pas de doute possible...

Invoquant une flamme de poing, il illumina le palier... et découvrit un corps recroquevillé, un bras et une jambe tendus.

— J'ignore depuis combien de temps il gisait là, dit Duncan à Nigel une demi-heure plus tard. Une semaine ou deux, je crois, puisque la décomposition est bien avancée. Apparemment, il est tombé et s'est brisé la nuque. Mais que diable faisait ici un membre du Conseil Cambérien ?

Nigel se pencha sur le cadavre.

— Son nom est Tiercel de Claron, disiez-vous ?

Duncan hocha la tête.

— Je l'ai vu deux fois de son vivant. Donc je pourrais me tromper. Mais je suis à peu près certain que c'est lui. Arilan saura à coup sûr.

— Hélas, il est à Valoret, où vous auriez également été en temps normal. Doux Jésus, le Conseil Cambérien sera dans tous ses états !

— Mais nous n'y sommes pour rien, lâcha Duncan. Aidez-moi à le retourner. J'ai tenté de capter des ondes psychiques. Peine perdue : le cerveau doit être en bouillie...

Nigel s'accroupit à son tour.

— Jamais je ne serai chirurgien ! Non que je n'aie occis mon compte d'adversaires, mais grâce au ciel, jamais je n'ai eu à m'occuper de leurs cadavres !

Duncan, vous avez l'estomac bien accroché... je vous admire. (Le prince s'écarta, laissant son compagnon procéder à l'examen.) Des blessures suspectes ?

Duncan secoua la tête. A part les morsures de rats, la nuque brisée et des contusions normales pour qui avait dévalé un escalier escarpé, la dépouille de Tiercel ne présentait pas de traumatismes.

— Aucune, à première vue. Comment allons-nous faire ?

— Je l'ignore. Ce n'est pas à nous de l'inhumer. Il doit avoir de la famille. A moins que le Conseil se charge des funérailles. Notre unique lien avec lui est Arilan. Le mieux, à mon avis, serait que vous souffriez d'une « rechute » au plus vite, pour courir incognito à Valoret l'informer de ce trépas. N'existe-t-il pas de Portail là-bas ?

— J'en ai entendu parler, mais j'ignore où il se situe. Et à fortiori comment l'utiliser. Je partirai à l'aube. Rédigez une lettre à l'intention de Kelson, je vous prie. Je la lui remettrai à mon arrivée, si toutefois il n'est pas déjà en route pour Caerrorie.

Les deux hommes soupirèrent à l'unisson.

— Très bien. Je vous confierai également d'autres courriers. Entre-temps, il faudrait mettre le mort dans un cercueil. Comment l'enlever de là ?

— Enveloppons-le dans sa cape et transportons-le dans la cour. (Duncan joignit le geste à la parole.) Une fois que nous l'aurons déposé sous le porche de la basilique, je chargerai des moines de s'en occuper. Ainsi, nul n'apprendra l'existence du passage secret.

— A part les gens à qui Claron a pu vendre la mèche..., maugréa Nigel. Ces moines sont-ils de confiance ?

— Pour cette tâche précise, oui. Le père Shandon, mon chapelain, supervisera tout. Il est discret et loyal. Au besoin, j'effacerai de sa mémoire ce qui a lieu de l'être. Non que la perspective me plaise, mais parfois, je n'ai pas le choix.

— Bien, conclut Nigel. Je vous attendrai sous le porche. Nous prétendrons l'avoir découvert dans un cellier.

A l'aube, Tiercel gisait dans un cercueil. Shandon le veillait.

Duncan, lui, galopait à bride abattue.

A Valoret, le temps s'améliora enfin. Kelson se réveilla en meilleure forme. L'après-midi, il se rendit dans la chapelle où saint Camber avait jadis été vénéré. Sa dépouille y avait reposé avant d'être transférée à Caerrorie.

Ensuite, au grand dam de son entourage, le roi décida de rallier Dolban sans tarder. Ses compagnons avaient rêvé au plaisir d'un dernier dîner en compagnie de l'archevêque...

En chemin, il ne faudrait pas s'attendre à des menus princiers. L'expédition se contenterait de l'ordinaire frugal et des pauvres paillasses réservés aux pèlerins.

Kelson ne voulut rien entendre. Son discours fait, il était d'avis de laisser le synode statuer en paix. De plus, mieux valait profiter d'une accalmie pour essayer d'atteindre Dolban avant la prochaine tempête. Les chevaliers se reposeraient tandis que le roi et Dhugal mèneraient leur enquête sur l'ancien saint patron de l'abbaye.

A présent foyer d'un ordre à vocation évangélique, Dolban avait autrefois abrité la première communauté cambérienne : les Serviteurs de Saint Camber. A l'époque de Ramos, l'antique sanctuaire avait été détruit, mais Kelson avait bon espoir de dénicher de précieux indices.

En conséquence, quand Duncan arriva à Valoret, trois jours plus tard, la compagnie royale était déjà loin. Avec l'aval de Nigel, le prélat deryni avait choisi de voyager en tenue de courrier royal. Grâce à ce déguisement, il obtenait une monture fraîche à chaque relais. Les deux archers qui l'escortaient ignoraient sa véritable identité.

Epuisé et crotté, Duncan arrêta son coursier devant le parvis de la cathédrale. Il sauta à terre et gravit les marches, priant pour que les évêques ne soient pas déjà en conclave. Célébrée par un prêtre nommé de Torigny, la messe tirait à sa fin. Duncan patienta.

Il aurait aimé communier, mais l'office était réservé aux évêques et à leurs clercs. Même en cuirs noirs et en cape sombre, Duncan risquait d'être reconnu. Il garda levés ses boucliers psychiques, de peur qu'Arilan capte son aura. A l'apogée de la messe, tout Deryni connaissait une étrange extase psychique et une enivrante *extension* des sens.

A la porte sud, Duncan accosta Arilan.

— Au service du roi, Excellence, souffla-t-il, tendant son insigne et baissant ses boucliers mentaux. J'ai des missives urgentes. Puis-je vous les présenter en privé ?

Duncan ! Que... ?

Arilan l'entraîna à l'écart, tandis que les autres prélats gagnaient la cour du cloître.

— De quoi s'agit-il, mon brave ? demanda-t-il avec froideur. Un certain évêque serait-il retombé malade ?

— Pour autant qu'on le sache, c'est le cas, mon seigneur. Et *j'ai* des missives à remettre au roi. Mais je voulais vous annoncer en personne que Tiercel de Claron est mort.

Arilan tressaillit.

— C'est impossible ! Qui vous a affirmé ça ?

— J'ai vu le corps, Denis, chuchota Duncan. Je suis à peu près sûr que c'est lui. Mais vous seul pourrez l'affirmer avec certitude. Ne m'en veuillez pas d'avoir quitté Rhemuth sans votre aval. En la circonstance, nul autre n'aurait pu vous contacter.

— C'est juste. *Jésus Marie*, voilà pourquoi il n'a pas assisté à notre dernière réunion... Comment est-ce arrivé ?

— Un accident, pensons-nous.

— *Nous* ?

— Nigel et moi. Il fallait bien avertir quelqu'un. J'ai trouvé le cadavre dans le passage secret qui relie les appartements de Dhugal à la cour de la basilique. On dirait que Tiercel a trébuché et s'est rompu le cou.

— Etait-ce récent ?

— Difficile à dire. Une semaine ? Deux ? Plus ?

— Pas plus, non, car je l'ai vu le lendemain de l'adoubement de Kelson, il y a deux semaines. A quand remonte cette découverte ?

— A dimanche.

— Mais que faisait Tiercel dans ce passage ? Je croyais qu'il en ignorait l'existence !

— Connaissait-il le Portail situé dans mon étude ?

Le visage d'Arilan se ferma. Duncan aurait voulu recourir à la Lecture de Vérité. Mais il n'en eut pas l'audace. Arilan ne se laisserait pas faire, et ils n'étaient pas seuls. L'aparté qui se prolongeait entre l'évêque de Dhassa et le courrier royal commençait à piquer la curiosité des observateurs.

— Oui, il le connaissait, répondit Arilan, sur ses gardes. Le printemps dernier, j'ai informé le conseil de son existence, au cas où l'un de nous devrait vous contacter de toute urgence. Il est plus pratique que ceux de la sacristie et de la bibliothèque.

Duncan soupira. Arilan devait dire vrai. Tiercel connaissait le passage dérobé et il y avait trouvé la mort. Sans doute avait-il réussi à passer le champ de protection du Portail de la bibliothèque avant de s'introduire dans les appartements de Dhugal. Duncan était certain de l'innocence de son fils. Mais d'autres ne manqueraient pas d'incriminer le jeune homme.

— Je veux voir le corps, lança Arilan, interrompant les spéculations de son interlocuteur. Puis je convoquerai le conseil. Nous emprunterons le Portail de Valoret, dont vous avez dû entendre parler. Etes-vous venu seul ?

— Deux archers m'attendent dans la cour. Ils me prennent pour un courrier royal appelé John. Dois-je les renvoyer ?

— Je m'en charge. Attendez-moi dans cette chapelle, là-bas. (Il désigna le bâtiment accolé au transept sud.) Vous y serez tranquille. Priez de toutes vos forces ! Il me faudra une bonne excuse pour m'absenter ces prochaines heures.

Duncan obéit, allant s'agenouiller à l'ombre du petit autel. Mais il était trop préoccupé pour prier. Pour la troisième fois en trois jours, il chassa la fatigue avec un sort de revitalisation. Il eut une pensée pour le brave Shandon, qui veillait la dépouille de Tiercel. L'arrivée précipitée d'Arilan nécessiterait une nouvelle intervention dans sa mémoire.

Une demi-heure plus tard, Arilan fut de retour. Il avait troqué la pourpre épiscopale contre un manteau noir passé sur une soutane assortie.

Deux ombres longèrent le transept sud pour s'isoler dans la sacristie. Arilan referma la porte avec soin.

— Utiliser le Portail en plein jour est risqué, reconnut-il. Mais le temps presse. Je veux examiner le corps avant que toute mémoire résiduelle ait disparu. Si ce n'est pas déjà le cas...

— A moins que vous soyez bien plus fort que moi, je le crains, hélas. J'ai placé le cadavre en stase pour retarder la putréfaction et mis le cercueil sous protection, à tout hasard.

Arilan fit la grimace.

— Vous avez donc déplacé le corps.

— Il était difficile de l'abandonner plus longtemps à l'humidité et aux rats !

— Je ne vous critique pas, Duncan. Vous avez agi au mieux. Après avoir examiné Tiercel, je vous sonderai pour capter à travers vous les émanations présentes sur le site du trépas. Mais ce n'est pas le plus pressé. Qui attend, de l'autre côté ?

— Nul autre que le père Shandon.

Ouvrir son esprit à Arilan n'enchantait guère Duncan. Mais comment refuser ?

— Accordez-moi un instant avant de me rejoindre, Denis, le temps que j'endorme Shandon.

— Vous auriez besoin de repos ! Etes-vous sûr que ça ira ? Je pourrais me charger de tout, vous savez.

— Shandon vous verra... Il *devrait* être seul, mais ce n'est pas une certitude. N'ayez crainte, dès que vous serez avec le Conseil, je prendrai du repos. Rendez-vous à Rhemuth !

Campé dans le cercle inscrit sur le sol, il projeta ses sens derynis vers l'énergie qui vibrait sous ses pieds.

Le Portail exigeait moins de force que Duncan n'avait craint.

Il se propulsa à travers le temps et l'espace... et rouvrit les yeux dans son étude.

Derrière la porte qu'il poussa, il capta l'essence de Shandon — personne d'autre. Comme Duncan s'y attendait, le bon père, qui lui tournait le dos, était plongé dans les prières aux morts.

Duncan se glissa derrière lui.

— Détendez-vous, mon père. Une fois que vous aurez exécuté mes instructions, vous ne vous souviendrez de rien.

Quand Arilan arriva, quelques minutes plus tard, Shandon avait quitté les lieux. Duncan avait retiré les protections magiques et baissé le linceul sur la taille du cadavre. Puis il s'était assis près de la cheminée.

Les mains sur le front du mort, Arilan se recueillit.

— Rien, lâcha-t-il, faisant sursauter Duncan.

— Je vous l'avais dit.

— Oui. Où est Shandon ?

Duncan sourit.

— Je l'ai envoyé chercher Nigel. Après tout, en l'absence de notre suzerain, c'est le régent du royaume !

Arilan vint s'asseoir près de lui.

— La confiance règne, je vois !

— Devrais-je m'en remettre à vous ?

— Si de mauvaises intentions m'animaient, je vous dirais oui, bien sûr. Alors à quoi bon poser semblable question ? Vous avez ma parole de prêtre et de Deryni que nos différends à propos du Conseil Cambérien ou de votre statut religieux n'ont aucune incidence dans cette affaire. Faites une Lecture de Vérité sur moi, et vous verrez que je ne mens pas. Vous vous êtes donné beaucoup de mal pour m'avertir ; je refuse de profiter de la situation à vos dépens. Cela étant, j'aimerais accéder à votre mémoire.

— Sondez-moi, Denis. Fatigué comme je le suis, je doute de pouvoir vous opposer grande résistance.

Duncan entra en transe. Arilan passa une main devant ses yeux, le plongeant dans des profondeurs psychiques insoupçonnées. En douceur, il sonda ses souvenirs.

Quand Duncan revint à lui, on frappait à la porte. Curieusement, cette transe l'avait revigoré ! Il rouvrit les yeux et découvrit devant lui Arilan, Nigel et Shandon, qui refermait la porte.

— Ça va, Duncan ? s'enquit le prince.

— Oui. Un peu de fatigue, voilà tout. Quelle heure est-il ?

— Midi passé. Depuis quand êtes-vous là ?

— Le temps que le père Shandon aille vous quérir. Il y a trois heures, je galopais encore vers Valoret ! Au moins, je sais maintenant où se situe son Portail...

Nigel prit l'air grave.

— Shandon devrait-il entendre tout ceci ?

Arilan saisit par un coude le religieux au regard vitreux et le guida vers le prie-Dieu.

— Recueillez-vous, mon père, chuchota-t-il. Ensuite, vous aurez oublié ce que vous venez de voir et d'entendre. (Arilan se tourna vers Duncan et Nigel.) Vous m'avez été d'un grand secours. A présent, j'aimerais ramener Tiercel près de ses frères. Duncan, j'apprécierais que vous restiez à ma disposition afin de témoigner, si ça s'impose. Reposez-vous ici...

Arilan parti avec le corps, Nigel veilla sur le sommeil de Duncan.

Dans son coin, Shandon priait toujours.

CHAPITRE 11

Nous allons rebâtir nos villes en ruines.

Malachie, 1, 4

Quand il revint, quelques heures plus tard, Arilan informa Duncan que son témoignage ne serait pas nécessaire. Néanmoins, le Conseil tenait à comprendre comment Tiercel avait pu emprunter le passage dérobé.

— Ces gens ne croient tout de même pas que mon fils a un lien avec ce décès !

— Bien sûr que non. Tout laisse penser qu'il s'agit d'un accident. Toutefois, Dhugal a pu voir ou entendre quelque chose.

— Vous savez quand Tiercel est mort ?

— A peu près, oui. L'absence de filaments psychiques indique que le décès remonte à environ dix jours. Or, Kelson et les siens ont quitté Rhemuth à ce moment-là.

Nigel s'étira. Quelques instants plus tôt, Duncan et lui avaient transporté le père Shandon endormi dans la chapelle secrète.

— Tiercel a pu crier en tombant, admit Duncan. Mais que diable faisait-il là ? Mijotait-il quelque vilenie contre mon fils ?

— Que voulez-vous dire ? demanda Arilan.

— Aux yeux du Conseil Cambérien, Dhugal n'est-il pas *quantité inconnue* ? A part vous, nul n'a sondé ses pensées. Depuis que vous le savez mon fils, vous avez cessé. Tiercel aurait-il eu l'intention de... ?

— ... De sonder Dhugal à son insu, en plein sommeil ?

— Eh bien, oui !

Tirant machinalement sur les plis de sa soutane, Arilan réfléchit. Les flammes de l'âtre dansaient sur son améthyste.

— Je ne crois pas. Nigel, vous l'auriez plus intéressé. Selon lui, le potentiel des Haldanes ne se limiterait pas au seul souverain. Tiercel a pu aussi vouloir sonder Conall, malgré son arrogance et son caractère de cochon... Navré, Nigel, mais votre fils aîné est une vraie teigne.

Le prince soupira.

— A qui le dites-vous... J'espère que la maturité forgera son caractère.

— C'est possible, fit Arilan, dubitatif. Quant à Dhugal, ne vous en déplaise, Duncan, il n'avait rien pour attirer Tiercel : il n'est qu'en partie deryni, et ne bénéficie d'aucun entraînement. Tout ça n'a aucun sens...

Les théories qu'ils échafaudèrent ensuite n'en avaient pas davantage.

Arilan s'apprêta à retourner à Valoret.

— Une dernière chose — et je la donne pour ce qu'elle vaut. Si Tiercel complotait, il aurait eu sur lui ses cubes de protection. Or, il n'en portait pas. Nous ne les avons pas retrouvés dans les différents logis que nous lui connaissions. Normalement, il se déplaçait toujours avec une sacoche contenant des drogues derynies. Vous n'avez rien vu de la sorte sur son cadavre, Duncan ?

Le duc fit un signe de dénégation, ce qui ne prouvait rien non plus.

Nigel rédigea un compte-rendu à l'attention du roi, posant par la même occasion une série de questions à Dhugal. Le lendemain, Arilan confierait les plis à de nouveaux courriers royaux. L'évêque parti, Shandon fut tiré de son sommeil et renvoyé chez lui. Duncan et Nigel se retirèrent pour goûter un repos mérité.

A Valoret, Arilan reprit ses activités, dépêchant un courrier épiscopal auprès du roi. Il n'avait rien manqué, la veille, qu'il ne pût reconstituer à la lecture des transcriptions du jour. Mis dans le secret, Cardiel avait couvert l'absence de l'évêque. Le synode poursuivait son œuvre avec efficacité et diligence.

Avant le rappel d'Arilan à Rhemuth, la première affaire inscrite à l'ordre du jour avait été réglée : la succession de Meara. Un évêque itinérant, John Fitz-Padraic, avait reçu la charge. Son solide bon sens et son sang-froid, lors de la crise mearienne, avaient été remarqués. Sa réputation de tolérance et de droiture était grande. Face à un schéma politique encore délicat — Meara ne le cédant en puissance qu'à Valoret et à Rhemuth —, c'était l'homme de la situation.

L'élection portait à neuf le nombre d'évêques en titre non suspendus : ceux de Valoret, Rhemuth, Meara, Grecotha, Dhassa, Coroth, Cardosa, Stavenham et Marbury. Ainsi le synode atteignait-il les trois quarts du quorum souhaitable pour juger les accusés.

Creoda, l'évêque de Culdi, devrait-il être remis à la justice séculière pour haute trahison ? En ce cas, son exécution ne ferait aucun doute. De toute façon, à l'instar des prélats de Cashien et de Ballymar, Belden d'Erne et Lachlan de Quarles, Creoda serait destitué et emprisonné à vie.

Creoda échappa d'un souffle à un jugement séculier. Le cas du trio réglé, les neuf évêques passèrent à son remplacement. Les plus prometteurs des évêques itinérants furent élus : Hugh de Berry pour Ballymar, Bevan de Torigny, ancien abbé de l'*Ordo Vox Dei*, pour Culdi ; enfin un autre érudit, James MacKenzie, reçut l'évêché frontalier de Cashien.

Le synode suivait en cela les recommandations du roi.

Les douze évêchés pourvus, restait à nommer cinq successeurs aux titulaires des charges itinérantes.

Tandis que Siward de Cardosa interrogeait un prêtre nommé Jodoc d'Armaine, Arilan laissa ses pensées vagabonder.

Comment le roi réagirait-il en lisant son courrier, le lendemain ?

La veille, l'expédition royale avait dormi à l'abbaye de saint Bearand. Elle y passerait encore une nuit avant de se remettre en route. Bientôt, elle franchirait le défilé de Grelder menant à la plaine d'Iomaire.

Un jour ensoleillé se leva. Jatham et Jass MacArdry organisèrent une chasse à courre sur les terres abbatiales. Seule une poignée de jeunes gens, dont Conall, préféra faire la grasse matinée. Flanqué de Dhugal, de Saer de Traherne, et de Dolfin, Kelson partit inspecter les ruines de Caerrorie.

Jusqu'à sa confiscation par la Couronne, une conséquence des statuts de Ramos, Caerrorie avait été l'évêché favori de la famille MacRorie. Alors, Valoret était la capitale du royaume. Hélas, après l'annulation de la béatification de Camber, le vieux château des MacRorie avait été pillé et rasé. Le nouveau maître de Caerrorie avait bâti sa demeure plus loin. Depuis, le comté était passé entre les mains de deux familles, avant de devenir la propriété de Thomas, comte de Carcashale. Ce dernier résidait près de Dolban. Kelson avait récemment dîné avec lui. Le comte affirmait qu'il restait peu de choses ayant appartenu au légendaire Camber.

A l'origine, le saint avait été enterré là. Même si l'ancien château n'existait plus, ses fondations subsistaient. Kelson se garda de confier ses espoirs au comte.

En dépit des ravages du temps et des hommes, il espérait que ses pouvoirs lui permettraient de dénicher de précieux indices.

A midi, le petit groupe fouilla les ruines du vieux fortin à la recherche de la crypte des MacRorie. Dix ans après la canonisation de Camber, un culte y avait fleuri. Un moine du village voisin, le frère Arnold, guidait le roi et ses compagnons dans les décombres sans cacher son scepticisme.

— Je ne comprends pas ce que vous cherchez là, sire. Surtout que tout est détrempé, après ces pluies diluviennes. Rien n'a été fait pour restaurer les tombes profanées.

— Quelle honte, mon frère ! souffla Kelson, qui s'acharnait à déplacer une poutre vermoulue. Même si vous êtes d'avis qu'un Deryni ne peut être canonisé, Camber et les siens n'avaient rien fait pour mériter un tel traitement.

— Nul ne prétend le contraire, sire, dit le moine, prêtant main forte aux chevaliers. En ces temps-là, les gens agissaient de façon bizarre. Il paraît qu'un fils de Camber était enterré dans mon église. Cela n'empêcha pas les gens de piller le château. Selon certaines rumeurs, c'est le fils qui aurait dû être proclamé saint, pas le père !

— Vraiment ?

Pensif, Kelson jeta un coup d'œil dans le boyau qu'ils venaient de dégager.

— Quelle profondeur cela peut-il faire ? murmura Dhugal.

Saer prit la torche de Dolphin ; la fumée bloqua la vue.

— Ça ne sert à rien, lança Kelson. Dhugal, à toi l'honneur ! Frère Arnold, si les pouvoirs derynis vous offensent, je vous suggère de ne pas rester.

— Je reste, sire. Il vous faudra un guide jusqu'aux cryptes...

— Comme vous voudrez.

Le roi aida Dhugal à se faufiler dans le tunnel ; le jeune homme se réceptionna avec un bruit mat et poussa une exclamation étouffée.

— Ça va ?

En réponse, un éclat argenté apparut ; blême, Arnold se signa subrepticement.

— Oui, dit la voix étouffée de Dhugal. J'ai de la boue jusqu'aux chevilles ! A votre tour... Que Saer reste là-haut, au cas où il nous faudrait de l'aide pour remonter. Et que Dolphin aille chercher une corde !

Kelson passa les jambes dans le trou et prit appui sur les avant-bras pour sauter.

— Bizarre, non ? murmura Dhugal.

A la lueur de la flamme de poing flottant près de sa tête, Kelson examina l'ancienne salle au plafond bas. L'endroit empestait l'eau croupie... Une odeur douceâtre entêtante flottait dans l'air. Pourtant, il n'y avait plus eu d'inhumation dans cette crypte depuis au moins cent ans.

Dans l'ouverture se découpaient les silhouettes de Saer et du moine.

— Frère Arnold, descendez si vous le désirez, mais je crains que vous ayez du mal, vu votre corpulence. Peut-être vaudrait-il mieux que vous nous guidiez de là-haut.

Le moine toussota nerveusement.

— Vous avez raison, sire. Ma minceur est un lointain souvenir. Si vous tournez le dos à un linteau sculpté, vous devriez voir devant vous la crypte dans toute sa longueur. Remontez le plus loin possible, et vous approcherez de l'endroit où Camber a dû être inhumé.

— Et là où se trouvait son sanctuaire ?

— Oui, majesté. Mais il n'en reste rien. L'incendie a fait s'écrouler le toit.

— Décidément, on aime le feu dans cette région ! maugréa Dhugal, s'attirant un regard perçant de son frère.

— Saer, nous y allons. Ce ne devrait pas être long.

— Bien, majesté.

Le fils de Brion emboîta le pas à son frère de sang. Des flammes de poing flottaient près d'eux, repoussant les ténèbres.

— Oh, regarde ! souffla Dhugal, penché sur une dalle de marbre fendue. *Ballard MacRorie, Sextus Comes*... Le sixième comte de Culdi. Les dates sont presque illisibles, mais on dirait... *808 à 871*. Pourrait-il s'agir du père de Camber ?

Kelson approcha et regarda à son tour l'inscription.

— En effet. Camber n'était-il pas le septième du titre ? Regarde ça...

Dhugal baissa les yeux sur un fragment de mâchoire que son frère venait de pêcher dans l'eau boueuse.

— Belle dentition... Vois plutôt cette autre dalle mortuaire : *Ballard MacRorie, 877-888*. Un jouvenceau ! Et là : *876-888*. Pourquoi diable ont-ils aussi profané les tombes des enfants, morbleu ?

Kelson secoua la tête.

— Au nom du Seigneur, l'humanité commet d'innombrables crimes, Dhugal. Ces profanations n'auront jamais aucun sens.

Le roi faillit trébucher sur l'angle d'une autre dalle, aux trois quarts couverte de limon et de mousse. Au bout de la chambre funéraire, l'eau était plus profonde. Kelson projeta sa flamme de poing, mais il n'y avait rien à voir. Des tronçons de poutres calcinées, des vestiges de mobilier de chapelle, mêlés d'éclats de marbre... Dans la dernière section de la crypte béaient des niches murales vides.

— A quoi penses-tu, Kelson ? Ne sommes-nous pas déjà assez mouillés ?

Le roi plissa le nez de dégoût.

— Si. De toute façon, la dépouille mortelle de Camber n'est plus là depuis deux siècles.

— Nous le savions avant de venir.

— C'est vrai. Mais je tenais à m'en assurer en personne. J'ai une idée... (A pas prudents, il pataugea vers la gauche, prenant appui sur du granit tombé de l'arche.) Viens m'aider. Je vais tenter un examen mental.

Le front plissé, Dhugal obéit.

— Prends garde, car l'endroit ne doit pas manquer de traces psychiques. Et je doute que Camber y ait grand-chose à voir !

— C'est juste. Toutefois, je devrais pouvoir séparer le bon grain de l'ivraie.

— Tu connais tes limites, j'imagine. Que désires-tu que je fasse ?

— Donne-moi la main et renforce mes défenses mentales. Ça ne prendra pas longtemps.

Dhugal glissa ses doigts glacés dans ceux de son frère. Ce soutien lui donnant des ailes, Kelson baissa ses boucliers pour mieux s'imprégner de l'atmosphère.

Comme il s'y attendait, une ancienne violence l'agressa. Il l'écarta sans mal. Les visions de ce qui s'était passé furent plus difficiles à ignorer : la destruction aveugle du sanctuaire, les tombes ouvertes, les os, les chairs momifiées jetés dans les flammes comme autant de déchets...

Kelson frémit. De l'essence de Camber, rien ne subsistait. Comme si le saint ne s'était jamais trouvé là...

— Rien ? demanda Dhugal.

— Non. Peut-être aurons-nous plus de chance à Iomaire, où il est mort. Nous y serons dans une semaine. Voulais-tu voir autre chose ?

— Non. Je désire que mes pieds sèchent au coin d'un feu ! Et j'ai une fosse sans fond à la place de l'estomac ! Même la maigre pitance de nos frères pèlerins serait bienvenue...

Cela rappela à Kelson que lui aussi avait faim. Les deux jeunes gens rebroussèrent chemin en échangeant force plaisanteries sur la bonne chère.

Saer et Dolphin les aidèrent à remonter.

Au milieu de l'après-midi, le courrier d'Arilan arriva à saint Bearand. Le roi serait de retour à la tombée du jour. Le comte Roger et quelques soldats étaient partis galoper. Jass et les autres chassaient en forêt. Aussi Conall était-il le chevalier de plus haut rang à l'arrivée du courrier.

Ce dernier lui fit son rapport et lui remit sa sacoche, avant d'aller se restaurer.

L'estomac noué, Conall se retira dans sa chambre et endormit son écuyer avant de prendre connaissance des lettres. Il tria celles qui lui étaient adressées, qu'il lirait plus tard. Recourant au talent que lui avait enseigné Tiercel, il lut sans les ouvrir les plis destinés au roi.

De la main de Nigel, ils concernaient presque tous les affaires ordinaires du royaume. Quelques-uns étaient rédigés par Duncan et signés par le régent.

Une missive de Duncan était adressée à son fils, avec instruction de la communiquer à Kelson. La peur au ventre, Conall découvrit le compte-rendu détaillé de l'affaire.

Par l'enfer ! Duncan était tombé sur le cadavre !

Dans un autre pli, Arilan demandait à Dhugal s'il avait des éclaircissements sur la mort de Tiercel.

Quelle déveine ! A Rhemuth, seul Duncan pouvait identifier le mort... Et il avait fallu que ce soit lui qui le découvre !

A l'heure qu'il était, les membres du Conseil Cambérien devaient être au courant. Ils avaient sans doute sondé les émanations psychiques du défunt. Même si rien, dans les mots d'Arilan, ne laissait penser qu'on soupçonnât un meurtre, Conall était rongé par la culpabilité.

Que Dhugal fût bientôt questionné sur l'affaire achevait de terrifier le prince. Puisque Arilan et Duncan avaient pu déterminer avec précision le jour du décès, Dhugal possédait un alibi. Conall aussi : son écuyer Jowan pouvait affirmer sous serment que son maître s'était couché tôt. Mais qu'on pousse plus loin l'interrogatoire, et on découvrirait le pot-aux-roses...

Ça suffirait à jeter le doute. Le prince n'était pas censé posséder de tels pouvoirs. Soumis à un examen intensif, Dhugal pourrait se souvenir de pas entendus dans le passage secret, cette nuit-là.

Mais il ne devait pas être impossible de faire peser des soupçons sur Dhugal... Du même coup, Conall se débarrasserait d'un témoin potentiel dangereux et d'un rival agaçant. Bien sûr, il faudrait l'empêcher de se défendre...

Les plis remis dans la sacoche — hormis ceux de sa mère et de ses frères, ainsi que les trois relatifs à la mort de Tiercel —, le prince réfléchit au meilleur moyen de parvenir à ses fins. N'avait-il pas gardé les drogues de son défunt mentor ? Sans connaître tout de la pharmacopée de Tiercel, il saurait en faire de judicieux usages. A condition de trouver comment administrer les substances, empoisonner Dhugal serait un jeu d'enfant.

De la subtilité s'imposait. Dans un premier temps, brouiller le jugement et les perceptions de la victime suffirait. Le lendemain, la troupe aborderait une contrée escarpée. Les accidents étaient si vite arrivés...

Conall devait échafauder son plan avec soin. Il porta la sacoche dans la chambre que partageaient son cousin et Dhugal, la déposant près de Ciard O Ruane, qui ronflait comme un sonneur.

Puis il revint dans ses quartiers lire son courrier et mettre au point les derniers détails.

Aux vêpres, Kelson et ses compagnons revinrent. Dévoré par la peur et la jalousie, Conall regarda discrètement son cousin et Dhugal entrer dans l'abbaye bras-dessus bras-dessous.

Au souper, Conall fut aussi gai et plein d'allant que les autres.

Il n'y eut pas de veillée. Demain, on partirait dès potron-minet, afin de profiter au maximum du soleil.

Entre complies et matines, tandis que l'abbaye entière dormait du sommeil du juste, Conall se rendit dans les écuries sans croiser personne. Il repéra les biens de Dhugal, déboucha l'outre de vin préparée pour le voyage, et y mêla la décoction idoine. Si Dolfin, Ciard ou un quelconque serviteur en buvait une gorgée, peu importait : Tiercel lui avait assuré que la drogue affectait seulement les Derynis.

Effrayé et excité, Conall se hâta de retourner au lit, et d'y attendre le lever du jour.

CHAPITRE 12

Le sot estime toujours qu'il agit correctement.

Proverbes, 12, 15

Une aube humide se leva. A en croire les moines, le ciel se dégagerait autour de la mi-journée. Mais à cette époque de l'année, le temps restait des plus capricieux. Même en mars, il neigeait parfois sur les hautes terres. En d'autres termes, on pouvait autant s'attendre à une tempête qu'à du soleil ou à du verglas...

Après la messe, Kelson réfléchit sur ce qu'il convenait de faire. Au sommet du col, une abbaye leur offrirait le gîte et le couvert. Saer était d'avis d'attendre encore un jour. Mais Kelson avait hâte de poursuivre sa quête. Qui savait ce qu'il découvrirait à Iomaire ? Autrefois, un sanctuaire s'était élevé à l'endroit où avait expiré le saint.

Dès que la compagnie fut sur le départ, le soleil apparut. C'était sûrement bon signe. Frère Gelric, un moine dégingandé juché sur un poney au long crin, se joignit à l'aventure. Il guiderait l'expédition. Bientôt, il suscita l'hilarité de ses compagnons avec ses anecdotes cocasses sur la vie de courtisan qu'il avait connue à Llanedd avant d'entrer en religion. Ajoutée au ciel dégagé, sa bonne humeur contagieuse contribua à rendre son bel enthousiasme à la troupe. Les frontaliers, la moitié des chevaliers et la plupart des lanciers reprirent en chœur une leste et glorieuse ballade.

A mesure que les cavaliers grimpaient, le temps fraîchissait et le terrain devenait difficile. Sur un plateau surplombant un torrent, frère Gelric conseilla une halte. Dolfin fit boire les chevaux ; le moine recommanda de vérifier les harnais et les équipements avant de poursuivre l'ascension — en file indienne, cette fois.

— Quand serons-nous au sommet ? demanda Kelson.

— Dans une heure et demie, s'il ne pleut pas.

Conall feignait de ne pas tendre l'oreille ni d'épier Dhugal. Comme de juste, ce dernier préféra l'eau pure du torrent à une gorgée de vin.

Si Dhugal et Kelson pouvaient se désaltérer à la même gourde ! Voilà qui éliminerait d'un coup les deux rivaux de Conall ! Car en dehors du roi, nul n'identifierait les symptômes dûs à la drogue. En conséquence, personne ne saurait que faire pour éviter un désastre.

Le danger était que seul Dhugal ingère la drogue. Le roi interviendrait à temps. Du même coup, il se saurait menacé. Une enquête serait ouverte... Et on découvrirait vite que Conall avait intercepté des courriers importants.

Par chance, l'expédition allait longer des gorges dangereuses. S'il s'approchait assez de Dhugal, Conall le pousserait dans le vide à la première occasion... Il prétendrait avoir perdu la maîtrise de sa monture.

Plus loin, la piste rétrécissait encore. Comme il l'espérait, Conall put se glisser derrière Dhugal. De boueux, le terrain devint sableux et rocailleux. Plus l'expédition montait, plus le torrent se faisait tumultueux. Les éboulis soulevaient des gerbes d'écume.

La pluie recommença.

Conall maugréa dans sa barbe. Continuer dans ces conditions paraissait aussi stupide que de rebrousser chemin. Devant lui, à peine distinguait-il Dhugal, Dolfin et Kelson. Jowan suivait son maître.

Rêvant de vin chaud épicé, recroquevillé sur sa selle, le fils de Nigel priait pour que son calvaire prenne fin. Il se gardait de regarder à gauche, où s'ouvrait le gouffre.

Le tumulte du torrent rendait impossible toute communication verbale. Conall nota sans déplaisir la contrariété qui se lisait sur les traits de Dhugal ou de Kelson chaque fois qu'ils se tournaient sur leur selle.

Enfin, la pluie se calma. Le terrain parut moins glissant, la piste moins exiguë...

Le malheur choisit cet instant pour frapper.

Le poney du guide perdit pied, tombant à genoux dans la boue. Véritable réaction en chaîne, les montures de Kelson, de Dolfin et de Dhugal tombèrent à leur tour, hennissant de frayeur. Le cheval de Conall trébucha ; Jowan tendit une main vers son maître.

La seconde suivante, un pan entier de la falaise, saturé d'humidité, parut se désintégrer sous le poids des chevaux et des hommes.

Conall entendit des cris d'épouvante monter derrière lui. Jowan hurla : sa pouliche glissait dans le vide. Conall n'osa rien tenter.

Une des montures de tête s'était déjà écrasée dans le torrent.

Dolfin ? Kelson ? Comment savoir ?

Le destrier de Conall irait bientôt les rejoindre dans la mort. Tentant le tout pour le tout, le prince bondit de selle pour se rattraper à des racines. Par bonheur, elles ne cédèrent pas sous son poids.

Paniquée, la monture du prince se cabra... et entraîna dans sa chute celle de Dhugal.

De Kelson, il n'y avait plus trace.

Alors Saer surgit devant Conall et lui passa une corde autour de la taille. Le jeune homme osa regarder en bas...

Sur les roches gisait sa monture désarticulée. Non loin, le poney du guide flottait, ventre à l'air, coincé entre deux blocs de pierre. Plusieurs chevaux de bât avaient subi le même sort, emportés par les rapides.

Conall ne sut jamais comment Saer avait réussi à le mettre à l'abri du danger, ni à quel moment la pluie avait cessé. Mais jusqu'à son dernier souffle il se rappellerait l'expression des survivants, tirant de l'eau les cadavres des hommes et des bêtes. Seul l'écuyer Dolfin, un poignet et des côtes cassés, s'en tira.

Le cheval de Dhugal dut être achevé.

Le père Lael soigna Dolfin et le qualifia de miraculé.

L'autre écuyer n'eut pas la même chance. On retrouva Jowan noyé, le crâne fracassé. Frère Gelric, disparu dans les rapides, ne reparut jamais.

Sur la berge, on aligna les carcasses des montures de Dolfin, de Conall, du guide, puis de Kelson. L'épée des Haldanes était restée accrochée à la selle.

Le roi et son frère de sang avaient disparu.

Les survivants fouillèrent les alentours jusqu'à la tombée de la nuit, puis ils continuèrent des heures, à la faveur des torches.

En pure perte.

Au matin, les MacArdry se rassemblèrent au bord du lac. Le vieux Ciard O Ruane chanta une mélopée triste à mourir... Dhugal avait été comme un fils pour lui.

Le père Lael bénit les survivants et pria pour le salut de l'âme de Jowan. Tous prièrent également pour qu'on retrouve le roi et Dhugal sains et saufs.

Après un repas rapide, Jass planta en terre l'épée de Dhugal, les mains sur les quillons. Le front appuyé contre la garde, il laissa libre cours à son chagrin.

Encore sous le choc, Conall prit soudain conscience des répercussions politiques de la tragédie.

On ne retrouverait jamais Kelson ou Dhugal vivants.

En conséquence, Nigel devenait le nouveau roi de Gwynedd, et son fils... l'héritier légitime du trône !

Conall n'était en rien responsable de leur disparition.

Et nul ne verrait jamais l'outre de vin drogué.

CHAPITRE 13

Tu n'as aucun motif de trembler devant moi ou de penser que je désire t'écraser.

Job, 33, 7

Certain que sa dernière heure était arrivée, Dhugal revint péniblement à lui. A moins qu'il ne fût déjà mort ? Transi jusqu'aux os, assourdi par un mystérieux grondement, il rouvrit les paupières.

L'obscurité était totale.

Souffrait-on autant, une fois trépassé ?

Malgré l'engourdissement dû au froid, tout son corps le torturait. Allongé sur le ventre, il sentait l'eau caresser son visage. Des spasmes le forcèrent à se recroqueviller sur un flanc. A grand-peine, il leva assez la tête pour aspirer une bouffée d'air.

Puis il se mit à quatre pattes — ou presque. Son poignet gauche était sûrement cassé. Il avait la poitrine en feu, comme si un géant se fût assis dessus. Cillant pour chasser le sable de ses yeux, il força son rythme cardiaque à ralentir.

Où était-il ?

La mémoire lui revint d'un coup.

Le fleuve ! La piste s'était effondrée, précipitant les hommes et les bêtes à leur perte.

Dhugal s'assit. Si la douleur le faisait tourner de l'œil, et qu'il tombait dans l'eau tête la première, il se noierait pour de bon.

Qu'était devenu Kelson ?

Le comte revécut sa propre chute. Dans le torrent, il avait évité de peu la collision avec un rocher. Dès qu'il était remonté à la surface, il avait cherché son frère. Il avait repéré une manche écarlate et s'était élancé.

Ensuite, ses souvenirs se brouillaient. Il se rappelait avoir serré Kelson contre lui tandis que les rapides les ballottaient en tout sens. Ils avaient été aspirés sous une cascade, véritables fétus de paille...

Après... Le trou noir.

C'était miracle qu'il n'ait pas péri noyé. Le choc, le froid et la douleur l'avaient plongé dans l'inconscience.

Dhugal tenta de sonder les ténèbres. Surpris, il constata que sa gourde était restée attachée en travers de sa poitrine.

Grâce au ciel ! Une ou deux gorgées le réchaufferaient, le temps qu'il reprenne tout à fait ses esprits.

Soudain, il comprit la nature du grondement... Le torrent ! S'il n'y prenait garde, il risquait de retomber. Cette fois, il ne survivrait pas.

Il voulut plier les doigts pour invoquer une flamme de poing... La douleur faillit lui arracher un cri.

Une brève inspection lui montra que si son poignet gauche n'était pas cassé, il avait une très mauvaise foulure.

Après une inspiration mal assurée, Dhugal se concentra et, de la main droite, réussit son invocation.

Dieu merci !

A la lueur de la flamme, le jeune homme vit qu'il gisait sous une saillie rocheuse, au bord de ce qui devait être un courant souterrain. On ne distinguait pas l'autre berge.

Dhugal aperçut divers débris, dont du petit bois. Avec de la chance, il serait assez sec pour allumer un feu.

Chirurgien compétent, il se rendait compte qu'il était sous l'effet d'un choc important. Il se demanda avec angoisse dans quel état il trouverait son frère.

Retrouverait-il Kelson vivant ? La perspective éveilla en lui des ressources insoupçonnées. Se relevant tant bien que mal, il prit conscience d'une douleur à la base de son crâne, ainsi qu'à sa cheville droite, déjà enflée. Au moins le cuir de sa botte comprimait-il la chair. S'il l'ôtait, il n'était pas sûr de pouvoir la remettre.

D'une branche, il se fit une canne de fortune.

S'il parvenait à se sécher, le froid deviendrait le moindre de ses soucis. Délaçant sa tunique d'une main, il remarqua les contours sombres d'une silhouette...

Ses misères et ses horions oubliés, il s'élança et tomba à genoux près de la forme inerte.

— Il est vivant ! Grâce à Dieu !

A l'instar de son frère, Kelson était parvenu à se hisser sur la rive avant de perdre connaissance.

Le cœur battant, Dhugal tira la tête du roi hors de l'eau et délaça la cape pourpre. Puis, deux doigts glissés sous le col, il chercha le pouls. Ce qu'il capta, infiniment faible, n'était guère rassurant. Il devait hisser Kelson au sec et le réchauffer. A ce stade, c'était une question de vie ou de mort...

Stimulé par la nécessité, Dhugal retrouva des forces. Le prenant sous les aisselles, au mépris de ses douleurs, il tira le roi inconscient près de la paroi rocheuse.

A son tour, Kelson cracha de l'eau par le nez et la bouche. Mais il ne revint pas à lui.

Dhugal l'allongea et l'ausculta de son mieux, vérifiant que des fractures ne s'ajoutaient pas aux contusions.

Quand il souleva les paupières, seule la prunelle droite se contracta normalement. La gauche resta vitreuse et dilatée.

A sa grande horreur, Dhugal découvrit que Kelson avait une fracture du crâne. Les larmes lui montèrent aux yeux. Sur les champs de bataille, il avait assez eu affaire à ce genre de blessure pour en connaître les conséquences.

Plus Kelson resterait inconscient, plus ses chances diminueraient.

Ses boucliers mentaux avaient presque disparu. Dhugal n'osa pas les anéantir par une intervention psychique intempestive.

En revanche, il pouvait combattre les effets du choc. Déshabillant Kelson à grand-peine, il alluma un feu avec le bois qu'il put réunir. Pour se réconforter, il allait boire à sa gourde quand Kelson gémit.

— Mon Dieu ! Kel, m'entends-tu ? (Le fils de Brion ouvrit les yeux.) Où as-tu le plus mal ?

— Soif...

— Tu as soif, magnifique ! Laisse-moi t'aider...

— Si soif...

Le cœur bondissant dans sa poitrine, Dhugal glissa un bras sous les épaules du roi et lui plaça le goulot dans la bouche.

— Bois un peu.

Kelson avala plusieurs gorgées avant de repousser l'outre.

— On dirait du feu liquide, mais ça fait du bien, murmura-t-il. Avons-nous à manger ?

— Dans l'immédiat, j'ai peur que non. Tu souffres d'une commotion cérébrale, Kel. Tu étais presque dans le coma. Il faut absolument que tu restes éveillé !

— Le coma ?

— Oui ! Kelson, ça va ? Te souviens-tu... ?

Le roi secoua faiblement la tête.

Il blêmit et agrippa Dhugal par sa tunique.

— Dieu de miséricorde, tout se brouille ! Je ne peux plus respirer ! Ma tête...

Dhugal comprit ce qui se passait. Il renifla le vin et jeta la gourde à travers la grotte.

Du *merasha* !

Pourquoi ne l'avait-il pas remarqué plus tôt ? Le dosage était moins fort que lors de l'expérience avec Arilan, mais puissant tout de même.

Une autre substance semblait étouffer Kelson.

Dhugal l'assit de force et lui plongea deux doigts dans la gorge pour le faire vomir.

Avec une fracture du crâne et un état général préoccupant, un empoisonnement était la dernière chose souhaitable !

Dhugal traîna Kelson près de l'eau pour lui en faire boire. Il étreignit son suzerain et lutta mentalement pour qu'il continue de respirer.

Puis il lava la blessure la plus sérieuse, derrière l'oreille gauche. La fracture était moins grave qu'il n'avait cru, l'entaille moins profonde...

Plus tard, s'il n'avait vraiment pas le choix, Dhugal utiliserait ses pouvoirs pour traiter l'os. Il n'ignorait pas à quel point c'était dangereux.

Devait-il tenter de contacter son père ? Si loin de Rhemuth, ce serait vain.

Sans compter qu'il devrait bientôt dormir. Comment sortir de cette grotte ? Combien de temps étaient-ils restés inconscients ? Où le courant les avait-il entraînés ? A supposer qu'on sût où les chercher, des secours mettraient sans doute des jours à parvenir jusqu'à eux. La région était si sauvage !

Enfin, *qui* avait drogué le vin et pourquoi ? Qui avait voulu lui nuire ? Ciard, chargé de l'intendance, était au-dessus de tout soupçon. Seuls des Derynis, en principe, avaient accès au *merasha*. Et encore...

Mais Edmond Loris et Gorony s'en étaient procuré, preuve que des humains pouvaient en obtenir. Qui, dans la compagnie royale, avait intérêt à voir Dhugal mort ou handicapé ?

Et le coupable n'ignorait pas que Kelson aussi pouvait s'empoisonner.

Le parallèle avec le roi Brion était horrible.

Tirant son frère près de la paroi et du feu, Dhugal resta en contact physique avec lui pour l'encourager à respirer.

Il veilla sur son patient aussi longtemps qu'il put.

Interminables, les heures s'égrenèrent.

CHAPITRE 14

Il n'est pas loin d'avoir mis un pied dans la tombe.

Job, 33, 22

Le lendemain, un soleil radieux se leva. Les survivants reprirent leurs recherches et découvrirent le cadavre d'un autre cheval de bât. Alertés la veille par un messager, des soldats de saint Bearand vinrent se joindre à eux.

Plus les heures passaient, plus les chances de retrouver sain et sauf le roi de Gwynedd diminuaient.

En fin d'après-midi, à contrecœur, Saer mit un terme aux recherches.

Kelson disparu, il n'était plus question de poursuivre la quête à Iomaire ou à Cardosa. De retour à saint Bearand, il faudrait faire parvenir la nouvelle au régent, ainsi qu'au comte des Marches Orientales.

Ensuite ? Ce serait au nouveau monarque de décider de la politique à adopter avec Torenth. Saer étant parent par alliance de Nigel, il avait une bonne idée de ce que son beau-frère ferait.

Les moines informèrent Saer que le torrent passait en partie sous la montagne, près du lac aux cascades. Nul ne savait où il refaisait surface.

Une troupe fort diminuée et marrie rebroussa chemin ; Ciard, Jass et les autres MacArdry restèrent, avec l'espoir de dénicher des indices sur le sort de leur chef et du roi.

A la tombée du jour, les cavaliers firent halte dans la cour de l'abbaye. Après un repas chaud et une bonne nuit de repos, ils repartirent vers Rhemuth, via Valoret. Les moines promirent de prier pour le salut de Kelson.

Le soir suivant, Saer et les siens franchirent en trombe les portes de la ville. Nouvel évêque auxiliaire, Benoît d'Evering célébrait les vêpres. Saer, le prince Conall, le comte Roger et le père Lael firent irruption en plein office. Le quatuor effectua une génuflexion malhabile devant l'autel avant de se tourner vers les prélats.

— Mes seigneurs, commença Saer d'une voix mal assurée, j'ai le pénible devoir de vous annoncer la mort de notre suzerain.

La consternation fut générale, des exclamations fusant de toute part. D'une main levée, Saer ramena un semblant de calme.

— A une demi-journée de cheval, au nord de saint Bearand, au-dessus de Caerrorie et de Dolban, un accident est arrivé. Le moine qui nous guidait avait dit que franchir le défilé serait périlleux en raison des pluies. Mais Kelson a insisté.

L'archevêque Bradene se signa.

— Quel jour était-ce ?

— Vendredi ? Non, samedi. Pardonnez-moi... Quel jour sommes-nous ?

— Lundi, répondit Arilan, la mine cendreuse. Que s'est-il passé ?

Non sans mal, Saer remit de l'ordre dans ses pensées.

— Le pan de falaise que nous longions, gorgé d'humidité, a cédé sous nos pas. Kelson, ainsi que

Dhugal MacArdry, notre guide, l'écuyer du prince Conall et la plupart des chevaux ont été précipités dans le torrent. Conall a échappé de peu à la mort.

Les traits creusés, Cardiel secoua la tête.

— Le ciel soit loué...

— Amen, murmurèrent les autres.

Le prince miraculé baissa la tête.

— Avez-vous retrouvé les corps ? demanda Arilan.

— Seulement ceux de l'écuyer et des chevaux. Nous avons fouillé les environs jusqu'à la nuit tombée, et le jour suivant... (Sa voix mourut, mais il se ressaisit.) Après tout ce temps, il est peu probable qu'on découvre d'autres cadavres. Néanmoins, les MacArdry ont voulu rester. A présent, nous devons nous rendre à Rhemuth et...

Les prélats firent cercle autour de lui, l'accablant de questions incrédules. Arilan tira à l'écart le père Lael.

— Dites-moi ce que vous avez vu.

Les yeux du religieux s'embuèrent de larmes. Son chagrin était poignant. Pour lui, il ne faisait aucun doute que le roi était mort.

— Ce que Saer de Traherne a rapporté, Excellence, souffla-t-il. Personne n'y pouvait rien... Je les ai vus glisser de la falaise et s'abîmer dans les flots... Il...

Lael ne put continuer. Les mains sur ses épaules, Arilan l'attira vers lui — apparemment pour le réconforter. En réalité, il sonda son esprit et vit la scène comme s'il y avait été : Kelson se débattant dans le torrent, Dhugal luttant pour le rejoindre, les chevaux ballottés contre les rocs...

Près d'une cascade, des hommes hissaient sur la berge un écuyer noyé, et un autre, miraculeusement en vie.

Le roi, Dhugal et le moine étaient sûrement morts.

Arilan ne put en supporter davantage. Même si Kelson et lui avaient eu quelques différends sur des sujets qui leur tenaient à cœur, sa disparition le touchait davantage qu'il n'aurait cru. Avant que Duncan ne prenne le relais, Arilan avait été le père spirituel de Kelson.

L'évêque deryni surmonta son chagrin et garda Lael sous son contrôle quelques minutes de plus. Il laissa le père pleurer dans ses bras.

D'évidence, il devait retourner à Rhemuth en compagnie de Saer, de Conall et des deux prélats. Nigel aurait grand besoin de lui. Il faudrait veiller de près à l'éducation de Conall, l'héritier du trône.

Or, le prince n'était pas du même bois que feu Kelson, ni même que son père.

Cinq ans à peine après le trépas de Brion, Gwynedd changeait encore de monarque ! Le Conseil Cambérien aurait fort à faire pour veiller à la sécurité des Onze Royaumes.

Informer rapidement ses membres posait problème. Le Portail de Valoret était à quelques pas de là, dans la sacristie. Mais contacter les Cambériens, éparpillés aux quatre coins du royaume, prendrait du temps. Sans parler de l'énorme dépense d'énergie. Convoquer une session extraordinaire n'était jamais simple. Arilan l'avait fait la semaine précédente pour informer ses pairs du trépas de Tiercel. Recommencer si vite nécessiterait qu'il reçoive une aide psychique.

Personne ne pouvait le seconder à Valoret sans que ça se remarque. Bien sûr, Cardiel et Saer le soutiendraient de bon cœur. Mais Saer tenait à repartir la nuit-même...

Pour la première fois, Arilan décida que son devoir envers les Haldanes passerait avant le Conseil Cambérien. Utiliser le Portail était hors de question, sous peine de trahir ses origines derynies.

Il devait chevaucher avec les autres. La nouvelle attendrait deux ou trois jours avant de toucher la capitale. Arilan annoncerait à Duncan la mort de son fils avec toute la compassion souhaitable. Puis le duc devrait à son tour prévenir Morgan. Tous deux joueraient un rôle essentiel dans le développement du potentiel magique de Nigel.

En l'occurrence, c'était prioritaire.

Il fallait faire vite, avant que les ennemis du royaume, avertis à leur tour, cherchent à profiter de la situation. Un changement de régime était toujours un moment délicat.

Avant complies, la troupe repartit au galop, s'éclairant à la torche, chacun restant plongé dans ses pensées.

Kelson est mort... mort... mort...

Dans les entrailles de la montagne, très loin des fidèles MacArdry, Dhugal rendait grâce au ciel que son frère ait survécu. Kelson respirait de nouveau normalement.

Mais il n'avait pas repris connaissance. Dhugal, après trois nuits quasi blanches, ignorait combien de temps il tiendrait.

Qu'ils aient tous deux survécu au désastre tenait du miracle.

Le choc avait fait enfler le cerveau de Kelson, fortement comprimé dans la boîte crânienne. Dhugal n'avait aucun moyen de savoir si une hémorragie s'était ajoutée au mal. Il avait entendu parler de pratiques chirurgicales adaptées. Même s'il avait voulu tenter le tout pour le tout, il ne possédait aucun instrument adéquat.

Dhugal alla ramasser l'outre. Sans quitter son frère des yeux, il la rinça longuement avant de la remplir d'eau fraîche. Boitillant, il rejoignit Kelson et le fit boire, usant de ses pouvoirs psychiques pour déclencher le réflexe de la déglutition.

La nourriture posait problème. L'estomac de Dhugal criait famine ; Kelson aussi avait besoin de reprendre des forces. Si un homme en bonne santé pouvait survivre des jours, sinon des semaines, sans manger, la diète n'était guère recommandée pour les blessés. Kelson ayant passé le seuil critique, Dhugal pourrait désormais s'éloigner en quête de nourriture.

Même du menu fretin serait le bienvenu.

Restait la question épineuse de la fracture. Dhugal se creusait la cervelle à la recherche d'une solution. S'il choisissait de ne rien faire, Kelson finirait par succomber. S'il prenait le risque d'intervenir, ce pourrait également être fatal à son patient.

Dhugal rassembla des branchages pour alimenter le feu. Avec délicatesse, il toucha le crâne de son frère. La blessure s'était refermée proprement. Mais sous le cuir chevelu, il sentait pointer un fragment d'os.

Comment intervenir sans chirurgie ? Il n'était pas question de recourir au stylet qu'il gardait dans une botte — l'unique arme qui lui restait.

N'avait-il pas déplacé des objets par la seule force de sa volonté ? Pourquoi n'y avait-il pas songé plus tôt ! Une des premières choses que son père lui avait montrée, c'était comment ouvrir une serrure sans clef. Si agir sur un mécanisme à distance était possible, n'était-ce pas envisageable pour remettre en place un fragment de crâne ?

Il ne s'agissait pas d'une fonction thérapeutique au sens deryni. Ça n'était en rien assimilable à ce que Duncan ou Morgan lui avaient expliqué sur le processus de guérison : visualiser la blessure et appliquer l'énergie régénératrice par imposition des mains. Si la compression n'avait entraîné aucune lésion irréversible, Dhugal avait une chance de guérir son frère.

Ça valait le coup d'essayer. Même si l'état de Kelson s'était stabilisé, il n'y aurait pas d'amélioration si Dhugal ne tentait rien.

Le comte cala son patient contre son torse, la tête nichée sur son épaule droite. De l'autre main, il palpa la fracture. Il lui faudrait contrôler la respiration et le rythme cardiaque de Kelson.

Yeux clos, il se concentra.

Ce serait une affaire de détermination... et de chance.

Glissant dans une transe profonde, Dhugal dut composer avec l'inconfort des traces de *merasha*, et lutter contre des boucliers déstabilisés.

Etablir un lien mental satisfaisant entre leurs deux esprits n'eut rien d'évident.

Dhugal mobilisa ses sens derynis, les focalisant sur le crâne endommagé. Puis le jeune homme exerça la pression voulue sur l'os, reformant sa courbe naturelle. Ce fut plus aisé qu'il n'aurait cru. La respiration de Kelson resta régulière.

Serait-ce suffisant ? Dhugal relâcha son contrôle mental et rouvrit les yeux.

Une ou deux heures plus tard, l'état de Kelson n'avait pas évolué. Soupirant, Dhugal partit en quête de nourriture.

Quoi qu'il advînt, mourir de faim n'arrangerait rien.

Le mercredi soir, jour de l'Annonciation, ce qui restait de l'expédition royale atteignit Rhemuth. Alertés par on ne savait quelles rumeurs, Nigel, Meraude, Duncan et Jehana s'étaient réunis en conseil privé. Saer et Roger prirent sur eux d'annoncer la triste nouvelle. Conall garda profil bas tandis que les trois évêques prodiguaient tout le réconfort possible aux proches de Kelson. Eclatant en sanglots hystériques, Jehana dut être emmenée hors de la salle. Roger et Saer l'escortèrent dans ses quartiers.

Nigel pleura dans les bras de sa femme ; Duncan se posta devant une fenêtre, le regard lointain.

Même Conall parut contenir des larmes.

— Que Dieu me foudroie si j'ai jamais convoité le trône ! dit Nigel à Cardiel. Thomas, je n'arrive pas à le croire ! N'y a-t-il vraiment plus d'espoir ?

— Raisonnablement, non. D'après les gens du pays, il y a peu de chances qu'on retrouve les cadavres.

Saer, qui réconfortait sa sœur de son mieux, secoua la tête.

— Nous avons fait tout ce que nous pouvions, Nigel, souffla-t-il. En vain ! Le torrent est en partie souterrain... Nul ne sait où il refait surface. On n'a pas retrouvé notre guide non plus.

Arilan se tourna vers Nigel.

— Il y a des réalités incontournables..., majesté.

— Par le ciel, Denis, ne m'appelez pas ainsi !

— Vous êtes pourtant le roi de Gwynedd. Demain, vous serez intronisé. Le royaume a besoin d'un souverain.

Nigel se détourna.

— Tant qu'il reste un espoir, je tiens à rester régent.

— Un espoir ? Lequel ? Retrouver la dépouille mortelle de votre neveu ? Ça ne changera rien. Dieu m'est témoin que je voudrais aussi revoir Kelson sain et sauf. Mais vous avez des responsabilités.

— Je les assumerai.

— Des responsabilités *haldanes*, Nigel.

Le prince blêmit. Duncan releva la tête.

— J'assumerai celles de la couronne, insista Nigel. A moins que le corps de Kelson soit retrouvé d'ici là, je refuse d'être couronné avant un an et un jour. Ma décision n'est pas négociable.

Ni Nigel ni Arilan ne parlaient de banales fonctions politiques. Le potentiel des Haldanes devait être développé le plus tôt possible chez Nigel. Contrairement à ce que ce dernier semblait croire, cela ne dépendait pas du couronnement. Par égard pour Arilan, Duncan choisit de ne pas en parler ouvertement en présence de Bradene.

— Si c'est ce que son Excellence souhaite, je ne vois aucun inconvénient à retarder le couronnement, dit-il à voix basse. Après une période de deuil appropriée, quand nous aurons l'esprit plus clair, Son Altesse sera libre de moduler sa décision. Pour l'heure, je suggère que nous n'arrêtions aucune date définitive. Excellence, je suis prêt à porter la nouvelle au duc Alaric, si vous le souhaitez. Je crois qu'il la prendrait mieux, venant de moi.

Arilan hocha la tête.

— Je suis d'accord avec lui, altesse. Duncan, avec le deuil qui vous frappe, vous sentez-vous de force à entreprendre pareil voyage ?

— Oui... Voulez-vous m'accompagner dans la prière, avant que je parte ?

Arilan acquiesça. Une fois dans les appartements de Dhugal, Duncan se changea, reprenant son déguisement de courrier royal.

— Avez-vous informé le Conseil Cambérien, Denis ?

— Je n'en ai pas eu le temps. Dès votre départ, je m'en chargerai. Cardiel couvrira mon absence jusqu'à demain.

— Bien. Vous pouvez donc m'emmener à Dhassa — à moins qu'il y ait un Portail moins loin, ajouta Duncan, en enfilant des hauts-de-chausse noirs et une tunique en peau de daim assortie.

— Je ne me souviens pas avoir mentionné son existence.

— En effet. Mais je vois mal pourquoi vous et vos amis du Conseil n'en auriez pas installé un dès votre accession à l'évêché de Dhassa.

— Il était déjà en place ! bougonna Arilan. Mais peu importe. Vous demandez beaucoup !

— Rien de plus que de m'épargner une semaine sur les routes, rectifia Duncan. (Il passa aux cuissardes.) Une fois à Dhassa, il me restera encore une journée de cheval. Au fait, si vous pouviez me fournir une monture... Je préférerais ne pas devoir en voler une.

Arilan ne put réprimer un sourire.

— Vous le feriez sans hésiter, n'est-ce pas ?

— J'ai osé pire ! (Duncan revêtit enfin un gambison aux plaques de métal cousues dans le cuir.) Consentez-vous à m'aider ? Je n'ai ni le temps ni l'énergie de vous persuader. Si vous refusez, je file de ce pas aux écuries.

— Je vous prêterai main-forte, soupira Arilan. Néanmoins, j'aimerais une faveur en retour.

Duncan lui lança un regard perçant.

— C'est à prendre ou à laisser ?

— Bien sûr que non ! Il ne s'agit pas d'un chantage, mais d'une information dont nous pourrions tous deux bénéficier. Avec Alaric, convaincrez-vous Nigel de développer son potentiel avant la fin de l'année ?

— En quoi cela vous regarde-t-il ? répliqua Duncan. A cet instant précis, je me fiche éperdument des pouvoirs magiques ! Je voudrais juste savoir si mon fils et mon suzerain ont survécu !

Arilan refusa de s'offusquer.

— A votre avis, il resterait un espoir ?

Duncan contint un sanglot. Il avait grand besoin de solitude. Alors il se concentra sur de petits gestes : prendre son épée, boucler son ceinturon...

— Je veux le croire, murmura-t-il. Tant qu'on ne retrouvera pas leurs corps, il est trop tentant...

d'espérer un miracle. S'ils avaient expiré, je l'aurais su. Surtout mon fils... Quant à Kelson, je suis son confesseur depuis sept ans. Vous n'ignorez pas la force des liens que crée pareille relation entre des Derynis.

Duncan se coiffa d'une toque et passa sous sa ceinture des gants d'équitation ; Arilan saisit la cape de cuir noir que son interlocuteur entendait porter en voyage et l'aida à la mettre.

— Non, je ne l'ignore pas. Avez-vous tenté de contacter mentalement votre fils ?

— La distance est trop grande, je le crains. De plus, je n'en ai pas eu l'occasion. Vous le savez ; vous ne m'avez pas quitté d'une semelle.

— C'est plus loin encore que Coroth.

— Oui, mais pas si on est à Dhassa... (Planté devant la cheminée, il regarda les flammes faire briller son améthyste — l'unique concession à sa véritable identité.) Alors ? M'y emmenez-vous ou dois-je me débrouiller ?

— Et Nigel ? S'il a besoin de vous en votre absence ?

— En ce cas, il devra faire au mieux. M'estimez-vous de taille à développer seul son potentiel ?

— Le pourriez-vous ?

— Je l'ignore. Et je préfère ne pas le savoir. Du moins, pas tant que le décès de Kelson fera encore le moindre doute... Les croyez-vous morts, Denis ?

— Je le crains, mon fils... Mais quel portail a votre préférence ? Pour ma part, je recommanderais celui de votre étude.

Un quart d'heure plus tard, ils entraient dans la petite pièce.

— Ne risquons-nous pas d'être surpris à notre arrivée ? souffla Duncan.

— Dans ma chapelle privée ? Ça m'étonnerait. Mais qui sait ce qui a pu se passer en mon absence ? Le père Nivard, mon chapelain, est autorisé à y dire la messe. Mais il est tard. Et puis... il est au courant.

— Vous voulez dire que vous le contrôlez... Non que je sois bien placé pour donner des leçons, bien sûr. Mais à supposer que Nivard ne soit pas seul ?

— En ce cas, je vous renverrai ici à la seconde suivante, je réglerai le problème et je reviendrai vous chercher. (Arilan attira Duncan contre lui et lui souffla à l'oreille :) Fermez les yeux, détendez-vous et ne me résistez pas, ou par l'Enfer, la prochaine fois, vous irez voler un cheval ! Je n'ai pas que ça à faire !

— A quelle distance du Conseil Cambérien est Dhassa ?

— *Dhassa ou Rhemuth* ? demanda Arilan avant d'investir l'esprit de Duncan.

Duncan sentit à peine qu'il sautait, hors du temps et de l'espace — là où même le chagrin n'avait plus cours. Très vite, il rouvrit les yeux sur une minuscule chapelle, à peine plus grande qu'un oratoire. Des chandelles votives jetèrent un éclat étrange sur les traits d'Arilan.

— Nous avons de la chance. Même Nivard est occupé ailleurs. Je vais à sa recherche.

— Que lui direz-vous ?

— N'ayez crainte, il est digne de confiance. Profitez de mon absence pour vous familiariser avec ce Portail. Feignez de prier, si quelqu'un survient. Je ne serai pas long.

Mal à l'aise, Duncan n'eut pas le temps de poser d'autres questions. Il reporta son attention sur le picotement magique qu'il sentait, sous ses pieds. Dans la mosaïque, un motif circulaire permettait de repérer le Portail.

A genoux, mains écartées, Duncan mémorisa cette configuration afin de la lier ultérieurement aux quatre autres Portails qu'il connaissait. Cela l'aiderait dans les jours à venir.

Quand la porte se rouvrit, il priait Dieu pour le salut de son fils et de Kelson.

— Duncan, déclara Arilan, je vous présente le père John Nivard.

Duncan se leva, surpris de découvrir un jeune homme. Nivard paraissait à peine en âge de recevoir la tonsure. Dire qu'il était le chapelain d'un prélat de la stature d'Arilan !

De petite taille, tout en rondeurs juvéniles, Nivard arborait de belles boucles qui formaient comme un halo païen autour de sa tête. Il avait en outre de belles mains durcies par le travail. Il s'agenouilla pour embrasser l'anneau de Duncan. Dès que leurs doigts se frôlèrent, ce dernier capta l'éclat psychique de solides boucliers.

Dieu du ciel, serait-ce un des prêtres derynis dont parlait Arilan ?

— Je suis honoré, Excellence, souffla le jeune homme, levant ses yeux vert océan. L'évêque Denis m'assure que vous avez besoin d'une aide discrète. En quoi puis-je vous être utile ?

Duncan invita le jeune homme à se relever ; sans le lâcher, il lança à son pair :

— Un des nôtres ?

Arilan acquiesça.

— Allez-y : testez ses défenses. Vous serez agréablement surpris. Quand j'ai découvert John dans un séminaire, il y a quatre ans, il était en pleine crise de conscience. Il commençait à découvrir sa vraie nature et se croyait contraint de renoncer à sa vocation. Je l'ai ordonné prêtre l'automne dernier.

— Alors, vous êtes un tout aussi nouveau prêtre, n'est-ce pas ? demanda Duncan à Nivard.

— Oui, Excellence.

— Permettez-vous que je vous sonde ? Ça n'a rien d'une obligation pour vous ni pour moi.

— Je n'ai pas peur, mais...

— Il n'a pas l'habitude qu'un autre que moi le fasse, expliqua Arilan. Vous êtes le premier autre Deryni qu'il rencontre... John, vous n'avez rien à craindre de Duncan. A dire vrai, il est même plus patient et plus doux que moi, vous verrez.

— Peut-être le moment est-il mal choisi, dit Duncan. Dans mon état, je ne peux rien garantir.

— Non, insista Arilan. Il est grand temps qu'il commence. Et que vos esprits apprennent à travailler ensemble. Qui sait si vous n'aurez pas besoin d'aide à votre retour, Duncan ? John, faites-lui « visiter » la cathédrale.

Nivard baissa ses boucliers ; Duncan effleura ses paupières avant de s'immiscer en douceur dans son esprit. Rasséréné, Nivard l'invita à continuer, lui révélant les plans de la cathédrale.

Duncan les assimila sans peine. Nivard découvrit que le légendaire McLain n'était pas aussi effrayant qu'il l'avait redouté.

Duncan se laissa guider par le jeune homme.

Enfin, ils rompirent le contact.

— Alors ? s'enquit Arilan. Etait-ce si affreux ? Je gage que vous n'avez pas de plainte à émettre.

Duncan secoua la tête.

— Père Nivard, nous recommencerons quand j'aurai les idées plus claires, si vous voulez bien. Pour l'heure, je dois partir sans délai. Il me faut un bon cheval, des ordres pour les relais, afin d'obtenir des montures fraîches et des vivres. Demain à la même heure, j'entends arriver à Coroth.

— Pour ramener avec vous le duc Alaric ? demanda Nivard.

— En effet. Dans deux jours, pourrez-vous guetter notre retour et vous tenir prêt ?

— Naturellement, Excellence.

— Bien, fit Arilan, je vous laisse mettre les détails au point. Père Nivard, si on vous interroge, vous ne m'avez pas vu cette nuit, et vous ignorez tout de ce que Duncan vient de vous apprendre.

— Oui.

Arilan se volatilisa.

Une demi-heure plus tard, juché sur un solide poney, Duncan partit pour Coroth.

Les yeux pleins d'étoiles, un jeune prêtre resté seul dans la cathédrale repensa à ce qu'il venait de vivre.

CHAPITRE 15

> Moi, je suis innocent, et non rebelle à Dieu ; je suis pur de tout crime.
>
> *Job, 33, 9*

A Coroth, au sud-est de Dhassa, on ignorait la tragédie. Même la nouvelle du décès de Tiercel n'avait pas atteint la capitale quand Duncan arriva. Le messager qu'il avait dépêché en début de semaine débarquait à peine dans la baie. Et l'homme — un moine en manteau vert feuille arborant l'emblème de la cathédrale saint George — s'estimait heureux d'être arrivé à bon port, après les grains qu'avait essuyés son navire. Le mauvais temps n'avait pas épargné la région : depuis près d'un mois, c'était le premier jour où il ne pleuvait pas.

Confortablement installé dans son étude, le duc de Corwyn, loin de se douter des nouvelles qui l'attendaient, laissait vagabonder ses pensées.

Sur les parapets, un vent glacial soufflait.

Près d'un feu ronflant, le duc avait allongé ses jambes sur un tabouret. Emmitouflé dans une épaisse couverture, il tâchait d'oublier la froideur que lui témoignait son épouse.

Dans l'état de nerfs où était Richenda, inutile d'espérer l'amadouer. Tandis qu'il cherchait à noyer sa déconvenue en réfléchissant à d'ennuyeuses obligations ducales, la jeune femme ne cessait de faire les cent pas et de le houspiller.

Ayant dix fois entendu les mêmes arguments, il écoutait d'une oreille distraite.

Morgan préférait se réjouir par avance de la naissance de leur prochain enfant. Le couple lui avait déjà choisi un prénom, en l'honneur de Kelson et d'Alaric : Kelric.

En souvenir du prénom d'emprunt qu'avait porté Morgan quand il avait rencontré sa future femme, près du sanctuaire de saint Torin, Kelric s'appellerait également Alain.

Ainsi leur fille, âgée de deux ans, aurait-elle bientôt un frère.

— Alaric, avez-vous écouté un mot de ce que je viens de dire ? explosa Richenda.

Morgan, qui songeait au manoir récemment fortifié du sieur de Vali, sursauta. En robe bleue assortie à la couleur de ses prunelles, la jeune femme resplendissait. Elle entendait partager les fonctions de son époux à moins d'un mois de l'accouchement, et contre l'avis de maître Randolph, son médecin.

— Ma chère, j'ai écouté. Je connais vos arguments par cœur. Inutile d'y revenir alors que la cour doit se réunir bientôt.

— Avec vous, ce n'est *jamais* le bon moment. Après un mois d'absence, vous voilà de retour depuis une semaine. Et vous n'avez cessé de tergiverser. Impossible d'obtenir une réponse honnête. Dois-je recourir à une Lecture de Vérité pour découvrir ce qui vous tracasse ?

— Je le répète : je ne désire pas en parler. Vous ne devriez pas vous soucier de mes problèmes, alors que votre délivrance approche.

— Ah, je vois. Le jugement d'une femme enceinte ne vaut rien. D'après vous, je fais preuve d'hystérie, n'est-ce pas ?

— Hystérie, non, ma chère. Mais cessez de froncer vos beaux sourcils. Dans quelques mois, nous en reparlerons.

— *Ecoutez-moi*, bon sang ! Je ne suis pas une pouliche, juste bonne à produire des héritiers ! Et pas davantage un fleuron de votre duché ! Je ne suis même pas maîtresse de ma propre maison !

— Richenda !

Il lui saisit un poignet ; elle éclata en sanglots. Il l'attira à lui pour la réconforter.

— Vous êtes à bout de nerfs, chuchota-t-il. Votre état...

— Mon état n'y est pour rien. Si je suis à bout, c'est à cause de *vous* ! Je ne suis pas malade et je ne suis plus une enfant. Pourquoi persistez-vous à me traiter ainsi ?

— Parce que vous vous comportez comme une gamine — trop gâtée, d'ailleurs !

— Comptez-vous me corriger ?

— Vous *corriger* ? se récria Morgan. Ai-je jamais été brutal avec vous ? Comment pouvez-vous penser une chose pareille ?

Se redressant de toute sa taille, Richenda s'écarta et se détourna.

— Enfin, j'ai votre attention, lâcha-t-elle froidement.

— Mon attention ? (Sidéré, il plaqua les poings sur ses hanches.) Richenda, elle vous est toute acquise ! Vous n'êtes jamais loin de mes pensées.

Des larmes montèrent aux yeux de la jeune femme, qui tritura nerveusement un pan de sa robe.

— Alaric, je sais qu'à votre façon, vous m'aimez. Mais votre cœur est resté à Rhemuth, avec le roi et Duncan.

— Ce n'est pas vrai.

— Ça l'est et vous le savez. Je ne vous le reproche pas — bien avant que j'entre dans votre vie, c'était votre famille. Même sans l'amour que vous leur portez, vos devoirs de duc et de conseiller exigeraient que vous passiez beaucoup de temps à la cour.

— Comme vous, ma mie. Somme toute, nos séparations ne sont pas si longues.

— Sans doute. Mais *Rhemuth* est désormais mon foyer, Alaric.

— N'y étiez-vous pas ces six derniers mois ? N'étais-je pas à vos côtés la plupart du temps ?

Elle soupira.

— Même alors, je ne suis pas maîtresse de ma maison, car vos souhaits ont la préséance. Et en votre absence...

Morgan croisa les bras.

Nous y revoilà ! songea-t-il avec lassitude.

Il ne s'était jamais vraiment expliqué à propos de cette vieille pomme de discorde.

— Pourquoi refusez-vous obstinément de me nommer régente en votre absence, sans vous en justifier ? Après trois ans de mariage, il serait malheureux que je ne connaisse pas assez Corwyn pour gouverner en votre nom ! Pour l'amour du ciel, je suis la petite-fille d'un prince ! J'ai appris à commander quand j'étais encore sur ses genoux ! Croyez-vous que je ne gouvernais pas, en l'absence de mon premier mari ? Ai-je si mal géré les terres de Brendan ?

Morgan lui prit la main — ses boucliers levés.

— Non, vous avez très bien fait, souffla-t-il. Comme vous feriez une excellente régente pour Corwyn.

— Alors pourquoi ?

— Venez près de moi, et je tâcherai de m'expliquer. (Il l'attira près d'une fenêtre, et la fit asseoir sur un banc.) Où seriez-vous à l'aise, notre fils et vous ? Au lit ?

— Notre fils est parfaitement heureux où il est. Et sa mère n'est pas idiote au point de laisser son père la mettre au lit quand elle espère apprendre quelque chose d'importance.

Morgan eut un sourire en coin.

— Allons, voudrais-je séduire une femme enceinte de huit mois ?

— Nous trouverions aisément matière à nous satisfaire tous deux. Mais aussi agréable que serait cette diversion, mon seigneur en profiterait pour taire ce qu'il a promis de révéler.

— Ai-je promis quelque chose ? maugréa-t-il, calant un coussin au creux des reins de sa femme.

— Vous venez de dire que vous m'expliqueriez votre réticence à me nommer régente. A mes yeux, c'est une promesse.

— Très bien, soupira-t-il. Les causes risquent de vous surprendre.

— Comment ça ?

— Quand je vous ai amenée ici, les serviteurs vous ont vite acceptée. Après tout, ils touchent leurs gages et, sauf votre respect, sans doute auraient-ils accueilli n'importe quelle autre femme de mon choix, ou presque...

Richenda hocha la tête.

— C'est juste. En outre, la première année de notre mariage, nous étions rarement là.

— Le problème ne vient pas non plus de mon état-major. Hillary vous vénère et Hamilton vous aime comme la fille qu'il n'a jamais eue. Quant à maître Randolph, ou au père Tagas, je n'ai pas besoin d'en dire plus.

— Mais certains me sont hostiles, devina la jeune femme. Alaric, *pourquoi* ? Ma loyauté envers vous ou vos intérêts ne peut être mise en doute !

— Voilà le maître-mot lâché... *loyauté* ! Les jeunes officiers et les hommes du duché s'en inquiètent.

— De *ma* loyauté ? s'exclama Richenda, sidérée.

Morgan se tourna vers le soleil. Si seulement l'astre avait pu lui réchauffer l'âme !

— Oui. A cause de Bran.

Comprenant enfin l'allusion, la jeune femme blêmit... et se tourna à son tour vers les rayons du soleil.

— Puisque mon premier époux fut un félon, ils craignent que je le sois aussi, souffla-t-elle.

— En un mot... oui.

Après un silence tendu, Richenda reprit à voix basse :

— Je ne salirai pas sa mémoire, Alaric. Je sais qu'il est mort dans l'opprobre de la main même de Kelson. Tout bien réfléchi, notre suzerain lui a accordé une fin miséricordieuse. Mais Bran Coris était mon époux et le père de mon premier enfant. A sa façon, lui aussi m'aimait. Je doute qu'il ait choisi la trahison de gaieté de cœur. Jusqu'à mon dernier souffle, je veux croire que Wencit de Torenth l'a séduit pour mieux le mener à sa perte.

— Séduit ou non, ça ne l'absout pas.

— Bien sûr que non. Bran était trop ambitieux pour se satisfaire de son rang. Je le savais bien et je me faisais une raison, afin de préserver l'harmonie de notre couple.

« De là à penser que je suis dévorée par l'ambition... ! Même si on me prêtait les motifs les plus vils, que pourrais-je convoiter que je n'aie déjà ? C'est absurde ! N'ai-je pas épousé l'homme le plus puissant des Onze Royaumes, après le roi ? A moins qu'on ne me prête des vues sur la couronne ! (Horrifiée, elle posa une main sur le bras du duc.) Alaric, ils n'imaginent tout de même pas que... ?

Morgan eut un petit rire sans joie.

— Bizarrement, non. Personne ne doute de votre loyauté envers Kelson — ou indirectement, peut-être.

— Mais c'est bien de loyauté qu'il s'agit ?

— Oui.

— Envers qui ?

— Envers moi.

— Vous ?

— Oui.

— Mais... pourquoi ? Vous ai-je jamais donné une raison de douter de moi ?

— Bien sûr que non. Peut-être comprenez-vous maintenant ma réticence à vous en parler.

— Mais... comment diable peut-on me croire déloyale ?

— Autant que je sache, la cause principale s'appelle Brendan.

— *Brendan* ?

— Ma chérie, je n'ai jamais prétendu que mes explications vous plairaient. Tout cela est tellement fou, j'espérais pouvoir me taire...

— Mais c'est un enfant !

— Le fils d'un premier lit, oui. Notre aîné étant de sexe féminin, les nobles craignent qu'un jour, vous l'évinciez au profit de Brendan. A la naissance de Kelric, je compte mettre les choses au point une fois pour toutes : les deux rejetons mâles auront chacun un héritage distinct qui ne prêtera pas à confusion. Ni l'un ni l'autre ne seront spoliés. Avec le temps, j'espère voir s'éteindre les dernières objections. Après tout, Brendan *et* Kelric, étant nos fils, leurs fortunes respectives seront assurées.

— Et vos gens croient cela ?

— En grande partie, oui. Du moins, c'est ce qu'on m'affirme. Si vous deveniez régente et que de graves problèmes surviennent en mon absence, Hillary n'écarte pas l'éventualité d'un soulèvement général. Mes hommes me sont farouchement dévoués.

— Au contraire de votre épouse, c'est ça ? Simplement parce que son premier mari a trahi son suzerain ? Alaric, ce n'est pas juste !

— Je vous expose les faits, ma mie.

— Vous auriez pu m'en parler avant. Avez-vous idée de mes angoisses, à vous voir me refuser obstinément les responsabilités normales d'une épouse ? Je...

On frappa à la porte. Avec une moue contrite, Morgan se leva et ordonna qu'on vienne.

Toute une escouade entra : Rathold, le chambellan, le seigneur Hamilton, le chancelier Robert de Tendall, Sean Derry... Ils escortaient un messager en tenue du chapitre monastique de Rhemuth.

— Mon frère, le salua Morgan. Avez-vous des nouvelles pour moi ?

S'inclinant avec respect, le moine lui tendit des missives cachetées.

— La correspondance de l'évêque McLain et du prince régent, votre grâce.

— Merci.

« L'évêque McLain »... Ainsi, le synode de Valoret n'avait pas destitué Duncan — pas encore.

Le duc examina les plis sans appréhension particulière, décacheta celui de Nigel en premier et en prit connaissance. En tout et pour tout, il avait croisé Tiercel de Claron à deux reprises. Néanmoins, son trépas inattendu lui valut un pincement de cœur. La disparition d'un membre du Conseil Cambérien ne pouvait que l'affecter.

— De mauvaises nouvelles, messire ? s'enquit Derry.

— Oui... Le décès d'un seigneur qui avait beaucoup d'influence dans certains cercles.

— Quelqu'un de ma connaissance ?

— Je ne crois pas. (Morgan décida de lire la missive de Duncan en privé.) Allez dans le grand hall, mes seigneurs. Je vous y rejoindrai tantôt. Veillez à ce que ce bon moine ait un repas chaud et un lit convenable, voulez-vous, Derry ?

— Tout de suite, messire. Par ici, mon frère.

Tandis que tous ressortaient, Morgan ouvrit l'autre lettre. Le cachet de cire ne contenait aucun message mental secret.

Le sceau apposé à la signature de Duncan en cachait un.

— Qui est mort ? demanda Richenda.

Sans cesser de lire, le duc lui tendit la lettre de Nigel.

— Tiercel de Claron. Il aurait fait une mauvaise chute. Que fabriquait-il dans un passage secret ? Je n'en ai aucune idée. Duncan répète pour l'essentiel le message de Nigel. Mais il a ajouté quelque chose...

Morgan effleura le sceau. La communication secrète, courte et concise, rapportait la découverte et l'examen du cadavre, la réaction d'Arilan à la nouvelle, l'emprunt d'un Portail situé dans la sacristie de la cathédrale de la Toussaint, auquel Duncan avait désormais accès... Le corps de Tiercel avait été remis au Conseil Cambérien. Duncan avait permis à Arilan de sonder sa mémoire. Tout laissait penser à une mort accidentelle. Mais Duncan avait éprouvé le besoin d'informer Morgan.

Avec un soupir, ce dernier sortit de sa transe et tendit la lettre à sa femme. Tiercel disparu, il restait six membres au Conseil. A quelque chose malheur était bon : occupés par la quête d'un remplaçant, sans doute les Cambériens, Arilan en tête, cesseraient-ils de tracasser Duncan.

Quelques instants plus tard, prenant sa femme par le bras, Morgan alla tenir cour.

Fort loin de là, les six Cambériens discutaient de Duncan, de Morgan et du roi.

Le *nouveau*.

— Denis, le fait demeure, insista Vivienne. Kelson est mort ; son oncle doit lui succéder. C'est l'occasion unique de rétablir notre influence sur la Maison des Haldanes.

— Devez-vous être si insensible, pour l'amour du ciel ? s'écria Barrett. Contrairement à nous, Denis était proche de Kelson. Respectez son chagrin.

— Et risquer de voir glisser cette chance entre nos doigts ? intervint Kyri. Des quatre personnes désignées pour développer le potentiel de Nigel, trois seront accaparées par leurs devoirs dans les deux ou trois jours à venir. L'initiative vous revient, Denis. En êtes-vous capable ?

Encore épuisé d'avoir contacté ses collègues, quelques heures plus tôt, Arilan s'adossa à son siège et ferma les yeux.

— Je l'ignore. Est-ce bien sage, d'ailleurs ? Pourquoi ne pas attendre Morgan et Duncan ?

— Ne soyez pas naïf, répliqua Kyri. C'est le moment ou jamais de briser l'emprise que Morgan a exercée sur les deux derniers souverains de Gwynedd. Si nous ne pouvons contrôler le duc — et puisque vous nous empêchez de le mettre définitivement hors d'état de nuire —, l'écarter des affaires du royaume me paraît un minimum.

— Doit-on vraiment en arriver là ? demanda Arilan.

Barrett baissa la tête.

— Nous savons ce que vous ressentez, Denis. Mais Kyri a raison. Que vous éveilliez le potentiel de Nigel ne nous conférera pas plus d'emprise sur lui que nous n'en avions sur son neveu, Dieu ait son âme. (Il se signa, vite imité par les autres.) Mais nous en saurions plus sur le processus. Quand l'heure sera venue pour Conall de monter sur le trône, notre position en sera renforcée.

— J'ignore si je puis y arriver seul, répéta Arilan. Et quand bien même, je doute que Nigel soit très réceptif en ce moment.

— Mais il a été préparé, au cas où Kelson aurait péri au combat, l'an dernier, rappela Sofiana.

— Oui... *l'an dernier*, souligna Arilan. Qui aurait pensé que notre suzerain trouverait la mort dans pareilles circonstances ? Après toutes les épreuves qu'il a traversées, succomber ainsi...

— Nigel est-il accablé de chagrin ? s'impatienta Vivienne.

— Disons qu'il est encore sous le choc. Il a beaucoup de peine. Comment aborder le sujet avec lui ?

Laran fit une moue pensive.

— Une approche indirecte serait peut-être de mise. Certaines substances joueraient un rôle appréciable. Vous en avez déjà utilisé avec Nigel. Toute résistance physique ou même psychologique ne serait plus un problème.

Arilan croisa les bras sur la table et y posa son front fiévreux.

— Laran, je n'ai pas la tête à ça ! Pourquoi ne le comprenez-vous pas, tous autant que vous êtes ?

S'abandonnant au chagrin qu'il inhibait depuis des heures, il sentit ses épaules trembler.

Comprenant qu'il pleurait en silence, Sofiana conclut la session et fit évacuer la salle. Elle guida ses pairs dans une pièce rituelle, appelée le *keeill*, afin qu'ils méditent et prient pour le repos de l'âme du roi.

CHAPITRE 16

Corrige tes enfants tant que tu as l'espoir de les aider et ne t'emporte pas au point de les mettre en danger de mort.

Proverbes, 19, 18

Luttant contre la nausée, Dhugal se força à mastiquer un bout de viande de cheval. C'était ça ou mourir de faim. Il faisait passer chaque bouchée avec une rasade d'eau fraîche.

Même bien préparée, la viande d'équidé n'avait jamais eu sa préférence. Parfois, en périodes de pénurie, il avait dû s'en contenter. L'avoir presque carbonisée aidait à cacher un arrière-goût déplaisant.

Un jour plus tôt, le jeune homme était tombé sur la carcasse, déjà à demi dévorée. Son odorat l'avait guidé. C'était la monture de Jowan, coincée dans un amas de bois mort, sur la berge. Le jeune écuyer avait-il connu un sort plus clément ?

Non loin de l'animal noyé, Dhugal avait également découvert leur guide, frère Gelric, le crâne fracassé et les membres brisés.

Dhugal dit une brève prière pour le salut de son âme. Puis il récupéra la tunique de laine du mort et la lava de son mieux, afin que Kelson en bénéficie.

Dhugal faisait l'impossible pour que son patient reste propre, ait chaud, et ne se déshydrate pas malgré son inconscience.

A moins que Kelson revienne bientôt à lui, son frère ne se faisait plus guère d'illusions sur l'issue...

Le cheval avait eu une autre utilité que fournir quelques pièces de viande déjà avancée. Ses restes jetés à la rivière, Dhugal fit l'inventaire des sacoches récupérées : du silex et de l'acier, une ceinture, des bouts de cuir, ainsi que — merveille des merveilles — une pomme ridée et du pain un peu moisi.

Dhugal fit avaler à Kelson des bouchées de pain et des bouts de pomme.

Il passait la tunique du défunt moine à son frère, quand celui-ci gémit et ouvrit les yeux.

— Que fais-tu ? croassa-t-il d'une voix rauque.

— Kelson ! Dieu merci, tu es réveillé !

— J'ai mal à la tête... Je crois que je vais être malade...

— Ah non ! Pas question !

Dhugal le coucha sur un flanc, une main sur son front, l'autre sur sa gorge. S'immisçant dans son esprit, il chassa la nausée.

— Détends-toi, Kel, ça passera. Tu as besoin de toutes tes forces ! Laisse-moi contrôler tes centres nerveux. Dans une minute ou deux, tu iras mieux.

Enfin, Kelson roula sur le dos et rouvrit des yeux voilés.

— Dhugal ?

— Qui d'autre, mon prince ? répondit le comte. Comment te sens-tu ?

— Horriblement mal... Affamé, la gorge sèche... Où est-on ? Que s'est-il passé ?

— Nous sommes quelque part sous la montagne. (Débouchant sa gourde, il soutint Kelson par les épaules.) Nous avons fait une chute dans le torrent, qui nous a entraînés sous terre. Ne te souviens-tu de rien ? (Kelson grommela, buvant goulûment. Son frère soupira.) Après les coups que tu as reçus sur la tête, je ne suis pas surpris... De quoi te souviens-tu ?

Le roi repoussa la gourde et jeta un coup d'œil incertain à son sauveur.

— Tu es bien Dhugal MacArdry, n'est-ce pas ? Dieu, ça fait si longtemps...

Le fils de Duncan sentit son sang se glacer dans ses veines.

— Kelson, chuchota-t-il, tu ne me reconnais plus ?

— Bien sûr que si. Mais tu parais beaucoup plus vieux, tout d'un coup ! Et tu portes une ceinture blanche... Voyons, tu n'as pas l'âge ! Qui t'a adoubé ?

— Toi !

— *Moi* ? Mais... En quelle année sommes-nous ?

— A ton avis, Kel ?

— Autant que je sache, en l'an de grâce 1123.

Dhugal secoua la tête.

— Faux. Nous sommes au mois de mars 1125. Quand te souviens-tu de m'avoir vu pour la dernière fois ?

— A la mort de ton frère, lorsque tu as quitté la cour, je crois... Tu n'étais pas présent lors de mon couronnement.

— J'ai joué de malchance, c'est vrai. Quelques semaines plus tôt, je m'étais cassé une jambe. Au moins, tu te rappelles que tu es le roi de Gwynedd. C'est déjà ça... Mais d'évidence, tu souffres d'amnésie. Laisse-moi examiner cela de plus près... Dieu, tes boucliers sont...

— Tu les sens ? Mais... !

— Je suis deryni, Kelson. *Doux Jésus*, tu l'as oublié avec le reste ! Duncan est mon vrai père...

— *Comment* ? gémit le fils de Brion, totalement dépassé. Mais...

— Seigneur, nous en avons, du temps à rattraper ! Détends-toi, que je voie ce que je peux faire...

— Conall, j'aimerais vous dire un mot, je vous prie.

Laissant Nigel, Meraude et Saer de Traherne, Arilan venait de quitter le hall de Rhemuth en compagnie du prince héritier. Partis en avant, Bradene et Cardiel avaient été arrêtés par une théorie de courtisans désireux d'en apprendre plus.

Jehana gardait la chambre. Duncan était en route pour Coroth ; d'autres messagers se chargeraient de prévenir les conseillers aux quatre coins du royaume. Nigel n'était guère en état de reprendre les choses en main.

Bradene avait proclamé la succession. Prudent, Conall jugeait préférable de ne pas attirer l'attention sur sa personne. Depuis son retour de Valoret, ses boucliers semblaient s'être renforcés. Etait-ce une conséquence du décès de Kelson ? Peut-être Tiercel et le Conseil Cambérien avaient-ils été dans le vrai.

— Quelque chose ne va pas, Excellence ? souffla Conall.

— Non, je voudrais simplement éclaircir un détail, répondit Arilan.

Il attira le prince dans le jardin, et choisit un endroit que personne ne pourrait approcher sans être vu. Après un long hiver, la végétation reprenait ses droits. Malgré un soleil radieux, le fond de l'air restait froid. Le jardin, presque désert, garantissait une tranquillité appréciable. Arilan et Conall s'arrêtèrent près d'une fontaine envahie par les feuilles.

— Sans doute avez-vous deviné le rôle que j'ai joué dans la découverte des pouvoirs de votre père, l'an dernier, commença Arilan. Aussi ne vous surprendrai-je pas en vous disant que votre évolution n'a pas échappé à mon attention. Depuis le décès de Kelson, vos boucliers se sont même renforcés. Ce n'est guère étonnant, puisque votre père est devenu roi. Son héritier légitime est impliqué.

Conall sentit le contact mental de son interlocuteur, sans que ce dernier réussît à percer ses défenses.

— Avant le trépas prématuré de son père, Kelson aussi avait développé ce genre de faculté. Sans doute Tiercel n'avait-il pas tort...

— Pardon ? souffla Conall, le cœur au bord des lèvres.

— Oh ! personne de votre connaissance... Cet ami pensait que plus d'un Haldane à la fois pouvait détenir le pouvoir. Nous le croyions tous fou. Peu importe. Naturellement, vous avez certains de ces dons. Quoi qu'il en soit, votre aide me sera précieuse.

Conall déglutit.

— Mon aide ?

— Indirecte, je vous l'assure. Vous n'ignorez pas à quel groupe j'appartiens, même si c'est censé être un secret. Espérons que Morgan et Duncan ont la décence de ne pas trahir l'identité d'autres membres du Conseil Cambérien... Car ils vous en ont parlé, n'est-ce pas ? (Retenant son souffle, le prince acquiesça.) Au printemps dernier, nous étions quatre, moi inclus, à préparer Nigel à cette éventualité : la royauté. Comme vous l'aurez deviné, il s'agissait de Morgan, de Duncan et de Richenda. Ils sont actuellement à Coroth, à deux ou trois jours de cheval — sans parler de la grossesse avancée de la duchesse. On m'a donc prié de déclencher... le processus final.

— Sans attendre les ducs ?

Arilan eut un sourire sardonique.

— Ils n'ont pas précisément la confiance du Conseil... Je ne puis entrer dans les détails. Personnellement, je n'y verrais aucun inconvénient, mais... Je ne suis pas seul à décider.

— Vous vous pliez aux instructions du Conseil.

— En général, oui.

Une botte sur la margelle, feignant de contempler les feuilles qui flottaient à la surface du puits, le prince restait sur la défensive. Après un moment, il lâcha :

— Je ne suis pas sûr de vous suivre. Que viens-je faire dans tout ça ? N'étant pas deryni, quel intérêt ai-je à vos yeux ?

— Vous êtes le fils et l'héritier de Nigel.

— Autrement dit, il faudra également s'occuper de *mon* potentiel, tôt ou tard. Qu'en pense mon père ?

Arilan noua les doigts, le regard rivé sur son améthyste.

— Je lui en ai touché deux mots... Il veut attendre le jour de son couronnement.

— Comment ? Mais c'est dans un an, au moins !

Et plus le temps passerait, ajouta le jeune homme *in petto*, plus ses nouveaux pouvoirs risqueraient d'être remarqués... et ses liens avec feu Tiercel révélés.

— Je sais. Connaissant certains de nos ennemis, qui redresseront bientôt la tête, pensez-vous que le nouveau roi de Gwynedd survivra si longtemps ?

— Contre Morag et son duc d'Arjenol ? fit Conall. Ça m'étonnerait !

— C'est le sentiment du Conseil. Voilà pourquoi vous devez m'aider à ramener votre père à la raison.

— Sans Duncan et Morgan ?

Arilan haussa les sourcils.

— Ne vous ai-je pas entendu vous plaindre que ces seigneurs avaient trop de pouvoirs à Gwynedd ?

Conall fit la moue.

— L'impétuosité de la jeunesse... Il m'est arrivé de parler sans réfléchir. Mais pourquoi n'en profiteriez-vous pas pour exercer *votre* ascendant sur mon père ?

— Très juste, reconnut Arilan. Je ne prétends pas cela impossible, car il se crée des liens entre le monarque et ceux qui l'ont aidé à atteindre la plénitude. Néanmoins, vous me savez homme d'honneur. Mon seul objectif est d'affranchir Nigel de l'emprise qu'exercèrent Morgan et Duncan sur Kelson.

Après avoir passé en revue les arguments que Conall pourrait avancer pour faire entendre raison à son père, Arilan repartit. Réfléchissant à la situation, à ses ramifications, et au moyen d'en tirer le meilleur avantage, Conall s'en fut aussi. Tout à ses cogitations, il retournait une rose morte entre ses doigts ; la piqûre des épines l'aidait à analyser les choses.

Au détour d'une haie, il découvrit un autre atout potentiel : Rothana, assise sur un banc, plongée dans un bréviaire... Cet après-midi, elle avait troqué le bleu habituel de sa bure pour du noir. Conall espéra qu'elle n'avait échangé aucun vœu définitif avec son rival ; il entendait bien épouser Rothana de Nur Hallaj.

— Bonne après-midi, ma dame, lança-t-il.

Tressaillant, elle fit mine de se lever ; d'une main tendue, il l'en dissuada et s'assit près d'elle.

La princesse essuya ses larmes.

— Vous avez changé de tenue. De statut aussi ?

Elle secoua la tête.

— Mon ordre porte le deuil de Kelson. Je... ne puis croire qu'il ait disparu ainsi.

— J'aimerais pouvoir dire le contraire, ma dame. Las, je l'ai vu tomber... Nul n'aurait pu survivre, surtout après si longtemps.

— Je sais...

Conall risqua une sonde mentale ; ses boucliers baissés, Rothana se sentait coupable. Que cachait-elle sous ses doigts ? Conall résolut de tourner cette culpabilité à son avantage.

Sans cesser d'observer sa compagne du coin de l'œil, il reprit :

— Si seulement j'étais mort à sa place... Un tel fardeau n'aurait pas échu à mon père. (Le sursaut de Rothana prouva que son approche était la bonne.) Jamais Nigel n'a voulu du trône. Moi non plus, même si c'est désormais mon destin...

Au bord des larmes, la jeune femme déglutit avec peine.

— Régner, c'est être seul au monde, ma dame. Nigel peut compter sur ma mère. Moi, je n'ai personne. Un jour, il me faudra une reine... Sans doute le moment est-il mal choisi, mais puis-je oser espérer qu'un jour, vous serez mon élue ?

— *Moi* ?

— Ne rejetez pas mon offre, ma mie. Donnez-vous le temps d'y réfléchir. Je sais que vous n'êtes pas libre. Mais vos vœux sont révocables. Et je n'ignore pas que vous songiez à... renoncer à votre vocation pour un autre prince Haldane.

— Qui vous l'a dit ?

Il la sentit attaquer ses boucliers, qu'il renforça, tout en feignant d'en être affecté.

— Cessez, de grâce. (Aussitôt, elle se retira.) J'en suis encore au stade de la découverte de ma vraie nature.

— Pardonnez-moi. Jamais je n'irai contre votre volonté.

— Je le sais.

— Mais... comment l'avez-vous appris ?

— A votre avis ? Kelson était mon cousin ; nous parlions souvent. La nuit de son départ, il a dû se faire violence pour respecter votre vertu.

N'était-ce pas pure vérité ? Conall prenait garde à ne proférer aucun mensonge, au cas où elle aurait eu recours à une Lecture de Vérité. Rothana baissa les yeux sur sa main gauche, à plat sur le bréviaire. Soudain, Conall sut ce qu'elle cachait.

La jeune femme retourna sa main, montrant l'anneau que lui avait remis Kelson...

— Je ne savais pas qu'il se confierait ainsi, messire... Ni que vous étiez si proches. Dhugal peut-être, mais...

— Je ne l'ai répété à personne, ma dame. Votre honneur est sauf.

— Je n'en doute pas. (Elle refoula ses larmes.) Croyez-vous en la magie ?

Il hocha la tête.

— Bien sûr... Vous, un Haldane, comment pourrait-il en être autrement ? Parfois, ça peut mal tourner. A trop vouloir une chose, on risque de la voir filer entre ses doigts. Ça arrive plus souvent qu'on ne croit. J'aurais dû m'en douter. Je me suis trop tôt abandonnée au rêve... Je paierai cette présomption jusqu'à mon dernier souffle.

— Présomption ?

— Kelson ne m'a pas confié ce bijou comme une promesse de mariage. A ses yeux, il s'agissait d'un vœu d'avenir, le signe qu'il avait enterré le passé. Nous avons évoqué la possibilité d'une union, c'est vrai. Mais il m'a prié de ne pas passer cet anneau au doigt, car il était souillé du sang de Sidana...

— Alors de quelle présomption parlez-vous ?

— Parfois, mon seigneur, une femme se prend à rêver. Mais... (Un sanglot lui échappa.) Il y a une semaine, je me voyais déjà devenue son épouse. Quel mal y avait-il ? Bien sûr, le père Ambros a été choqué par ma confession... Puis, j'ai osé mettre l'anneau de Sidana, cette malheureuse princesse. Peu après, le roi a trouvé la mort...

— Vous ne pensez pas en être la cause ? Ce serait absurde !

— Vraiment ? Mon esprit me souffle que vous avez raison, mais mon cœur n'en sera jamais sûr. Je mesure trop bien l'efficacité de nos pouvoirs — parfois quand nous nous y attendons le moins. Vous le découvrirez bientôt. A en juger par la force de vos défenses psychiques, je n'en doute pas. Dieu veuille que vous affrontiez votre véritable nature le plus tard possible. Et qu'un jour, vous ne vous demandiez jamais, comme moi, si vos dons n'ont pas détruit ce que vous désiriez le plus au monde.

— Vous vouliez épouser Kelson.

Elle acquiesça.

— J'ai envoyé à l'archevêque Cardiel ma demande de dispense. Mais je doute qu'elle lui soit parvenue, maintenant que son Excellence est retournée à Rhemuth. Quand elle en prendra connaissance, je la prierai de la considérer comme caduque.

— Je vois, murmura Conall, accablé à l'idée que la belle veuille reprendre le voile. Mais ce geste ne laissera-t-il pas planer un doute sur la force de votre vocation ?

Elle baissa la tête.

— Je n'ai pas dit à la mère supérieure que j'avais écrit à l'archevêque. Ambros, mon confesseur, est au courant. Je prierai Cardiel de détruire ma lettre sans l'ouvrir.

— Non !

— Pourquoi pas ? Ce qui est arrivé n'est-il pas aussi un message de Dieu à mon intention ? N'est-ce pas le signe qu'Il me veut pour épouse ? Ne dit-on pas que le Très-Haut est un amant jaloux ?

— Moi aussi, Rothana ! Soyez *mon* épouse !

— Tu ne moqueras pas le nom de Notre Seigneur ! s'écria Rothana.

— Loin de moi pareille idée. Mais je doute qu'un être spirituel ait grand besoin de chair et de sang. Pourquoi diable cloîtrer de jeunes vierges au service d'un Dieu n'ayant que faire des attraits d'une beauté et d'une jeunesse éphémères ?

— Ne blasphémez pas, mon seigneur !

Il lui effleura les mains, la faisant tressaillir.

— Nous sommes de chair et de sang, Rothana, insista-t-il. Comment vous faire comprendre dans quels émois votre présence me plonge ? Vous êtes tout ce qu'un homme pourrait désirer. Dès que je vous ai vue, je vous ai aimée. Sans Kelson, je me serais déclaré très vite. Mais il a péri, et un jour, je serai roi. Le Haldane que je suis n'a pas moins besoin de vous que lui. Et Gwynedd voudra une reine.

La jeune femme s'empourpra. L'anneau serré contre son sein, elle baissa la tête.

— Messire, de grâce, n'ajoutez pas à mon fardeau. On m'a élevée dans l'amour et le respect du devoir. Je sais de quelle étoffe devra être faite la nouvelle souveraine. Comment pouvez-vous me le demander, après ce que je viens de vous dire ?

Conall sourit : à son insu, elle venait de lui donner de nouvelles armes. Cette fois, elle ne lui échapperait plus.

— Je vous le demande parce que je connais tout l'amour qui est en vous. Avec l'aide de Dieu, je compte bientôt m'en rendre digne. Je ne requiers pas de réponse immédiate, ma mie, mais promettez-moi de réfléchir. Soyez la reine dont Gwynedd a besoin au côté d'un souverain Haldane. Si vous jugez en votre âme et conscience être responsable du trépas de Kelson, que votre expiation soit le mariage dont vous rêviez — non avec Kelson mais avec moi. Seul le nom de votre souverain changera, j'en fais le serment.

Conall risquait gros en faisant vibrer la corde sensible. Si elle lui opposait un refus catégorique, il n'aurait d'autre recours que le chantage, menaçant de révéler à ses supérieurs un récit arrangé de ce qu'il avait surpris une nuit entre son cousin et la novice. Cela mettrait un terme définitif à ses prétentions religieuses.

Rothana n'accepta ni ne refusa son offre. Elle réfléchirait, dit-elle.

La mère supérieure, le père Ambros et des nonnes apparurent à l'autre bout du jardin. Rothana s'empressa de prendre congé pour les rejoindre.

Conall la regarda s'éloigner. Il était certain qu'elle ne l'avait pas percé à jour. Restait à guetter une prochaine occasion de harceler la princesse jusqu'à ce qu'elle cède.

Quant à la lettre adressée à l'archevêque, elle avait dû être rédigée en termes circonspects, sans trahir ses véritables motifs. Rothana était trop avisée.

Cardiel étant humain, Conall n'aurait aucun mal à le manipuler. Arilan, Duncan, Morgan et son père exceptés, il n'y avait personne à la cour qu'il ne puisse influencer à sa guise. Même Nigel ne serait pas hors d'atteinte pour un fils aussi doué que lui.

Retournant dans l'aile résidentielle du château, le prince s'apprêta à affronter son géniteur sur la question des pouvoirs haldanes. Nigel devrait les accepter au plus vite. Conall verrait sa position renforcée ; ses propres pouvoirs seraient moins remarqués.

Une évolution n'allait jamais sans mal ; le jeune homme souffrait de migraines de plus en plus fréquentes. Mais qu'importait ! Il était si proche de réaliser ses rêves...

Il retrouva son père assis à son pupitre. La plume tenue d'une main distraite, Nigel contemplait le fleuve par une fenêtre. La pâleur de son teint et l'argent de ses tempes contrastaient avec la noirceur de sa tenue de deuil.

Se tournant pour voir qui venait d'entrer, le nouveau souverain de Gwynedd sourit et posa sa plume. Soulagé, il poussa loin de lui un paquet de parchemins.

— Dieu merci, te voilà, Conall ! Tu me sauves d'une interminable correspondance. Les scribes ont dû s'y affairer la nuit entière. Arilan est pire que Duncan quand il s'agit de travail ! Tu ne désires pas me prêter main-forte, j'imagine ?

Avec un sourire sans joie, le jeune homme prit une bougie allumée sur la cheminée et rejoignit son père.

Pour Conall, Arilan était le sujet du jour. Aider à cacheter les plis occuperait ses mains tandis qu'il pèserait ses mots avec soin. Il fit chauffer le bâton de cire.

— Avec plaisir, père. Quel sceau utiliserez-vous ?

Nigel ôta sa chevalière et la posa.

— Je ne suis pas encore roi, mon fils. J'aurais voulu ne jamais envoyer ces lettres aux pairs du royaume...

Le jeune homme fit couler la cire chaude au bas du premier document, que Nigel avait signé d'un P. pour *Princeps* plutôt que d'un R. pour *Rex*.

Nigel imprima ses armes personnelles dans la cire — pas le lion haldane qui serait bientôt sien. Conscient du regard de son fils, il esquissa à son tour un sourire et prit le texte suivant.

— Je sais, lâcha-t-il. Sans doute suis-je fou d'espérer encore un miracle. Mais je ne désire pas la couronne. Si j'osais, j'abdiquerais volontiers en ta faveur. Cela te déplairait-il ? A ton âge, les responsabilités ont encore un parfum d'aventure... Hélas, les seigneurs s'y opposeraient. Pour un homme qui devient roi, la tombe est le dernier refuge.

— Dieu veuille que ce jour soit le plus tardif possible, père. Pour l'heure, je me réjouis d'apprendre l'art de gouverner à vos côtés. Entre-temps, il vous faut maîtriser un autre art. Vous ne pouvez plus vous dérober.

— Ah. Je vois qu'Arilan est passé par là...

— Ce n'est pas faux, admit Conall, renforçant ses boucliers. Dès que nos ennemis apprendront la mort prématurée de Kelson, ils fondront sur le royaume, c'est certain, avec l'espoir de profiter de la confusion.

Il lança une discrète sonde psychique, surpris de franchir sans être détecté des défenses paternelles affaiblies. Nigel secoua la tête.

— La nouvelle n'est pas près d'atteindre Torenth. Même Morgan ne l'apprendra que dans un jour ou deux. Et Duncan n'a pas eu à chevaucher jusqu'à Dhassa. Par des moyens conventionnels, les messagers mettront bien plus longtemps à traverser les frontières de Torenth.

— D'ici, peut-être, mais pas au nord, où la tragédie s'est déroulée. Il nous a fallu quatre jours pour revenir de saint Bearand, via Valoret. Tous les moines ont été aussitôt avertis. Sans parler du messager dépêché au comte des Marches Orientales. A son tour, il aura prévenu Cardosa. Et de là, la nouvelle se répandra dans Torenth en moins de temps qu'il ne faut pour le dire. Il suffira qu'un espion ayant des contacts derynis gagne le Portail le plus proche.

— Tu peins un sombre tableau, mon fils, soupira Nigel. Mais jusqu'au retour de Duncan et de Morgan, les décisions importantes peuvent encore attendre.

— Pourquoi ne pas laisser agir Arilan ? A l'entendre, il est en harmonie psychique avec vous. Et il est moins touché que nous par le trépas de Kelson. Ce pourrait être un avantage.

Un poing sur la hanche, Nigel regarda son fils dans les yeux.

— Te l'a-t-il confié ou l'as-tu déduit ?

Soudain mal à l'aise, Conall moucha la bougie.

— Que voulez-vous dire ? Il *est* moins touché que nous.

— Peut-être, concéda Nigel. Indifférent, certainement pas. Après tout, c'est un membre du Conseil Cambérien.

— Quel rapport avec ce qui nous occupe ?

Nigel croisa les bras.

— Je n'en suis pas sûr. Mais le décès de Tiercel a déjà mis le Conseil en émoi. Kelson t'a dit qu'on avait retrouvé son corps dans le château, n'est-ce pas ?

Le cœur pris dans un étau, Conall baissa les yeux pour ne pas trahir sa consternation. Il n'avait pas prévu que la conversation porterait sur Tiercel de Claron.

— Il a parlé d'un personnage d'une certaine importance, oui — sans donner de nom. Ce n'était personne de ma connaissance.

— Sans doute.

Conall sondait toujours son père sans capter de soupçons. Mais son sursaut involontaire alerta Nigel. Conall l'avait-il sous-estimé ? Etait-il trop tard pour calomnier Dhugal ?

— Kelson n'a guère été prolixe à ce sujet, dit le jeune homme. Il cachait jusqu'au nom du défunt. Ça ne me concernait pas, aussi n'ai-je pas posé de questions. Toutefois, je me rappelle une lettre adressée à Dhugal, qui parut le mettre dans tous ses états. Connaissait-il Tiercel ?

— Nous l'ignorons. Duncan en doutait. Mais le corps a été retrouvé dans le passage secret menant des appartements de Dhugal à la basilique. Une poignée de gens en connaissaient l'existence.

— Tiercel de Claron était du nombre. Comment a-t-il pu l'apprendre ?

Trop tard, Conall réalisa ce qu'il venait de laisser échapper. Il vit le visage de son père se fermer.

— Jamais je n'ai mentionné l'identité complète de Tiercel, mon garçon. Comment l'as-tu apprise ?

— Bien... Kelson a dû en parler sans y prendre garde. Ou Arilan...

— Non. Arilan ne t'aurait jamais dit ça, et tu viens d'affirmer que Kelson avait tu le nom de ce seigneur. Conall, cesse de mentir !

Nigel prit conscience de la sonde qui avait percé ses boucliers mentaux. En même temps, il voulut recourir à une Lecture de Vérité.

Conall chercha à contrôler ses centres nerveux.

— Que fais-tu ? hoqueta Nigel, blessé et dérouté, se rattrapant au bord de la table. Oh Dieu, tu *connaissais* Tiercel ! C'est lui qui t'a formé, n'est-ce pas ? Doux Jésus... Et pour tout remerciement, tu l'as occis !

Du tréfonds de son être, Conall sentit émerger la solution à ses problèmes.

Il frappa.

Deviner l'origine de cette nouvelle puissance ne changea rien. Ce réflexe ne s'encombrait ni de raison ni de compassion. A l'aune de la survie, un parricide ne représentait rien.

Conall tenta cependant de dévier un peu le coup mortel.

Horrifié, il vit son père tendre les bras, ses beaux traits tordus par la douleur. Ses doigts se crispèrent sur ses tempes argentées.

Pour Conall, la scène parut durer une éternité.

Enfin, Nigel s'effondra, tel un arbre qu'on abat. Subissant une douleur indicible, Nigel eut bientôt le regard voilé et les traits creusés...

CHAPITRE 17

Ils pleureront sur lui comme on pleure à la mort d'un fils unique.

Zacharie, 12, 10

Kelric flanquait des coups de pied dans le ventre de sa mère. Richenda grimaça.

Emerveillé, Morgan sourit.

— Notre fils est bien éveillé, ce matin ! souffla-t-il.

— Il n'a guère dormi ! Il doit essayer de se retourner. Sans doute se trouve-t-il à l'étroit, comme tout bébé sur le point de naître. Si ça continue, il n'attendra pas trois semaines de plus !

— Oh ? Devrais-je quérir maître Randolph ?

— Alaric...

Gloussant, elle lui prit le visage et chassa son anxiété avec force baisers. Soupirant de contentement, il se blottit contre elle, un bras protecteur sur son abdomen distendu.

— D'accord, admit-il dans un souffle. Je m'emballe pour un rien. Mais mesures-tu l'angoisse d'un homme qui sait ce que sa femme va endurer pour mettre leur enfant au monde ?

— Mon doux cœur, je suis passée deux fois par là...

— Oui, et j'étais absent. Est-ce ma faute si tu eus ton premier fils avec le mauvais mari ? Si tu avais été raisonnable, m'épousant dès le début, tout aurait été fort différent !

— Tu ne m'avais pas déclaré ta flamme. De plus, Brendan n'aurait pas été Brendan. Il serait merveilleux, à n'en pas douter, mais... ce ne serait pas lui.

Morgan haussa un sourcil.

— C'est juste. Eh bien, notre petit Kelric sera autre, c'est certain, et « merveilleux », comme toi. Les bébés ont-ils des pensées ?

— Si c'est le cas, grommela Richenda, j'espère qu'il est honteux de harceler sa mère de bon matin ! Je doute avoir dormi plus de quelques heures, et j'ai bien envie de savourer un petit déjeuner au lit tandis que tu discuteras avec tes officiers. De toute façon, je ne manquerai à personne. De plus, il est difficile de prendre au sérieux une femme sur le point d'exploser !

— Ma chérie, voyons ! se récria Morgan indigné.

— Alaric, tu n'as pas idée à quel point...

— Chut, mon amour, je crois qu'on vient...

Le duc avait entendu des bruits de pas. A l'instant où on frappait à la porte, il bondit hors du lit à baldaquin et enfila une robe de nuit.

— Votre grâce ! Pour l'amour du ciel !

C'était la voix de Derry. Morgan courut ouvrir.

— Me voilà, Derry ! Qu'y a-t-il ?

Sidéré, il vit à côté du domestique Duncan, crotté et puant le cheval. A l'expression du duc de Cassan, le monde semblait s'être écroulé.

— Duncan ?

— C'est Kelson, hoqueta-t-il. Et Dhugal. Il y a eu un accident.

Mon Dieu, qu'ai-je fait ?

Les poings pressés sur ses tempes, incrédule, Conall contemplait le corps de Nigel. Il s'agenouilla.

Qu'est-ce qui lui avait pris ? Il ne voulait aucun mal à son père... L'énergie qu'il avait déchaînée contre lui avait été le fruit incontrôlable de la panique. Le phénomène rappelait l'éclair qu'avait lancé Kelson contre Charissa, le jour de son couronnement. Conall voulait les pouvoirs des Haldanes ; il n'avait pas ménagé sa peine pour se les approprier. Mais il n'aurait jamais cru payer un jour un tel prix.

Nigel respirait encore. Surpris par son propre fils, il avait encaissé un coup terrible. Le souffle irrégulier, il ne réagissait plus. Durant ses convulsions, il s'était mordu la langue jusqu'au sang.

Conall ferma ses paupières.

Sondant l'esprit paternel, il se heurta aux brumes de l'inconscience.

Conall réalisa que nul ne penserait à le blâmer. Une partie logique de son esprit imagina une version crédible des faits. Effrayé, Conall réalisa que ses connaissances venaient en partie de la mémoire de Tiercel de Claron.

Il avait déjà vu des patients souffrir de cet état, mais ils étaient plus vieux que Nigel. Le mal pouvait aussi frapper des hommes plus jeunes. Les médecins ne s'entendaient pas — le cœur ou le cerveau était-il à blâmer ? Quoi qu'il en soit, le rétablissement était laborieux. Le malade pouvait rester alité des semaines, voire des mois, paralysé et muet. Parfois, cela durait indéfiniment.

Dans ce cas précis, à moins de défaire le mal qu'il avait fait, Conall savait que son père ne s'en relèverait pas. Il comprenait à peine ce qui s'était passé. Mais si on découvrait les véritables circonstances de l'attaque cérébrale de Nigel, il serait tôt ou tard accusé.

A chaque tournant de sa vie, le jeune homme s'enfonçait un peu plus dans le mensonge. La couronne à portée de main, il n'osait pas se confesser.

Kelson mort, Nigel écarté, Conall devenait le premier prince du royaume. Tant que Nigel vivrait, même inconscient, il resterait le suzerain légitime de Gwynedd. Mais son fils aîné, nommé régent, détiendrait le pouvoir effectif.

Délicieuse perspective... Le régent Conall !

Remerciant Dieu du soin qu'avait pris Tiercel à rendre inaccessible une partie de son esprit, le prince comprit que même Arilan ne devait plus lui inspirer de frayeur.

Il courut ouvrir la porte et cria à tue-tête :

— A la garde ! A moi ! Qu'on aille quérir un médecin ! Mon père a une attaque !

Au coin de l'âtre, comme dans un état second, Morgan avait à peine conscience de la présence de sa femme. Ouvrant de grands yeux effrayés, Richenda lui tenait la main tandis que tous deux écoutaient Duncan. Derry avait pris un tabouret.

— Voilà tout ce que je sais, Alaric, conclut le duc. Que Dieu me vienne en aide, car j'ai du mal à le croire ! Hélas, aucun espoir n'est permis... Avant de partir, j'ai questionné mentalement les témoins oculaires. L'un d'eux a vu Kelson s'écraser sur un rocher avant d'être avalé par la cascade, avec mon fils... et les autres ! Si par miracle on survit, on est entraîné sous terre. Soit on a la cervelle en bouillie sur les rocs, soit on est noyé par les tourbillons... ou les deux.

— Mais un homme s'en est tiré vivant, disiez-vous, rappela Richenda.

— Dolfin, le page au service de Kelson. Il passe sa convalescence dans le monastère de saint Bearand. Sans doute faudra-t-il des semaines avant qu'il soit en état de reprendre la route ! Selon le père Lael, il peut rester handicapé à vie.

— On a retrouvé d'autres corps, ajouta Morgan.

— Ainsi que deux ou trois chevaux. Mais aucune trace du guide, de Kelson ou de Dhugal.

Posant la joue contre la main de sa femme, Morgan ferma les yeux. Il refusait de s'abandonner au chagrin. S'il s'effondrait, il ne serait plus utile à personne avant des jours. Kelson devait être mort. Pourtant, Morgan n'avait rien ressenti. Quand Brion avait expiré, il en avait eu conscience.

Le nouveau monarque aurait besoin d'aide. La « stabilisation » de Nigel et la passation de pouvoir seraient leurs priorités. Ensuite, Duncan et Morgan pleureraient leurs morts.

— Pensez-vous qu'il reste une chance de les retrouver vivants ? souffla Duncan.

— Voulez-vous que je réponde suivant la raison ou suivant mon cœur ?

— Pourquoi ne pas éluder la question ? Le plus pressé est de rejoindre Nigel.

— Oui. D'un autre côté, avoir des preuves de la survie ou de la mort de Dhugal et de Kelson est impératif.

— Que suggérez-vous ?

— Un lien profond, pour tenter de les contacter.

— Je vous aiderai, dit Richenda.

Morgan secoua la tête.

— Pas d'ici, ma chérie. Même s'ils sont vivants, nous sommes trop loin. Je pensais essayer depuis Dhassa.

— Alors, je vous accompagnerai.

— Ne soyez pas ridicule. Vous n'êtes pas en état de voyager.

— Il vous faut de l'aide, insista Richenda. Ni l'un ni l'autre n'êtes en condition. Dhassa reste très éloigné de saint Bearand. Par ailleurs, s'ils sont blessés...

Morgan se leva.

— Il n'est pas question que vous soyez du voyage. Je ne reviendrai pas là-dessus. De plus, il faut qu'un ou qu'une Derynie demeure ici, à cause de Morag. Je sais que c'est beaucoup vous demander mais nous n'avons pas le choix.

Richenda se rembrunit.

— Etre enceinte n'est pas une *maladie*, pour l'amour du ciel ! Le travail durera quelques heures, c'est tout. Quant à Morag, le temps venu, Derry saura quoi faire.

— Aller gambader à Dhassa au milieu de prêtres intolérants n'est pas un loisir pour une Derynie enceinte !

— Il y a un autre Deryni là-bas, Alaric, intervint Duncan. Jeune et sans entraînement, j'ignore s'il nous sera d'un grand secours, mais il pourra au moins nous fournir un tremplin.

Surpris, Morgan acquiesça.

— Pour l'instant, je ne poserai pas de questions. En ce cas, la présence de Richenda est d'autant moins nécessaire.

— Permettez-moi de ne pas en convenir ! Si vous vous imaginez que je confierais votre sécurité à un gringalet mal entraîné qui risque de vous laisser plonger trop...

— Richenda, ma décision est irrévocable ! Inutile d'en discuter.

— Alors laissez-moi venir, messire, intervint Derry. Sans être deryni, je pourrai vous fournir l'énergie nécessaire. Je n'ai pas peur.

— Et laisser Richenda aux loups, Derry ? Je la nommerai régente, mais j'avais espéré que vous lui apporteriez votre soutien.

La duchesse releva la tête. Duncan les regarda tous trois, l'air interloqué.

— C'est une longue histoire, Duncan, murmura Morgan. Je vous expliquerai en chemin. Entre-temps, puis-je m'en remettre en toute quiétude à ma chère épouse et à mon fidèle lieutenant ?

— Bien entendu, mais...

— C'est donc réglé. Duncan, désirez-vous vous rafraîchir et vous changer avant de repartir ? Peut-être même vous reposer ? Il y a le temps. J'ai besoin de quelques heures pour tout laisser en ordre.

Pour le réveiller, Dhugal pressa un index sur le front du roi endormi. Un arôme de poisson rôti chatouilla les narines de Kelson.

— A manger ! Dieu merci... J'ai si faim que je pourrais dévorer un cheval !

— Tu n'aurais pas voulu du mien, maugréa Dhugal, l'aidant à s'asseoir. C'est du poisson que tu sens.

— Je sais..., fit le roi, lui décochant un regard peu amène. Où en as-tu attrapé ?

— Je l'ai charmé et attiré dans mes griffes ! Que ne peut-on faire, quand on est deryni, c'est merveilleux ! Il n'avait pas d'yeux.

— Pas d'yeux ? (Kelson tourna la tête vers l'animal, embroché au-dessus d'un feu.) Comment ça ?

Haussant les épaules, Dhugal tendit à son frère un filet appétissant.

— Comme je le dis. Vois par toi-même. En tout cas, il est cuit à point. J'imagine qu'à vivre dans le noir, on n'a pas besoin d'organe oculaire.

Mal à l'aise, Kelson fit mine de repousser l'offrande.

— Manger du poisson aveugle... est-ce bien naturel ?

— Ici, sûrement. De toute façon, il n'y a rien d'autre. C'est le cinquième que j'attrape. Aucun n'avait d'yeux. J'ai jeté les premiers à cause de cette anomalie, mais à la réflexion, ça paraît logique. (Il mordit et leva un sourcil appréciateur.) Au moins, ça a bon goût.

Kelson se fit une raison.

— Crois-tu qu'Alaric et Duncan partiront à notre recherche ? Ou abandonneront-ils tout espoir ?

Après une autre bouchée, le comte secoua la tête.

— Je l'ignore. Nous sommes assez loin sous terre. Comment sauraient-ils où chercher ? J'espère qu'en descendant le torrent, nous finirons par ressortir à l'air libre. Inutile de rebrousser chemin. Qui sait sur combien de distance nous avons été entraînés ?

— Dieu, que je voudrais retrouver la mémoire ! chuchota Kelson. Elle me revient peu à peu, mais...

— Et tes pouvoirs ?

— Rien... J'essaie de me concentrer, sur tout et n'importe quoi. Peine perdue ! Tout ce que je récolte, c'est une bonne migraine ! Combien de temps durent les séquelles d'une commotion cérébrale ?

— Des semaines, je crois. Mais tu es mon premier patient à demi deryni atteint de ce mal. Concernant tes dons, je ne peux rien affirmer.

— Tu es deryni !

— Oui, mais ma découverte est récente. Et mon entraînement reste lacunaire.

— Peut-être es-tu un guérisseur, comme Duncan... Peut-être pourrais-tu me guérir.

— Kelson, je n'oserai pas !

— Tu l'as déjà fait : avec mon crâne.

— Non, j'ai procédé à une manipulation physique en utilisant mon esprit — un peu comme ouvrir une serrure sans clef. Entre une guérison et ça, la différence est de taille.

— Je suppose.

— En tout cas, puisque te revoilà sur pied, nous devrons longer le torrent. Pas question de rester ici indéfiniment.

Kelson jeta un regard dubitatif sur la cheville de son frère.

— Peux-tu vraiment marcher ?

— Il faudra bien. Je suis à peu près certain que ce n'est pas cassé.

— Tu n'as pas examiné la blessure ?

— Je n'ai pas osé ôter ma botte. J'ai dû me tordre des ligaments. Peu à peu, ils se remettent en place. C'est moins gonflé qu'avant.

Dhugal plongea une branche dans le feu pour en faire une torche. Kelson en choisit une autre en guise de canne.

Dès la première pause, Kelson ne put dissimuler son épuisement. Il lui faudrait plusieurs heures de sommeil avant de continuer.

Combien de temps tiendraient-ils à ce rythme ?

Des jours durant, ils descendirent le cours d'eau, sombrant régulièrement dans un sommeil sans rêves.

Le tunnel s'élargit puis déboucha sur une vaste grotte.

Mais plus ils descendaient le fleuve, plus les ténèbres se faisaient oppressantes.

CHAPITRE 18

> Mais la conduite des méchants ressemble à la nuit noire. Ils ne peuvent pas voir les obstacles du chemin.
>
> *Proverbes, 4, 19*

A Rhemuth, la chance continuait de sourire à Conall. L'« attaque » de Nigel fut prise comme telle par les gardes, les serviteurs et Meraude. Une coterie de médecins envahit la chambre royale. Les premiers émois passés, personne ne prêta grande attention à Conall, apparemment abattu, qui se tenait soigneusement à l'écart.

Un peu plus tard, Arilan arriva. Mais il n'était pas médecin. Devant son esprit, Conall avait érigé une barrière d'innocente stupéfaction. Ainsi, l'évêque ne put voir ce qui s'était vraiment passé.

Au crépuscule, l'état de Nigel s'était stabilisé, sans laisser entrevoir un espoir d'amélioration.

— Depuis la disparition de Kelson, dit Conall au père Lael, mon père travaillait trop. Je lui avais recommandé du repos. Rédiger ces lettres aux barons le désolait.

Le jeune homme désigna les parchemins, sur la table.

— Il y travaillait quand il a été terrassé ? demanda Lael.

Conall acquiesça.

— Ces textes proclamaient son accession. Il les avait signés et je l'aidais à y apposer son sceau et à les cacheter. Monter sur le trône lui déplaisait. Le Conseil a eu du mal à lui faire entendre raison, comme Cardiel vous l'aura appris. Il se plaignait de la situation quand...

Le jeune homme feignit d'éprouver un désarroi trop vif pour pouvoir continuer. Lael lui posa une main réconfortante sur l'épaule.

— C'est difficile pour vous aussi, mon fils. Peut-être devriez-vous dormir. Nous veillerons sur votre père, n'ayez crainte.

Conall releva des yeux brillants de larmes.

— Je ne crois pas que je trouverai le sommeil.

— Je vous administrerai un sédatif.

— Et si mon père me réclame ?

— Même s'il reprenait conscience, ce dont je doute, vous ne pourriez rien pour lui. De plus, vous êtes sous le choc.

Conall allait protester quand il se ravisa. Mieux valait qu'on le croie endormi. Dans l'immédiat, ça lui épargnerait de dangereux interrogatoires. Quant à ingurgiter un sédatif...

— Vous avez raison, mon père, dit-il. Avec tout ça, je passe des nuits agitées.

— Demain matin, nous pourrons avancer un diagnostic plus sûr. Vous aurez les idées claires. Si Nigel succombe, vous deviendrez roi. Même s'il survit, dans cet état, vous serez régent. Ne l'oubliez pas.

— Vous voulez dire... qu'il pourrait ne jamais recouvrer ses facultés ?

— Je suis navré, Conall. Je voudrais pouvoir émettre un diagnostic plus encourageant.

Chez le prince héritier, la satisfaction chassa vite les tiraillements de conscience. Jamais il n'avait voulu nuire à son père. Mais il n'était pas question que son rôle dans le trépas de Tiercel soit connu. Au vu des circonstances, il ne regrettait rien. De toute façon, le mal était fait. La perspective de devenir le régent puis le roi de Gwynedd était grisante.

— Tout compte fait, mon père, un sédatif me fera du bien, chuchota-t-il avec un sourire résigné.

— Bien.

Sans plus protester, Conall conduisit Lael dans ses appartements. Il se dévêtit tandis que le prêtre préparait une potion à partir des simples de son sachet médicinal.

Le jeune homme enfila une robe de nuit et s'agenouilla sur le prie-Dieu.

— Posez le sédatif à mon chevet, mon père. J'aimerais me recueillir avant de me coucher.

— Naturellement. Aimeriez-vous que je vous accompagne dans la prière ou préférez-vous rester seul ?

— Etre seul, je crois. Ne m'en veuillez pas, mon père. C'est difficile.

— Naturellement, altesse.

Le prêtre prit congé. Aussitôt, Conall vida le breuvage dans son pot de chambre. Puis il but une coupe de vin, confortablement installé à sa fenêtre. Au crépuscule, il eut le plaisir d'apercevoir Rothana, qui déambulait dans le jardin avec d'autres nonnes et des dames de la cour. Le père Ambros les ramenait à la basilique.

Peu après, Conall se coucha et rêva de la jeune femme. Depuis son retour de Valoret, il lui tardait de la faire sienne.

— Avant de mourir, une fois dans ma vie, une seule, pesta Morgan, j'aimerais me rendre à Dhassa sans subterfuge !

— Baisse le ton, de grâce ! chuchota Duncan. Conduis-toi en moine !

— *Dominus vobiscum*, maugréa Morgan.

Du haut de son poney, il s'inclina de mauvaise grâce en croisant un marchand.

Duncan et lui approchaient des portes de la ville. Leurs habits en cuirs et leurs cotes de mailles étaient cachés sous les bures noires à capuche des frères convers attachés au chapitre de la cathédrale. Moines messagers, ils avaient le droit de porter l'épée. Morgan avait emmailloté dans du cuir son arme à la garde tressée d'or et sertie de pierres précieuses.

Ces déguisements étaient l'idée du père Nivard. Trois jours plus tôt, Duncan et Morgan avaient adopté les insignes des saints patrons de Dhassa. De toute façon, s'ils étaient découverts, ils ne risquaient pas d'être écroués ou exécutés, puisqu'ils n'étaient plus sous le coup d'un Interdit épiscopal et d'une excommunication. Au pire, leur présence à Dhassa soulèverait des questions embarrassantes pour Arilan et pour eux. Car ils venaient utiliser un Portail de Transfert deryni en grand secret.

Mais la gravité de la situation éclipsait tout. Qu'importait la problématique purement derynie ! Malgré l'évidence, Morgan ne parvenait pas à se résigner ; il se refusait à croire Kelson et Dhugal réellement disparus. Quand il envisageait le pire, une chape de plomb l'oppressait — plus lourde que lors du décès de Brion.

Les ducs déguisés en moines pénétrèrent dans la ville sans encombre et gagnèrent le palais épiscopal. En ce dimanche après-midi, les rues étaient presque désertes. Sur la place centrale, des moines abreuvaient leurs vaches à un puits. Un jeune homme que

Duncan salua comme le père Nivard s'écarta de ses compagnons, priant l'un d'eux de s'occuper des poneys. Puis il guida les messagers dans le palais, non loin de la chapelle. Lors d'une halte, Duncan avait parlé à Morgan de Nivard ; le duc de Corwyn lança une sonde mentale, et constata la solidité de ses boucliers.

Le jeune homme ferma les portes derrière eux et put laisser libre cours à sa nervosité.

— Personne ne viendra nous déranger, mes seigneurs. L'évêque Denis m'a recommandé de vous apporter toute la coopération possible.

— Je vois, fit Morgan, circonspect. Peut-on parler en toute quiétude ?

— Oui, et agir aussi. Denis a dit que vous voudriez tenter de contacter le roi ou le seigneur Dhugal avant de continuer vers Rhemuth. Je suis censé vous aider. A vrai dire, je n'ai aucune expérience en la matière. Mais il m'a assuré que ce n'était pas nécessaire, et que vous sauriez comment procéder.

Morgan et Duncan échangèrent un regard sceptique.

— Es-tu certain qu'il fera l'affaire, Duncan ? Parfois, en savoir juste un peu est pire que l'ignorance. Il serait peut-être plus judicieux de recourir à des humains.

— Ils n'ont pas le potentiel des Derynis, même non entraînés, souligna Duncan. Avant que je parte pour Coroth, sur l'instigation d'Arilan, Nivard et moi avons brièvement joint nos esprits. A lui seul, il vaut trois ou quatre hommes qui ne comprendront rien à ce qui leur arrive.

— Fort bien, murmura Morgan.

Duncan et lui disposèrent trois sièges en cercle. Morgan sortit ses cubes de protection et les plaça sur le sol.

Il sentit Nivard focaliser son attention et se détendre ; il avait une aura psychique apaisante. Quand le duc prononça le *nomen* initial, le jeune homme était fin prêt ; il laissa Duncan le guider.

— *Prime.*

Nivard sourcilla à peine en voyant le premier cube s'illuminer. Bientôt, Morgan cessa de s'inquiéter à son sujet et se concentra. Après *Tierce* et *Quarte*, il modifia les polarités puis s'attaqua aux cubes noirs. Yeux clos, Nivard croisa les bras sur ses genoux et y posa son front. Ses boucliers étaient devenus translucides et neutres.

Le jeune homme était plus doué qu'il ne l'avait laissé entendre. Ou peut-être, côtoyant uniquement Arilan, n'avait-il aucune idée de sa valeur.

Les cubes noirs traités, Morgan les lia aux blancs pour former les quatre piliers du champ protecteur :

— *Primus... Secundus... Tertius... Quartus...*

Bras en croix, tête renversée, il prononça la conclusion rituelle :

— *Primus, Secundus, Tertius et Quartus, fiat lux* !

Un dôme argenté enveloppa le trio ; baissant les bras, Morgan prit ses compagnons par la main. Le lien physique renforcerait un rapport d'une exceptionnelle qualité. Tout naturellement, Morgan abandonna la parole pour communiquer d'esprit à esprit :

— *Je dirigerai notre première tentative de contact avec Kelson. En cas d'échec, nous passerons à Dhugal. Duncan, tu t'en chargeras. A chaque fois, Nivard, soutenez le partenaire passif et attendez que nous puisions en vous de nouvelles énergies.*

Morgan commença. Une heure durant, ils projetèrent leurs perceptions mentales en direction de saint Bearand.

En pure perte.

Quand ils s'avouèrent battus, ils étaient épuisés. S'entêter eût été vain.

— Je continuais d'espérer envers et contre tout, chuchota Morgan d'une voix rauque. Je me refuse à croire qu'ils soient vraiment morts alors que nous n'avons rien perçu... Mais là...

Accablés, Morgan et Duncan suivirent Nivard jusqu'au Portail de Transfert.

Ils rentraient à Rhemuth.

Dans la capitale, les nouvelles ne contribuèrent guère à leur remonter le moral. Après tout ce qui s'était passé, que Nigel ait été victime d'une attaque était le coup de grâce. Avec Arilan, dans une pièce jouxtant la chambre royale, ils écoutèrent le rapport des médecins.

— Son état n'a pas empiré, assura Lael, mais il ne s'améliore pas non plus. Après un certain laps de temps, si le patient ne présente pas de changement, il ne faut plus espérer qu'il se rétablisse.

— Il ne réagit à rien ? s'enquit Duncan.

Lael secoua la tête.

— Pas vraiment. Son cœur reste fort, sa respiration régulière, et certains réflexes subsistent. Mais il est dans le coma. Nous le nourrissons de soupes et de brouets ; il a déjà perdu du poids. Si aucune amélioration ne se produit, il ne survivra pas plus de quelques mois.

Morgan regarda ses bottes. Après la disparition de Kelson et de Dhugal, ce coup dur menaçait d'éroder ses dernières défenses. Il recourut à un nouveau sort de revitalisation et jeta un coup d'œil à Duncan, guère plus frais que lui. Les cousins avaient à parler en privé avec Arilan.

— Merci, mon père, dit le duc de Cassan. Sans doute devriez-vous retourner au chevet de votre patient.

L'homme parti, Duncan se tourna vers Arilan, qui devait se douter de la suite.

— Et maintenant, Denis ? Voilà qui soulève de nouvelles questions sur la succession. A notre retour, nous étions prêts à porter Nigel sur le trône. A présent, il faut faire une croix dessus. Le Conseil a-t-il une opinion sur le sujet ?

Morgan croisa les bras et battit Arilan de vitesse :

— Naturellement ! Depuis quand n'a-t-il pas un avis sur tout, que ça le concerne ou non ?

— L'impudence n'est pas de mise, le rabroua Arilan. Je fermerai les yeux, car je n'ignore pas la tristesse qui vous accable. En fait, le transfert du pouvoir inquiète particulièrement le Conseil. Conall doit être *éveillé*, même s'il ne sera pas appelé à régner avant le décès de son père.

— Comment ? s'exclama Duncan. Est-ce possible tant que Nigel vit ? D'autant qu'il a été partiellement éveillé !

— Oui, mais il est désormais dans l'incapacité de succéder à Kelson. Ce sera délicat, j'en conviens. Néanmoins c'est envisageable. Même en cas de rétablissement, Nigel ne pourra pas régner. Or, vous avez entendu Lael : c'est peu probable.

— Je m'étonne que le Conseil n'envisage pas une solution plus radicale, puisque c'est si problématique, bougonna Morgan. Un oreiller pressé sur le visage d'un invalide... quoi de plus facile ? Tout le monde soupirerait de soulagement.

— Pensez-vous ce que vous dites ?

— J'en ai peur... (Morgan regarda par une fenêtre, songeur.) Comment Conall se sent-il ? Est-il prêt à expédier son père *ad patres* pour satisfaire aux vues du noble Conseil sur la transmission appropriée de l'héritage haldane ?

Arilan plaqua les poings sur ses hanches.

— Le prince Conall semble plus réaliste que vous deux. Nous sommes presque en avril, après tout. Si nos ennemis s'avisent de nos difficultés politiques, il faudra s'attendre à des attaques dans les semaines à venir. Le régent Conall devra composer avec les conséquences de ce que nous déciderons dans les prochains jours.

— Conall, roi en tout sauf en titre, souffla Morgan. L'esprit vacille...

— C'est le fils aîné de Nigel, rappela Duncan, et le petit-fils du roi Donal Blaine.

— C'est aussi un sale gamin, même s'il a guerroyé en notre compagnie l'été dernier ! Depuis, il n'a guère grandi. Devenir père n'a jamais fait un homme d'un enfant !

— Père ? s'étonna Arilan. De quoi parlez-vous ?

Duncan soupira.

— Son enfant n'est pas encore né. A en croire les rumeurs, ce sera pour la fin de l'été. La mère est une fille de la campagne. Il la garde dans un manoir, à environ une heure de cheval d'ici.

— Je vois..., souffla Arilan. Il ne l'a pas épousée ou autre chose d'aussi stupide ?

— C'est une maîtresse royale, rien de plus. Conall est immature, Denis, mais pas stupide. Il se préserve pour une princesse digne de son rang.

— Avec un bâtard sur les bras, il devra se hâter de trouver l'élue de son cœur. Il n'est pas question que sa succession fasse l'objet de nouvelles querelles.

— Bonté divine ! s'écria Morgan. Nigel n'est pas encore dans la tombe ! Laissez donc son fils en paix ! Il prendra femme, n'ayez crainte. Exercer le pouvoir du vivant de son père sera déjà assez difficile pour lui.

— Ces questions sont primordiales, rappela Arilan, glacial. Maintenant, si vous préférez, on peut faire en sorte que le bâtard ne sorte jamais vivant du ventre de sa mère...

Morgan se redressa. Arilan ne lançait pas de vaines menaces. Il était parfaitement capable de passer à l'acte. Duncan ne cacha pas sa stupeur.

A quoi bon discuter encore ?

Soupirant, Morgan écarta les bras.

— C'est bon, Denis. Vous gagnez.

CHAPITRE 19

La boisson volée est agréable et la nourriture mangée en cachette délicieuse.

Proverbes, 9, 17

Quatre jours plus tard, Conall apprit quel serait son sort. Dans l'étude de l'archevêque Cardiel, Arilan lui exposa la situation. L'initiation de l'héritier se déroulerait deux jours plus tard.

— Comme il était prévu pour Nigel, Morgan, Duncan et moi y présiderons, dit Arilan. Votre père étant vivant, la procédure sera plus complexe. Néanmoins, ça ne devrait pas présenter trop de difficulté.

Arilan se voulait rassurant ; il ne chassa en rien le malaise de Conall. Afin que le potentiel des Haldanes s'éveille en lui, il lui faudrait baisser ses défenses et se rendre vulnérable. Le rituel stimulerait les dons déjà développés avec Tiercel. Moins que jamais, Conall ne devrait relâcher sa garde. Pourrait-il continuer à cacher ses pouvoirs jusqu'à ce qu'ils soient censés s'éveiller ? Le prince n'osait le demander à personne.

Une fois le rituel accompli, il n'aurait plus rien à redouter : tous ses talents seraient imputables à son héritage.

En attendant, il avait deux jours pour se préparer. En dehors des méditations et du jeûne qu'on attendrait de lui, Conall ne serait pas inquiété.

La grossesse de Vanissa avait provoqué des angoisses dynastiques. Arilan n'avait pas mâché ses mots : Conall devait prendre épouse au plus vite afin de donner à la Couronne un héritier légitime. Sans être menaçant, Arilan avait clairement fait comprendre au prince que toute tergiversation mettrait en péril la vie de sa maîtresse et de l'enfant.

Conall s'en inquiétait fort peu, même s'il aimait bien Vanissa. La véritable dame de son cœur serait bientôt à lui.

Sitôt Arilan parti, Conall requit un entretien privé avec l'archevêque. Intrigué, Cardiel ne tarda pas à se présenter. Quand il embrassa l'anneau épiscopal, le prince en profita pour établir un ascendant mental sur son interlocuteur.

— Vous désiriez me voir, altesse ?

— En effet, excellence. Avez-vous reçu une requête de dame Rothana ?

— De Rothana ? Pas que je sache. Vous concerne-t-elle ?

Feignant la nervosité, le jeune homme tourna et retourna la chevalière en or qu'il portait à la main gauche.

— Je... oui, Excellence. Elle désirait que vous... la releviez de ses vœux. Je pensais que vous en aviez eu connaissance...

— Elle voudrait une dispense ?

Cardiel tria les documents en attente sur son bureau. Il en prit un et le parcourut.

— Par le ciel, c'est pourtant vrai..., murmura-t-il, les yeux écarquillés. (Agréablement surpris, il ne se douta pas un instant que son approbation était suscitée par le prince.) Bonté divine... Même en l'absence de raison précise, si vous êtes là, altesse, j'en déduis qu'elle et vous...

Feignant la contrition, Conall baissa la tête.

— Je sais que ça en surprendra plus d'un, Excellence, mais les prémices de notre union remontent à un an environ, quand je l'ai ramenée de Saint Brigid. Depuis la disparition de Kelson, elle a scrupule à se confier. Mais je l'ai convaincue de ne plus retarder notre bonheur. Etant régent, et bientôt roi, hélas, il est de mon devoir de donner à Gwynedd un héritier.

— Ah, je vois. Un héritier *légitime*.

Conall eut la grâce de feindre l'embarras.

— Oh. Vous avez entendu parler de Vanissa. (Le prélat hocha sèchement la tête.) Si cela vous rassure, je ne lui avais fait aucune promesse. Je subviendrai aux besoins de la mère et de l'enfant. Mais je suis libre d'épouser la dame de mon choix.

Devant ces déclarations d'homme responsable, Cardiel se radoucit assez pour que Conall n'ait pas besoin de le manipuler.

— Je vois. La plupart des princes sèment à tout vent avant de se ranger. Kelson était une exception à la règle. Mais après votre union, mon fils, vous ne devrez plus vous comporter ainsi. Je ne soulignerai jamais assez l'importance d'une succession sans nuage.

— Je sais où est mon devoir, Excellence. Il n'y aura pas d'autres Vanissa. Quant à mon union, j'aimerais qu'elle soit conclue au plus tôt. Je crois que... mon père l'aurait voulu ainsi.

— Naturellement. Dans une quinzaine, je...

— Je préférerais ne pas attendre davantage, Excellence, dit Conall, s'immisçant de plus belle dans l'esprit du prélat. L'avenir est sombre. Mon droit à la couronne doit être établi sans contestation possible. De grandes pompes ne seront pas indispensables. En fait, au vu des circonstances, une cérémonie discrète s'impose, réservée aux parents proches. Vous pouvez accorder les dispenses nécessaires ?

— Bien sûr.

— Entre-temps, j'apprécierais que vous accédiez à la requête de Rothana... (Il poussa la lettre devant Cardiel, et lui mit une plume entre les mains.) Un simple *Placet*, votre cachet et une note spécifiant qu'une approbation officielle suivra devraient suffire. Je porterai le document à Rothana ce jour même.

Sans sourciller, le prélat traça les mots « *Mandatum diliget* » — « *une missive suivra* ». Il signa, apposa son sceau et regarda Conall souffler sur la cire chaude.

— Je vous prierai d'être discret, ajouta le prince. Hormis les explications indispensables avec la mère supérieure de Rothana, je préférerais que vous n'en parliez à personne tant que je n'en aurai pas informé officiellement le Conseil. Ce sera chose faite en début de semaine prochaine.

Grâce à la magie, la requête de Conall avait l'impact d'un ordre.

Effleurant le front du prélat, Conall lui donna de faux souvenirs : avant son adoubement, il avouait en confession ses tendres sentiments pour la belle Rothana, et priait Cardiel de le guider pour gagner sa main.

Le prélat se « souviendrait » d'avoir recommandé au soupirant la patience et la circonspection, sachant l'engagement religieux de sa dame, et de lui avoir promis son soutien si elle se ravisait. Conall se serait-il *réellement* confié que Cardiel n'aurait pas agi autrement.

Avec la bénédiction du prélat, le prince prit congé. Même Arilan n'y verrait que du feu — à supposer qu'il ait des soupçons, ce qui n'était pas le cas. Sifflotant, l'imprimatur en poche, Conall rentra au château accompagné de son nouvel écuyer, Ivo.

Tout semblait se présenter sous les meilleurs auspices.

Il décida de convoquer Rothana sans attendre. Après un déjeuner avec sa mère, il se retira dans une petite pièce, au bout du grand hall et envoya Ivo quérir la jeune femme. Une demi-heure plus tard, Rothana se présenta. En tenue de deuil, plus maigre que dans son souvenir, elle s'inclina :

— Vous désiriez me voir, seigneur ?

— En effet.

Il l'invita à s'asseoir près du feu. Docile, elle croisa les mains, les yeux baissés.

— Bien des choses ont changé depuis notre dernière entrevue. Sans doute êtes-vous au courant de la maladie de mon père.

— Oui, messire. Chaque jour, nous prions pour lui mais...

— Le pronostic n'est pas bon. Soyez remerciée pour vos prières... Pardonnez-moi, ma dame. D'abord Kelson, maintenant mon père... On se sent si impuissant...

Rothana regarda les flammes.

— On dit qu'il ne passera pas l'été. Vous serez roi. N'êtes-vous pas déjà régent ?

Il hocha la tête.

— Oui, ma dame. Non que je me sente prêt à assumer pareilles responsabilités... Avez-vous réfléchi ?

Elle tourna vers lui un regard éploré. Il s'agenouilla et porta à ses lèvres l'ourlet de sa robe pour y poser un baiser.

— Je vous aime, Rothana. Et, plus important pour un roi, j'ai *besoin* de vous à mes côtés pour régner. Sans votre soutien et vos conseils, je ne suis pas sûr d'y parvenir.

— Peut-être pourriez-vous accorder votre amour à une autre... (Gênée, elle dégagea sa robe ; il lui prit les mains pour les embrasser.) Nombre de princesses seraient honorées de vous donner leur main.

— Mais aucune ne soutient la comparaison avec vous, mon cœur. Le Haldane que je suis n'était pas appelé à régner. Pourtant, me voilà roi, pour ainsi dire. Dans quelques jours, j'aurai tous les pouvoirs qui sont l'apanage du monarque des Onze Royaumes. Vous êtes derynie, donc vous pourriez me guider. Et nos enfants...

— Mes enfants...

Rothana voulut étouffer un sanglot. Mais le chagrin fut le plus fort. Elle s'abandonna aux larmes. Conall contint sa jalousie. Son rival mort, il pouvait s'offrir le luxe d'être indulgent et compréhensif.

— Vous aimiez mon cousin, n'est-ce pas ? Vos enfants auraient été les siens. Hélas, le sort en a décidé autrement. Il faut en prendre son parti. Néanmoins, tout n'est pas perdu, ma dame. Loin de là.

— Mais rien ne sera plus jamais comme avant.

— Bien sûr que si... Vous aviez des projets, Rothana. Avec moi pour époux, vous les réaliserez aussi sûrement que si Kelson avait vécu. Vous serez la reine derynie de Gwynedd, avec tout ce que cela implique. Vous serez la mieux placée pour améliorer la situation de *notre* peuple. Vous pourrez fonder des ordres religieux, explorer les dimensions spirituelles qui sont notre apanage, et restaurer le culte de saint Camber, ainsi que le souhaitait Kelson. Vous serez la mère de nombreux bambins. Car j'en veux beaucoup, ma chérie. Ne pensez-vous pas qu'au fil du temps, vous apprendrez à m'aimer ?

Osant un baiser sur la main de Rothana, il risqua un coup de langue mutin et une légère sonde mentale. Les boucliers de la jeune femme faiblissaient. Du reste, elle n'avait aucune raison de se méfier de lui. Elle ne craignait pas qu'il cherche à abuser de sa détresse — pourtant elle aurait dû.

— Ah, j'oubliais, reprit-il, tirant de sa poche le parchemin que Cardiel venait de parapher. J'ai vu l'archevêque tantôt. Il a voulu que je vous remette son aval sans tarder.

Rothana décacheta le pli et lut la réponse du prélat.

— Je suis libre... Pourquoi vous l'a-t-il confié ?

— Parce que je lui ai avoué que je voulais vous épouser.

— Vous... lui avez dit.

Elle regarda les flammes de l'âtre sans les voir. Apathique, elle laissa Conall lui prendre la lettre, puis lui saisir les mains.

— Epousez-moi, Rothana. Soyez ma reine. Plus rien ne s'oppose à notre bonheur.

Elle secoua la tête.

— C'est faux, mon seigneur. Autant que vous, je suis prisonnière du devoir. Davantage même, car je suis telle que mon éducation m'a faite. Alors que nul, dans votre entourage, n'attendait que vous fussiez roi un jour.

— Gwynedd est-il une prison si affreuse ? Serais-je, à vos yeux, un geôlier repoussant ?

— Ce n'est pas ça, messire. Vous le savez. Il est *trop tôt* !

— Je partage votre détresse, mon doux cœur. Mais avons-nous le choix ? Partageons nos fardeaux et transformons nos cellules en palais ! Nous serons les meilleurs souverains à avoir jamais régné sur ce royaume. Je deviendrai votre seigneur et votre bien-aimé et je ne vivrai que pour vous rendre heureuse.

Il posa la tête sur les genoux de la princesse et glissa les bras autour de sa taille. Puis il effleura ses seins de ses lèvres. A travers la laine rêche de sa tunique, Conall sentit les aréoles durcir. La jeune femme gémit et ferma les yeux

Il l'attira dans ses bras et l'embrassa. Repoussant sa coiffe avec fougue, il la pressa de plus belle contre lui, gagné par l'ivresse du désir.

Non sans peine, il se ressaisit. S'il possédait la jeune femme sur-le-champ, il risquait de tout perdre. Pour un monarque, mener devant l'autel une vierge de sang royal n'avait pas de prix.

— Voulez-vous être ma femme, Rothana ? redemanda-t-il d'une voix rauque.

Comme elle hésitait, il l'embrassa de nouveau. Ils tremblaient autant l'un que l'autre.

— *Epousez-moi, Rothana*. Vous ne pouvez nier nos sentiments.

— Je vous épouserai, murmura-t-elle.

Avec un sourire émerveillé, il souffla :

— Plus fort !

— Conall Haldane... j'accepte de vous épouser.

Il l'étreignit, respirant le parfum enivrant de sa chevelure. Puis, soucieux de ne plus jouer avec le feu, il s'écarta. Tandis qu'elle se recoiffait, il contrôla son euphorie et son excitation.

Son avenir était à ce prix. Ses rêves et ses espoirs à portée de main, il ne devait plus faire de faux-pas. Après le rituel initiatique, il aurait tous les atouts en main. Ensuite, les bans de mariage publiés, il s'unirait à Rothana.

Pour l'heure, il devait juguler sa fougue. Non sans avoir fait promettre à la jeune femme de garder le secret, le prince l'autorisa à prendre congé.

Fier de lui, il regagna ses appartements pour méditer et jeûner. Une fois marié et confirmé dans ses pouvoirs dynastiques par Morgan et Duncan en personne, nul ne pourrait plus le défier.

Même Kelson !

Non qu'il imaginât un instant que son cousin fût encore en vie...

Pourtant, c'était le cas. Assez remis pour reprendre son chemin avec Dhugal, le roi parcourait d'interminables grottes. Mais il se plaignait de migraines et ses pouvoirs refusaient de revenir. Dhugal boitait de plus en plus. Taciturne, Kelson mangeait ce que son frère lui présentait. Le regard dans le vague, il restait parfois des heures sans desserrer les lèvres.

Les jours passaient — du moins Dhugal le supposait-il, car il avait perdu toute notion du temps. Avait-on lancé des recherches ? Au fil des heures, le fils de Duncan perdait espoir.

Avant de sombrer dans un sommeil profond, il projetait ses perceptions mentales à la ronde, telle une bouteille lancée à la mer...

En pure perte.

CHAPITRE 20

Ceux qui acquièrent leur richesse par le mensonge sont des insensés qui courent à la mort.

Proverbes, 21, 6

— Pourquoi les avons-nous laissés nous convaincre ? maugréa Morgan, tandis que Duncan et lui procédaient aux derniers préparatifs de l'initiation.

Avec un regard peu amène pour son cousin, Duncan poussa une bûche dans la cheminée. La semaine précédente, tous deux s'étaient souvent posé la question, explorant diverses méthodes d'approche. Car avec Conall, il n'y avait pas d'évidence.

Jamais il n'aurait dû monter sur le trône.

A présent, il fallait en prendre son parti.

Nigel se mourait. Chaque jour, son état se détériorait ; son corps puissant maigrissait à vue d'œil. Derrière les boucliers psychiques qui avaient résisté à l'attaque, les brumes s'épaississaient. L'après-midi même, à la suggestion d'Arilan, la chambre de Nigel avait été préparée : quand l'héritage des Haldanes serait confirmé chez son fils, il serait séant que le roi fût présent, de corps sinon d'esprit.

Aucun monarque n'avait été investi de ses pouvoirs du vivant de son prédécesseur.

Cela soulevait un autre point douloureux : si Conall manifestait des aptitudes réelles, ce serait la preuve indéniable du décès de Kelson.

Dans ses quartiers, le prince se concentrait pour barricader son esprit afin que rien ne filtre. L'estomac creux et les genoux endoloris à force de prières, Conall était fin prêt. Bientôt, on viendrait le chercher.

Etrangement, il se sentait détaché de tout. Il ignorait quelles épreuves l'attendaient, mais tant que ses défenses psychiques tiendraient, il était assuré du succès.

Celles qu'il tenait de Tiercel supporteraient de féroces attaques. Avec des protections renforcées dans les zones critiques, Conall se sentait de taille à affronter jusqu'au chaos du *merasha*. Et il doutait que l'épreuve initiatique en comportât. L'expérience glanée dans l'esprit mourant de Tiercel indiquait le contraire. En règle générale, les Derynis entraînés n'usaient pas de la drogue.

Bien sûr, ce n'était pas l'unique substance néfaste au monde susceptible de le placer à la merci de Morgan et de Duncan. Sans parler d'Arilan, dont Conall avait vraiment peur — l'évêque deryni était bien entraîné. Grâce à ses contacts avec Tiercel, le prince savait à quoi s'attendre, et il s'y était dûment préparé.

Quoi qu'il advînt, le fils de Nigel était raisonnablement sûr de ne pas montrer sa véritable puissance.

On frappa à la porte. Que ce fût Arilan ou Duncan, la serrure ne les arrêterait pas longtemps. A l'instar de son père, Conall n'était guère pétri de religion. Devant les épreuves, il éprouvait pourtant le besoin de prier avec sincérité. On n'en attendrait pas moins d'un souverain sur le point d'être consacré.

Après quelques secondes, la porte s'ouvrit. Le prince sentit une main se poser sur son épaule.

— Il est temps, Conall, dit Arilan. À moins que vous ne vouliez vous recueillir quelques instants encore ?

— Ce ne sera pas nécessaire. J'aimerais avoir votre bénédiction.

Arilan posa une main sur son front, puis traça le signe de croix.

Le jeune homme se leva et suivit l'évêque, le cœur battant.

Face à Duncan, autour du lit de Nigel, Morgan patientait. Les deux cousins portaient une soutane noire ceinturée de pourpre. Morgan n'avait gardé que sa chevalière au griffon. Il n'était plus le champion de Kelson, ou de son oncle mourant. Ni même de Conall, sur le point de leur succéder. Néanmoins, jusque sur son lit de mort, il garderait l'anneau de Kelson, en souvenir de lui.

Nigel, qui ne devait jamais régner, reposait sur son lit à baldaquin. Vêtu de pourpre à motifs léonins, il avait l'épée des Haldanes sur le corps, la garde sous ses mains croisées. Au-dessus de sa tête, la couronne trônait sur un coussin. Plus que jamais, Nigel ressemblait à son défunt frère. Bientôt, il aurait la même pose dans la mort, des cierges brûlant aux quatre coins du catafalque. Pour son dernier voyage, il serait veillé par les pairs du royaume, dans la crypte de la cathédrale.

En un scns, Nigel était déjà mort.

Morgan pleurait un ami et un frère.

Pourtant, Nigel devait être présent lors de la passation de pouvoir.

Le cliquetis de la serrure précéda l'arrivée d'Arilan et de Conall. L'évêque guida son compagnon vers un prie-Dieu, au pied du lit. Le jeune homme se signa et regarda son père, dont le souffle soulevait à peine l'épée posée sur son torse. Arilan se campa derrière Conall.

Sans regarder le prince, Morgan souffla :

— Si vous avez la moindre appréhension, il est temps de parler. La procédure que nous avons arrêtée, en partie improvisée, ne va pas sans danger. Maître du rituel, je dois m'assurer que vous êtes prêt à vous remettre entre nos mains afin que nous éveillions en vous le pouvoir des Haldanes.

— Je suis prêt.

— En ce cas, poursuivons, dit Duncan d'une voix monocorde. Il me revient de rappeler les raisons de ce rituel. En temps normal, un prince ne devrait pas succéder à son père du vivant de ce dernier.

Il déroula un parchemin et lut :

« *Alors que notre défunt souverain, Kelson Cinhil Rhys Anthony Haldane, roi de Gwynedd, prince de Meara et seigneur des Marches Pourpres par la grâce de Dieu, a quitté notre monde sans laisser d'héritier,*

« *Alors que notre bien-aimé suzerain avait désigné son oncle, le prince Nigel Cluim Gwydion Rhys Haldane, comme son héritier s'il venait à périr sans engendrer de fils,*

« *Alors que le prince Conall Blaine Cluim Uthyr Haldane, premier-né et héritier de Nigel, a été reconnu régent par les seigneurs du haut Conseil,*

« *Alors que notre défunt roi Kelson a désigné comme exécuteurs de son héritage magique sa grâce le duc de Corwyn, le général Alaric Anthony Morgan, sa grâce le duc de Cassan, sire Duncan Howard McLain, duc et évêque, et son Excellence l'évêque de Dhassa, Denis Michael Arilan,*

« *En conséquence, les exécuteurs reconnaissant que le royaume a grand besoin d'un souverain, le prince Nigel étant dans l'incapacité d'assumer ses fonctions, son fils sera à son tour investi de l'autorité spirituelle et magique inhérente à son rang.*

« A cette fin, les ducs Alaric et Duncan, et l'évêque Denis se sont réunis, en présence du prince Nigel, pour accomplir les rites nécessaires au transfert du pouvoir sur la personne du très puissant et très illustre prince Conall Blaine Cluim Uthyr Haldane.

« En attestent : Morgan, duc de Corwyn ; McLain, duc de Cassan ; Arilan, évêque de Dhassa. »

Tous trois avaient paraphé la charte. Arilan fit signer le prince héritier. Avec soin, celui-ci traça les mots *Conall Interrex*. De sa soutane, Morgan tira un stylet et entailla le pouce droit de Nigel pour y faire perler une goutte vermeille.

A l'oreille de Conall, Arilan souffla :

— Il est traditionnel de signer avec son sang de tels documents.

Duncan fit couler au bas du parchemin la goutte qu'il écrasa avec le pouce de Nigel. Puis Morgan guérit la minuscule entaille.

Arilan posa la charte près de Conall.

— Avec vous, ce sera différent.

Morgan tenait un plateau en verre où brillait l'Œil de Feu, le saphir royal monté en boucle d'oreille. Près du bijou se trouvaient une épingle et une fiole bouchée avec du coton. Duncan la renversa pour imbiber le coton de liquide. Puis il aseptisa le lobe droit du prince avant de le percer à l'aide de l'épingle.

— L'Œil de Rom s'est perdu avec Kelson, expliqua Morgan. C'est doublement malheureux, car il a toujours joué un rôle important dans l'éveil du potentiel des Haldanes. Ce fut le cas pour Kelson et Nigel, comme pour Brion... Néanmoins, il n'est pas essentiel. Duncan et moi avons investi ce bijou d'une énergie psychique analogue. L'élément capital du processus est le sang.

D'un geste vif, Duncan perça l'oreille du prince. Arilan leva la charte afin que le duc recueille le sang. Conall posa de son propre chef le pouce sur le document. Puis Duncan pressa l'Anneau de Feu contre l'oreille percée. Le grand grenat taillé en cabochon s'assombrit anormalement. Le duc le reposa sur le plateau avant de mettre à Conall l'Œil de Feu.

— Si vous vous détendez, souffla-t-il, je refermerai la plaie très vite.

Arilan posa la charte pliée sur une table, au centre de la chambre, puis il se campa de nouveau derrière le fils de Nigel. Bras croisés, Duncan resta à sa senestre.

Morgan reprit la parole :

— Conall Blaine Cluim Uthyr, héritier de Nigel Cluim Gwydion Rhys, soyez témoin de la cession légale du mandat de votre père. (Yeux clos, paumes ouvertes tel un prêtre invoquant la Présence Divine, il continua :) J'en appelle aux témoins invisibles : qu'ils sanctifient cet acte. Puissions-nous être protégés de tout danger et de toute adversité venus de l'Est, au nom de Ra-pha-el.

Sur la dernière syllabe du nom de l'archange, Duncan et Arilan chuchotèrent :

— Amen.

— De même, puissions-nous être protégés de tout danger et de toute adversité venus du Sud, au nom de Mi-chel.

— Amen.

— Puissions-nous aussi être protégés de tout danger et de toute adversité venus de l'Ouest, au nom de Ga-bri-el.

— Amen.

— Et enfin, puissions-nous être protégés de tout danger et de toute adversité venus du Nord, au nom de U-ri-el.

— Amen.

Morgan baissa la tête. Arilan posa la main gauche sur la nuque du prince, pour qu'il s'incline aussi. L'évêque tendit la droite vers Nigel, comme pour une bénédiction.

— Loué soit le Créateur, Hier et Aujourd'hui, dit-il, faisant un grand signe de croix sur Conall, au Commencement et à la Fin, l'Alpha et l'Omega... (Il traça les lettres grecques et les symboles de la croix en direction de Nigel.) Les saisons et les âges Lui appartiennent ; à Lui la gloire et la domination de toute éternité.

C'était pratiquement la litanie pascale, Nigel étant assimilé à l'agneau sacrificiel — à l'instar de tout souverain consacré.

— Béni soit le Seigneur, conclut Arilan. Béni soit Son Nom Sanctifié.

Lâchant Conall, il croisa les bras à son tour ; Morgan posa la main gauche sur le front de Nigel, la droite sur la lame nue de l'épée.

Face à son cousin, Duncan adopta la même pose.

— Dans la tristesse, chuchota le duc de Corwyn, nous te reprenons ce qui fut tien, Nigel Cluim Gwydion Rhys, afin que l'héritage des Haldanes soit transféré à ton fils, Conall Blaine Cluim Uthyr. Ainsi soit-il.

Etablissant un profond rapport mental avec son cousin, Morgan se concentra pour effectuer le transfert de pouvoir. Nigel perdait-il vraiment quelque chose, dans son état ? Comment savoir ?

Quand Morgan s'écarta, il eut l'impression qu'unc nouvelle puissance habitait la lame magique.

Il la retira avec douceur des mains de Nigel. Puis il pressa sur les lèvres du mourant la garde de l'épée et se tourna vers l'est.

Goupillon en main, Arilan s'inclina vers l'est et dessina un grand cercle, aspergeant le sol d'eau bénite. Sur la table, Duncan alluma des bougies, et mit le feu à la charte que tous venaient de signer.

Il en recueillit les cendres dans un bol en argile.

— Puisse cette offrande bénie par Toi monter jusque vers Toi, ô mon Dieu, psalmodia Duncan, et puisse Ta clémence sourire à Tes serviteurs, présents et à venir.

Saisissant l'encensoir, il ajouta des grains de résine et lui imprima un balancement régulier.

— Aussi bienvenues que le doux encens, puissent nos prières Te toucher, ô mon Dieu. Que nos mains tendues vers Toi soient aussi pures que le sacrifice vespéral.

Les relents de vélin calciné et de sang furent occultés par les agréables effluves répandus par Duncan, qui s'inclina vers l'Est avant de suivre Arilan, occupé à tracer le deuxième cercle protecteur.

Quand son cousin eut atteint le Sud, Morgan salua l'Est, épée au poing, puis traça la troisième sphère.

Cela fait, il revint au centre de la pièce, face à Duncan, Conall et Arilan, et brandit l'épée à l'horizontale, la pointe contre sa main gauche. Alors il activa le champ de protection. Le cercle de feu s'éleva et forma un dôme incandescent.

Morgan baissa les mains, la pointe de l'épée contre terre. Il tint l'arme par les quillons.

Le tour était joué.

— Nous ne faisons plus qu'un avec la Lumière, continua Arilan.

— *Augeatur in nobis, quaesumus, Domine*, ajouta Duncan, *tua virtutis operatio*. Puisse Ta force, ô Seigneur, augmenter en nous.

— Ainsi soit-il. *Selah*. Amen, répondit Morgan.

Sur l'instigation d'Arilan, ils tracèrent le signe de la croix une dernière fois.

— *Et mentis nostri tenebras, gratia tuae visitationis, illustra, Qui vivus. Amen.* Par la grâce de ton avènement, éclaire les ténèbres de nos esprits, Toi Qui Es.

Attentif sans paraître effrayé, Conall soutint le regard de Morgan, qui ne sut déterminer si ça lui plaisait ou non.

— Nous voilà bien protégés. Avez-vous des questions ?

Secouant la tête, le prince suivit Arilan, qui s'assit dos à l'autel et déploya sur ses genoux une nappe de lin. Duncan délaça la tunique de Conall, dénuda sa poitrine, et lui fit signe de s'agenouiller devant l'évêque. Campé derrière le prince, Morgan plaça l'épée le long de son épine dorsale. Tête basse, Conall posa ses mains croisées sur les genoux d'Arilan. Duncan prit une burette emplie d'huiles saintes et s'agenouilla à la dextre de l'évêque.

— Prince Conall Blaine Cluim Uthyr Haldane, tu n'es encore ni couronné ni oint. Mais l'investiture d'un souverain Haldane implique un couronnement. En conséquence, moi qui suis l'aîné des évêques présents, je te bénis et te oins une première fois.

Sur les paumes de Conall, Arilan traça le signe de croix.

— Que tes mains ointes des huiles saintes conquièrent la gloire.

Trempant de nouveau le pouce et l'index droits dans la burette, il dessina le signe sacré sur la poitrine du jeune homme.

— Que ta poitrine ointe des huiles saintes abrite un cœur vaillant et loyal.

Arilan fit un dernier signe de croix au-dessus de la tête inclinée du prince.

— A l'instar des rois, des prêtres et des prophètes, que ta tête ointe reçoive la connaissance.

Arilan accola les mains du prince, les liant avec un ruban de lin avant de se rincer les doigts. Les huiles saintes contenaient une substance qui minait la résistance naturelle du sujet. A travers ses mains, son torse et son cuir chevelu, Conall absorbait la drogue à son insu. Duncan reposa la burette pour prendre le bol où reposaient les cendres de la charte.

Appuyant l'épée contre le dos du prince, une main posée sur son épaule, Morgan sentit ses boucliers faiblir ; Duncan posa son pouce droit sur les cendres avant de tracer le signe de croix entre les yeux du jeune homme.

A son tour, il capta une légère désorientation.

— Conall Blaine Cluim Uthyr, je te confirme Haldane et Héritier.

Morgan glissa la main droite sous le menton du prince pour l'inciter à ouvrir la bouche. Duncan y déposa des cendres.

— Goûte les cendres mêlées de sang haldane, murmura-t-il, et sois consacré. Que le pouvoir t'échoie sans partage.

A la main gauche du prince, Arilan glissa l'Anneau de Feu.

Comme avec Kelson, Duncan et Morgan avaient choisi pour catalyseur une broche de la taille d'un poing : un lion d'or enchâssé dans de l'émail écarlate.

Ainsi que Kelson avant lui, Conall devrait se percer la main gauche avec la tige enduite d'une autre drogue, plus puissante.

Arilan, Duncan et Morgan s'écartèrent : nul ne devait toucher l'héritier à cet instant. Les évêques prièrent pour le nouveau souverain.

Les pupilles dilatées, Conall sentit qu'il sombrait.

Les mains sur les quillons de l'épée, dressée telle une croix, Morgan s'agenouilla derrière le fils de Nigel. Arilan vint se placer à sa dextre. Duncan tendit les doigts au-dessus des cheveux de l'élu, prenant soin de ne pas toucher l'huile qui luisait encore.

— Conall Blaine Cluim Uthyr Haldane, quand la mort tendra ses filets et que l'Autre Monde approchera, tu ne craindras pas le mal. Le Seigneur te protégera ; sous Ses ailes, tu trouveras refuge. *In Nomine Patris et Filii et Spiritus Sancti, Amen.*

S'agenouillant à la senestre de Conall, Duncan leva des mains implorantes pour conclure :

— *Domine, fiat voluntas tuas.* Seigneur, qu'il en soit fait selon Ta volonté.

Conall affermit sa prise sur la broche au lion d'or, cala la tige contre sa main gauche et l'y enfonça d'un coup sec.

CHAPITRE 21

Ils m'ont lié pieds et mains.

Psaume 22, 17

La douleur fut plus vive que Conall s'y attendait. Il eut l'impression d'avoir introduit du métal fondu dans sa paume. Le souffle coupé comme sous l'effet d'un coup de poing au plexus solaire, il se recroquevilla.

A la lisière de sa conscience se profilait un pouvoir qui était déjà sien. Tel un papillon égaré, il volait frénétiquement. Dents serrées, Conall serra le métal froid de la broche, à la recherche d'une réponse.

La seconde drogue agissait. Avec Tiercel, le jeune homme en avait déjà fait l'expérience.Il ne doutait pas de surmonter l'épreuve.

Et de maîtriser la force qui s'éveillait en lui...

Cette bourrasque mentale n'était pas une menace. Ce pouvoir, différent de tout ce qu'il avait connu jusqu'ici, était désormais *sien*. Le métal de la broche paraissait lui brûler la peau — une réaction physique à la drogue. A chaque battement de cœur, Conall se sentait plus sûr de lui. La connaissance qui lui était insufflée jetait un éclairage sur des faits jusque-là à demi-compris. Ainsi, ce qu'il avait glané chez Tiercel le jour de sa mort lui devenait complètement accessible.

Enivré par le succès, Conall se laissa dériver — sans pour autant lâcher la broche, afin que la douleur lui serve de point d'ancrage. Qu'il s'abandonne à ses nouvelles sensations sans plus de retenue, et il risquait de se trahir.

Le souffle court, Conall se recroquevilla.

Tout n'était pas agréable. Les fantômes du passé redressèrent la tête : Tiercel, incrédule, basculant dans l'escalier ; Nigel, les mains levées pour détourner les assauts d'un fils coupable... un Nigel à présent plus mort que vif...

Conall manqua éclater en sanglots. En toute sincérité, il n'avait voulu aucun mal à son père. Encore aujourd'hui, il avait du mal à comprendre ce qui s'était passé. Tremblant, il lutta pour retrouver son équilibre mental.

Quand il eut conjuré l'expression accusatrice de son père, Conall ne comprit pas davantage ce qui se passa ensuite — seuls les trois dignitaires présents l'auraient pu.

Le visage qui remplaça Nigel dans l'esprit du prince avait l'air courroucé.

Des cheveux vif-argent encadrant un visage rond, une bouche au pli boudeur, des yeux gris de Haldane qui semblèrent lire dans l'âme de Conall comme à livre ouvert...

Le jeune homme se roula presque en boule, les mains pressées contre son front.

Du tréfonds de son être monta la force de résister à la vision. Un écran écarlate se dressa.

Peu à peu, Conall retrouva son aplomb.

Les drogues avaient atteint un pic de puissance et il restait maître de lui. Il se leva, serrant ce qui était redevenu une simple broche.

— Conall ? souffla Morgan.

Duncan se rapprocha pour desserrer les doigts du prince héritier, et ôter la tige de sa gaine de chair. Cette fois, Conall ne cacha pas sa douleur. Kelson et Nigel ne s'étaient-ils pas évanouis ? Peut-être n'avait-il pas assez réagi. Serait-il avisé de feindre une perte de conscience ?

Arilan s'agenouilla, satisfait de la résistance du nouveau souverain. Avec la douceur et l'efficacité d'un guérisseur, Duncan nettoya les plaies de Conall avec une substance qui le brûla furieusement. Quand il eut fini, le prince constata avec émerveillement que pas une goutte de sang ne subsistait pour attester de son épreuve. La tige de la broche, elle, en restait maculée.

— Comment vous sentez-vous ? demanda Morgan.

Avec un air confus à moitié feint, Conall répondit :

— Bien, je pense...

Il secoua la tête, incapable d'expliquer ce qu'il venait de vivre. Même s'il l'avait osé. Et il était hors de question de mentionner son étrange vision.

— Je suis très las, chuchota-t-il.

— Que vous soyez conscient, à ce stade, est surprenant, souffla Arilan, essuyant l'huile sainte sur son torse et sur ses cheveux. Vous n'avez pas eu de perte de connaissance, n'est-ce pas ?

Plutôt qu'un mensonge éhonté, Conall opta pour une demi-vérité :

— Je crois que si... J'avais l'impression de flotter entre deux eaux...

— C'est assez courant, dit Duncan. Kelson lui-même aurait été en peine de décrire ce qu'il a éprouvé. Tout juste a-t-il cru revoir son père en un éclair...

— En l'occurrence, rappela Arilan, Nigel est vivant. Pourtant, il s'est produit quelque chose, c'est indéniable. Conall, êtes-vous prêt à prendre votre envol ? Puisque vous êtes en bonne forme, que diriez-vous d'une démonstration ?

Conall déglutit. Que proposer qui ne fût pas trop prétentieux ? Feignant de se concentrer, il leva la main droite et invoqua une flamme de poing écarlate. Il fit mine de s'en émerveiller.

Seul Arilan sourit.

— Voilà un bon début.

Le champ de protection désactivé, l'évêque partit avec Conall. Duncan et Morgan rangèrent les accessoires du rituel. Puis Alaric s'assit par terre, le dos contre le montant du lit.

— Je suppose que... nous devons accepter la réalité, chuchota-t-il. Je me refusais à l'admettre, mais...

Il baissa la tête. Le chagrin qu'il jugulait depuis des jours revint à l'assaut ; Duncan lui entoura les épaules d'un bras. Pourtant, son propre deuil n'était pas moins cruel. Passé le choc, le désespoir s'effaça devant une nouvelle certitude : les ducs devaient absolument avoir confirmation de leurs pertes !

Quand Duncan retrouva sa voix, il demanda :

— Entends-tu retourner dans ce défilé ?

— Il le faut. Tant que nous n'aurons pas leurs cadavres sous les yeux, envers et contre tout, l'espoir nous torturera. Pendant l'initiation de Conall, je doute être vraiment intervenu. Je n'ai plus ma tête à moi !

— C'est étrange. Maintenant que tu en parles, j'ai aussi eu l'impression de participer à un rituel sans âme, mécanique... Il ne ressemblait en aucune façon à celui de Kelson.

Les souvenirs des ducs relatifs à l'investiture derynie de Kelson avaient brouillé les cartes plus qu'ils ne l'auraient admis. Cette nuit avait été *bizarre*.

— L'absence de l'Œil de Rom y est peut-être pour beaucoup. Quand Conall s'est blessé avec la broche, il s'est passé quelque chose... de différent.

Duncan se passa une main sur le visage et réfléchit.

— Nous courons après des ombres, Alaric. Notre chagrin est sûrement à blâmer. Encore que la magie des Haldanes est bizarre aux yeux des Derynis. Alors, quelles certitudes avoir ?

— C'est juste.

— Ce qui conduit à un point intéressant : Conall est *seulement* un Haldane. Il n'a pas Jehana pour mère. Son règne sera plus ordinaire que celui de Kelson, je le crains.

— A moins qu'il y ait du sang deryni dans la lignée haldane, ce qui expliquerait bien des choses... Par le passé, ce fut le cas. Il s'est dilué depuis. Mais tu as raison. Conall ne sera jamais le monarque que fut son cousin — ou Brion avant lui. Quel dommage. (Il regarda Nigel, plus pâle que jamais.) Dieu, lui aussi aurait fait un merveilleux souverain ! Il avait les qualités de son frère, sans les faiblesses. Pauvre cher Nigel. Il n'aurait pas voulu de cette mort lente. Que n'est-il tombé au champ d'honneur, les armes à la main !

Duncan détourna la tête.

— Cessons d'aviver ainsi notre peine, Alaric.

Soupirant, Morgan remit l'épée dans son fourreau.

— Duncan, partons cette nuit-même. Je sais combien il est ridicule de les croire en vie après tout ce temps, et avec Conall en possession de l'héritage haldane. Mais même si nous retrouvons des cadavres gonflés d'eau, nous *saurons* !

Duncan serra la couverture qu'il avait commencé à tirer sur Nigel.

— Crois-tu que nous devrions partir ? Et si Conall avait besoin de nous ?

— Pourquoi aurait-il soudain besoin de nous ? Ça n'a jamais été le cas. S'il lui faut un Deryni, Arilan se fera un honneur... Nous le contacterons à intervalles réguliers, si tu préfères. De plus, Conall est désormais le roi, ou peu s'en faut. (Il posa un regard attristé sur Nigel et conclut :) Je ne souhaite pas vraiment voir se tourner cette page de notre histoire. Tout à l'heure, j'ai fait mes adieux à Nigel.

Duncan hocha la tête.

— Ciard, Jass et quelques autres sont restés pour poursuivre les recherches. Si nous nous transférons à Valoret, nous devrions mettre deux jours à rallier leur camp. Si le temps le permet.

— C'est entendu, alors ?

— Oui.

— Cette nuit ?

— Non, demain matin. Ne filons pas comme des voleurs, Duncan !

— Et si Conall nous interdisait de partir ?

— Crois-tu qu'il veuille nous garder ? Il n'y tient pas plus que nous ! Il a ce qu'il voulait : le trône. Il est temps de nous avouer battus et de nous retirer de la cour.

Tandis qu'ils finissaient de ranger la chambre, Arilan revint ; ils lui firent part de leur décision. L'évêque parut navré, mais il comprenait leurs raisons. Tous trois convinrent d'heures précises pour se contacter et s'informer.

— Conall aura besoin de vous, insista Arilan. Avec l'ivresse de son investiture et l'inquiétude pour son père, il est moins gracieux encore qu'à l'accoutumée. Mais je suis certain qu'il s'améliorera. Il se marie, voyez-vous. Et une bonne épouse peut faire merveille pour arrondir les angles, dit-on.

— Il *quoi* ? s'écria Morgan.

— Ne soyez pas si surpris. Voyez combien le mariage vous a réussi !

— Mais...

— Soyez heureux qu'il se soucie si vite d'avoir un héritier, coupa Arilan, drapé dans une indignation toute épiscopale. Lundi prochain, Cardiel publiera les bans, après que Conall aura annoncé sa décision au Conseil. Puisque vous partez, je vous l'apprends sans tarder.

— Qui épouse-t-il ? demanda Duncan, incrédule. Tout de même pas la jouvencelle de hameau qu'il a engrossée ?

— Dieu du ciel, non ! fit Arilan. C'est une princesse, et Derynie de surcroît : Rothana Nur Hallaj.

— Rothana ! hoqueta Morgan.

— Mais elle a prononcé des vœux religieux ! protesta Duncan.

Arilan haussa les épaules.

— Selon Thomas Cardiel, ce n'est plus le cas. Elle aurait demandé à en être relevée. D'ailleurs, ils étaient temporaires. Sous le sceau de la confession, elle s'était confiée à Thomas. Conall tient beaucoup à engendrer un héritier légitime, aussi le mariage est-il quelque peu précipité. Etant donné les circonstances, il se célébrera dans l'intimité d'ici une semaine.

Abasourdi, Morgan secoua la tête.

— Je n'imaginais pas. J'aurais pourtant juré que Kelson la voulait, malgré les obstacles. Je n'oublierai jamais son trouble, le jour où il l'a rencontrée. Il m'a demandé si j'avais violé une femme...

— Comment ? souffla Arilan. Bonté divine, vous ne voulez pas dire que...

— Dieu, non ! Autant que je sache, Kelson est encore puceau... Ou plutôt, il *l'était*. Je ne crois pas qu'il ait jamais touché une femme autrement qu'avec respect.

— Alors que s'est-il passé entre Rothana et lui ? demanda Arilan.

Morgan soupira.

— Kelson traquait le violeur de la princesse Janniver, et il désirait explorer la mémoire de cette dernière. Rothana a opposé un refus catégorique. Pour finir, elle a sondé Janniver pour transmettre à Kelson l'information pertinente : l'identité de l'assaillant. Rothana lui a aussi transmis ce que pouvait éprouver une femme en pareilles circonstances. C'était une connaissance précieuse, certes, mais avec le recul, je crois que ça a eu une influence néfaste sur lui. Je me demande si Richenda le sait.

Arilan haussa les épaules.

— Comment pourrais-je le dire ? Quoi qu'il en soit, je suis heureux qu'il n'y ait rien eu entre Kelson et elle, puisqu'elle est sur le point d'épouser son cousin... Je détesterais affronter des problèmes de consanguinité, même indirects. Rothana fera une reine parfaite pour Gwynedd. Et Conall a *besoin* d'un héritier légitime.

— Eh bien, si c'est ce que souhaite Rothana..., murmura Duncan. Gwynedd aura une reine derynie, ce qui est pour le mieux. A votre avis, Conall ne s'offusquera pas de notre absence à son mariage ?

— Je ne pense pas. Ce sera une cérémonie discrète. Et le temps qu'il trouve ses marques, Conall sera sans doute heureux de ne pas vous voir. Sans vouloir vous offenser.

— Nous ne le sommes pas, assura Morgan. Nous serons heureux de nous éloigner et d'accepter enfin notre deuil. Je doute que surviennent des problèmes militaires qu'Ewan ou Saer ne puissent régler. Présentez nos excuses au roi, voulez-vous. Mais mieux vaut utiliser le Portail de Valoret au petit jour.

— Une sage précaution, reconnut Arilan.

— Une dernière question, fit Morgan.

— Oui ?

— Qu'en pensera le Conseil Cambérien ?

— De l'union de Conall avec Rothana ? (Arilan sourit.) Il sera enchanté. Les parents de la princesse ont toujours partagé nos vues. Elle fera une reine bien malléable.

Peu après, Duncan maugréa :

— Malléable ! Vraiment...

Kelson remontait un tunnel interminable. Malgré son épuisement, Dhugal gardait l'œil sur lui.

Son patient avait fait quelque progrès. Chaque jour, la mémoire lui revenait un peu. Jusqu'au moment de l'accident, il se souvenait presque de tout. Mais dès qu'il présumait de ses forces, il restait sujet à des migraines terribles. Périodiquement, il tentait de lier son esprit à celui de Dhugal, avec l'espoir de lui insuffler l'énergie nécessaire pour projeter ses pensées hors de leur prison et établir le contact avec le monde extérieur. Ces tentatives suffisaient à lui donner mal au crâne. Le seul pouvoir deryni sur lequel il pouvait compter était celui de baisser ses boucliers, afin que Dhugal soulage sa peine et l'aide à dormir.

A chaque halte, Kelson pouvait ainsi sombrer dans un sommeil sans rêve. Mais avec un régime composé de poissons et d'eau, tous deux n'iraient plus très loin.

A une intersection, le fleuve que les jeunes gens longeaient se terminait sur une immense pièce d'eau — sûrement une nappe phréatique.

Le tunnel se prolongeait indépendamment, s'enfonçant dans l'inconnu.

Autour d'un pauvre feu, les jeunes gens fourbus se réchauffèrent tant bien que mal. A leur réveil, Dhugal grilla le menu fretin du jour. Puis ils firent le point sur leur situation.

— Nous sommes arrivés au bout du fleuve, Kel. Sans doute ne refait-il jamais surface. Nous n'avons plus le choix. A moins de vouloir finir notre route ici...

Kelson se recroquevilla dans son manteau. Amaigri, il était plus vulnérable au froid.

Il caressa sa barbe soyeuse.

— Je veux m'en sortir, mais *pas de cette façon-là.* Si nous avons miraculeusement échappé à la noyade, ce n'est pas pour renoncer maintenant !

— Je savais que tu dirais ça... Alors, enfonçons-nous dans ce dédale de grottes et prions pour retrouver le ciel avant que nos vivres s'épuisent.

Kelson haussa les épaules.

— Ou nous restons ici indéfiniment, avec de l'eau et du poisson en abondance, ou nous jouons le tout pour le tout... Il doit exister un puits d'aération quelque part, puisque l'air que nous respirons reste frais ! Si nous faisons chou blanc, au moins nous aurons tenté notre chance.

Dhugal approuva.

— J'aurais tellement voulu que tu aies la force de m'aider à contacter le monde extérieur ! Père et Alaric n'ont sûrement pas abandonné tout espoir. Même si on nous croit sans doute morts.

— Combien de jours ont pu s'écouler, Dhugal ? Ou de semaines ?

En toute franchise, le jeune homme n'en avait pas idée. Les derniers poissons cuits, ils burent autant qu'ils purent et prirent tout le petit bois possible.

Après s'être assez éloignés pour ne plus entendre le grondement sourd de l'eau, ils découvrirent un monde souterrain bien différent. Au début, ils remontèrent des boyaux aux parois humides qui reliaient une série de cavernes. Certaines n'avaient aucune caractéristique notable ; d'autres abondaient en formations rocheuses et en sédiments minéraux. Dhugal et Kelson rencontrèrent de plus en plus de grottes constellées de stalactites et de stalagmites. Les rares poches d'eau stagnante n'étaient pas potables.

Après plusieurs heures, ils s'en remirent à la flamme de poing de Dhugal pour éclairer leur chemin. Tout le petit bois était parti en fumée. La dépense d'énergie coûtait cher au fils de Duncan, fort affaibli. Kelson ne pouvait pas l'aider ; il avait déjà bien du mal à mettre un pied devant l'autre.

Les « jours » suivants, ils firent de nombreuses haltes pour manger ou dormir.

Comme ils ne pouvaient plus se reposer au coin d'un feu, leur sommeil devint agité. Au troisième jour, tous leurs espoirs moururent devant un cul-de-sac.

Dhugal se laissa tomber contre la paroi. Sa flamme de poing évanouie, il pleura dans les ténèbres.

Kelson tomba près de lui ; les mains sur la paroi lisse, il pria pour que ce cauchemar ne sonne pas le glas de leur dernière chance.

Pas question de rebrousser chemin, car il ne leur restait pas assez d'eau ni de vivres. Et quand bien même, à quoi bon revenir près du fleuve pour y mourir à petit feu ?

Puis Kelson prit conscience d'un fait bizarre ; sous ses doigts, la pierre présentait une régularité des plus inattendues : des lignes horizontales et verticales...

Des briques ?

Dieu du ciel ! Une construction... *humaine* ?

— Dhugal, murmura-t-il, en croyant à peine ses sens, c'est un mur !

— Je sais, marmonna le comte.

— Ce n'est pas une paroi naturelle : on dirait des briques... Vois par toi-même ! Ranime la flamme de poing et examine donc cette merveille !

Dhugal ouvrit des yeux ronds.

— *Doux Jésus*, tu as raison ! Des briques et du mortier ! Tout n'est pas perdu... Il suffit de faire une brèche !

Malgré leur optimisme, c'était plus vite dit que fait avec une dague pour tout outil.

Après plusieurs heures de travail, ils purent dégager une première brique. Toutes leurs forces mobilisées, ils en oubliaient l'épuisement.

Quand ils eurent ôté une brique de la deuxième épaisseur, ils constatèrent avec soulagement que le mur n'en comptait pas de troisième. Mains tendues, Dhugal continua de déblayer le mortier. Les débris tombaient de l'autre côté avec un bruit métallique.

— Distingues-tu quelque chose ? demanda Kelson.

Pressant leur visage sur la brèche, ils ne voyaient que des ténèbres.

Ils se reposèrent et mangèrent leurs derniers poissons. Tandis que Kelson dormait, son frère s'attela à élargir assez l'ouverture pour leur permettre de s'y faufiler.

Près du défilé de Saint Grelder, Morgan, Duncan et Ciard O Ruane avaient pris position sur une avancée rocheuse qui surplombait la cascade.

— Et vous dites, Ciard, que l'écuyer de Kelson a été entraîné sous la cascade et a résisté ? demanda Morgan, incrédule.

— Oui, seigneur. L'autre écuyer n'a pas eu cette chance. Il s'est écrasé sur les rochers, là-bas, vous voycz ?

Le duc de Corwyn ne voyait que trop bien.

Depuis près de trois semaines, les MacArdry campaient là. Beaucoup avaient vu Dhugal nager vers le roi avant que tous deux soient entraînés à leur perte. Cela prouvait au moins qu'ils avaient survécu à la chute.

Ensuite... qui pouvait le dire ?

Si on survivait par miracle aux cascades, c'était pour être entraîné de plus belle, dans les rapides grondants.

— A quel endroit le fleuve plonge-t-il sous terre, Ciard ? demanda Morgan.

— Par là... Voyez ?

Sur leur droite, le vieil homme désignait une faille dans la falaise, presque indétectable.

— Ciard, dit Duncan, je voudrais sonder votre esprit. Grâce à Dhugal, vous savez que ça n'a rien de douloureux...

Le duc comprit ainsi de quelle façon les MacArdry menaient leurs recherches : avec des baguettes de coudrier, tels des sourciers, ils suivaient le cours de l'eau souterraine.

Une heure plus tard, les nobles se joignirent aux montagnards.

— C'est difficile, et Dieu sait où ça nous mènera, dit Duncan, mais c'est mieux que de rester les bras croisés.

CHAPITRE 22

Une place pour moi dans le monde des morts.

Job, 17, 13

Dhugal poussa une autre brique ; le bruit sourd de sa chute réveilla Kelson.

Depuis bientôt vingt-quatre heures, Dhugal travaillait d'arrache-pied à élargir la brèche. La gourde était vide. Kelson avait tenté d'aider son frère, mais il avait dû se rallonger sous peine de s'évanouir.

Se levant, il vint se pencher au-dessus de Dhugal, qui avait déjà passé un bras et les épaules par le trou.

— Ça y est ?

— Je l'espère bien ! Nous aurions dû creuser plus bas, mais tant pis. Aide-moi, veux-tu ?

Kelson lui fit la courte échelle. A force de contorsions, le fils de Duncan réussit à passer.

Tous deux savaient déjà ce qui les attendait : une crypte humide — probablement la première d'une série de caveaux analogues, alignés le long de l'étroit boyau qu'ils avaient suivi jusqu'ici.

L'occupant de cette tombe-là gisait dans un tronc d'arbre évidé reposant sur un cairn. L'étendard qui le couvrait était moisi. Les fleurs et les offrandes, tout autour, l'étaient aussi.

Dhugal s'épousseta. La crypte n'avait pas d'autre ouverture que la brèche qu'il venait de percer, et une porte en bois sans poignée. Sur les murs blanchis à la chaux couraient des fresques craquelées.

Dhugal tenta d'enfoncer la porte. Il en fut pour ses frais.

— N'y a-t-il pas moyen de l'ouvrir ? souffla Kelson.

— Apparemment non... Cette tombe a l'air très vieille.

Le fils de Brion passa les manteaux, la gourde et les havresacs par le trou avant de s'y engager à son tour.

— Pour l'instant, je m'en fiche éperdument, Dhugal ! Mon premier souci est de réussir à traverser !

— Allons, tu devrais y arriver. Tu es plus large d'épaules que moi, mais... Ça y est ! Maintenant, l'autre bras...

— Seigneur, hoqueta Kelson, je vais me retrouver manchot !

— N'exagère pas !

— Ce n'est pas toi qui souffres !

— C'est vrai... (Dhugal l'aida à pousser et à tirer pour se dégager.) Cambre le dos, fais davantage porter ton poids à droite... Je n'ai pas envie de passer des heures à dégager d'autres briques...

— Il le faudra bien : je suis coincé !

— Pas du tout.

— Dhugal, je vais y laisser *ma peau* si ça continue !

— Tu y es presque... Doucement. Un peu à gauche... Voilà !

Kelson poussa un grand cri : son frère venait de le tirer à lui. Ils tombèrent. Livide, le roi se coucha sur le sol, les doigts pressant son entrejambe.

— Ça va, Kel ?

— Dans une minute, ça ira, grogna-t-il. Je ne sais si je peux en dire autant de mes futurs héritiers...

A grand peine, Dhugal se retint de glousser.

— Navré, mais je ne voyais pas d'autre solution. Tu n'es pas blessé ?

— Seulement dans ma fierté... (Kelson se dressa sur un coude. Dhugal l'aida à se relever.) Voyons sur quoi nous sommes tombés.

Les fresques étaient à demi effacées. Dhugal effleura le linceul, qui tomba en lambeaux. Le cercueil n'avait pas de couvercle.

— Regarde un peu..., lança le jeune homme.

Kelson approcha. L'armure de cuir et de métal dans laquelle l'homme était inhumé avait été préservée. Ce type d'équipement n'avait plus cours à Gwynedd depuis des siècles.

Le plus curieux était ce qui recouvrait le gisant : une sorte de filet aux mailles écarlates. Une pierre grise percée au centre avait été enfilée dans chaque nœud.

— Qu'est-ce donc ? souffla Kelson.

— Je l'ignore. Un envoûtement de protection ? Il s'est dissipé, mais il subsiste une énergie résiduelle.

— Derynie ?

— C'est *à moi* que tu poses la question ?

— Je n'en sais pas plus que toi là-dessus. En quoi est-ce fait, à ton avis ?

Le fils de Duncan toucha un fil.

— De la soie ? Certaines pierres portent des traces de *shiral*, si je ne m'abuse. C'est fort ancien, en tout cas. Comme je voudrais que père ou le duc Alaric soit là !

Leur curiosité partiellement satisfaite, restait l'angoissante question de la survie. Kelson regarda les offrandes funéraires empilées jusqu'à mi-hauteur des murs : poterie, paniers moisis, objets en bois vermoulus, vins et vivres...

— Crois-tu qu'il reste quelque chose de comestible dans tout ça ?

Dhugal avait débouché une jarre pour humer le contenu. Il en sortit une poignée de grains qui n'étaient plus de première fraîcheur.

— En tout cas, nous sommes sur la bonne voie. Du vin serait le bienvenu ! Avec une température constante, et s'il est bien bouché, il devrait s'être bonifié. Même s'il nous grise, ça remplacera la nourriture. Sans compter que nous n'avons plus d'eau.

Ils finirent par dénicher un rouge aigre, mais buvable.

Dhugal étudia la porte. Plus que jamais, Kelson se lamentait de ne pouvoir l'aider. Mais penser à utiliser ses dons suffisait à lui flanquer la migraine.

Après une minute ou deux, Dhugal souffla :

— Il y a une barre, de l'autre côté. Je devrais arriver à la déloger, mais elle est lourde. J'aurai besoin de toi.

— Je ferai mon possible.

— Ouvre-moi ton esprit, que j'y puise de l'énergie, dit Dhugal, posant la main droite sur la nuque de son compagnon.

Kelson fit de son mieux pour se détendre. Il lui restait si peu de ressources... Après un temps infini, il entendit le raclement du bois contre le bois...

L'huis s'ouvrit sous la poussée de Dhugal.

Derrière les attendait une alvéole analogue, dotée d'une porte identique.

Le comte en approcha à pas lents. Poings serrés, il baissa la tête.

— Il est clair que les architectes n'ont pas pensé à nous... Les morts ne sont pas censés sortir de leurs tombes...

— Crois-tu qu'il s'agisse du même type de porte ?

— Sans doute. Combien d'autres nous attendent ? Des dizaines et des dizaines...

Kelson tituba.

— Autant continuer sans tarder. D'ici un jour ou deux, j'aimerais dormir dans un vrai lit. Puise en moi toute l'énergie dont tu as besoin. Je ramperai s'il le faut, mais j'y arriverai !

Avant de se remettre à la tâche, Dhugal remplit leur gourde de vin. Puis, avec l'aide de son roi, il eut moins de mal à faire glisser la barre.

Après une heure de repos, ils s'attaquèrent à la troisième porte, dans l'alvéole suivante.

Le ventre mieux rempli que celui des jeunes gens qu'ils cherchaient, Duncan et Morgan n'étaient pas moins découragés. Flanqués de Ciard et de Jass, ils continuaient à sonder la terre avec leurs bâtons fourchus de coudrier.

Puis ils bivouaquèrent autour d'un feu de camp, et se régalèrent d'un lièvre à la broche.

Pourquoi s'acharnaient-ils, au lieu de regarder la réalité en face ? Ces tourments étaient pires que le deuil.

— Croyez-vous vraiment qu'il reste un espoir ? souffla Ciard en jetant les reliefs de son repas dans les flammes.

Morgan releva la tête. Le vieil homme lisait-il dans ses pensées ? Un jour, le duc se pencherait de plus près sur son don de double vue.

— Etes-vous sur le point de renoncer, Ciard ?

Le montagnard fit un signe de dénégation.

— Non, messire, je serai avec vous jusqu'à la fin. Penser que nos seigneurs bien-aimés aient pu être fauchés ainsi, dans la fleur de l'âge !

— Ce n'est pas certain, Ciard ! Tant que nous n'aurons aucune preuve, je ne baisserai pas les bras ! Hélas, nous avons fait tout notre possible...

— Nous ne sommes pas au bout de nos efforts, coupa son cousin. Gardons la foi.

— La foi... (Morgan eut un sourire amer.) Pour toi, c'est facile à dire. La mienne est quelque peu ébranlée. Comment Dieu a-t-il permis une chose pareille ?

— Peut-être nous met-Il à l'épreuve.

— En ce cas, je cours à l'échec.

— Je ne te laisserai pas faire. Encore une tentative ! S'ils sont en vie, Dhugal et Kelson auront vraiment besoin de nous.

Avec l'aisance de l'habitude, Ciard et Jass jouèrent leur rôle dans l'établissement d'un contact mental. Après un nouvel échec, les deux humains glissèrent dans un sommeil naturel.

Morgan et Duncan restèrent liés, plus pour se réconforter qu'autre chose.

Tombe après tombe, Dhugal et Kelson persévéraient. Chaque crypte était plus récente que la précédente ; les jeunes gens prenaient garde de ne pas troubler le repos des défunts plus que nécessaire.

A la première occasion, ils récupérèrent des armes parmi les offrandes. Leur apparition, quand ils sortiraient de la nécropole, risquait de soulever l'hostilité avant qu'ils puissent s'expliquer. Leur présence seule était un sacrilège : ils profanaient des lieux saints.

A chaque nouvelle alvéole, ils cherchaient de quoi subsister. Le vin aigre grisait Kelson, l'aidant à oublier la migraine qui ne le quittait plus. Dhugal aurait donné cher pour trouver du grain qui ne fût ni moisi ni infesté de vers, ou du pain qui ne fût pas dur comme plâtre.

Il avait ingéré une poignée de grains et récolté d'horribles maux d'estomac. La fièvre avait duré l'équivalent d'une journée. Contraint de briser des coffrets pour confectionner des torches de fortune, Kelson avait soigné son frère comme il pouvait.

L'incident leur avait appris les dangers d'une nourriture contaminée, et permis de mesurer l'énergie consommée par Dhugal pour alimenter une flamme de poing.

Les jeunes gens ne s'éclairèrent plus qu'avec des torches.

Ils débouchèrent dans une tombe très récente : les branches jetées sur le sol étaient encore vertes. Quant au défunt, sa mort remontait tout au plus à une ou deux semaines.

S'il avait vingt-cinq ans, c'était le bout du monde. Contrairement aux autres, il reposait sur une planche posée sur des pierres. Le filet à mailles pourpres qui le couvrait de pied en cap ne comportait pas de *shiral*. Même Kelson vit qu'aucune énergie magique ne protégeait cette dépouille.

Sur une table reposaient les offrandes funéraires : du pain rassis, des flasques de bière. Pour des jeunes gens assoiffés, celle-ci eut le goût divin de l'ambroisie.

Les miches dévorées, Kelson fit remarquer à son frère combien ce pain et ce breuvage, ainsi disposés, faisaient penser à l'hostie et au vin de la messe.

— C'est possible, soupira Dhugal. En tout cas, je me sens ressuscité !

— Et moi donc ! marmonna Kelson. De quoi ce pauvre gars a-t-il pu mourir ? Il est affreusement jeune... Depuis combien de temps est-il là ?

— Une semaine ? Deux, peut-être. Pas davantage, à voir les branchages...

Rassasiés, ils remplirent leur gourde de bière et empaquetèrent les dernières miches. Kelson tint la torche pendant que son frère s'attaquait à la porte suivante. Le roi avait posé sa main libre sur la nuque de Dhugal, pour faciliter un rapport mental qu'il tolérait mieux.

Cette fois, ils découvrirent une alvéole vide. L'huis était aussi barricadé que les autres.

Sans s'accorder de repos, ils se précipitèrent et répétèrent le sort de télékinésie. La liberté était à portée de main !

L'huis s'ouvrit sur un air fleurant bon les conifères et la fumée. Seul un petit corridor les séparait encore de la liberté. Sur des appliques murales, des torches brûlaient — signe certain de civilisation.

— Dieu merci ! Dhugal, nous avons réussi !

Ivres de joie, ils respirèrent à pleins poumons.

Avant qu'ils aient fait dix pas, ils tombèrent sur une vingtaine d'hommes assis autour d'un feu de camp.

Les deux groupes se dévisagèrent. Quelqu'un se signa et souffla :

— *An spiorad* ! Les morts marchent !

— Ce ne sont pas des esprits, mais des pilleurs de tombes ! Ils ont voulu dépouiller le *tuam coisrigte* ! Attrapez-les !

— Pilleurs ! Sacrilège ! crièrent les hommes.

Ils dégainèrent leurs armes et attaquèrent.

Abasourdi, Kelson ne songea même pas à tirer son épée du fourreau. Dhugal eut la présence d'esprit de sortir la sienne et de crier qu'il s'agissait du roi...

Personne n'y prêta attention.

Kelson se débattit faiblement ; on ligota puis on bâillonna les profanateurs de sépulture.

Certains hommes beuglaient dans un dialecte incompréhensible. Le roi aperçut Dhugal, qui disparaissait sous six gaillards.

Puis Kelson vit une dague fendre l'air.

Il ne put l'éviter.

Il s'évanouit, le crâne en feu.

CHAPITRE 23

Ne redoute pas le décret de la mort. Souviens-toi de ton début et de ta fin !

L'Ecclésiastique, 41, 3

Dhugal ne perdit pas tout à fait conscience. Il feignit de s'évanouir et sentit des mains le fouiller rudement. On lui prit sa cape et sa ceinture. Puis les coups cessèrent de pleuvoir.

Dhugal avait dû se faire violence pour ne plus bouger, car il avait vu la dague frapper son frère.

Etait-il blessé ? A supposer qu'il ne fût pas déjà mort...

Dhugal pria, refoulant ses larmes. Qu'il laisse éclater sa rage et meure le défi aux lèvres n'aiderait pas Kelson. Vivant, il pouvait espérer convaincre ces gens de leur bonne foi.

Les hommes continuèrent de le fouiller et s'exclamèrent en découvrant ses éperons d'or. Dhugal ne comprenait pas un mot sur dix de leur étrange dialecte, mais « rightire » devait être l'équivalent montagnard de « chevalier ».

On lui ôta les éperons. Sans parler de leur valeur marchande, ils pouvaient servir d'arme.

Quand on lui retira ses bottes, sans aucun égard pour sa cheville enflée, Dhugal manqua défaillir. Pieds nus et désarmé, même s'il s'échappait, il n'irait pas loin. On le dépouilla aussi de sa veste de cuir. Il resta en chemise et en hauts-de-chausse à grelotter dans l'air vif.

Les montagnards lui prirent sa médaille — le cristal *shiral* qu'il tenait de sa mère — et sa chevalière. Ensuite, ils le mirent à plat ventre pour lui lier les mains.

Là encore, ils savaient ce qu'ils faisaient : les mains collées dos à dos et les pouces séparés par un tour de corde, il serait dans l'impossibilité de les baisser au niveau de sa taille pour se libérer. Ses chevilles étroitement ligotées furent ramenées dans son dos et liées à ses poignets.

Quand un montagnard le hissa sur ses épaules, Dhugal s'évanouit pour de bon.

Des bruits de voix le ramenèrent à lui. Etourdi, il découvrit une pièce sombre ; il gisait sur un lit de joncs frais et odorants. Le bâillon ne l'aidait pas à s'oxygéner. Son épaule gauche était presque ankylosée.

Après avoir fait le tour de ses misères, sa première pensée fut pour son frère.

De sous une porte filtrait un rayon de soleil. Les voix venaient de derrière. Dhugal roula sur l'estomac et se tordit le cou.

Kelson gisait près de lui, tout aussi saucissonné. Sa poitrine se soulevait normalement.

Dieu merci !

Dhugal ferma les yeux et réfléchit.

La situation n'avait rien de brillant.

Ce nouvel épisode ne lui avait pas valu d'horions supplémentaires. Il n'en allait pas de même pour son frère. Un autre coup à la tête n'aurait fait aucun bien à sa commotion cérébrale.

Mais tous deux avaient pu se repaître de pain et de bière avant d'être capturés. Le larcin ne les rendrait pas plus sympathiques aux yeux de leurs geôliers, mais il leur avait rendu des forces. Dhugal aurait préféré se régaler de pâtés croustillants et de cuissots rôtis à point — des mets qui tiennent bien au ventre —, mais faute de grives...

Le pain rassis avait été une manne. D'autant qu'il avait annulé les effets néfastes de l'alcool sur des ventres vides.

Comment se libérer ? Comment soigner Kelson ? Dehors, les voix s'éloignaient ; les montagnards ne tarderaient pas à se coucher.

Le lendemain... Dhugal se refusait à penser au sort réservé aux pilleurs de tombes.

Que tenter ?

D'abord, un charme de revitalisation s'imposait.

La porte s'ouvrit. Des silhouettes se découpèrent dans le rai de lumière. Ne pouvant plus feindre l'inconscience dans la position où il était, à plat ventre et pieds en l'air, Dhugal roula sur un flanc avec un gémissement. Deux des hommes lui parurent familiers : ils devaient être au nombre de ses assaillants.

Le troisième lui rappela Caulay dans la force de l'âge : la peau hâlée par le soleil et le vent, il marchait en canard pour avoir passé trop de temps à cheval. Les avants-bras musclés, le gaillard portait une chemise couleur safran sous un pourpoint de cuir gris perle et des braies en tweed gris-noir. Des cuissardes et une dague d'argent battant son flanc droit complétaient le tableau. L'homme avait une barbe châtain fournie et son épaisse crinière veinée d'argent était tressée à la mode des frontaliers.

Un torque scintillait sur son cou.

Il s'agissait du chef du clan.

— Ainsi, ces bandits ont saccagé la tombe de Sagart ?

— Oui, et ils ont profané nos sanctuaires, Bened-Cyann. Nous en saurons plus demain matin. Brethairs fera l'inventaire des dégâts.

Le nommé Brethairs lança une remarque dans un dialecte incompréhensible. Pourtant, Dhugal connaissait plusieurs patois montagnards.

Le chef s'adressa au prisonnier :

— Ton complice, jeune brigand, ne sentira peut-être pas les flammes. Toi, en revanche...

Avec une moue dédaigneuse, il sortit, suivi de ses hommes. Accablé, Dhugal entendit une lourde barre se mettre en place.

Ils allaient brûler sur un bûcher, sans une chance de s'expliquer ou de se défendre...

Qui était ce Sagart ?

Pour le chef de son clan, un crime avait été commis par deux étrangers, qui, en toute logique, méritaient de périr dans les flammes.

Une telle injustice révolta Dhugal. Puis il se calma. Transformer sa colère en quelque chose de constructif serait avisé. Aidé par ses pouvoirs, il réussit à dénouer ses liens. Quelques minutes plus tard, il avait ôté son bâillon et libéré ses jambes.

Avant d'ausculter Kelson, il rampa vers la porte et jeta un coup d'œil par un interstice. De l'autre pièce montaient des ronflements. Dhugal alla s'agenouiller près du roi, qu'il examina à l'aide d'une discrète flamme de poing.

Kelson revint à lui.

— *Ne parle pas à voix haute* ! le prévint mentalement Dhugal, un doigt sur les lèvres. *Nous devrions être tranquilles pour le reste de la nuit, mais on dirait qu'une escouade entière ronfle dans l'autre pièce* !

Kelson hocha la tête. A la lueur magique, Dhugal vit que ses pupilles ne réagissaient pas correctement. De nouvelles marbrures marquaient ses tempes, non loin de la fracture. Quand il la toucha, Kelson hoqueta.

— *C'est mauvais signe, n'est-ce pas ?*

— *Ce n'est pas le pire... Kelson, ils nous prennent pour des pilleurs de tombes. Ils menacent de nous brûler demain.*

— *Nous brûler... Promets-moi deux choses, sur l'amour que tu me voues et sur notre lien de sang.*

— *Tout ce que tu voudras, Kelson, je le jure !*

— *Si tout est perdu, aide ton suzerain à mourir avant que les flammes l'atteignent.*

— *Tu voudrais... que je te tue ?*

— *Oui.*

— *Kelson, je...*

— *Promets !* (Les yeux gris se rouvrirent.) *De toutes choses, sur la Terre comme au ciel, ce doit être la fin que je redoute le plus. Tu sais ce qu'a enduré ton père sur le bûcher — et ce n'était qu'un avant-goût. Promets-le, Dhugal !*

Le jeune homme hocha la tête.

— *Je le jure.*

— *Passons à la deuxième chose.*

Dhugal effleura de ses lèvres la main de son suzerain. Il hocha la tête.

— *Je promets aussi.*

— *Ne veux-tu savoir à quoi tu t'engages ?*

— *Quelle importance ? Que pourrais-tu exiger de plus déchirant encore ?*

— *De me sauver... Car je refuse de mourir sans tout essayer.*

— *Te sauver ? Tu sais bien que demain, je tenterai l'impossible ! Mais...*

— *Soigne-moi, Dhugal. Tu fais partie d'une famille de guérisseurs. En toutes choses, tu es le fils de ton père. Alors, pourquoi pas là aussi ? Tu m'as bien tiré d'une commotion cérébrale !*

— *C'était une manipulation physique ; ça n'a rien à voir ! Je n'ai pas pu toucher la blessure de l'intérieur.*

— *As-tu essayé ?*

— *Je n'ai pas osé.*

— *Il est temps ! Quand Morgan soigne quelqu'un, il procède à une imposition des mains et il... visualise, faute d'un meilleur terme, la plaie ou la fracture refermée et guérie. En général, cela suffit. Invoquer saint Camber ne ferait pas de mal non plus. Morgan et Duncan ont eu des visions lors de guérisons — pour autant qu'on sache, l'entité correspondait à la description de Camber. D'ailleurs, Morgan a cru sentir d'autres mains sur les siennes...*

Stupéfait, Dhugal digéra la révélation.

— *Je sais que c'est effrayant*, reprit Kelson. *Pour te donner plus d'assurance, guéris-toi d'abord. Il te faudra deux bonnes jambes pour nous sortir de ce guêpier. Commence par ta cheville. N'hésite pas à me mettre à contribution.*

— *Mais... même si j'y arrivais, est-il sage de t'épuiser ainsi ?*

— *Dhugal, si tu ne peux me soigner, tu devras me tuer ! Combien de temps et d'énergie vas-tu gaspiller en arguties ? Il n'est pas certain qu'on ne soit pas interrompus cette nuit !*

L'horreur de cette éventualité dissuada Dhugal de protester davantage. Avait-il des dons de guérisseur ? Il se devait d'essayer, en tout cas. Soucieux de préserver les apparences, au cas où quelqu'un jetterait un coup d'œil, Dhugal remit le bâillon à son frère, bien moins serré. Puis il l'installa sur un flanc, chevilles et poignets vaguement ligotés.

Feignant l'épuisement, Dhugal pressa son front contre celui du roi. Il cachait dans son dos ses mains et ses jambes déliées.

Tant que personne n'approcherait de trop près...

Sa flamme de poing dissipée, Dhugal entra dans une transe profonde. Après des semaines d'intimité psychique, se lier à Kelson était devenu aussi facile et naturel que de respirer. Le rapport permit au guérisseur débutant d'accéder aux ultimes ressources de Kelson. Il n'y recourrait qu'en dernière instance.

Sa première perception fut une crampe dans son épaule gauche. Cet inconfort écarté, il prit conscience de phénomènes plus subtils : le sang battant au rythme de ses pulsations cardiaques, l'énergie tapie dans ses muscles et ses tendons.

Roulant sur l'estomac pour soulager la tension de ses épaules, il toucha ses chevilles.

La droite était plus chaude. Aussi sûrement que si ses doigts avaient pu explorer sa chair, Dhugal repéra la lésion. Dans un état de perception supérieur, il eut le sentiment d'être projeté dans ses os.

Alors, il sut que faire.

Intervenir lui coûta moins d'énergie qu'il n'aurait cru. A peine eut-il besoin d'aide. L'os ressoudé, il vérifia les autres avant de passer aux tendons, aux nerfs, aux cartilages et aux muscles.

Une bienfaisante chaleur coulait de ses mains ; il l'utilisait comme un baume pour chasser la douleur, réduire l'inflammation, restaurer la circulation sanguine. Sous ses doigts, l'enflure se résorba. Quand il la fléchit, sa cheville avait retrouvé sa liberté de mouvement.

Sorti de transe, Dhugal eut du mal à accepter sa réussite. Rouvrant les yeux, il crut voir un homme grisonnant de haute taille qui souriait. Quand il cilla la vision disparut. Son bâillon l'empêcha de crier de surprise.

Se redressant, il l'ôta et souffla :

— Par le Sang du Christ ! Qu'était-ce ?

— *Quoi donc ?*

— *Peu importe...*

Invoquant une flamme de poing, Dhugal se pencha sur sa cheville : il n'y avait plus trace de marbrure ou d'enflure.

— *Kelson, j'ai réussi !*

Le souverain poussa un soupir éloquent.

— *Après t'avoir convaincu que tu n'avais pas le choix, j'étais sûr de ton succès. Mon cas sera plus ardu, je le crains. Et le temps presse. Es-tu prêt à essayer tes nouveaux talents sur moi ?*

— *Pas autant que je le voudrais, mais là encore, ai-je le choix ?* (Il ôta son bâillon au roi et l'aida à s'allonger sur le dos.) Je vais contrôler tes centres nerveux.

— La flamme de poing est-elle indispensable ? Si quelqu'un jette un coup d'œil, elle nous trahira.

Dhugal tendit les doigts vers la plaie à demi-guérie, sur la tempe droite de son patient.

— *J'ai besoin d'y voir un minimum. Au point où nous en sommes... Après tout, peut-être portent-ils les Derynis dans leur cœur ?*

— *Et peut-être Camber interviendra-t-il en personne pour nous sauver du bûcher...*

Dhugal se mordit les lèvres. Pourquoi pas ? Le saint ne venait-il pas de se manifester à lui ?

— *Aide-toi, le ciel t'aidera*, rappela Dhugal à son frère. *Détends-toi et laisse-moi faire. Quand tes boucliers se régénèreront, je devrai garder le contrôle. Le début sera facile, la suite, moins. Si tu veux prier saint Camber, c'est le moment ou jamais.*

— *J'improviserai de nouvelles prières, sois sans crainte.*

— *Bien, car j'ai le sentiment qu'il s'intéresse de près à ce qui s'accomplit cette nuit...*

Cette remarque sibylline éveilla la curiosité du roi. Mais l'emprise de Dhugal était déjà trop forte. Le comte endormit son frère et s'attaqua à la lésion. Sous ses doigts, les tissus s'échauffèrent avant de revenir à une température normale. La peau retrouva son grain naturel, sans une cicatrice.

Dhugal revint à la fracture. A son tour, il crut sentir des mains fantômes se joindre aux siennes, mais il résista à l'impulsion de rouvrir les yeux. Cette présence, comprit-il, se situait au-delà des sens ordinaires.

Loin de s'en effrayer, Dhugal connut l'apaisement et l'amour.

La guérison fut plus aisée ; sous son œil mental, la ligne de la fracture se brouilla. Les tissus se régénérèrent ; le crâne redevint parfaitement lisse. Dhugal déversa une chaleur bienfaisante dans les vaisseaux sanguins.

Cela fait, il prit son courage à deux mains et osa une fusion mentale avec son patient.

Comparable au rapport qu'il avait avec son père, le phénomène fut magnifié par l'amitié qui l'unissait à Kelson depuis ses plus tendres années.

Ni l'un ni l'autre n'eût pu rêver union plus euphorique.

Chacun se redécouvrit dans l'autre. Pareille intimité englobait et transcendait le corps. A cet instant, Dhugal comprit que seule une Derynie leur conviendrait quand ils prendraient femme. Son frère avait déjà jeté son dévolu sur Rothana. La princesse était revenue sur ses vœux religieux pour l'amour de son roi !

Kelson l'épouserait à son retour.

Si retour il y avait.

L'implacable réalité les fit revenir à eux. La guérison achevée, ils éprouvèrent le besoin de retrouver leur individualité et un niveau de conscience normal. Resplendissants dans leurs auras derynies, les jeunes gens mariaient l'écarlate à l'argent.

Alors la porte s'ouvrit ! Dhugal releva la tête.

Kelson se raidit. Son aura disparut. S'attendant à demi à revoir Camber, Dhugal se tourna et escamota la sienne.

La femme qui se dressait devant eux n'avait rien d'un saint. Le chef, debout près d'elle, éclairait la pièce avec une torche. En robe et en guimpe grise, l'inconnue d'âge mûr était peut-être une religieuse. Derrière elle, cinq ou six montagnards armés cachaient mal leur épouvante.

Le chef brandissait les médailles prises aux prisonniers.

— Qui êtes-vous ? demanda la femme.

A son ton, il était clair qu'elle était toujours obéie sans discussion.

CHAPITRE 24

Il vient, éclatant de lumière, des rayons brillants jaillissent de sa main, où se cache sa puissance.

Habacuc, 3, 4

— Qui êtes-vous ? répéta la femme. Des Derynis, n'est-ce pas ?

Malgré les épreuves, Kelson avait recouvré assez de forces pour faire front. Reconnaître leur identité n'était pas forcément une bonne idée dans l'immédiat. Au ton coupant de l'inconnue, être deryni ne constituait pas nécessairement un atout.

— Nous ne sommes ni des brigands, ni des pilleurs de tombes, ma dame, répondit le roi, circonspect.

— Ça reste à prouver ! rugit le chef. Pas un geste ! (Quatre archers entrèrent.) Levez-vous lentement et laissez-vous ligoter, si vous ne voulez pas mourir sur-le-champ.

— Nous ne vous voulons aucun mal, assura Kelson avec calme.

— Et on ne vous en fera aucun si vous obéissez. Toi d'abord : debout et écarte-toi de ton complice.

Kelson se leva, mais refusa de s'éloigner de son frère.

— Nous vous suivrons sans faire d'histoire, mais il est hors de question de nous laisser saucissonner de nouveau. Si votre clan a un prêtre, j'aimerais lui parler. Nous sommes d'honnêtes gens qui vivons dans l'amour et la crainte de Dieu.

— Les « honnêtes gens qui vivent dans l'amour et la crainte de Dieu » ne pillent pas les tombes. Et en fait de prêtres, nous avons des *coisrigte* — des frères consacrés. La semaine dernière, nous avons enterré un des meilleurs qui soient. Vous venez de profaner sa dernière demeure !

— Sagart, murmura Dhugal.

Il se leva, les mains bien en vue.

Le chef hoqueta ; les traits de la femme se durcirent.

— Qui vous a dit son nom ? demanda-t-elle.

— Sauf votre respect, ma dame, c'est l'un de vous, la première fois que Bened-Cyann est venu ici. *Cyann* signifie « chef », n'est-ce pas ? Sans parler du torque d'argent... Votre dialecte est difficile, mais je le comprends un peu, étant moi-même montagnard.

Bened plissa le front ; la femme hocha la tête.

— Les *deux* jeunes gens portent du *g'dulae*, Bened, souffla-t-elle. N'as-tu pas dit qu'ils avaient des éperons d'or ? Bref, ils sont de haute naissance. Comment t'appelles-tu, jeune *ruadh* ?

Le terme désignait les roux. Le nom de Dhugal MacArdry ne dirait rien à ces gens. Mais se faire reconnaître comme un des leurs serait judicieux. Mentalement, Kelson accepta que Dhugal décline son identité.

— Moi aussi je suis né *Cyann*, ma dame. Je suis le chef du clan MacArdry de Transha et je porte également le torque d'argent. Mon *brathair* est un plus grand chef que moi. Mais nous saluons Bened-Cyann selon la fraternité montagnarde.

Des murmures s'élevèrent.

— *Meac Ard Righ*, répéta la femme. Fils d'un haut roi... De qui peut-il s'agir ?

— Peu importe la lignée, Jilyan, s'insurgea Bened. Ça n'explique pas ce qu'ils faisaient dans la tombe de Sagart et dans les autres. Même un roi peut être un *cateran*. Parle, jeune MacArdry, si tu veux avoir la vie sauve !

— Nous luttions pour rester en vie, justement, et nous n'entendions commettre aucun sacrilège.

— En vous introduisant dans la tombe *Naomha* de Sagart ? cracha un autre.

— Nous en sortions, expliqua Dhugal. C'est ce que j'essaie de vous expliquer. Nous voulions quitter la nécropole, pas y entrer ! Nous venions de la grotte, à l'autre extrémité.

— La grotte...

— Laissez-le parler, ordonna la femme.

— Oui, *Ban-Aba*, dit un homme avec respect.

Reconnaissant le titre, Dhugal s'inclina, main sur le cœur, et le traduisit mentalement à son frère.

— *La Ban-Aba est une sorte de mère supérieure. Je crois qu'elle dirige le clan...*

— Merci, *Ban-Aba*, dit-il à voix haute. Il y a quelques jours, ou semaines, je ne saurais le dire, nous sommes tombés accidentellement dans un fleuve souterrain, près de l'abbaye de saint Bearand, au nord-est de Caerrorie. Nous avons failli périr noyés. Qui sait sur quelle distance nous avons été charriés par les rapides avant de nous échouer sur une berge, dans une grotte. Elle se terminait là où commençaient vos cryptes. En réalité, nous ignorons où nous sommes.

Il marqua une pause, dans l'espoir qu'on éclairerait sa lanterne.

Peine perdue.

— Quoi qu'il en soit, nous avons délogé les briques du mur qui séparait la grotte des caveaux. Puis, après une série interminable de portes...

Embarrassé, il ne sut comment continuer. Il répugnait à expliquer comment ils avaient procédé.

— C'est la vérité, *Ban-Aba*, intervint Kelson. Nous n'avons pris que le minimum pour ne pas mourir de faim et de soif. Depuis des jours, nous subsistions avec du poisson et de l'eau. En franchissant la première tombe, nous n'avions déjà plus rien... Dans celle de Sagart, le pain et la bière que nous avons trouvés étaient une manne.

— Pourtant, vous avez réussi à vous libérer de vos liens, dit Bened, brandissant les médailles. Et un feu sacré vous auréolait ! Par notre saint béni, vous portez son emblème et vous... Vous ne pouvez être...

Les yeux écarquillés, Bened en resta pantois.

— Quoi ? s'exclama Dhugal, entrevoyant soudain un espoir. (Le « saint béni » était-il... Camber ?) Porterions-nous sa médaille si nous ne révérions pas sa mémoire ?

Mal à l'aise, les montagnards se signèrent. Les archers baissèrent leurs arcs.

— Vous gaussez-vous de nous ? demanda un homme.

Dhugal secoua la tête.

— Dis son nom ! ordonna Bened.

Kelson prit la médaille qu'il brandissait sous son nez et y posa un baiser fervent.

— Nous adorons saint Camber de Culdi, le Bienheureux, et nous sommes ses serviteurs.

A son tour, il se signa.

— De quel droit oses-tu te prétendre *son* serviteur ? tonna Bened.

— Mon compagnon et moi, récemment adoubés, avions entrepris une quête en l'honneur du saint. J'ai l'intention de restaurer son culte à Gwynedd et de lui rendre la place qui lui revient.

— Restaurer le culte de saint Camber ? se récria la *Ban-Aba*.

— C'est impossible ! bafouilla un archer. L'Eglise ne le permettra jamais !

— Même un roi ne le pourrait pas, murmura un autre.

— Celui que vous avez sous les yeux entend bien y arriver !

— Tu prétends être roi ? cracha un homme, méprisant.

— Je *suis* le roi Kelson Haldane de Gwynedd !

— Kelson ?

— Un Haldane ?

Sans crier gare, la femme et ses compagnons sortirent et verrouillèrent la porte.

Invoquant une flamme de poing, Kelson se tourna vers son frère :

— Quelle mouche les a piqués ?

— Je te le demande ! J'imagine qu'ils sont partis délibérer sur notre sort. Entendre mentionner Camber les a désarçonnés... Devrions-nous tenter de nous échapper, ou vaut-il mieux attendre ?

« Qui vivra verra. Leur réaction, au nom de Camber, fut plus positive que j'aurais cru. Par « feu sacré », sans doute entendaient-ils nos auras derynies. Ça leur a fait une impression favorable. J'aurais volontiers recommencé. Mais sans certitude, j'ai jugé préférable de m'abstenir. A vouloir trop bien faire, j'aurais pu précipiter notre mort. Les gens des collines sont parfois très ombrageux !

— Tu dis ça à un montagnard ? lança Dhugal.

Kelson se rassit dos au mur. Son frère l'imita.

— Au moins, tu parais en meilleure forme. Et nos chances se sont améliorées.

— Je dois t'en remercier. Voilà longtemps que je ne m'étais plus senti aussi bien, même si je donnerais ma chemise pour un quartier de viande juteux ! Comment t'y es-tu pris ?

— Je serais bien en peine de l'expliquer... La guérison est un miracle. Jamais je n'aurais imaginé pouvoir établir un tel rapport mental. Je suppose que c'était aussi nouveau pour toi.

— Et comment ! Avec Alaric ou Duncan, il m'est arrivé de tisser des liens profonds, mais rien de comparable, je t'assure. Que je me sois déjà ouvert à toi en esprit afin que tu me guérisses explique peut-être une telle intensité. Mes dons et mes souvenirs me sont revenus. A présent, j'ai l'impression que mes perceptions se sont affinées, aiguisées au point que je pourrais *tout* entreprendre !

— Je crois comprendre. Les vieilles barrières se sont effondrées. Jamais plus je n'aurai à craindre de contacts psychiques. Mes boucliers sont sous mon entier contrôle désormais. Comme si nous avions achevé ce que mon père a entrepris... Si j'avais encore le moindre doute sur ma nature, ce n'est plus le cas !

— Nous sommes une formidable équipe, conclut Kelson. Une authentique fraternité nous lie, comme celle qui unit Alaric à ton père. Tant que je vivrai, je doute me sentir aussi proche de quelqu'un d'autre.

— Pas même de Rothana ? fit Dhugal avec un sourire matois.

Kelson rougit.

— Après tout ce que nous venons de partager, être embarrassé est sûrement ridicule. Dhugal, je t'assure que j'étais sur le point de me confier à toi.

— Eh bien, c'est fait.

— Oui, mais je voulais le faire autrement. Je l'aime — et c'est très différent de ce que je croyais éprouver pour Sidana.

— Crois-moi, Kel, notre lien compte beaucoup pour moi, mais nous devons préserver notre individualité. Mon père, par exemple, ne partagera jamais avec moi tout ce qu'il a pu entendre en confession, et je ne m'attends pas à moins de sa part. Pas plus que je ne chercherais à m'immiscer dans ses liens avec Morgan. De même, les relations entre mari et femme ne regardent qu'eux, et personne d'autre.

— Inutile de se mettre martel en tête prématurément. Rothana et moi n'avons encore eu aucune intimité...

La gêne de Kelson augmenta l'embarras de Dhugal. Après tout, ils étaient encore puceaux.

— Vraiment ? Et quand Rothana te donna un aperçu mental du viol de Janniver, ce n'était pas « intime » peut-être ?

— Je le concède. Mais c'est différent.

— Ah. Nous parlons donc d'intimité *physique* ? Oublies-tu ton rendez-vous galant, la veille de notre départ ?

— Je n'ai fait que l'embrasser, Dhugal.

— Ce n'est pas l'impression que j'ai eue en partageant tes pensées... Te connaissant, je sais que tu ne te serais jamais imposé à elle. Mais ton corps ne l'entendait pas de cette oreille, si je puis dire. Si tu avais laissé parler la chair, Rothana se serait soumise. C'est profondément intime, voilà ce que je voulais souligner.

Kelson baissa la tête, rouge comme une pivoine. Dhugal avait raison. Il était injuste d'imposer de telles émotions lors d'un rapport mental dénué de résonance charnelle. Et celui-là avait été plus intense que tout ce que Kelson avait pu expérimenter.

Certaines choses étaient trop précieuses et intimes pour être partagées avec des tiers, aussi chéris fussent-ils.

Voilà pourquoi, comprit Kelson, il n'avait jamais eu vent des problèmes survenant entre Morgan et Richenda. Le duc de Corwyn gardait secrète cette partie de sa vie — par égard pour Kelson autant que pour sa femme. De même, Morgan ne partageait pas tout avec Richenda.

Malgré son amour pour Morgan, Duncan et Dhugal, Kelson réalisa que certaines choses devaient rester voilées.

— Tu as raison. Nous n'y avions pas réfléchi, mais dans toute intimité, il faut raison garder. Chacun doit préserver son jardin secret. Il y aura certainement des faits que je ne devrai pas communiquer à Rothana — parfois par délicatesse envers elle. Ah, l'innocence de la jeunesse : croire que la liberté absolue est possible, voire désirable. (Il eut un sourire résigné.) C'est ce que tu essayais de me dire ?

Dhugal acquiesça.

— Quand reviendront-ils, à ton avis ?

— Je n'en ai aucune idée.

— Voudront-ils encore nous brûler ?

— Comment savoir ?

Dhugal tendit ses jambes et soupira.

— Crois-tu qu'apprendre qui nous sommes les fera changer d'avis ?

— Je me demande s'ils ont seulement entendu parler de moi !

— Ne sois pas ridicule. Qui n'a pas entendu parler de Kelson de Gwynedd ?

— Les gens coupés du reste du monde, comme eux. Ce n'est pas impossible, tu sais. J'ignore où nous sommes, mais partout ailleurs, je doute qu'une telle dévotion pour Camber eût pu traverser les siècles.

— C'est juste.

— Et souviens-toi des armures, dans la nécropole. Certaines paraissaient assez vieilles pour dater de l'époque de Camber. J'ignore à quoi nous avons affaire, Dhugal, mais il est certain que rien ne nous y a préparés.

Les montagnards surgirent de nouveau.

— Le Quorial va vous recevoir, annonça Bened-Cyann. Venez sans faire d'histoire.

Le soleil coulant à flots par la porte entrouverte leur révéla une rangée d'archers. D'autres hommes amenèrent des cordes pour lier les poings des prisonniers.

Dans une des tours réservées aux appartements royaux, à Rhemuth, Rothana Nur Hallaj aussi était sur le point d'être attachée, non par des cordes, mais par les liens sacrés du mariage.

C'était le jour de ses noces avec Conall Haldane.

Les dames d'atours mettaient la dernière main à la coiffe de la promise. Sa chevelure chatoyante cascadait sur ses hanches.

Les larmes menacèrent de brouiller le savant maquillage qui mettait en valeur ses yeux en amande. Stoïque, Rothana les refoula.

Ces trois dernières semaines, elle avait trop pleuré, manquant tomber en pâmoison. Elle n'avait pu confier sa peine à personne. Le père Ambros lui-même reconnaissait que la décision de la jeune femme, difficile et courageuse, était un tribut à son amour perdu comme au devoir royal.

Rothana agissait de sa propre volonté, en souvenir de Kelson et pour le bien du royaume.

De maigres consolations.

La veille, en présence de mère Héloïse, elle avait signé les documents établis par l'archevêque Cardiel pour la libérer tout à fait de ses vœux. Ni l'abbesse ni le prélat ne l'avaient pressée de questions sur ses raisons, et elle n'en avait donné aucune. A quoi bon retourner le couteau dans la plaie ?

Ensuite, en présence de Cardiel, de la duchesse Meraude et des frères de Conall, les deux jeunes gens avaient échangé une promesse de mariage. Le prince avait offert à sa promise une bague de fiançailles.

— Il est temps, dit Sylvie, la dame d'atours attitrée de Rothana.

Elle lui présenta sa couronne et son voile.

La soie translucide était brochée de fils d'or et piquetée de perles. Vingt ans plus tôt, Meraude avait porté le même voile pour épouser Nigel.

La veille, la duchesse l'avait remis à sa future bru, lui souhaitant d'avoir un mariage aussi heureux que le sien.

Rothana aurait préféré un voile plus sobre, à la mode orientale, mais refuser le cadeau et aggraver le chagrin de Meraude était hors de question.

Sylvie mit le voile sur la tête de sa maîtresse et ajouta la couronne qui le tiendrait en place.

— Vous resplendissez, ma dame ! Le prince sera si fier !

Rothana se força à sourire.

— Merci, Sylvie.

Elle baissa les yeux sur le rubis qui scintillait à son annulaire, avant de jeter un regard vers l'unique fenêtre. Un rayon de soleil illuminait le prie-Dieu où elle avait tant médité ces derniers jours.

Ramenant les plis de son voile nuptial devant son visage, elle se releva.

— Je viens, mes dames. Attendez-moi dehors, je vous prie.

Dans un froufrou de soie, Rothana s'agenouilla, la tête baissée. Dès qu'elle fut seule, elle sortit un mouchoir fripé et pria.

Très cher Kelson, il est temps de nous dire adieu. Par-delà la foi, tu m'as appris qu'il y avait le devoir. Et tu m'as communiqué ton amour pour ce royaume.

Devenir sa reine, c'était vous *faire honneur à tous deux. Pour gouverner à tes côtés, j'ai délaissé ma vocation.*

La jeune femme ouvrit le carré de lin et posa un doigt pensif sur l'anneau de Sidana.

Maintenant, tu as disparu pour rejoindre celle que tu épousas jadis... Comme elle, jamais je ne serai ta *reine.*

Mais je peux être celle de Gwynedd, ainsi que je te l'avais promis, et celle de notre peuple. Sans doute l'aurais-tu voulu. Conall a besoin de moi, mon amour, même s'il n'a pas ton étoffe. Mais je veillerai à ce qu'il donne au royaume le meilleur de lui-même.

Adieu, mon aimé. Je renonce pour toujours à ce qui aurait pu être, pour me consacrer tout entière à mon époux.

Ravalant ses larmes, elle se leva et gagna l'embrasure de la fenêtre à meneaux. Après avoir ouvert un vitrail, elle jeta l'anneau dans les douves.

Puis elle sortit, tête haute, prête à affronter son destin.

Une princesse de Nur Hallaj ne manquait pas à l'honneur et au devoir.

Il n'y aurait plus de larmes.

Calme et résignée, elle se laissa conduire devant la chapelle royale par une nuée de dames d'atours roses de plaisir et d'excitation.

Mère Héloïse attendait son ancienne novice. Rothana s'agenouilla pour lui baiser la main et recevoir sa bénédiction.

La cérémonie, sobre et discrète, serait ultérieurement suivie par toute la pompe et la liesse souhaitables.

Mais l'heure était mal choisie pour célébrer un mariage, même royal.

La duchesse Meraude, son frère Saer, et les cadets de Conall, Rory et Payne, patientaient près de l'archevêque, tout de pourpre vêtus. Par sa mise et son maintien, Conall rappelait son cousin. Il portait une somptueuse tunique or et écarlate piquetée de lions haldanes ; l'épée royale battait son flanc.

Souriante, Rothana lui tendit sa main.

CHAPITRE 25

Devant l'étranger ne fais rien de secret. Car tu ne sais pas ce qu'il enfantera.

L'Ecclésiastique, 8, 18

— Un Haldane a cassé la canonisation de Camber ; d'autres ont encouragé la persécution de son peuple. Vous comprendrez que votre nom n'incite guère à l'indulgence, Kelson Haldane. Malgré des circonstances particulières et votre bonne foi, un sacrilège n'en a pas moins été commis.

L'orateur, un homme de forte carrure, avait la quarantaine passée. Frère Michael était le porte-parole du « Quorial » — autrement dit, le conseil du village saint Kyriell, composé de huit individus. Entre ses doigts semés de durillons, il triturait une plume d'oie. Il portait une petite tonsure, le reste de ses longs cheveux étant nattés. Sa tenue était similaire à celle du défunt Sagart : une bure à capuche grise, nouée par une ceinture rouge et bleu.

Sans doute s'agissait-il d'un *coisrigte*.

Un débat houleux eut lieu entre les quatre hommes et les quatre femmes du Quorial. Dhugal ne put en saisir la teneur. Bened et Jylian — ils étaient frère et sœur — faisaient partie du conseil, ainsi qu'un archer nommé Kylan, un soldat, deux femmes d'âge mûr, et une jeune fille appelée Rhidian.

Frère Michael présidait.

Le débat durait depuis des heures. Le conseil se tenait dans un hall sombre aux murs aveugles où le soleil pénétrait par une ouverture ronde ménagée dans le plafond. Plusieurs fois, les rayons avaient changé de place sur le sol en terre battue. L'après-midi était bien entamé. Devant Kelson et Dhugal, assis sur des tabourets, les huit sages siégeaient sur une estrade.

Derrière les prisonniers, quelque cinquante ou soixante villageois patientaient — sans doute le hameau au complet. Tous portaient du gris.

Mais que se passait-il ? Kelson aurait donné cher pour en avoir le cœur net. Si frère Michael leur avait assuré qu'il ne s'agissait pas d'un jugement, ça y ressemblait beaucoup. Les délibérations avaient lieu dans le dialecte local que Dhugal comprenait vaguement. Kelson et lui devaient rester en rapport mental constant — un exploit difficile sans contact physique.

Apparemment, les hommes qui les avaient capturés exposaient par le menu détail les dégâts que les étrangers avaient faits dans la nécropole.

A les entendre, de tels sacrilèges étaient au-delà du pardon.

Quand Kelson eut la parole, il répéta sa version des faits, protestant de sa bonne foi. Puis il eut soudain conscience d'être l'objet d'une Lecture de Vérité.

— *Dhugal ! Quelqu'un ici est deryni !* lança-t-il avant de lever ses boucliers.

Le jeune comte tressaillit et toussota pour dissimuler son trouble.

Un conseiller au moins était deryni ; il entourait le Quorial d'un champ protecteur.

Pour la première fois, Rhidian, la jeune fille aux yeux ambrés, prit la parole :

— Nous sommes conscients de ce que vous êtes. Maintenant vous savez, car nous avons choisi de vous le révéler, que certains d'entre nous sont aussi derynis. Que nous soyons de la même nature rend tout plus difficile. Votre crime mérite la mort. Pourtant, vous ne vouliez commettre aucun sacrilège en vous introduisant dans le *tuam coisrigte*.

Kelson inspira à fond. Le champ de force avait Rhidian pour origine. La situation devenait plus délicate encore. Car si Dhugal et lui recouraient à la magie...

— En conséquence, conclut Rhidian, nous vous offrons une alternative au bûcher : une chance de gagner votre liberté et de racheter les fautes de vos pères aux yeux de saint Camber.

Un long silence suivit. Que répondre ?

— Parlez-vous au nom du Quorial, ma dame ? s'enquit Kelson.

— Oui.

— Au nom de saint Camber aussi ?

Rhidian ne trahit aucune émotion ; des murmures coururent parmi les conseillers.

— Nous sommes les Serviteurs de Saint Camber. Depuis deux cents ans, nous préservons sa mémoire et le vénérons en secret. Sans nous croire ses porte-paroles, nous nous plaisons à penser qu'il fait parfois connaître sa volonté à ceux qui ont foi en lui.

— Je vois. Et l'a-t-il fait connaître à notre sujet ?

— Non, mais j'ai entrepris le *cruaidh-dheuchainn*, et il m'est apparu, répondit la jeune fille, énigmatique. Si vous désirez obtenir le pardon, vous devrez faire de même.

— *De quoi diable parle-t-elle ?* souffla le roi à Dhugal.

— *Je l'ignore et j'avoue ne pas être pressé de le savoir. Une épreuve ?*

— Il vous est apparu..., répéta Kelson à voix haute, cherchant à gagner du temps. Et si je vous disais qu'à nous aussi ?

Un murmure consterné courut dans l'assemblée. Rhidian darda un regard perçant sur le jeune souverain.

— Si vous aviez l'audace d'affirmer pareille chose, j'exigerais que vous le prouviez en vous soumettant au *cruaidh-dheuchainn*, et au *periculum.*

— De quoi s'agit-il ?

— D'un rituel. Vous le saurez en temps voulu.

— Et pourquoi devrions-nous passer cette épreuve ? Une Derynie sait que je ne mens pas.

— En effet. Vous *croyez* dire vrai. Mais notre esprit peut nous induire en erreur. Notre procédé est plus sûr. Avec le *cruaidh-dheuchainn*, nous saurons si le saint s'est vraiment manifesté à vous.

— Et si nous refusons ?

— Vous seul, Kelson Haldane, êtes concerné.

— Non ! s'écria Dhugal. S'il ne vous en faut qu'un, que je sois celui-là ! Mon compagnon relève à peine de graves blessures. Je suis mieux portant !

Frère Michael secoua la tête.

— Non. Ce doit être le Haldane.

— Pourquoi ? J'ai aussi senti la présence de Camber !

— C'est ce que vous croyez ! s'impatienta Michael. Mais peu importe. C'est hors de question.

— Et si je refuse ? insista Kelson.

— Alors vous périrez tous les deux dans les flammes. La profanation de la tombe de Sagart exige un sacrifice compensatoire — que ce soit par le bûcher ou par le *cruaidh-dheuchainn.*

— Il ne refusera pas, affirma Rhidian. C'est le *Ard Righ*, le haut roi de Gwynedd, oint et consacré. Il a juré de protéger les siens. L'honneur exige qu'il ne laisse pas un vassal braver le danger à sa place. De plus, s'il dit vrai, Kelson Haldane peut restaurer le culte de Camber le Bienheureux.

— Je le peux et le ferai, ma dame.

— *Kelson, non !* implora Dhugal.

— *Le sujet est clos.*

— Restaurer le culte de notre saint ? répéta Jilyan, sceptique.

— Oui, et subir votre épreuve, si c'est le prix de la liberté. Après tout ce que nous avons vécu, je suis sûr que Camber ne m'abandonnera pas maintenant.

— Qu'il en soit ainsi, conclut frère Michael. On vous conduira dans un lieu où vous pourrez vous baigner et méditer. L'épreuve commencera au coucher du soleil.

— Dhugal peut-il m'accompagner jusque-là ?

— Pour le bain rituel, oui. Après votre séparation, il restera avec nos frères et priera. Nous vous l'accordons car vous êtes derynis.

— Merci, dit Kelson. Une dernière requête : pourrions-nous avoir à manger ?

— Afin d'aiguiser les sens, intervint Jilyan, un jeûne strict est la règle. Exceptionnellement, vous pouvez avoir du pain. A titre personnel, sachant ce qui vous attend, je vous conseillerais de boire de l'eau, et rien d'autre. S'il le souhaite, le jeune MacArdry pourra se restaurer.

— Je jeûnerai avec mon frère de sang, dit Dhugal.

Michael se leva.

— Très bien. Kelson Haldane, sur votre honneur de roi et de chevalier, avons-nous votre parole que vous ne chercherez pas à vous enfuir avant le *cruaidh-dheuchainn* ?

— Par saint Camber, je le jure.

— Vous engagez-vous aussi pour MacArdry ?
— Oui.
— Sur votre honneur ?
— Sur mon honneur de roi et de chevalier.
— Qu'il en soit ainsi. Qu'on conduise le candidat sur le lieu de sa préparation.

Le soleil disparaissait à l'horizon quand Morgan et Duncan tirèrent sur les rênes de leurs montures. Il était temps de bivouaquer. Il faisait froid et sec. Hommes et chevaux étaient fourbus. Au milieu de la journée, ils avaient perdu trace de la rivière souterraine. A mesure que les heures passaient, le moral de la troupe avait décliné.

— Nous ne retrouverons pas cette rivière, dit Morgan entre deux bouchées du ragoût préparé par Ciard.

— Tu as raison, soupira son cousin, morose. Pas plus que toi, je n'aime m'avouer battu, mais je crains fort que nous ayons épuisé nos ressources.

— Devrions-nous faire un dernier essai, cette nuit ?

Duncan secoua la tête.

— Je ne sais plus que dire, Alaric. A ce stade, retrouver leurs cadavres serait préférable à ne jamais savoir ce qu'il est advenu d'eux. Mais je suis si las... L'air sec de la montagne me donne mal à la tête.

Morgan ferma les yeux, la chevalière au griffon pressée contre ses lèvres. Puis, de sa tunique, il tira celle de Kelson, montée en sautoir, pour la regarder d'un air songeur.

— Qu'y a-t-il, Alaric ?

Avec une moue, Morgan haussa les épaules.

— Probablement rien. Je repensais à la façon dont l'essence d'une personne imprègne les choses — cet anneau, par exemple. En l'occurrence, ça ne suffirait pas bien sûr. Mais si nous l'associons à d'autres objets que Dhugal ou lui ont pu porter, ça ferait peut-être une focale suffisante...

— Ainsi, nous en aurions le cœur net...

— Oui.

Duncan se rapprocha.

— Qu'as-tu en tête exactement ?

— J'avais peur que tu demandes ça... Je pensais aux médailles de saint Camber. Ils n'ont pas pu les perdre dans l'accident.

— J'ignore si ça ferait l'affaire. Ils ne les ont pas portées assez longtemps.

— L'anneau de Sidana, alors. Depuis un an, Kelson ne s'en sépare pas. La charge émotionnelle devrait être assez forte.

— C'est vrai. On essaie ?

— Pourquoi pas ? Veux-tu appeler les hommes ?

Pour toute réponse, Duncan jeta son reste de bière dans les braises et se leva.

— Ciard, Jass, voulez-vous vous joindre à nous ? Nous avons du pain sur la planche, cette nuit.

A Rhemuth, la femme qui venait de jeter dans les douves l'anneau de Sidana écoutait son oncle par alliance porter des toasts à sa félicité.

— Je bois à la mariée, la belle Rothana, déclara Saer de Traherne. Qu'elle soit la bienvenue dans notre famille. Puissent Conall et elle avoir de nombreuses années de bonheur, de la santé à revendre et un bel enfant avant un an ! *Slainte* !

Rothana baissa les yeux, très consciente du regard que son mari braquait sur elle.

Cardiel, Arilan, mère Héloïse, quelques sœurs de Saint Brigid et des amis de Conall avaient été conviés au modeste repas de noces. En raison de l'état de Nigel, une relative sobriété était de rigueur. Meraude avait exceptionnellement quitté le chevet de son époux pour faire honneur à son fils.

D'autres toasts suivirent, plus hardis. Le soir tomba. Une main posée sur l'avant-bras de son fils, Meraude attira l'attention de sa bru.

— Conall, le jour a été long pour ton épouse ; la nuit promet de l'être autant. Ma fille, irons-nous souhaiter le bonsoir à Nigel avant que vous vous retiriez ?

— Bien sûr, *mère*. Mon seigneur, j'attendrai votre bon plaisir...

— Chaque minute qui me séparera de vous me paraîtra une éternité, ma dame.

Conall lui prit la main et caressa la paume du bout de la langue ; Rothana sentit tous les regards converger vers elle.

— Seigneur, de grâce, chuchota-t-elle, le rouge au front. Ce n'est pas... convenable.

— Pas convenable, un baise-main à ma femme ?

— Allons, Conall, le réprimanda sa mère. Un peu d'égard et de délicatesse.

Souriant, le jeune homme se redressa sans quitter Rothana des yeux. Embarrassée, furieuse contre elle-même, la princesse se laissa entraîner par Meraude. Sur son passage, les convives se levèrent pour boire à sa santé.

Il n'était nul besoin de sens derynis pour comprendre l'ardeur de Conall. Et Rothana n'avait toujours aucune raison de se méfier de lui. Les arguments qu'il avait fournis à la jeune femme avaient passé avec succès l'épreuve des Lectures de Vérité qu'elle s'était autorisées. Conall la désirait ardemment. Il était déterminé à être un époux fidèle, aimant et généreux. Même si Rothana pleurait encore Kelson, elle n'était pas insensible à une telle ferveur. De bien des façons, Conall lui rappelait son amoureux disparu.

Et bientôt, il monterait sur le trône.

Meraude et sa bru entrèrent dans la suite royale.

— Mon fils est très amoureux, vous savez. La nuit de noces ne provoque chez vous aucune appréhension, n'est-ce pas ? Je sais que vous n'aviez jamais songé à vous marier.

— Je n'ai pas le mariage en aversion, *mère*. Ce n'est pas pour y échapper que je voulais prendre le voile.

— Pourtant, plutôt que d'être l'épouse du Christ, vous avez choisi d'être celle de mon fils, dit Meraude, pensive. Comprenez que cela me comble davantage que je ne saurais dire, ma chère, surtout quand Nigel...

Sa voix mourut ; elle jeta un coup d'œil vers la chambre où était alité son mari. Mue par la compassion, Rothana lui posa une main sur le bras.

— Je suis navrée. Je tâcherai de répondre à toutes vos attentes, et d'être une bonne fille.

Avec un sourire courageux, la duchesse baissa la tête.

— Vous ferez toujours ma fierté, mon enfant. Même si j'aurais parié vous avoir un jour pour nièce plutôt que pour bru.

Rothana ne s'étonna pas que sa belle-mère fût aussi perspicace.

— Si Kelson avait vécu... Mais Dieu en a décidé autrement.

— Ainsi, je ne me suis pas trompée : vous *alliez* épouser mon neveu ! Pourquoi Conall, maintenant ? J'aime mon fils. Mais quelle piètre mère ferais-je si je fermais les yeux sur ses défauts ! J'espère qu'il s'améliorcra. Néanmoins ce n'est pas Kelson !

— Quelle importance ? souffla Rothana, misérable.

— Je crois que ça en a. (La princesse garda le silence.) *Pourquoi* ? insista Meraude. Votre vocation paraissait inébranlable. Y renoncer pour vous marier, puis voir votre promis fauché dans la fleur de l'âge...

La plupart des femmes y auraient reconnu le courroux d'un Dieu jaloux.

— Ah, mais je ne suis pas la « plupart des femmes », *mère* : je suis derynie. Votre fils n'est pas davantage un homme ordinaire. Quand nous envisagions de nous marier, Kelson et moi, il m'a fait comprendre qu'il était lié avant tout à cette terre, et que Gwynedd avait besoin d'une reine derynie.

— Gwynedd en a déjà une en la personne de Jehana ! Qui n'a pas daigné paraître à vos noces, du reste.

— A Dieu ne plaise que je lui ressemble ! J'ai des devoirs envers mon peuple, comme envers mon époux.

— Et donc, amoureuse de Kelson, vous épousez son cousin...

— Quelle meilleure preuve d'amour aurais-je pu donner à votre neveu, *mère* ? Il fallait que j'épouse son successeur pour devenir la reine derynie de Gwynedd et concrétiser nos rêves.

Après un long silence, Meraude hocha la tête.

— Vous êtes très courageuse, Rothana. Serez-vous heureuse ?

— Avec l'aide de Dieu, je serai... contente. En toute honnêteté, je ne puis dire que j'aime Conall. Mais j'ai du respect et de l'estime pour lui. Je compte l'aider de mon mieux à gouverner. Peut-être, le temps passant, m'éprendrai-je de lui. Il m'aime et il a besoin de moi. Beaucoup de couples ne pourraient pas en dire autant.

Avec un sourire triste, Meraude acquiesça.

— J'aurais tant voulu qu'il en fût autrement, mon enfant. Dans notre intérêt à tous... Allons, faisons nos adieux à Nigel et retirez-vous. La nuit est là.

Kelson tentait de se détendre en prenant son bain. Dhugal était dans une autre pièce. Ensuite, tous deux seraient escortés jusqu'au sanctuaire de saint Camber.

L'eau chaude apaisait l'anxiété du roi. Quel sort lui réservait-on ? Par une fenêtre, il apercevait le soleil déclinant. Des herbes odorantes se consumaient dans un brasero, mêlant leurs essences à la vapeur. Près de là, d'une voix de ténor agréable, quelqu'un chantait les psaumes dans un curieux latin.

Un peu plus tard, frère Michael tira Kelson de sa torpeur et lui tendit une serviette ; le roi s'en drapa. Le frère lui sécha les cheveux puis les démêla.

— Voulez-vous les laisser ainsi ou préférez-vous la *g'dula* ?

— Est-ce votre terme pour « natte » ?

— Oui.

— Alors, j'aimerais en avoir une. C'est la coiffure que j'ai adoptée depuis des années.

Michael sépara les mèches mouillées et se mit à l'ouvrage. Kelson risqua une légère sonde mentale, sans succès. Ou l'homme était deryni, ou il bénéficiait d'un entraînement religieux.

Ou les deux.

Ou ni l'un ni l'autre.

Plongé dans ses pensées, Kelson se laissa vêtir d'un manteau gris à capuche. Manifestement, il n'était pas question qu'il ait d'autres vêtements.

— Ceux qui pénètrent dans le sanctuaire du Bienheureux y entrent comme ils sont venus au monde, afin que rien ne les détourne de leur rencontre avec le Saint.

Après cette explication, Michael conduisit le roi jusqu'à l'église. Les villageois, torches au poing, formèrent une haie sur leur passage avant de leur emboîter le pas. Ils chantonnaient un hymne que Kelson ne parvint pas à reconnaître.

Nichée à flanc de falaise, l'église avait déjà ouvert ses portes. Dhugal patientait sur le parvis, près du Quorial au complet.

Le fils de Duncan baisa la main de Kelson et en profita pour lui souffler par l'esprit :

— *Tente de récupérer nos médailles ; je ferai de mon mieux pour les utiliser comme focales et maintenir le contact avec toi. Ainsi, tu puiseras en moi l'énergie nécessaire.* (A voix haute, il lança :) De grâce, sire, bénissez-moi.

Kelson tendit les mains et déclara avec une conviction qu'il était loin de ressentir :

— N'aie crainte. Le Bienheureux Camber ne m'abandonnera pas. Frère Michael, j'aimerais qu'on me rende ma médaille. Elle me réconforte. De même, la boucle d'oreille que vous m'avez prise est un symbole de ma royauté qui me soutiendrait dans l'épreuve.

— Ce n'est pas possible, répliqua Michael, intransigeant.

— Alors, restituez-les à mon frère : consentez-lui au moins ce réconfort !

— Il peut avoir les médailles, intervint Rhidian, car elles concernent notre saint. La boucle d'oreille, en revanche, est haldane, donc détestable aux yeux du Bienheureux Camber. Du moins tant que vous n'aurez pas fait vos preuves.

C'était un objet plus puissant que les médailles. Mais s'il continuait à protester, Kelson perdrait tout.

On rendit les médailles à Dhugal ; le roi projeta ses perceptions ; les yeux dans ceux de son frère, Dhugal établit le lien. Puis il embrassa les bijoux avec ferveur.

— Otez vos sandales avant d'entrer, ordonna Michael. Car vous serez en terre consacrée.

Kelson et Dhugal obéirent, imités par les villageois qui avaient mouché leurs torches et entonné un nouvel hymne.

L'intérieur était sombre. Le mur oriental, gris et lisse, semblait disparaître derrière l'autel. Kelson réalisa que c'était en réalité de la roche polie avec soin.

Il garda les yeux rivés sur l'autel où brûlaient des chandelles.

De part et d'autre de l'allée centrale, des tapis de paille posés sur des lattes de bois faisaient office de bancs. Dans une petite église de montagne, ce n'était pas inhabituel. Les villageois prirent place. Michael tenait sa croix processionnelle comme un bâton de berger ou une crosse. Bened et Jilyan flanquaient Kelson ; Dhugal et le reste du Quorial suivaient. Discrètement, Dhugal passa les médailles autour de son cou. Le lien fraternel se renforça, source de réconfort.

Après une génuflexion devant l'autel, Michael se tourna vers l'assemblée. Faisant le signe de croix de la main droite, il se lança dans une litanie de bénédictions.

— *In nomine Patris, et Filius, et Spiritus Sanctus.*

— *Amen*, répondirent ses ouailles.

— *Dominus vobiscum.*

— *Et spiritu tuo.*

— *Sursum corda.*

— *Habemus ad dominum.*

— *Laudamus Dominum Deum nostrum.*

— *Dignum et justum est.*

Ouvrez vos cœurs...

Nous les élevons jusqu'au Seigneur...

Prions le Seigneur notre Dieu...

C'est juste et séant...

Frère Michael se tourna pour s'agenouiller devant l'autel. Tous l'imitèrent.

Une voix s'éleva. Bientôt, tous reprirent le chant des Hébreux en captivité à Babylone. C'était un rappel poignant de l'exil imposé à ces montagnards. Kelson s'en émut. Ses propres aïeux étaient responsables. N'avaient-ils pas laissé les persécutions contre les Derynis traverser les siècles ?

Les mélodies évoquaient des sentiments dont il n'avait jamais fait l'expérience. A travers les âges, ceux qui avaient ainsi souffert et lutté pour préserver leur héritage étaient liés par une fraternité unique.

Le psaume achevé, les voix passèrent à un mode modulé qui éveilla des échos inconnus chez le jeune souverain. Les versets suivants parlaient d'un exil bien plus récent. Bouleversé, Kelson pleura les vies derynies prématurément fauchées, les années perdues...

Quand le chant prit une tournure plus joyeuse, le fils de Brion avait les joues striées de larmes.

— *Duce et regere servum tui, Domine... Adsum Domine. Adsum Domine. Adsum Domine...*

Guide et préserve Ton serviteur de la tentation, Seigneur... Me voici devant Toi, Seigneur...

Comme si souvent ces dernières années, Kelson se jura de vouer sa vie à réparer les injustices commises par ses aïeuls et à rétablir l'égalité entre ses deux peuples : humain et Deryni.

Un silence profond l'enveloppa. Chacun se recueillait.

Michael se leva et se tourna vers Kelson. Alors que tous se levaient aussi, Bened et Jilyan posèrent les mains sur ses épaules pour qu'il reste à genoux. Kelson réalisa que les Derynis qui l'entouraient avaient enfermé ses perceptions dans un cocon, le lien fraternel inclus.

— Ce qui va suivre vous paraîtra étranger, Kelson Haldane, déclara Michael. Durant les années d'exil, beaucoup de choses se sont perdues. Nous avons sauvegardé ce que nous pouvions. Saint Camber lui-même a établi certains des principes qui nous régissent. Nous n'aurons pas d'instructions ou de règles spécifiques à vous imposer quand vous vous offrirez à lui. *Son* inspiration et votre intuition seront vos meilleurs guides. Ouvrez votre esprit afin d'accueillir la connaissance qu'il vous dispensera peut-être. L'épreuve qui vous attend ne concerne pas votre corps, mais votre âme. Sachez-le.

Soulagé de ne devoir affronter aucun test physique, Kelson fut néanmoins anxieux à l'idée d'une épreuve spirituelle.

Il s'agissait donc d'une initiation aux niveaux supérieurs de la conscience et de la perception. Après tout, n'était-ce pas l'objet de sa quête ?

Michael approcha et posa les mains sur ses cheveux.

— Puisse-t-il *te* parler, Kelson Haldane. Quand tu nous répéteras ses paroles, nous saurons si tu dis vrai ou pas. Puisse notre Seigneur t'avoir en Sa sainte garde. *Selah.*

— Amen, répéta la congrégation.

Michael et Rhidian conduisirent Kelson jusqu'à une petite porte, à droite de l'autel. Leurs boucliers brouillaient son lien avec Dhugal. Le roi savait que son frère s'obstinerait. Cette seule pensée suffit à lui redonner courage. Osant un dernier coup d'œil par-dessus son épaule, il fit ses adieux à Dhugal avec une affection qui transcendait toute magie.

Aux quatre coins de la porte, Kelson reconnut des symboles du pouvoir élémentaire. Au centre se dressait une croix dont les branches portaient les initiales *S* et *C*.

Rhidian frappa deux fois l'anneau de Miséricorde. Puis elle recula. Michael ôta sa bure à Kelson.

— Toi qui voudrais être le Serviteur du Bienheureux Saint Camber, voici venue l'heure de ton épreuve. Descends dans les entrailles de la terre, aussi nu qu'au jour de ta naissance, et subis le *cruaidh-dheuchainn*. Ouvre la porte, Kelson Haldane, et va vers *lui*.

Kelson obéit.

CHAPITRE 26

> Il parle par un rêve, une vision nocturne, quand l'engourdissement s'abat sur les humains, quand ils sont endormis, allongés sur un lit.
>
> *Job, 33, 15*

La porte se referma sur Kelson. Il se trouvait dans un tunnel. Attendant que ses yeux s'accoutument à la pénombre, il compta ses battements de cœur. Puis il avança à tâtons. Au loin tremblait la lueur d'une torche.

Les parois taillées à même la roche avaient été polies par endroits. Sous ses pieds nus, le sol était moins glacé et irrégulier qu'il l'aurait cru. A mesure qu'il progressait, le lien fraternel disparaissait.

Bientôt, Kelson déboucha dans une salle qui lui coupa le souffle.

Des appliques en bronze s'alignaient sur les murs : leur éclat l'avait guidé. A l'autre bout, des chandelles votives entouraient une statue de pierre gris pâle. Mains levées avec grâce, elle tenait une couronne archaïque. Le sculpteur avait caché le visage sous les replis d'une capuche.

Des braseros répandaient des effluves puissants. Près de la statue gisaient des fourrures. Presque machinalement, Kelson fut attiré par la chaleur qu'elles promettaient... et découvrit la véritable origine de l'étrange odeur ambiante : une source claire. La vapeur qui s'en échappait s'engouffrait dans une cheminée.

Alors qu'il reculait, un bruit lui indiqua qu'on venait de boucher l'ouverture ; la vapeur se répandit dans la salle. Pris de vertige, Kelson se rattrapa au mur.

Etait-ce le manque de nourriture ? La tension nerveuse ? L'effort de maintenir un contact avec Dhugal ? Kelson aurait donné cher pour s'en persuader. Mais le brouillage de ses sens derynis ne pouvait avoir qu'une explication. Au cours de ses lectures, il avait appris l'existence de grottes semblables. Jamais il n'aurait cru qu'il en existât à Gwynedd.

Leurs exhalaisons pouvaient induire des visions ou des rêves prophétiques. Une trop longue exposition était fatale.

Kelson se rassura : si les montagnards avaient voulu sa mort, ils l'auraient tué depuis longtemps.

Pourtant la situation n'était pas sans danger.

A l'inspiration suivante, le vertige le reprit de plus belle. En des temps reculés, des rites initiatiques s'étaient déroulés dans de tels endroits. Le suppliant s'allongeait devant la statue de son dieu et inhalait les fumées, espérant en retirer des rêves prophétiques. Si la méthode avait suffi aux anciens pour entrer en communication avec leurs divinités, fonctionnerait-elle avec un saint ?

Comment la communauté de saint Kyriell avait-elle hérité de pratiques si archaïques ?

Peu importait. Il était temps pour Kelson de prouver sa sincérité. Si c'était la méthode élue par les

Serviteurs de Camber, elle ne pouvait pas être sans mérite.

Respirant à peine, Kelson avança jusqu'aux fourrures et s'y assit en tailleur. Afin de ne rien risquer quand il perdrait connaissance, il traça un cercle magique qui repousserait toute entité cherchant à profiter de sa vulnérabilité. Au cours des siècles, les agents humains des prêtres s'étaient souvent déguisés en messagers divins pour mieux abuser les initiés et les mener aux conclusions voulues. Kelson n'avait rien contre les mystères — les scènes religieuses à l'adresse des profanes n'en étaient-elles pas aussi ? Mais si Camber lui accordait une vision, il ne voulait aucune interférence humaine, aussi bien intentionnée fût-elle.

Mains sur les cuisses, paumes ouvertes en signe d'ouverture d'esprit, il regarda la statue et inspira lentement. Ses défenses s'évanouirent. Il se focalisa sur son contact fugace avec Camber, le jour de son couronnement, quand Morgan, Duncan et lui avaient cru voir un spectre en cape grise poser les mains sur la couronne.

Puis Kelson dériva, léthargique, dans les brumes de l'inconnu.

Dhugal était coupé de son frère. Dans l'église, Bened et Jilyan gardaient l'œil sur lui. Ils avaient levé leur barrière psychique, puisque les deux compagnons ne pouvaient plus communiquer.

En ce moment même, Kelson affrontait peut-être un danger ! Que ces gens révèrent un saint deryni ne prouvait rien.

Misérable, assis en tailleur sur un tapis de paille, Dhugal se creusait la cervelle. Les mains fermées sur les médailles, de véritables talismans contre le mal, il cherchait à renouer un lien devenu inexistant. Puis il fit appel à tout ce que Kelson, Morgan et son père avaient pu lui apprendre sur Camber.

A son tour, il adressa de ferventes prières au saint disparu.

Pour Kelson, le temps se désintégra. Depuis quand était-il suspendu dans les limbes ? La vapeur était devenue un brouillard à couper au couteau. Quels traits aurait Camber si sa statue s'animait ? Ou si ses bras s'abaissaient vers lui, las de tenir une couronne depuis des siècles ?

Soudain, le miracle se produisit !

Kelson vit un spectre se détacher de la statue aux bras éternellement tendus. Une entité à l'aura transparente s'était libérée de sa prison de pierre pour flotter vers lui !

Le cœur battant la chamade, Kelson se découvrit incapable de remuer un muscle. Tenue en respect par le cercle de protection, l'apparition tendit des mains implorantes vers lui. La capuche glissa pour dévoiler des traits sereins encadrés de cheveux argentés. Les lèvres remuèrent ; Kelson n'entendit rien.

Le message était clair : l'entité voulait franchir le cercle. Non sans peine, Kelson leva une main et exauça son désir.

Utilisant le tranchant de sa paume comme la lame d'une épée sacrée, il sabra le champ de protection pour ouvrir un passage. L'apparition lui manifesta sa gratitude et entra.

Epouvanté, Kelson la vit grandir, et tendre des doigts démesurés vers son front.

Ce qui aurait dû être une illusion se révéla affreusement tangible ; on chuchota au jeune homme de dormir.

Kelson s'évanouit.

Loin de se douter de ce qui se passait, Dhugal avait perdu le contact avec son frère. Il avait beau s'évertuer à le renouer, c'était peine perdue.

Pourtant, il refusait de s'avouer battu. A tout moment, Kelson pouvait avoir besoin de secours. Il devait absolument rétablir le lien !

A son insu, le champ de ses projections mentales s'élargit à cause du manque de focale.

Très loin de là, d'autres âmes au désespoir avaient commencé à se projeter en direction de saint Kyriell.

Vers Dhugal.

Morgan à demi allongé sur lui, Ciard et Jass également à son contact, Duncan tressaillit en croyant percevoir une aura familière. Hésitant, il redoubla d'efforts.

Jass gémit ; d'un geste, Duncan le replongea dans le sommeil.

Même Morgan n'avait pas capté l'appel. L'étonnement manqua le tirer de sa transe, le réveillant à moitié.

Duncan posa une main sur ses yeux avant qu'il les ouvre, et lui demanda mentalement :

— *As-tu senti cela ?*

— *Quoi donc ? Montre-moi.*

Duncan lui communiqua sa vision d'une médaille de Camber comme... dédoublée... Encore léthargique, Morgan tira de sous sa tunique la sienne, héritée de ses parents, et modèle de celles qu'il avait données à Kelson et à Dhugal avant leur départ.

— *Je n'en connais pas d'autres.* (Duncan lui prit la main, la médaille serrée entre leurs paumes jointes.) *Nous l'utiliserons comme focale.*

Ainsi liés, les deux Derynis plongèrent dans une transe profonde et puisèrent dangereusement dans les réserves de leurs compagnons humains. A la limite de leurs forces, alors que la respiration de Ciard et de Jass se faisait heurtée, le miracle se reproduisit.

Duncan « bondit ».

— *Dhugal ! Loué soit le Seigneur ! Mon garçon, est-ce vraiment toi ?*

La joie intense, la fatigue et l'appréhension faillirent rompre un lien déjà fragile.

— *Père !*

Redoutant que les montagnards interviennent, le jeune homme transmit un flot de faits plutôt que des mots.

Le village de saint Kyriell, un bastion perdu des « Serviteurs de Saint Camber », dont certains étaient derynis...

L'épreuve inconnue que subissait Kelson en ce moment même...

La profanation involontaire d'un sanctuaire, au cœur de la montagne où ils avaient erré des semaines...

Les pouvoirs de guérisseur que s'était découvert Dhugal, face aux blessures de son frère...

Le *merasha* qu'une main mystérieuse avait mélangé à la gourde de Kelson...

Les informations étaient vertigineuses ; Morgan prévint son cousin que l'endurance des humains atteignait ses limites.

Il fallut rompre momentanément le lien.

Mais Duncan et Morgan savaient où chercher. Si rien de mal n'arrivait à Kelson dans les heures à venir, tous les espoirs étaient permis.

— Vivants, ils sont vivants ! souffla le duc de Corwyn, qui n'en revenait pas. (Son cousin, souriant jusqu'aux oreilles, l'aida à se rasseoir.) Nous n'avons pas rêvé, n'est-ce pas ? Rassure-moi, Duncan !

Trop ému encore, le duc ne put que secouer la tête. Puis il approfondit le sommeil des humains, afin qu'ils récupèrent.

— Oui, ils sont en vie... Et chaque réponse que nous venons de glaner soulève des myriades de questions supplémentaires ! Nous ne sommes pas au bout de nos peines !

— C'est certain. Le plus inquiétant est cette histoire de *merasha*. Qui et pourquoi ? Dhugal n'a pas d'ennemis, que je sache ?

— A ma connaissance, non.

— Une minute... *Qui* a profité de la disparition de Kelson et de Dhugal ?

Duncan en eut le souffle coupé.

— *Conall* ?

— Conall ! Il est pratiquement roi ! Maintenant qu'il dispose de pouvoirs haldanes, il n'est pas près d'y renoncer.

Duncan émit un long sifflement.

— Et dire que nous les lui avons transmis...

— Vraiment ? Je me demande... Et si nous nous trompions ? Tiercel avait raison, puisque Kelson est toujours de ce monde ! Plusieurs Haldanes peuvent détenir simultanément le pouvoir magique de leurs ancêtres... Bonté divine, Tiercel...

— C'est peut-être bien lui qui a porté Conall au pouvoir. Et en guise de récompense, celui-ci l'aura occis. Tiercel avait accès au *merasha*. A moins que... Le Conseil Cambérien n'aurait tout de même pas trempé dans ce complot ?

Morgan secoua la tête.

— Si c'est le cas, Arilan n'en a rien su. Quand on a cru Kelson mort, son chagrin était réel.

— Ça ne l'aurait pas empêché d'agir ainsi, s'il l'avait jugé nécessaire, quitte à déplorer la mort de Kelson ensuite. Si le Conseil avait incité Tiercel à développer le potentiel de Conall, pour s'apercevoir ensuite qu'il était un candidat au trône plus malléable que Kelson...

— Plus malléable..., répéta Morgan, soudain ramené dans le passé. (Arilan avait parlé de...) *Rothana !*

— Quoi ?

— *Doux Jésus*, maintenant il l'a épousée ! Et je parierais qu'elle aimait Kelson ! Quand Arilan a nommé la future épouse de Conall, je me suis senti mal à l'aise. Conall aurait-il pu être motivé par la jalousie ?

— Celle qu'il éprouvait envers Kelson, envers Dhugal, envers Rothana... envers Nigel. Mon Dieu, Alaric, que s'est-il passé avec Nigel ?

— S'il a découvert le potentiel de son fils, ses liens avec Tiercel, le *merasha*, Conall a très bien pu se retourner contre lui.

— Son propre père ?

Morgan pinça les lèvres.

— Sachant ce que tu sais de Conall, de son caractère emporté, crois-tu que ça aurait fait une différence ? La couronne de Gwynedd et une reine : voilà ce qui était en jeu.

— Pauvre Rothana.

— Oui. Pauvre Rothana.

Au château de Rhemuth, dans la suite royale qui avait appartenu à Kelson, la femme que Conall avait choisie se recroquevillait au coin d'une cheminée, dans une robe bordée de fourrure. Elle avait passé les bras autour de ses genoux. Un peu plus tôt, les cloches de la cathédrale avaient sonné minuit.

Conall ronflait sous les couvertures ; Rothana ne parvenait pas à dormir.

Me voilà vraiment sa femme..., songea-t-elle, fascinée par la danse des flammes.

La perte de sa virginité avait été moins douloureuse qu'elle n'aurait cru, mais guère agréable. Multipliant les déclarations d'amour, Conall avait voulu se montrer doux et prévenant. Hélas, sa nature impatiente avait vite repris le dessus.

Ensuite, il s'était confondu en excuses, essuyant tendrement les larmes de sa femme. A force de caresses, il avait mué son inconfort en plaisir.

Quand Conall s'était rendormi, Rothana en tremblait encore.

Pourquoi une telle ambivalence ? La jeune femme avait sa petite idée sur la question. Si Kelson avait été dans le lit à baldaquin, elle serait restée entre ses bras, savourant avec délice leur intimité.

Mais voilà... Conall avait beau faire, ce n'était pas le bon Haldane.

Rothana ne doutait pas qu'elle serait une reine compétente et remarquable ; toute son éducation y avait tendu.

Et ainsi l'avait voulu Kelson.

Elle rêvait toujours à ce qui aurait pu être quand une main posée sur son épaule la fit tressaillir.

— Pourquoi es-tu si nerveuse, ma chérie ? souffla Conall, lui mordillant le lobe d'une oreille.

Nu devant elle, auréolé du reflet des flammes, son désir était évident.

— Mon seigneur, je vous croyais endormi. Je ne voulais pas troubler votre repos.

Gloussant, il glissa une main dans ses cheveux et lui prit le menton de l'autre pour lui donner un fougueux baiser. Puis il l'allongea sur les fourrures, devant la cheminée.

— C'est notre nuit de noces, mon amour. La première fois était pour mon plaisir. La deuxième sera pour le tien. Reine de mon cœur, abandonne-toi à ton roi !

Tandis qu'il la possédait de nouveau, Rothana imagina qu'il était un autre...

Son plaisir fut plus vif encore.

Après l'extase, elle sombra dans un sommeil bienheureux.

La tension sexuelle qui régnait dans la chambre trouva un lointain écho au nord-est de Rhemuth.

Exposé aux vapeurs hallucinogènes de la grotte, Kelson rêvait... Sa soif d'absolu avait été étanchée par l'incroyable apparition.

A présent que Kelson avait recouvré la santé, ses appétits charnels s'éveillaient.

Il rêvait de Rothana, si belle au clair de lune... Puis le souvenir s'écarta de la réalité : un prêtre vint bénir leur union avant de se fondre dans la nuit.

Les amoureux restés seuls firent assaut de baisers, savourant la montée du désir.

Cette fois, il ne la laissa pas s'écarter ; il dénuda sa poitrine et pressa son visage entre ses seins.

Elle ne tenta pas de l'arrêter.

Il l'allongea sur l'herbe, non printanière comme dans son souvenir, mais estivale.

La pointe des petits seins se dressait. Son corps mince et souple appelant les caresses, Rothana s'offrait tout entière à Kelson, le guidant vers l'extase. La jouissance leur fit toucher les cieux. Kelson eut l'impression que des coulées de lave se déversaient dans ses veines.

Arc-bouté sur le chevalet du plaisir, il crut défaillir.

Pendant que les amoureux reprenaient leur souffle, Rothana l'embrassa tendrement. Sa chevelure noire voilait son beau visage. Ses longs doigts caressèrent sa gorge ; Kelson flottait dans un cocon de douceur.

Alors le sommeil le happa.

Quand il revint à lui, avant même d'ouvrir les yeux, il sut que le jour s'était levé. On avait rouvert la cheminée, pour chasser les vapeurs. Le rouge au front, il se rappela son rêve...

L'érotisme avait appelé une réaction de sa chair.

Il se leva et se lava à la source.

La statue de saint Camber était redevenue ce qu'elle semblait être : une statue.

Avait-il rêvé cela aussi ?

Il constata que le cercle de protection vibrait encore là où il l'avait interrompu pour créer un passage.

Saint Camber *était* venu à lui ! En tout cas, Kelson y avait suffisamment cru pour ouvrir une brèche dans ses propres défenses.

Il se rappelait de tout en détail : l'ectoplasme évanescent se séparant de la statue ; sa supplique muette ; sa soudaine présence près de lui, son épouvante.

Et ensuite ? Que s'était-il passé ? Il devait s'en souvenir !

Kelson fit disparaître son champ de protection, puis se désaltéra.

— Pardonnez-moi, saint Camber, mais je ne comprends pas encore tout, souffla-t-il. Que m'avez-vous révélé cette nuit ? Pourquoi l'ai-je oublié ? Cela fait-il partie de vos desseins ? Ne m'en souviendrai-je que le moment venu ? (Exaspéré, il baissa la tête, les poings sur les hanches.) Très bien, je m'en remettrai à mes intuitions ! Ai-je le choix ? J'ai foi en vous, Camber de Culdi. Vous seriez une source de force et de dignité pour mes sujets. Dieu sait s'ils ont besoin d'aide en ce monde de haine et de folie. Comme je l'ai promis, je restaurerai votre culte.

« Et je ne m'en tiendrai pas là. Les sanctuaires, pour importants qu'ils soient, ne sont pas l'essentiel. Je reconstruirai ce qui fut abattu, j'édifierai des écoles pour enseigner à la jeunesse derynie ce que nous avons perdu. Tout reste à découvrir et à reconquérir, mais avec votre aide, nous y parviendrons. Le don de guérison est vital — et trois d'entre nous semblent le posséder. Grâces vous soient rendues, saint Camber, si vous avez guidé Dhugal sur cette voie !

Kelson soupira. Déclamer devant une statue ne frisait-il pas le ridicule ? Il était temps d'affronter le monde.

Il plia le genou une dernière fois, en signe d'hommage.

Puis il remonta l'étroit corridor, plus sombre que la veille. Sous sa poussée, la porte s'ouvrit sans difficulté.

Sa réapparition dans l'église provoqua la recrudescence des chants.

L'heure suivante, tout se brouilla pour Kelson. Même si Dhugal fut tenu à l'écart, la joie de son frère le toucha.

On vêtit Kelson d'un manteau bleu roi ; il dut boire du lait de chèvre et manger du miel, deux symboles d'une vie nouvelle. Puis on le fit asseoir sur une sorte de trône, face à l'autel.

Frère Michael célébra une messe qui s'écartait subtilement des canons de l'Eglise. Aux cris de « *Hosannah au plus haut des cieux !* », Kelson fut acclamé et confirmé roi.

Pourtant, il n'avait encore rien révélé de son expérience.

Au moment du Baiser de Paix précédant la communion, Dhugal put enfin approcher son frère. Ce qu'il lui chuchota en l'étreignant, verbalement comme mentalement, ramena Kelson à la réalité. Dhugal avait réussi à entrer en contact avec Morgan et Duncan ! A l'heure même, les ducs galopaient vers saint Kyriell, espérant y parvenir le soir même...

Kelson se demanda comment avait réagi le royaume à l'annonce de sa mort.

Et comment Nigel, devenu roi, s'en sortait-il ?

Avant tout, il devait raconter son expérience aux villageois. La messe achevée, ceux-ci se mirent en cercle, tels des enfants pleins d'espérances. Il leur conta par le menu détail sa vision, omettant uniquement son rêve érotique. Sans résister, il se plia à leur Lecture de Vérité et réitéra son vœu de rouvrir des écoles derynies.

Kelson tenait l'auditoire dans le creux de sa main. Sitôt qu'il évoqua la nécessité de retourner dans la capitale pour y reprendre les rênes du royaume, les villageois manifestèrent la volonté d'aider leur suzerain.

Ces braves gens ne manquaient pas de sens pratique.

A midi, Dhugal et lui prirent un déjeuner frugal. Puis on leur donna de solides poneys. Escortés de six jeunes gens, ils partirent dans la vallée, chaudement vêtus de cuirs, de plaids en tweed et de fourrures.

Au crépuscule, Kelson fit halte pour projeter ses perceptions mentales. Sa sonde rencontra un écho presque immédiat.

Quelques heures plus tard, à l'apparition de la lune, les montagnards virent deux ducs surgir au galop et sauter de leurs chevaux pour étreindre leur roi et son frère.

Après ces effusions, les deux groupes prirent du repos avant de continuer vers Rhemuth. Les nouvelles dont Morgan et son cousin étaient porteurs exigeaient de la réflexion. Deux camps furent dressés : un pour le roi et ses trois amis, l'autre pour les MacArdry et les gens de saint Kyriell. Après le repas, Kelson et les siens tinrent un conseil de guerre. Kelson écouta Morgan résumer la découverte du cadavre de Tiercel, l'apoplexie de Nigel et le mariage de Conall.

— Nous n'avons aucune preuve que Conall est derrière tout ça, dit Duncan. Mais qui avait le plus à y gagner ? Tiercel est mort, Nigel se meurt et Conall va monter sur le trône, ses pouvoirs haldanes confirmés. Dès que la santé de son père s'est détériorée, il n'a pas perdu de temps !

— N'était-ce pas prudent de sa part, quand on sait que les ennemis du royaume peuvent frapper à tout moment intervint Dhugal ? Kelson mort, Nigel dans l'incapacité de gouverner, Conall se devait d'agir au plus vite. En toute objectivité, ça s'imposait.

— Sans doute, et il sera le premier à le souligner, convint Morgan. Mais qu'il ait obtenu ses pouvoirs de Tiercel ou de nous — ce dont je doute à la réflexion —, il ne renoncera plus à la couronne, qui lui est pour ainsi dire acquise. A supposer qu'il soit innocent, reste le problème d'une union pour le moins précipitée.

Kelson acquiesça. Que Conall ait pu le trahir ne le surprenait guère. Mais Rothana... ? Comment expliquer sa défection ?

Le roi était blessé au-delà des larmes.

— Je laisserai à mon cousin une chance de se justifier. Pas question de croire à une telle vilenie sans preuve, ou sans l'entendre de sa bouche. D'autres explications sont possibles.

— Je l'espère, lâcha Duncan. Dans son intérêt comme dans le nôtre.

— Avec de la chance, ajouta Dhugal, il sera coupable d'opportunisme, c'est tout. Ça n'est pas forcément un crime.

Au matin, une fois à Valoret, ils utiliseraient le Portail de Transfert. Kelson et Dhugal s'allongèrent entre les ducs.

Le roi eut du mal à trouver le sommeil.

— Dhugal, dors-tu ? souffla-t-il.

Pour toute réponse, le comte lui prit la main et établit une communication mentale.

— *Tu es troublé.*

— *Pas vraiment. Si le pire s'avère, je m'occuperai de Conall à ma façon. Avec vous trois pour le guérir, même Nigel pourra être sauvé.*

— *Alors il s'agit de Rothana... Kelson, je suis navré. Tu l'aimais, n'est-ce pas ?*

— *La nuit dernière, j'ai rêvé d'elle. C'était sa nuit de noces... Je l'ignorais alors. Nous avons fait l'amour. C'était si* réel *que... Disons que ça l'était vraiment ! Crois-tu que j'aurais pu, sans le savoir, vivre ce que Conall et elle ont... fait ?*

— *A cette distance, et avec une montagne entre vous ? J'en doute !*

Sa gardant de partager ce souvenir avec son frère, Dhugal revit Michael et Rhidian s'éclipser par une petite porte la nuit précédente, tandis que la plupart des hommes sommeillaient dans l'église. Michael était revenu presque tout de suite, Rhidian, une heure plus tard.

Et si le « rêve » de Kelson avait été plus *réel* encore qu'il n'imaginait ? Une forme d'initiation sexuelle, dans les brumes propices de la grotte ? Voire un mariage rituel entre le roi consacré et la terre, incarnée par Rhidian ? C'était une antique coutume des frontaliers. Si Kelson l'ignorait, Dhugal en avait conscience.

Il garda le silence. A quoi bon ajouter à la déception et à la peine de son frère ?

Il plaça ses suspicions derrière les boucliers spéciaux abritant son « jardin secret », selon les propres termes de Kelson. Conscient des réticences de Dhugal, le roi pensa que son frère ne désirait pas violer l'intimité de son rêve. Aussi le relégua-t-il dans les replis de son âme.

— *Pardonne-moi, je ne voulais pas te troubler. A notre retour dans la capitale, j'en aurai le cœur net. Elle m'a cru mort, après tout.*

— *C'est certain*, répondit Dhugal. *Veux-tu que je t'aide à dormir ?*

— *Non. Et toi ?*

Trop alléché pour décliner l'offre, Dhugal se laissa plonger dans un sommeil sans rêve.

Quand il rouvrit les yeux, le soleil brillait. Pour la première fois depuis des semaines, il était vraiment reposé.

CHAPITRE 27

Demande aux prêtres, lui dit-il, de trancher la question suivante.

Aggée, 2, 11

Ralentis par le terrain accidenté et un mauvais temps constant, Kelson et ses compagnons mirent quatre jours à rallier Valoret. Avant de se transférer à Rhemuth, le roi passa quelques jours de plus à étudier les délibérés du synode, surtout ceux qui concernaient Duncan. Etant donné les difficultés qui attendaient Kelson, une fois de retour dans la capitale, la clarification du statut de Duncan devenait cruciale. Si Conall avait vraiment comploté, quelques jours de plus ou de moins ne feraient pas une grande différence.

Pâques étant une période idéale pour revenir d'entre les morts, le roi décida de faire son apparition le lundi pascal.

L'ironie échapperait sans doute à Conall.

Cardiel et Arilan étaient retournés près de lui pour le conseiller. L'archevêque Bradene, lui, eut la stupeur de voir un miraculé franchir les portes du palais de Valoret par un beau matin d'avril.

Les cloches de la cathédrale célébrèrent cette résurrection. Le péan de gloire se prolongea des heures, au mépris des règles liturgiques. L'après-midi, les évêques se rassemblèrent dans une cathédrale bondée pour chanter un *Te Deum* jubilatoire. Le soir, Kelson raconta son aventure aux membres du clergé.

Le lendemain, le roi réunit les évêques dans le chapitre où il s'était adressé à eux quelques semaines plus tôt. Il demanda un compte-rendu et constata avec plaisir que le synode n'avait pas chômé.

Les nominations n'attendaient plus que l'approbation royale ; Kelson la donna volontiers. La canonisation d'Henry Istelyn de Meara avait été adoptée à l'unanimité.

Plus important que tout aux yeux du roi, le remaniement des statuts de Ramos était acquis. Kelson passa le plus clair de son vendredi à étudier les chartes. Il y apporta de rares amendements.

Le lendemain, s'attaquant au point le plus délicat, il déclara devant l'assemblée :

— Vous me voyez fort satisfait des progrès du synode. Si je ne craignais pas d'attirer sur moi le mauvais sort, je dirais presque que ma « mort » ne fut pas si terrible ! (D'une main levée, il fit taire des rires nerveux.) Par votre souci sincère de corriger les injustices dont notre royaume a souffert, vous ne pouviez laisser meilleur souvenir de mon règne. Au vu de vos propositions, vous jugez les Derynis capables de contribuer à la grandeur et à la diversité de Gwynedd.

« Passons à un point qui me tient particulièrement à cœur : la réhabilitation d'un homme de bien. Depuis des années, l'évêque Duncan McLain sert la Couronne avec une fidélité que vous ne soupçonnez pas. Sa loyauté envers mon défunt père et envers moi ne s'est jamais démentie. Puisque l'interdiction faite aux Derynis de servir Dieu est en cours de révision, j'apprécierais que vous l'accueilliez en votre sein sans plus de réserves. Duncan a déjà prouvé, je le crains, que son sang était aussi rouge que le vôtre. Et il n'a jamais hésité à le verser pour défendre la Couronne et nos terres.

En soutane noire, Duncan se tenait derrière son suzerain. Sur un signe de Bradene, il se leva. La veille, tous deux avaient longuement parlé... Les évêques suivraient-ils le roi sur cette voie ?

— Majesté, déclara Bradene, ma conviction est que Duncan McLain a toujours agi pour la plus grande gloire de Dieu et de son roi. Si un doute subsiste, il concerne sa seule ordination.

Un murmure d'approbation courut dans l'hémicycle. Dépourvu d'hostilité, il traduisait l'expectative générale.

— En conséquence, je suggère que Duncan se confesse devant cette assemblée, qui lui accordera ou non l'absolution. Entre ces murs, l'affaire sera définitivement réglée. Quelqu'un s'y oppose-t-il ?

A l'évidence, personne n'y était enclin.

Ce qui allait suivre serait placé sous le sceau de la confession et ne transpirerait pas hors du synode. Kelson, Morgan et Dhugal seraient de simples témoins.

Duncan vint s'agenouiller devant le trône de l'archevêque. Les mains croisées, il leva ses yeux bleus presque argentés vers son supérieur.

— Je confesse qu'à Pâques de l'an de grâce 1113, j'ai accepté l'ordination des mains de l'archevêque Alexandre de Rhemuth. J'étais conscient que j'étais Deryni et que les lois canons m'interdisaient ce saint sacrement.

— Pourquoi avez-vous agi ainsi, mon fils ?

Le regard brillant de ferveur, le duc s'expliqua :

— Je croyais alors, et je le crois toujours, que Dieu a voulu ma présence parmi Ses prêtres. Je devais mettre mes dons à Son service, comme d'autres avant moi.

— Et que faisiez-vous des règles de l'Eglise ?

— C'était un cas de conscience, Excellence, après des années d'études et de prières. L'Eglise dit aussi que refuser d'écouter sa conscience est un grave péché. Comment aurais-je pu rester sourd aux appels de Notre Seigneur ? Ma vocation était d'offrir Ses sacrements à Ses fidèles, humains comme Derynis. Je devais m'offrir tout entier à Dieu et m'en remettre à Lui. Quel homme ici n'a pas vécu et ressenti les mêmes élans ?

Personne ne prit la parole pour affirmer le contraire. Un évêque itinérant posa une question sur la composante maléfique inhérente aux pouvoirs derynis ; Hugh de Berry, le vieil ami de Duncan, élu évêque de Ballymar, répondit à sa place :

— Le pouvoir en soi n'est pas un mal, Excellence. Ce qui l'est, c'est l'utilisation qu'en font des êtres mal intentionnés. Devrions-nous détruire un don parce qu'un homme, quelque jour, l'a utilisé à des fins nuisibles ? A la naissance, chacun n'a-t-il pas reçu du Seigneur ses propres dons ? Et ne doit-il pas les développer, pour la plus grande gloire de son Créateur ? Les talents de Duncan sont-ils si différents ? Qui sommes-nous pour affirmer qu'ils n'existent pas, eux aussi, parce que Dieu l'a voulu ? Duncan peut savoir qui ment et qui est sincère, protéger les innocents et soigner les blessés. Est-ce un mal ? Avez-vous oublié, Excellence, que Duncan McLain, à l'instar de Notre Seigneur, est un guérisseur ? Qui, mieux qu'un prêtre-guérisseur, pourra exorciser les peurs qui nous séparent encore de nos frères derynis ?

Après cette harangue, qu'ajouter de plus ?

Hugh se rassit. Bradene imposa une période de méditation. Ensuite, chacun vota à bulletin secret.

Quand le calice fut rempli de bulletins, Bradene lut les résultats à haute voix, répétant dix-neuf fois « *Absolvo* » : « *Je l'absous* ».

Duncan ne cacha pas ses larmes de joie. Il n'était pas le seul... L'archevêque lui sourit avec bienveillance.

— Duncan Howard McLain, lors de votre ordination, être deryni eût entraîné l'exécution capitale si vous aviez été découvert.

« Mais vous avez bravé l'interdit et accepté la soutane, obéissant ainsi à des lois supérieures. Vous avez répondu à l'appel de votre cœur et de votre conscience. Fils bien-aimé du Christ, vous savez quels progrès il nous reste à accomplir pour que tous les peuples vivent en harmonie, dans la paix retrouvée.

« Au nom du Père, du Fils et du Saint Esprit, je vous absous et vous lave de tout péché. Puisse le Seigneur Tout Puissant avoir pitié de vous.

— Amen, dirent les évêques.

— Puisse le Très Haut vous accorder le pardon et la rémission de vos péchés, continua Bradene, faisant le signe de croix au-dessus de Duncan.

— Amen.

— Que la bénédiction divine soit pour toujours avec vous.

— Amen !

— Duncan, me jurez-vous, à moi et à mes successeurs, obéissance et respect, comme vous l'avez juré le jour de votre ordination — étant entendu que le subterfuge et le mensonge ne sont plus nécessaires ?

Souriant à travers ses larmes, Duncan embrassa l'anneau de l'archevêque.

— *Promitto*. Je promets.

— *Ora pro me, frater*. Prie pour moi, mon frère.

— *Dominus vobis retribuat*. Puisse le Seigneur vous récompenser.

Le soir, Duncan eut droit à la place d'honneur, à la dextre de l'archevêque. Kelson prit la senestre.

Le lendemain, après de nouvelles actions de grâce, le groupe de Kelson, MacArdry et gens de saint Kyriell compris, emprunta le Portail de la cathédrale. Il réapparut dans la sacristie de celle de Rhemuth au moment où Cardiel achevait la messe.

L'irruption des montagnards manqua provoquer une émeute. Puis les fidèles reconnurent Morgan, Duncan et Bradene qui s'écartèrent devant...

... Kelson !

La colère, la peur et la stupéfaction se transformèrent en liesse.

La nouvelle se répandit à la vitesse de l'éclair, tandis que le roi, entouré d'une foule toujours croissante, gagnait les portes de son château.

Conall sortit de la chambre où reposait son père et posa une main tremblante sur son front ruisselant de sueur. Revoir Nigel si faible et décharné était un rude choc ! Deux semaines de coma et l'état du malade n'avait cessé de se détériorer.

L'étoile de sa bonne fortune sembla soudain ternie aux yeux du jeune homme. A supposer que sauver son père fût dans ses moyens, il ne pouvait rien entreprendre sans se trahir.

Conall se retira pour étudier le protocole du couronnement, que lui avait soumis Ewan. A la mort de Nigel, il ne devrait pas tarder à monter sur le trône pour affermir sa position et dissuader les ennemis de Gwynedd d'attaquer.

Echevelée, les paupières lourdes de sommeil, Rothana entra. Il se leva pour l'étreindre.

— Ma chérie, je voulais que vous dormiez ce matin. Je ne vous en ai guère laissé le temps, durant la nuit ! Me pardonnez-vous ?

Rothana ne chercha pas à mentir :

— Il n'y a rien à pardonner, mon seigneur. Mais j'ai manqué les premières messes pascales.

— Je vous accompagnerai aux suivantes. (Il posa des baisers sur ses lèvres et ses paupières.) Oh Dieu, comme je vous aime ! Nous serons les plus grands monarques que Gwynedd ait connus ! Nous créerons une lignée de Haldanes plus flamboyante encore !

Rothana fit un sourire mystérieux, caressant ses cheveux.

— Vos vœux seront bientôt exaucés. Je porte votre premier fils.

— Un fils ? souffla-t-il, abasourdi. Rothana, êtes-vous sûre ? Comment pouvez-vous le savoir si vite ?

— Les femmes derynies ont leurs petits secrets. Même si c'est nouveau pour moi, je suis presque certaine d'avoir conçu. Votre héritier verra le jour l'hiver prochain.

Le tumulte qui montait de la cour depuis deux ou trois minutes attira l'attention de Conall. Main levée, il approcha d'une fenêtre.

Toute une piétaille s'agitait devant l'entrée du château.

On vint tambouriner à la porte du solarium.

— Votre altesse ! Prince Conall !

— Qu'y a-t-il ?

— Le roi est de retour !

— Mon père a repris conscience ?

— Non, répondit l'écuyer, le roi *Kelson* est vivant, ainsi que le seigneur Dhugal ! Et ils sont revenus !

Tandis que Kelson étreignait Meraude, Morgan, Duncan et Dhugal se penchaient au chevet de Nigel. Bradene et Cardiel aussi étaient présents. Aux portes du château, Ciard, Jass et l'escorte de saint Kyriell refoulaient les curieux.

Dans le grand hall, le duc Ewan avait rassemblé tous les courtisans pour répandre la bonne nouvelle.

— Kelson, sanglota Meraude, il est à l'agonie ! Nous vous croyions mort, et il a eu une attaque... !

Conall arriva. Le teint cendreux, il vint s'agenouiller au pied de son cousin et lui prit la main pour y poser un baiser.

— Mon suzerain ! Vous aviez disparu ! Mon père est tombé gravement malade et...

— ... Et tu t'es hâté d'épouser celle qui m'était destinée ! coupa Kelson. Même si tu es innocent de toute autre fourberie, sache que je ne te le pardonnerai jamais.

— Je désirais assurer la succession, murmura Conall, faisant mine de se relever. Père était frappé d'incapacité et...

— Je ne t'ai pas permis de te lever.

Conall se remit à genoux et protesta :

— Ce n'est pas juste ! Ni Rothana ni moi ne pouvions savoir que vous aviez survécu !

— N'empêche que tu as agi à la hâte.

— Etait-ce agir à la hâte que de garantir la sécurité du royaume au plus vite ? Pour l'amour du ciel, j'étais le régent de Gwynedd ! Pourquoi le Conseil n'aurait-il cessé de vous harceler pour que vous preniez femme, si engendrer un héritier n'avait aucune importance ?

— T'avait-on harcelé aussi ?

— Pas encore ! Mais Rothana et vous n'aviez échangé aucune promesse !

— Lève-toi.

Kelson se tourna vers Morgan, qui cherchait depuis un moment à attirer son attention. Meraude écouta, les yeux écarquillés.

— Comme nous le craignions, expliqua le duc, c'est davantage qu'un transport au cerveau. Il y a un mélange de choc physique et de blocage psychologique. Seul un Deryni ou un Haldane a pu faire cela. Duncan et Dhugal s'occupent des lésions physiques ; il nous faudra votre aide pour les autres.

— Un blocage psychique..., souffla Meraude. Kelson, que dit-il ?

Le roi foudroya Conall du regard.

— Ma tante, posez donc la question à votre fils. Conall ?

— *Moi* ? J'ignore même ce qu'est un blocage psychique ! Disons que j'ai une petite idée *maintenant*... Mais il y a deux semaines ! Pourquoi me regardez-vous ainsi ?

— Malgré ta résistance, je me livre sur toi à une Lecture de Vérité. Et ce que je découvre me déplaît au plus haut point... As-tu attaqué ton père, Conall ?

Le prince leva de plus belle ses boucliers mentaux. Cette réaction le trahissait plus sûrement que tout.

— Comment osez-vous me poser pareille question ?

— Le roi de Gwynedd ose poser *toutes* les questions à son vassal ! Ou aurais-tu *déj*à oublié ton serment de chevalier ?

— Majesté, intervint Morgan, Nigel revient à lui ! Lever le blocage était moins ardu que nous le pensions. Votre oncle en sera peut-être quitte pour une amnésie partielle.

Duncan et Dhugal s'écartèrent. Avant de rompre le contact, l'évêque avait résumé à son patient les grandes lignes du sauvetage et du retour de Kelson.

— Mon roi, murmura Nigel d'une voix rauque, vous êtes vivant... Mon fils, toi qui as voulu ma mort, tu ferais mieux de te suicider à l'instant pour expier ta trahison et tes crimes... Duncan, il a tué Tiercel. Quand j'ai découvert son secret, il m'a attaqué. Seuls mes pouvoirs haldanes m'ont sauvé du pire...

Conall tenta de fuir ; les archevêques et Morgan le ceinturèrent. Meraude cria. Dhugal et son père empêchèrent Nigel de s'asseoir.

Conall voulut faire appel à ses pouvoirs ; une dague plaquée sur sa gorge, Morgan l'en dissuada :

— Ou tu cesses, ou je jure que je t'égorge ! A cet instant, rien ne me ferait davantage plaisir !

— Ligotez-le, ordonna Kelson. Et qu'on en finisse. Duncan, Bradene et Cardiel, veillez sur mon oncle, je vous prie. Dhugal, je voudrais que tu fouilles les appartements de mon cousin. Tu devrais retrouver la sacoche de Tiercel. Je parierais que Conall a drogué ton vin. Quant à moi, je vais prier dans la chapelle royale pour me convaincre d'accorder à cette canaille un jugement équitable ! Morgan, ôtez-lui la tunique des Haldanes et l'Anneau de Feu, voulez-vous ? Il n'est pas digne de les porter.

Kelson laissa Meraude pleurer dans les bras de son mari ; flanqué de Jass MacArdry, il gagna la chapelle pour méditer.

Une fois son courroux mué en froide résolution, il s'abandonna aux larmes. Peu importait le châtiment qu'encourait Conall, certaines choses étaient irrémédiablement perdues.

Une porte s'ouvrit derrière lui ; Rothana avança. Après une profonde révérence, elle leva sur Kelson des yeux rougis par les larmes.

Ses boucliers ne laissaient rien filtrer.

— Je suis venue implorer votre pitié pour mon époux et pour moi, majesté. Même si vous ne pardonnerez jamais ce que nous avons fait.

— Et qu'avez-*vous* fait que je ne puisse pardonner, Rothana ?

Doucement, il rabattit la capuche de la dame. Comme il seyait à une épouse, ses cheveux disparaissaient sous une coiffe. A sa main gauche brillaient l'or et les rubis offerts par Conall.

La jeune femme avait perdu tout espoir de revoir le roi vivant. Cela seul l'avait poussée à en épouser un autre. Kelson le savait bien... Mais rien ne serait plus jamais comme avant entre les amoureux.

— Vous êtes généreux, sire. Mais je reconnais mes fautes. Je ne suis plus digne de vous.

— Rothana...

— Ecoutez-moi, de grâce. J'ai perdu l'espoir. Me voilà liée à votre cousin, pour le meilleur et pour le pire, jusqu'à ce que la mort nous sépare.

— Ce qui ne saurait tarder ! Car c'est le sort réservé aux meurtriers et aux félons ! Ensuite, j'épouserai sa veuve, si elle y consent.

— Elle ne le peut, sire. L'Eglise s'y opposera. Depuis mon union avec votre cousin, nous sommes parents. Notre remariage serait frappé de consanguinité.

— Une dispense est possible.

— Aucune ne changera le fait que je suis enceinte.

— Comment ?

— Mon amour, je porte l'enfant de Conall..., expliqua Rothana, misérable. Ça change tout !

— Non ! *Nos* enfants auront un demi-frère aîné, et voilà tout. Rothana, je vous aime.

— Sire, je ne puis agir autrement sans déchoir. Le prince Conall Haldane, mon époux légitime, est le père de mon enfant. Ses crimes m'interdisent de devenir votre reine.

— Non ! Ses crimes ne vous touchent pas !

— Légalement, peut-être. Mais voyez vous-même ce qu'a souffert ma cousine Richenda, dont la seule faute était d'avoir épousé un traître. Ce serait pire pour une souveraine ! Gwynedd mérite mieux, mon seigneur. Quoi qu'il advienne, je ne serai jamais *votre* reine.

Une demi-heure plus tard, accompagné par Dhugal, Kelson se rendit dans le grand hall et salua la foule. Ayant gardé sa tenue de montagnard à la splendeur barbare, il arborait l'Anneau de Feu, l'Œil de Rom ainsi que la médaille de saint Camber. Au creux du bras gauche, tel un sceptre, il portait l'épée des Haldanes.

La cour était réunie pour assister au jugement. Surveillé par Duncan et le père Lael, même Nigel était présent. L'air furibond, Dhugal portait la sacoche du défunt Tiercel. Dans les galeries supérieures, des archers se tenaient prêts à intervenir si d'aventure le prince félon se libérait. Même un Deryni n'échapperait pas aux flèches.

Quand les acclamations moururent, Bradene présenta au roi la plus ancienne des couronnes d'état : un cercle d'or martelé aux motifs celtiques. Il allait bien avec les cuirs montagnards de Kelson.

Tout le monde fit silence tandis que l'archevêque posait la couronne sur la tête du roi.

— Mes seigneurs, merci de votre accueil. Votre loyauté me touche. Je voudrais pouvoir en dire autant de tous... Avant tout, sachez que mon oncle Nigel est de retour parmi nous et qu'il se rétablit doucement. Dans quelques semaines, ses médecins et moi avons toutes les raisons de croire qu'il pourra reprendre ses fonctions et faire de mes écuyers des guerriers émérites et des hommes d'honneur. Mon bien-aimé parent compte parmi mes conseillers les plus précieux. Merci, mon oncle !

L'assistance éclata en cris enthousiastes. Nigel refoula des larmes d'émotion et de fierté. Duncan à leurs côtés, Payne et Rory cachaient mal leur appréhension.

Recroquevillée sur un banc, près de Meraude, Rothana gardait les yeux baissés.

Soupirant devant tant de tristesse, Kelson continua :

— Passons à mon fidèle ami et confesseur, Duncan McLain, duc de Cassan. Depuis quelque temps, beaucoup d'entre vous ont conscience qu'il est deryni. De retour du synode, j'ai le plaisir de vous annoncer cela : les statuts de Ramos interdisant l'ordination aux Derynis sont en cours de révision. Hier, comme l'archevêque Bradene en attestera, l'évêché a unanimement voté le maintien du père Duncan dans ses fonctions ecclésiastiques. Cette mesure sera étendue à tout Deryni actuellement dans les ordres. Elle corrigera les graves injustices perpétrées contre ceux qui répondaient à l'appel de Dieu au mépris du danger.

« Tout cela prélude à des changements radicaux. La loi, également en cours de révision, ne considérera plus comme un crime le fait d'être Deryni. La majorité des gens ignorent les capacités et les limites véritables de cette race. D'ailleurs, humains comme Derynis redoutent ce qu'ils ne comprennent pas. En conséquence, j'aurai à cœur de procéder à des révisions en toute transparence, afin que tous sachent qu'être deryni, même de haut rang, n'exclut pas un traitement juste et équitable aux yeux de la loi. Certains faits pourront choquer ou effrayer. Mais il est grand temps de faire toute la lumière.

« Alaric Morgan, duc de Corwyn, menez devant nous le prisonnier.

A pas mesurés, Morgan poussa Conall, poings liés, le long du hall.

Les yeux gris du prince luisaient de défi.

CHAPITRE 28

Lorsque le roi siège pour rendre la justice, il discerne le mal au premier coup d'œil.

Proverbes, 20, 8

Lors du jugement qui suivit, presque toutes les questions trouvèrent des réponses. Quand on produisit la sacoche de Tiercel, Conall éclata en sanglots.

— La trahison n'a jamais été dans mon cœur, Kelson — et certainement pas au début ! Mais des choses... sont arrivées ! Ce n'est pas juste ! Pourquoi deviez-vous tout avoir et moi rien, sous prétexte que votre père était plus âgé que le mien ? Vous étiez roi : à vous la gloire, la puissance... et la femme que j'aimais ! La veille de votre départ, je vous ai vu avec elle dans le jardin !

— Et vous avez décidé de tuer votre rival ? lança Morgan.

La tête entre les mains, Rothana pleurait en silence.

— Non ! J'étais jaloux, je l'admets. Mais l'idée de nuire à mon cousin m'était étrangère. C'était mon roi.

— Pourtant, vous avez drogué la gourde de Dhugal, sachant que Kelson y boirait aussi, intervint Duncan. Vous ne pouviez ignorer les conséquences de ce geste.

— Je ne connais rien au *merasha*, insista Conall. (Tous les Derynis surent qu'il mentait.) J'enviais aussi Dhugal, mais je ne voulais pas sa mort.

— Une fois que nous crûmes Kelson et Dhugal morts, vous avez été prompt à profiter de la situation, rappela Bradene.

Conall leva le menton.

— Le destin semblait avoir éliminé mes rivaux, sans que j'aie eu à lever le petit doigt. Et j'avais des responsabilités envers la lignée royale. *Tous* ont cru Kelson mort, Duncan et Alaric compris ! Mon père devenu roi, j'étais son héritier. Il convenait que je prenne femme au plus vite pour assurer la succession — un devoir que mon cousin avait négligé. Et j'ai rempli mes obligations dynastiques, car ma femme porte mon enfant. Il n'y a pas de crime à ça !

Les regards convergèrent vers Rothana, qui garda la tête baissée.

— Et le trépas de Tiercel ? continua Duncan. Maintenez-vous votre version ?

— C'était un accident. Nous nous étions querellés... En tombant, il s'est brisé la nuque. J'ai redouté qu'on m'accuse alors que j'étais innocent.

— Vous vous sentiez coupable, dit Morgan, car vous fréquentiez Tiercel en secret. En vérité, vous étiez complices et complotiez pour dérober la magie des Haldanes, l'apanage du roi. En vérité, vous entendiez vous poser en rival de Kelson. Vous n'avez pas hésité à attaquer votre père pour préserver un infâme secret. Quand Duncan et moi avons dû vous confirmer dans vos pouvoirs, comment s'étonner que *quelque chose* n'allait pas ! Vous vous étiez déjà arrogé la puissance royale !

— C'est faux !

— Alors expliquez-vous, cousin ! ordonna Kelson. Avec Tiercel, vous entendiez prouver que plus d'un Haldane pouvait détenir les pouvoirs, n'est-ce pas ? Maintenant, nous savons pourquoi cela a toujours été interdit.

L'interrogatoire dura des heures. Conall, surveillé de près par Morgan et Jass MacArdry, refusait d'admettre ses fautes.

— Inutile de continuer, lâcha enfin Kelson. Le simple fait de refuser une Lecture de Vérité vous condamne, Conall. Que feriez-vous à ma place ? Quelle mesure arrêteriez-vous pour conclure cette triste affaire ?

Pathétique, le prince écarta les mains.

— Quoi d'autre que signer un arrêt de mort, cousin ? De fait, il y a beau temps que vous avez ruiné mes chances d'avenir. Quoi que je dise, mon sort est réglé.

Conall bondit et passa ses poignets liés autour du cou de Jass MacArdry. S'en faisant un bouclier, d'un coup de pied, il expédia sa chaise dans les jambes de Morgan. Le duc trébucha. Simultanément, le prisonnier fit jaillir autour de lui une lueur incandescente qui força Morgan à reculer.

— Retenez les archers ou Jass est un homme mort ! Je n'ai plus rien à perdre !

D'un geste, Kelson retint les archers et les gardes qui avaient tous réagi... trop tard.

— Conall, ne faites pas l'idiot ! N'ajoutez pas le meurtre à la liste de vos félonies !

Le prince chuchota à l'oreille de son otage, qui cessa de se débattre, les yeux mi-clos. Malgré le champ de force, il parut clair qu'il s'était emparé de l'esprit du jeune montagnard. Dans un état second, Jass délia les poignets de son agresseur.

— Pourquoi ne m'abattez-vous pas comme Sicard MacArdry l'été dernier, Kelson ? Mais à quoi bon risquer la vie de Jass si vous pouvez négocier ?

— Je ne négocie pas avec les traîtres. Dites néanmoins ce que vous voulez... Mais ne croyez pas sortir d'ici sur vos deux jambes !

Conall saisit son otage par la natte, exposant sa gorge.

— Battons-nous en duel, comme vous le fîtes avec Charissa. Cette fois, l'issue peut vous surprendre, cher cousin, car les connaissances de Tiercel de Claron amplifient mes pouvoirs.

Kelson contint sa colère.

— Et cela résoudrait tout, selon vous ? A supposer que vous soyez vainqueur, personne ne voudra de vous comme suzerain. Tuez-moi et vous ne sortirez pas d'ici vivant, je le répète !

— En ce cas, je vendrai chèrement ma peau. Et je mourrai au combat, pas sous les coups d'un bourreau !

— Etes-vous si pressé de mourir ? Est-ce inéluctable ?

— Me prenez-vous pour un imbécile ? Maintenant que vous savez de quoi je suis capable, vous ne me laisserez pas en vie. Vos meilleurs Derynis devraient me surveiller jour et nuit jusqu'à ma dernière heure... Car je n'aurai de repos tant que la couronne ne sera pas mienne. Et vous le savez.

Nigel lui-même comprit que c'était la vérité. Terriblement affaibli, il lutta pour s'asseoir.

— J'ai honte pour ma famille, sire, dit-il. C'est mon fils et je l'aime malgré tout. Mais je ne l'apprécie pas. Sans parler de sa tentative de parricide, il veut s'approprier le trône et vous tuer. Ce sont des crimes impardonnables. Ce traître doit mourir.

Meraude ne pouvait pas davantage plaider en faveur de son enfant. Elle se détourna. Kelson passa à Rothana, qui refusa aussi de croiser son regard.

— Ne me demandez pas de parler pour ou contre mon époux, sire. Jamais je ne me remarierai ! Faites ce que vous devez.

Un instant, Conall avait espéré au moins ce soutien-là. Il accusa le coup, avant de reprendre son air arrogant.

— Faites ce que vous devez, cousin, répéta-t-il. Est-il besoin d'en dire plus ? Moi, je ne me poserai pas de questions !

— Très bien, soupira Kelson. Vous serez exaucé. Libérez Jass.

— Allons ! Souvenez-vous que j'ai vu vos archers à l'œuvre !

— Vous avez ma parole.

— Vraiment ? Sur votre honneur et par l'épée des Haldanes ?

Conall n'était point fou. Kelson rougit un peu.

Il ne pourrait violer un tel serment.

— Sur mon honneur et par l'épée des Haldanes, vous aurez votre duel — sous deux réserves. Si vous enfreignez les règles, je serai libre de vous éliminer comme je l'entendrai.

— Une concession raisonnable. Et la seconde ?

— Qu'il ne s'agisse pas d'un duel à mort.

— Auriez-vous peur de mourir à l'intérieur du cercle ?

— C'est un trop beau jour pour expirer, Conall. Mon intention est de vous garder en vie jusqu'à ce que vous puissiez affronter le bourreau. L'autre possibilité serait une trop belle mort pour un traître de votre espèce.

— Très bien ! Je fais serment de respecter ces engagements.

D'un geste, Kelson ordonna aux archers de ne rien tenter. Puis il confia sa couronne et son épée à Nigel. Morgan aida Jass à s'asseoir, loin des griffes de Conall. Il vérifia que le jeune homme allait bien.

— Bonne chance, mon prince, souffla le duc à Kelson.

Seul au centre du hall, bras croisés, Conall attendait. Les seigneurs reculèrent. Beaucoup avaient assisté à l'affrontement entre leur suzerain et Charissa ; ils savaient quelles énergies se déchaînaient alors.

— Etes-vous certain de vouloir cela ? demanda Kelson.

Un instant, Conall ne put cacher son incertitude. Puis il hocha la tête.

— Vous ne m'avez pas donné le choix, murmura-t-il. Comme un animal aux abois, je mourrai de toute façon. Le trépas me sera plus doux si je vous entraîne dans ma chute, voilà tout. Je voulais ce qui me revenait de droit, Kelson.

— Quand avez-vous prouvé que vous méritiez ma place ? Vous auriez pu suivre les traces de votre père. Aurait-ce été si terrible ?

— Nigel est un grand guerrier, mais il n'a aucune ambition. Si jouer les éternels seconds le satisfait, moi pas. Ce n'est pas dans ma nature.

— La disgrâce est-elle dans votre nature ?

— Ne vendez pas la peau de l'ours avant de l'avoir tué, cousin ! *L'un de nous* connaîtra la disgrâce, et ce ne sera pas moi !

— Inutile de discuter davantage. Tracez le cercle.

— *Moi* ?

— Oui. Puisque vous l'avez commencée, finissez donc cette folie ! Ignoreriez-vous comment faire ?

La pique fit mouche. Se redressant de toute sa taille, Conall leva les bras et incanta. Un demi-cercle de feu pourpre se forma sur le sol ; les courtisans s'écartèrent de plus belle.

Kelson s'assura que la mort d'un des duellistes ne serait pas nécessaire pour rompre le champ de protection. Les bras levés, il incanta à son tour, formant la seconde partie de la lice.

— Que ce cercle délimite le champ de bataille, afin qu'aucun témoin ne soit blessé. Que seule la victoire le brise, déclara Conall.

Ils continuèrent, bras levés, jusqu'à ce que le dôme soit achevé. On eût dit du verre opalin.

Kelson passa en mode offensif, prêt à ouvrir les hostilités.

Surpris, Conall encaissa le premier choc en titubant. Ses boucliers tinrent bon. Il réagit par une série d'assauts classiques, que Kelson dévia avec aisance avant de riposter.

Conall esquiva sans peine.

Le *statu quo* était clair.

Il s'ensuivit une bataille enragée où ni l'un ni l'autre n'entendait faire quartier. Puis Kelson laissa son adversaire s'épuiser. Relevant le défi, Conall invoqua des visions de plus en plus impressionnantes : des fragments du passé de Kelson, des événements et des gens qui l'avaient menacé ou blessé : ce fou de Loris, Sicard MacArdry, le prince Ithel de Meara, son frère Llewell, l'évêque Judhael, Sidana mourant égorgée dans les bras du roi...

Conall poussa son avantage en dévoilant sa nuit de noces sans rien épargner à son rival. L'épreuve trouva un écho dans le rêve érotique que Kelson avait fait cette nuit-là.

Alors sa vision prophétique lui revint à la mémoire... Le roi invoqua saint Camber : des cheveux gris, des yeux vif-argent, un visage à la douce rondeur, des mains tendues...

Conall le vit aussi. Terrorisé, il recula, bras levés. Retenant son souffle, Kelson regarda Camber avancer vers son adversaire. Comment le saint avait-il pu pénétrer dans le cercle ?

Les épaules contre la paroi du dôme magique, Conall ne pouvait plus reculer.

Et Camber avançait toujours.

Un cri de terreur résonna dans le hall.

Fou d'épouvante, les mains pressées sur ses tempes, Conall glissa sur le sol.

Mort ou inconscient ?

L'apparition se tourna vers le roi.

— *Salut, Kelson de Gwynedd. Maintenant, tu régneras vraiment sur les humains et sur les Derynis.*

Etait-ce l'homme qui lui avait parlé d'esprit à esprit, le jour de son couronnement ?

Tombant à genoux, Kelson se signa.

— *Qui suis-je, d'après toi ?*

— *Camber de Culdi, l'objet d'une quête qui tourna si mal... Vous êtes venu à mon secours.*

— *Vraiment ? Ou ne suis-je, en vérité, qu'une projection née du meilleur de toi-même ? Comme tout être qui recherche la Lumière, et qui puise en lui des ressources insoupçonnées face aux Ténèbres ?*

Kelson cilla. Pourtant, c'était saint Camber ! Seul l'irascible comte de Culdi pouvait être si évasif tout en égrenant des vérités premières !

— *C'est sans importance*, osa répondre Kelson. *Je restaurerai votre culte. Dans le sanctuaire de saint Kyriell, j'en ai fait le serment. Je vous édifierai des chapelles telles que les Onze Royaumes n'en ont jamais connu !*

Malgré le silence, Kelson « entendit » le saint glousser.

— *Mon cher champion de la Lumière, crois-tu vraiment indispensable d'ériger des monuments à ma mémoire ? Elle subsiste dans le cœur des hommes à travers les âges. Au moins chez ceux qui sont prêts à tous les sacrifices au nom de la Vérité.*

— *Loin de moi la présomption de vous contredire, saint Camber, mais une cathédrale compte plus aux yeux du peuple qu'une légende. Que je vous dédie des sanctuaires ne vous déplaira pas, n'est-ce pas ?*

Le saint laissa échapper un petit rire.

— *Humaine faiblesse... faiblesse derynie... Erige tes sanctuaires, que chacun y puise du réconfort. Mais défends les principes pour lesquels j'ai lutté. C'est autrement plus important.*

— *Oui, saint Camber. Que devrais-je faire de Conall ?*

L'apparition sembla pensive.

— *Fais ce que tu dois, Kelson Haldane. Le devoir d'un roi est de rendre la justice en toute équité. Toi seul peux décider.*

— *Ne pourriez-vous m'aiguiller sur la bonne voie ?*

— *Ecoute ta conscience — ton être supérieur. Avec la prière et la méditation, la solution t'apparaîtra.* (Il tendit les mains.) *Va en paix, mon fils. Longue vie et prospérité, roi de Gwynedd.*

L'apparition s'évapora. Le dôme se désintégra. Après quelques secondes, Kelson se redressa. Le charme rompu, les murmures montèrent de tout côté. Dhugal vint s'agenouiller près de Conall et tira un flacon bleu de la sacoche de Tiercel.

— Qu'est-ce donc ? souffla Kelson, pressant deux doigts contre la carotide du prince pour chercher son pouls.

— Du *merasha*, afin que nous n'ayons pas de problèmes avant de l'exécuter.

Kelson se rembrunit.

— Tu es bien certain de mon jugement, Dhugal.

— Vous n'avez pas le choix, sire, intervint Morgan.

Derrière eux, Arilan croisa les bras.

— Même si Conall se repentissait, ce dont je doute, vous ne pouvez lui accorder la vie sauve. Les histoires de rédemption des brebis galeuses sont belles et bonnes. Face à la réalité, elles ne résistent pas.

Kelson soupira.

— Savez-vous combien je suis fatigué de préserver des vies en sacrifiant d'autres vies ? chuchota-t-il.

Duncan aida Morgan et Dhugal à administrer la drogue au prince.

— Nous ne résoudrons pas cette vieille controverse maintenant, Kelson. Cela fait partie du fardeau d'un souverain. Mais avant de rompre le cercle, parliez-vous à quelqu'un ?

Kelson tressaillit.

— *Comment ?* Vous n'avez rien vu ?

— Vu quoi ? demanda Dhugal en remettant le flacon vide dans la sacoche.

— Saint... Peu importe.

Conall gémit. Morgan se hâta de lui lier de nouveau les poignets.

— Surveillez mon cousin de près, conclut Kelson. Nous en reparlerons plus tard.

ÉPILOGUE

> Puis tu m'as accordé la grâce de la vie, et tu t'es occupé de me la conserver.
>
> *Job, 10, 12*

Des mois plus tard, non loin de la capitale de Coroth, le souverain et son frère de sang longeaient le littoral à cheval. Les vents venus de la mer parfumaient l'atmosphère. Le matin, le roi et sa cour étaient venus célébrer la naissance du premier fils du duc de Corwyn, Kelric Alain Morgan.

— C'est un beau bébé que mon père a baptisé ! dit Dhugal. Je me demande s'il aura les yeux bleus ou gris.

Kelson acquiesça, s'efforçant de ne pas penser à une autre naissance.

Sans doute ce bébé-là serait-il aussi brun que Kelric était blond.

Sans oublier celui de Vanissa. Lui n'aurait même pas de père.

Conall était mort comme il avait vécu, c'est-à-dire fort mal. Pleurant de terreur, il était monté sur l'échafaud par un beau matin de mai. Son trépas n'avait pas été aussi rapide que le roi l'aurait souhaité. Nerveux à l'idée de décapiter un prince, le bourreau avait été gêné par le brusque sursaut du supplicié. Il avait fallu deux autres coups pour que la tête tombe.

Dès que Kelson avait pu se retirer, il avait été malade à mourir.

— Cesse de te ronger ainsi les sangs, murmura Dhugal. A qui penses-tu cette fois ? Rothana ? Conall ?

— Conall, son fils, et Rothana, oui... Dieu, qu'est-ce qui l'a poussé à agir ainsi ? C'était mon cousin. Pour peu qu'il les mérite, j'étais disposé à lui conférer tous les honneurs.

— Kelson, il a cherché son sort. On peut dire aujourd'hui qu'il a été victime d'un concours de circonstances, si cela te soulage. En réalité Conall a choisi sa voie. Peu importe ce qu'il voulait faire, il a drogué ma gourde avec le *merasha* volé sur le cadavre de sa victime. Complice de Tiercel, il se préparait à te défier. De plus, il a manqué tuer son père. A tout cela, je ne vois aucune justification.

— Tu as raison. Toujours est-il qu'il aurait pu mener une vie honorable...

— Je ne dis pas. Mais pour l'amour du ciel, ne va pas imaginer que c'est ta faute s'il a mal tourné ! Rien n'est moins vrai. Tu as beau être mon roi et mon frère, la prochaine fois que tu remâches pareilles âneries, je te flanquerai une bonne correction, histoire de te remettre les idées en place !

Kelson eut un sourire penaud.

— Et je le mériterai. Mais ça ne soulage en rien mon fardeau. Maintenant que Duncan t'a transmis ses charges ducales, tu sauras bientôt à quel point c'est dur. Après tout, un duc n'est guère moins qu'un roi.

— Je m'en souviendrai à l'occasion ! Dieu merci, père me laisse des conseillers compétents. Maints héritiers n'en ont pas autant, surtout du vivant de leurs parents. Je suis bien heureux de ne pas avoir dû perdre un père pour gagner un duché !

— Tu n'es pas le seul. Un jour, je n'en doute pas, Duncan sera archevêque. D'ici là, il pourra rester à Rhemuth, avec nous.

— Je reviendrai aussi souvent que possible. Tu le sais.

— Oui... (Le roi marqua une pause.) Rothana semblait en forme, ajouta-t-il avec un entrain forcé. Je suis content qu'elle ait décidé de rester avec Morgan et Richenda jusqu'à sa délivrance.

— Oui, elle paraissait... rayonner. Kelson, si seulement...

— Je sais. Elle fait front avec courage et abnégation, même si nul ne lui reproche les crimes de son époux. Côtoyer Richenda l'a beaucoup aidée. A ce propos, la situation de la duchesse de Corwyn s'est améliorée. Les hommes de Morgan l'acceptent mieux, à présent qu'elle a donné un héritier à leur maître.

— Comme si ces pauvres femmes étaient responsables des égarements de leurs maris ! s'insurgea Dhugal.

— N'en parlons plus... Mettons pied à terre, si tu veux bien, et promenons-nous.

— Après son accouchement, que compte faire Rothana ?

— Retourner à la vie religieuse. Ce n'est pas ce que je voudrais, mais j'imagine qu'il y a de bons côtés. Les Serviteurs de Saint Camber souhaitent son aide pour réhabiliter leur ordre et remettre à l'honneur les vieilles disciplines derynies. Elle en parlait avec enthousiasme. Somme toute, nous aurions tous à y gagner.

— Et son enfant ?

Kelson fit la moue.

— Il sera élevé par le clergé. Nigel s'efforce de rester équitable mais il est intraitable sur un point : Conall étant rayé de son héritage, le duché reviendra à Rory, et non au fils de son aîné. J'ai insisté pour que l'enfant garde son rang princier. Lui aussi est innocent. Il ne devrait pas pâtir des folies de son père.

— Peut-être deviendra-t-il un prince d'église. Conall en serait bien chagrin !

Kelson soupira.

— Ça m'est égal. Il a payé pour ses crimes. Qu'il repose en paix.

Ils longèrent la plage en silence, poussant parfois du bout d'une botte un coquillage ou quelque vestige d'un naufrage.

A l'approche d'une jetée naturelle, Dhugal brisa le silence.

— Crois-tu vraiment que saint Camber t'est apparu lors du duel ?

— Je l'ignore. Pourquoi ai-je été le seul à le voir ? En définitive, notre quête se sera soldée par un échec. Même si nous avons retrouvé la confrérie... J'aurais tant voulu revenir avec une relique authentique ! La restauration du sanctuaire, à Valoret, est en bonne voie ; la nouvelle chapelle latérale, à Rhemuth, sera achevée à Noël. Mais Camber semblait n'attacher aucune importance à ces choses.

— Les prêtres de Transha m'ont toujours enseigné que Dieu vivait dans nos cœurs, non dans quelque édifice humain, aussi magnifique fût-il. La foi est avant tout l'affaire de l'âme.

— Camber a bien eu une réalité physique ! s'entêta Kelson. Et quoi qu'on en dise dans l'intérêt de sa béatification, je doute que sa dépouille ait été « transportée jusqu'aux cieux ». A l'instar de l'anneau de Duncan, il est bien connu que certains objets gardent l'empreinte psychique des êtres.

— Pourquoi ne pas convaincre mon père de te céder son anneau ? Après tout...

La voix de Dhugal mourut. Un homme en bure grise venait de surgir de derrière un rocher.

— Vois-tu ce que je vois, Kel ?

Manifestement, c'était le cas : le roi avait blêmi.

Sans un mot, il prit son frère par la main et avança.

— Puis-je vous aider ? s'enquit l'inconnu aux pieds nus.

— Qui êtes-vous ? demanda Kelson. Ne nous sommes-nous pas déjà rencontrés ?

L'homme haussa les épaules.

— Beaucoup de fidèles me posent la question, mon fils. Mon nom est sans importance.

— Il y a des années, quelqu'un qui vous ressemblait a dit la même chose à un de mes amis, sur une route pas très éloignée d'ici. Connaissez-vous le père Duncan McLain ?

— Je connais beaucoup de prêtres, mon fils.

— Et saint Camber ? Que pourriez-vous nous dire à son sujet ?

— Ah. Vous cherchez le grand Défenseur ?

— Oui. Ce printemps, nous étions en quête de reliques. Nous avons découvert ses Serviteurs, mais aucun signe de lui.

— Quels signes pensiez-vous trouver ?

— Une preuve tangible que nos contacts avec lui n'ont pas été le fruit de notre imagination. D'ailleurs, je me demande pourquoi je vous parle de ça !

— Peut-être parce que celui qui le cherche reconnaît son maître au premier regard, dit l'homme, traçant des motifs dans le sable avec son bâton. Aurez-vous l'audace de vous fier à un inconnu pour que votre quête aboutisse, jeunes gens ?

Il dessinait des figures de plus en plus complexes. Sans en concevoir de frayeur, Kelson se sentit glisser dans une transe familière.

Dhugal aussi tomba en transe.

— Suivez-moi, continua l'homme de sa voix onctueuse et apaisante. Et ne craignez rien.

Contre toute logique, le fils de Brion sut qu'il était en de bonnes mains. L'homme psalmodia dans une langue inconnue, les plongeant dans un état de conscience supérieur.

Les vagues qui venaient mourir sur la grève, léchant presque leurs pieds, s'assombrirent avant de s'éclaircir.

Kelson fut projeté dans un autre temps, en un autre lieu.

Dans une grande salle, il vit un cercueil couvert d'un filet de soie écarlate aux *shiral* de cristal. Le gisant était vêtu de bleu roi, non de gris.

Dans sa vision, Kelson se pencha pour lire l'inscription :

Hic jacet Camber Kyriell MacRorie, Comes Culdi : carissimus pater, ministrator coronae Gwyneddi, Regum salvator, sacerdos et episcopos, defensor hominum. Natus est Anno Domini 846. Non mortuus est. Resurget.

Une vague voila les lettres, arrachant Kelson de sa transe.

L'inconnu s'était volatilisé sans laisser d'empreintes sur la plage.

Kelson tomba à genoux et fouilla le sable à mains nues.

— Que fais-tu ? hoqueta Dhugal.

— J'ai vu quelque chose, *là* !

Triomphant, il saisit un *shiral* poli par le sable et l'eau.

— *Doux Jésus* ! (Dhugal tomba à genoux et lui retourna la main pour mieux examiner la trouvaille.) Dis-moi qu'il a été percé au centre et je m'évanouis !

— Si tu tiens à te tremper de la tête aux pieds, je t'en prie... Car c'est le cas. Tu as vu la même chose que moi, j'espère ? Le gisant, couvert d'un réseau écarlate ?

— Oui... exactement comme dans la nécropole... Les gens de saint Kyriell sauraient-ils vraiment où Camber fut inhumé ?

— Leurs aïeux, sans doute. Tout comme notre inconnu, bien entendu.

— N'était-ce pas saint Camber ?

— A mon avis, non. Un de ses Serviteurs. Au sens général du terme, pas forcément un montagnard de saint Kyriell. Mais il est clair qu'une tombe doit bel et bien exister. Et si nous pouvions...

Sa voix mourut. Ses yeux se rivèrent sur le cou dénudé de Dhugal. En sus de la médaille de Camber, le seigneur portait en sautoir un cristal de *shiral* couleur miel hérité de sa mère.

Dhugal se figea. Ses mains se refermèrent sur le cristal.

— Kelson, tu ne penses pas que ma *mère*... ?

— Comment savoir ? En tout cas, les choses commencent à prendre tournure... Peut-être y a-t-il d'autres indices à Transha...

En silence, les jeunes gens rentrèrent à Coroth. Pour la première fois depuis des mois, Kelson retrouvait l'espoir.

La joie finirait-elle par naître du malheur ?

La quête de saint Camber ne faisait peut-être que commencer...

APPENDICE I

INDEX DES PERSONNAGES

Agnès de Barra	Jeune dame de la cour.
Alaric	*Cf Morgan.*
Alexandre de Rhemuth	Archevêque qui ordonna Duncan.
Alroy	Défunt monarque de Torenth, fils aîné du duc Lionel d'Arjenol et de la princesse Morag, sœur de Wencit ; mort d'une chute de cheval pendant l'été 1123, peu après ses quatorze ans ; son jeune frère Liam, dix ans, lui succéda. Beaucoup, à Torenth, croient « l'accident » organisé par Kelson pour éliminer un rival.
Ardry MacArdry	Fils aîné et héritier de Caulay ; tué en 1107, à vingt ans, dans une rixe d'ivrognes entre MacArdry et McLain.
Arilan, Denis	Evêque de Dhassa. Agé de quarante et un ans, il cache à tous qu'il est deryni et

	membre du Conseil Cambérien.
Armand	Héros légendaire des Onze Royaumes, qui inspira maintes ballades.
Barrett de Laney	Deryni aveugle ; coadjuteur du Conseil Cambérien.
Belden d'Erne	Évêque de Cashien suspendu pour avoir participé à la rébellion mearienne en 1123-1124.
Bened	Chef des montagnards de saint Kyriell.
Benoît d'Evering	Elu évêque auxiliaire de Valoret au synode de 1125.
Bevan de Torigny	Un des douze évêques itinérants de Gwynedd. Elu évêque de Culdi au synode de Valoret, en 1125.
Bradene	Ancien évêque de Grecotha, archevêque de Valoret et primat de Gwynedd.
Bran Coris	Comte de Marley et premier époux de Richenda ; félon, il fut tué par Kelson.
Brendan Coris	Comte de Marley âgé de huit ans, fils de Bran et de Richenda.
Brion, Donal Cinhil Urien Haldane	Père de Kelson tué à Candor Rhea par la magicienne Charissa en 1120.
Briony Bronwyn de Morgan	Fille de Morgan et de Richenda, née en janvier 1123.
Caitrin Quinnel	Prétendante déboutée au trône de Meara, âgée de soixante-deux ans, cloîtrée

	au couvent. Mère d'Ithel, de Llewell et de Sidana.
Calder de Sheele	Un des douze évêques itinérants de Gwynedd ; grand-oncle de Dhugal, suspendu pour son rôle dans la rébellion mearienne de 1123-1124.
Camber de Culdi	Saint Deryni déclaré hors-la-loi deux siècles plus tôt ; patron de la magie derynie.
Cardiel, Thomas	Ancien évêque de Dhassa, archevêque de Rhemuth, âgé de quarante-six ans.
Carthane	Comte de Gwynedd dont la fille est très courtisée.
Caulay MacArdry	Chef du clan MacArdry et comte de Transha jusqu'à sa mort en 1123 ; grand-père maternel de Dhugal, on le prit longtemps pour son père.
Ciard O Ruane	Vieux serviteur de Dhugal.
Conall Blaine Cluim Uthyr Haldane	Prince, fils aîné du prince Nigel, et cousin de Kelson. Agé de dix-huit ans.
Conlan	Evêque de Stavenham.
Creoda	Evêque de Culdi après la dissolution de son ancien évêché dc Carbury ; a intrigué pour le retour au pouvoir de Loris. Suspendu à cause de son rôle dans la rébellion mearienne de 1123-1124.
Derry, Sean	Ancien aide de camp de Morgan, devenu son lieutenant, âgé de vingt-huit ans.

Dhugal Ardry MacArdry	Frère de sang de Kelson, âgé de dix-sept ans ; chef du clan MacArdry et comte de Transha ; fils de Duncan McLain et de Maryse MacArdry. Petit-fils de Caulay MacArdry.
Dolfin	Nouvel écuyer en chef de Kelson, âgé de quinze ans.
Duncan Howard McLain	Prêtre deryni, cousin de Morgan, âgé de trente-trois ans ; duc de Cassan et comte de Kierney à la mort de son père et de son frère aîné ; évêque auxiliaire de Rhemuth rattaché à l'archevêque Cardiel ; père de Dhugal MacArdry.
Eirian Elspeth Sidana Haldane	Fille de Nigel et de Meraude, née en juin 1124.
Elroy	Chambellan de l'archevêque Bradene.
Ewan	Duc de Clairbourne et maréchal héréditaire du conseil royal de Gwynedd.
Gelric	Moine qui guida Kelson et les siens vers le défilé Grelder, dans la région de l'abbaye de saint Bearand.
Gilbert Desmond	Un des douze évêques itinérants de Gwynedd. Suspendu à cause de son rôle dans la rébellion mearienne de 1123-1124.
Gorony, Lawrence Edward	Aide de l'archevêque Loris. Exécuté pour haute trahison en 1124.

Hamilton	Sénéchal de Morgan à Coroth.
Héloïse	Mère abbesse de Saint Brigid.
Hillary	Commandant de la garnison de Coroth.
Hugh de Berry	Ancien secrétaire de l'archevêque Corrigan et collègue de longue date de Duncan ; devenu un des douze évêques itinérants de Gwynedd. Elu évêque de Ballymar par le synode de Valoret en 1125.
Istelyn, Henry	Ancien évêque itinérant et assistant de l'archevêque Bradene ; évêque de Meara ; étripé, pendu et écartelé sur ordre de l'archevêque Loris ; sa béatification est envisagée au synode de Valoret, en 1125.
Ithel	Prince, fils aîné et héritier de la prétendante au trône de Meara. Exécuté pour haute trahison à seize ans.
Ivo Hepburn	Ecuyer junior de Kelson, âgé de douze ans.
Janniver	Fille d'un prince du Connait, anciennement promise au roi de Llannedd.
Jared McLain	Duc de Cassan et père de Kevin et Duncan McLain ; capturé à Rengarth et exécuté par Wencit de Torenth, dans les Plaines de Llyndruth, en 1121.
Jass MacArdry	Adoubé par Kelson en 1125.

Jatham	Ancien écuyer de Kelson, adoubé par lui en 1125.
Jehana	Reine mère de Gwynedd. Veuve du roi Brion, âgée de trente-sept ans.
Jenas, comte.	*Cf Roger.*
Jilyan	Mère abbesse de saint Kyriell.
Jodoc d'Armaine	Prêtre pressenti pour devenir évêque itinérant.
Jodrell, baron	Un des lieutenants de Duncan à Kierney.
John	Pseudonyme de Duncan déguisé en courrier royal pour avertir Arilan, à Valoret.
Jorian de Courcy	Prêtre deryni, ami proche d'Arilan, brûlé avant l'ordination d'Arilan.
Jowan	Ecuyer de Conall.
Judhael Michael Richard Jolyon MacDonald Quinnell	Prince de Meara ; neveu de Caitrin ; consacré illégalement évêque de Ratharkin par Loris. Exécuté pour haute trahison à l'âge de trente-huit ans.
Kelric Alain Morgan	Maître de Coroth. Fils d'Alaric et de Richenda, né au printemps 1125.
Kelson Cinhil Rhys Anthony Haldane	Fils du roi Brion et de Jehana ; âgé de dix-huit ans.
Kevin, McLain	Frère décédé de Duncan.
Kilshane	Comte. Héros de ballades des montagnes.
Kylan	Archer à saint Kyriell.
Kyri	Derynie d'environ trente ans, connue comme « Kyri de

	Flamme » ; membre du Conseil Cambérien.
Lachlan de Quarles	Evêque de Ballymar, à Cassan. Suspendu pour son rôle dans la rébellion mearienne de 1123-1124.
Lael	Chapelain de l'archevêque Cardiel et chirurgien militaire.
Lambert MacArdry	Serviteur de Dhugal.
Laran ap Pardyce	Guérisseur deryni, seizième baron Pardyce, âgé de soixante ans ; membre du Conseil Cambérien.
Liam	Cadet du duc Lionel et de la princesse Morag, âgé de dix ans ; roi de Torenth depuis le trépas de son frère aîné en 1123 ; Deryni.
Llewell	Prince, fils cadet de la prétendante au trône de Meara ; exécuté à quinze ans pour le meurtre de sa sœur Sidana.
Loris, Edmond	Ancien archevêque de Valoret et primat de Gwynedd farouchement opposé aux Derynis ; défait de ses charges et envoyé en réclusion à l'abbaye de saint Iveagh par l'évêché en 1121 ; s'évade en 1124. Exécuté pour haute trahison suite à la rébellion menée par Caitrin de Meara.
MacArdry	*Cf Ardry, Caulay, Dhugal, Maryse, Michael et Sicard.*
McLain	*Cf Duncan, Jared et Kevin.*
Mahael	Frère cadet de feu Lionel, et son héritier ducal ; tuteur,

	avec la princesse Morag, du jeune roi Liam.
Maryse MacArdry	Fille aînée de Caulay MacArdry ; morte en 1108, à dix-sept ans ; épouse de Duncan et mère de Dhugal.
Matthias MacArdry	Serviteur d'une trentaine d'années.
Meraude	Duchesse, femme de Nigel et mère de Conall, de Rory, de Payne et d'Eirian. Sœur de Saer de Traherne.
Michael	Membre de la caste religieuse des montagnards de saint Kyriell.
Michael MacArdry	Cadet de Caulay, mort en 1119, à vingt-neuf ans, faisant de Dhugal l'héritier du titre.
Mir de Kierney	Un des douze évêques itinérants de Gwynedd. Suspendu à cause de son rôle dans la rébellion méarienne de 1123-1124.
Morag	Princesse, sœur derynie de Wencit de Torenth et veuve de Lionel ; mère du roi Liam et du prince Ronal.
Morgan, Briony	*Cf Briony Bronwyn de Morgan.*
Morgan, Alaric Anthony	Duc deryni de Corwyn et champion du roi, âgé de trente-quatre ans ; cousin de Duncan McLain et mari de Richenda.
Morgan, Kelric	Cf *Kelric Alain Morgan.*
Nevan d'Estralldas	Un des douze évêques itinérants de Gwynedd, capturé et suspendu pour son

	rôle dans la rébellion méarienne de 1123-1124.
Nigel Cluim Gwydion Rhys Haldane	Duc de Carthmoor et frère cadet de Brion, âgé de trente-huit ans ; oncle de Kelson et héritier présomptif.
Nivard, John	Un des jeunes prêtres derynis ordonnés en secret par Arilan.
Payne	Prince, fils cadet de Nigel, âgé de dix ans. Page royal.
Randolph	Médecin de Morgan, à Coroth.
Rasoul ibn Tarik, Al	Emissaire maure de la cour de Torenth.
Rathold	Chambellan de Morgan et maître de la garde-robe de Coroth.
Raymer de Valence	Un des douze évêques itinérants de Gwynedd. Suspendu à cause de son rôle dans la rébellion méarienne de 1123-1124.
Rhidian	Jeune Derynie, membre du Quorial de saint Kyriell.
Rhodri	Chambellan de Kelson à Rhemuth.
Richenda	Veuve de Bran Coris, comte de Marley et mère du comte actucl, leur fils Brendan ; épouse enceinte de Morgan et mère de leur fille Briony ; Derynie âgée de vingt-six ans.
Robert de Tendall	Chancelier de Morgan à Coroth.
Roger	Comte de Jenas.

Ronal	Prince, frère cadet deryni du roi de Torenth, âgé de sept ans.
Rory	Pince, fils cadet du prince Nigel, âgé de quinze ans.
Rothana	Novice de saint Brigid, âgée de dix-sept ans. Fille derynie de l'Emir Nur Hallaj, parente par alliance de Richenda.
Sagart	Défunt membre de la caste religieuse de saint Kyriell.
Shandon	Jeune prêtre assistant de Duncan.
Sicard MacArdry	Oncle de Dhugal, frère cadet de Caulay et époux de Caitrin, prétendante au trône de Meara. Tué par Kelson à Dorna.
Sidana	Princesse, fille de Caitrin et de Sicard, âgée de quatorze ans ; promise de Kelson, assassinée le jour de ses noces par son frère Llewell.
Siward	Evêque de Cardosa.
Sofiana	Princesse d'Andelon et tante de Richenda ; membre du Conseil Cambérien.
Sylvie	Dame d'atours de Rothana.
Tagas	Chapelain de Morgan à Coroth.
Thomas	Comte de Carcashale ; détient les terres de Caerrorie.
Tiercel de Claron	Deryni d'environ vingt-cinq ans ; plus jeune membre du Conseil Cambérien. Forme Conall en secret.

Tolliver, Ralph	Evêque de Coroth, âgé de cinquante-deux ans.
Traherne, Saerl	Comte de Rhenndall et frère de Meraude, épouse de Nigel.
Vanissa	Maîtresse enceinte de Conall.
Vivienne, Derynie	Aînée des coadjuteurs du Conseil Cambérien.
Warin de Grey	Messie auto-proclamé qui imaginait avoir été désigné par Dieu pour exterminer les Derynis ; ses pouvoirs de guérison ne semblaient pas d'origine derynie.
Wencit de Torenth	Roi-sorcier deryni de Torenth et descendant des prétendants festilliens au trône de Gwynedd ; tué par Kelson dans les Plaines de Llyndruth, en 1121.
Wolfram de Blanet	Evêque de Grecotha.

APPENDICE II

INDEX DES NOMS DE LIEU

Arjenol	Duché situé à l'est de Torenth ; depuis la mort de Lionel, domaine de son frère Mahael.
Ballymar	Nouvel évêché côtier au nord de Cassan, siège de l'évêque Lachlan de Quarles.
Caerrorie	Région où fut enterré Camber MacRorie à l'origine.
Candor Rhea	Un champ, hors de Rhemuth, où le roi Brion fut occis ; site d'un puits sacré.
Carbury	Au nord de Valoret, ancien siège épiscopal de l'évêque Creoda, à présent transféré à Culdi.
Carcashale	Comté au nord de Gwynedd, auquel se rattache Caerrorie.
Carthane	Petit comté de Gwynedd.
Cashien	Nouvel évêché à la frontière Gwynedd-Connait, siège de l'évêque Belden d'Erne.
Cassan	Depuis la mort de son père, duché de Duncan McLain, comprenant le comté de

	Kierney et jouxtant le protectorat mearien.
Corwyn	Duché d'Alaric Morgan, au sud-est de Gwynedd.
Cùilteine	Terres frontalières au sud de Droghera, près de saint Brigid.
Culdi	Site du synode chargé d'élire le nouvel évêque de Meara en 1123, et siège de l'évêque Creoda.
Desse	Ville portuaire au sud de Rhemuth.
Dhassa	Cité sainte libre et siège de l'évêque de Dhassa, Denis Arilan ; renommée pour sa connaissance des bois et les sanctuaires de ses saints patrons, Torin et Ethelburga, qui protègent ses environs, au sud et au nord.
Dolban	Ancien siège des Serviteurs de Saint Camber, et site d'un de ses sanctuaires.
Dorna	Plaine où Duncan trouve enfin l'armée de Sicard.
Etats-Butoir du Forcinn	Groupe de principautés indépendantes, au sud de Torenth, incluant Nur Hallaj.
Fianna	Contrée vinicole, face à la Mer Méridionale.
Grecotha	Ville universitaire, ancien site de l'Institut de Varnarite ; siège de l'évêque Wolfram de Blanet.
Grelder	Défilé reliant l'abbaye de saint Bearand, au nord-est de Caerrorie, à la plaine Iomaire.

Gwynedd	Centre des Onze Royaumes, et le plus vaste ; domaine des Haldanes.
Iomaire	Plaine. Ancien sanctuaire commémorant l'endroit où Camber MacRorie mourut, les armes à la main.
Jena	Comté de Gwynedd.
Kheldish	Région nord-est du vieux royaume du Kheldour ; renommée pour ses tisserands.
Kierney	Comté des ducs de Cassan ; domaine de Duncan McLain.
Kilshane	Ancien comté côtier jouxtant Transha.
Laas	Ancienne capitale de Meara.
Marbury	Siège d'Ifor, évêque de Marbury, à Marley.
Marches de l'Est	Ancien comté de Ian Howell ; cédé à la couronne à sa mort et donné ensuite à Burchard de Varian pour le récompenser de sa loyauté durant la guerre du Torenth.
Marches Pourpres	Prairies au nord de Rhemuth. Apanage de la Couronne de Gwynedd.
Marley	Ancien comté de Bran Coris, à présent fief de son fils Brendan, sous la régence de Richenda et de Morgan.
Meara	Ancien Royaume-Principauté à l'ouest de Gwynedd, à présent possession de la couronne.

Onze Royaumes	Nom antique de la région comprenant et entourant Gwynedd.
Plaines de Llyndruth	Prairies situées au pied du défilé Cardosa ; lieu de l'affrontement final entre Kelson et Wencit de Torenth.
Ramos	Site du concile de 917 qui vota des mesures rigoureuses interdisant aux Derynis la soutane, la fonction publique, la propriété... etc.
Ratharkin	Nouvelle capitale de Meara après l'union de Meara à Gwynedd en 1025, et siège de l'évêque de Meara.
Rhemuth	Capitale de Gwynedd appelée « la splendide ». Siège de l'archevêque Thomas Cardiel.
Rhenndall	Comté de montagne au sud du vieux Kheldour, renommé pour le bleu de ses lacs ; fief de Saer de Traherne, frère de la duchesse Meraude.
R'Kass	Royaume désertique, au sud et à l'est du Hort d'Orsal, renommé pour ses pur-sang.
Saint Bearand	Abbaye située au pied du défilé de Grelder, près de Caerrorie.
Saint Brigid	Abbaye de Rothana, à la frontière méarienne, mise à sac par le prince Ithel en 1124.
Saint Georges	Cathédrale et siège de l'archevêque de Rhemuth, en

	l'occurrence Thomas Cardiel.
Saint Hilary	Antique basilique royale, sise dans l'enceinte du château de Rhemuth. Duncan en est le recteur.
Saint Kyriell	Village perdu au nord-est de Caerrorie, où s'exilèrent une poignée de Serviteurs de Saint Camber, après le renforcement des statuts de Ramos.
Toussaint	Cathédrale siège de l'archevêque de Valoret et du primat de Gwynedd, Bradene de Grecotha.
Torenth	Royaume majeur à l'est de Gwynedd, à présent gouverné par des régents au nom de Liam, le neveu mineur du défunt roi Wencit.
Transha	Fief de Dhugal MacArdry, comte de Transha, dans les Marches frontalières, situées entre Kierney et les Marches Pourpres.
Valoret	Antique capitale de Gwynedd durant l'Inter-règne ; siège de l'archevêque de Valoret (et primat de Gwynedd) Bradene.

APPENDICE III

GÉNÉALOGIE PARTIELLE DES HALDANES

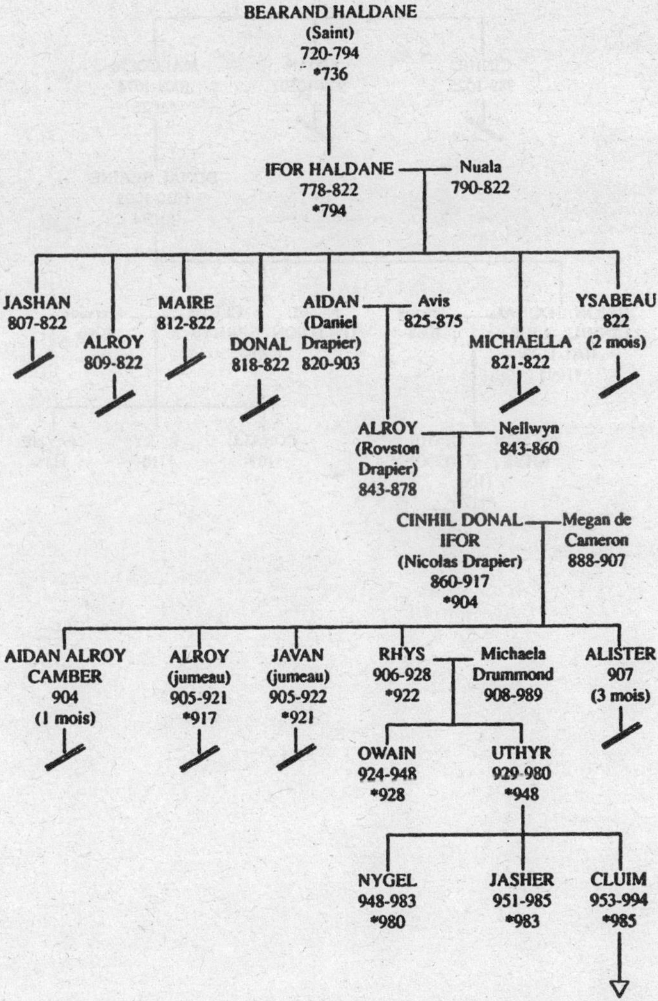

*Les dates précédées d'un astérisque indiquent le début de chaque règne.

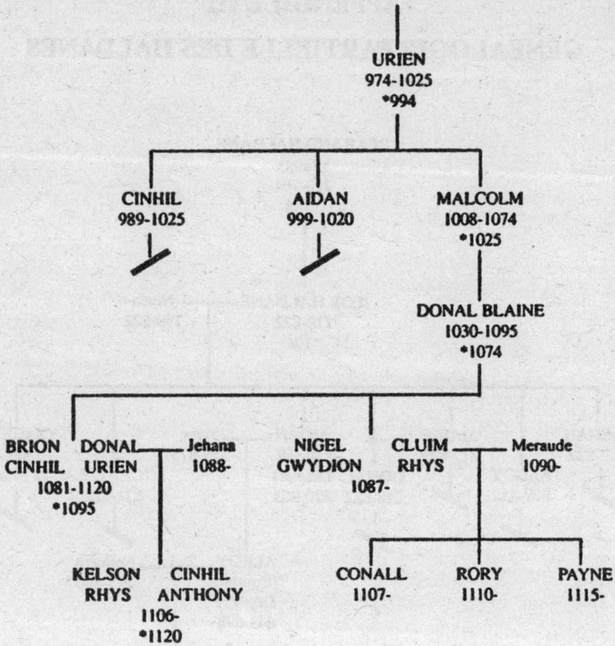
URIEN
974-1025
*994
CINHIL
989-1025
AIDAN
999-1020
MALCOLM
1008-1074
*1025
DONAL BLAINE
1030-1095
*1074
BRION
CINHIL
DONAL
URIEN
1081-1120
*1095
Jehana
1088-
NIGEL
GWYDION
1087-
CLUIM
RHYS
Meraude
1090-
KELSON
RHYS
1106-
*1120
CINHIL
ANTHONY
CONALL
1107-
RORY
1110-
PAYNE
1115-

Achevé d'imprimer en avril 1998
sur les presses de l'Imprimerie Bussière
à Saint-Amand (Cher)

POCKET - 12, avenue d'Italie - 75627 Paris Cedex 13
Tél. : 01-44-16-05-00

— N° d'imp. 974. —
Dépôt légal : mai 1998.

Imprimé en France